복수는 꿀보다 달콤하다

1

무소 장편소설

복수는
꿀보다
달콤하다

1

위즈덤하우스

차례

1

Prologue

어둡고 음습한 감옥에서, 알렉산드라는 가만히 눈을 감은 채로 지난날들을 회상해 보았다.

남편과 결혼했던 날, 남편과 첫날밤을 치렀던 일, 부모님이 돌아가셨던 날, 남편이 황제가 되고, 자신은 황후가 되었던 날, 그리고…….

'황후를 당장 감옥에 유폐하라!'

남편이 자신을 감옥에 처넣었던 일까지.

순간, 알렉산드라의 눈이 번쩍 뜨였다. 그녀는 멍한 표정으로 허공을 응시하다가, 별안간 미친 사람처럼 웃기 시작했다.

"하하하하!"

감옥 안에 홀로 갇힌 그녀를 보고 미쳤다고 말해줄 사람이 있을

리 만무했다. 하지만 누가 그녀더러 미쳤다고 손가락질하더라도, 알렉산드라는 멈추지 않고 계속 웃었을 것이다.

웃어야만 했다. 그래야만 이 지옥 같은 기분을 조금이라도 잊을 수 있을 테니까.

철컹.

듣기 싫은 쇳소리와 함께 감옥의 문이 열렸고, 동시에 알렉산드라의 웃음소리도 그쳤다. 은빛 갑옷을 입은 기사들이 그녀가 갇혀 있는 곳까지 다가왔다. 무표정한 얼굴로 그들을 올려다보던 알렉산드라가 비뚜름하게 입꼬리를 끌어올린 뒤 물었다.

"이런. 벌써 갈 시간인가?"

"……폐후를 끌어내라."

명령이 떨어지자 기사들이 일사분란하게 움직였다. 알렉산드라는 양옆을 붙잡힌 채 감옥 밖으로 끌려 나갔다. 한때 제국의 황후였던 여자가 받기에는 상당히 불친절한 대접이었으나, 기사들도, 그리고 알렉산드라마저도 그 점에 대해서는 별로 개의치 않는 듯했다.

알렉산드라는 감정 없는 눈을 한 채 감옥 밖으로 나갔다. 밖으로 나가자마자 쏟아지는 햇살이 그녀의 눈을 괴롭혔고, 알렉산드라는 눈만 꼭 감은 채 조용히 걸음을 옮겼다.

한참이 지나서야 그녀는 감았던 눈을 떴다. 그리고 가장 먼저 시야에 들어온 것은…….

'아…….'

처형대였다.

이미 짐작하고 있던 사실이었지만, 막상 보고 나니 기분이 더 더러웠다. 알렉산드라는 무표정한 얼굴로 처형대 주변의 사람들이 자신에 대해 수군거리는 내용에 귀를 기울였다.

"저 여자가 글쎄, 폐하를 저주했대……."

"질투에 눈이 멀어서 폐하를 죽여 달라고 빌었대!"

"세상에, 하늘이 무섭지도 않나? 어떻게 감히 태양을……."

태양, 태양이라.

마침내 알렉산드라는 서늘하게 웃고 말았다. 저 치들이 '태양'이라고 칭한 남자는 그녀에게도 똑같이 태양 같은 존재였다. 마땅히 섬겨야만 했던 자신만의 태양. 그녀가 모든 것을 바쳤던 유일무이한 존재.

하지만 지금은?

"폐후를 단두대로 끌고 가라."

차가운 황좌에 앉아 자신의 처형을 명하는 냉혈한 존재. 자신을 죽이려고 하는 비정하고 비열한 위선자. 알렉산드라가 까득 이를 깨물었다. 저 남자의 목소리를 듣자마자 마음속에서 불구덩이가 치밀어 오르는 느낌이었다.

그것은 주체할 수 없는 분노였다. 당장이라도 그녀를 삼켜 없애 버릴 것만 같은.

"마지막으로 할 말이 있나?"

그는 마치 마지막 자비를 베풀기라도 하려는 것처럼 그녀에게 물었다. 그리고 그 질문을 들은 알렉산드라는 헛웃음을 터뜨리지 않을 수 없었다.

마지막으로 할 말? 그거야 당연히…….

"증오해."

알렉산드라가 무서운 얼굴로 단 한마디를 중얼거렸다. 순식간에 처형장의 분위기가 싸늘하게 가라앉았다.

"당신을 증오한다, 황제여."

"……."

황제라고 불린 남자는 말없이 듣기만 했고, 알렉산드라는 핏발 선 눈을 들어 그를 쏘아보았다. 마지막이니만큼 할 말은 하고 죽어야 했다. 그래야만 죽어서 눈 반쪽이라도 감을 수 있을 테니까.

"살아서가 아니면 죽어서라도! 내 육신이 갈가리 찢긴다고 해도! 이승에서 머물 수 없다면 저승에서라도!"

알렉산드라가 악을 내지르며 저주를 토해냈다.

"반드시 너를 응징할 것이다. 네 죄의 대가를! 어떤 식으로든 치르게 할 것이다!"

"남길 말은 그게 단가?"

"……당신은."

알렉산드라가 아까의 목소리와는 딴판인, 약간 떨리는 목소리로 황제에게 물었다.

"당신은 내게 남길 말이 없나?"

"……."

"단 한마디도?"

"……폐후를 단두대로 데려가라."

"하!"

알렉산드라는 허망한 표정으로 단두대에 누웠다. 모든 기력이 다 소진된 듯 보였다. 그녀는 마지막으로 고개를 들어 한때 자신이 미치도록 사랑했던 남자의 얼굴을 쳐다보았다.

'그때 내가 사랑했던 얼굴이 정말로 저것이었나.'

알렉산드라가 눈물이 고인 눈을 곱게 접어 웃었다. 참으로 어리석었지. 저 간교하고 비정한 남자에게 속아 모든 것을 다 바치고, 결국은 이런 꼴로 죽게 되었으니 말이야.

만약, 만약에라도 내게 단 한 번의 기회가 더 주어진다면, 나는…….

"폐후의 처형을 시작하라."

……다시 황후가 될 거야.

이 나라에서 가장 고귀한 여인이 되어 내가 받았던 모든 수모와 고통과 눈물을 모조리 당신에게 되돌려 줄 거야. 당신이 파멸하는 모습을 가장 가까이에서 바라보며 당신을 조롱할 거야. 가장 사랑하고, 가장 가깝다 여겼던 사람에게 배신당한다는 느낌이 어떤 것인지 뼈저리게 느끼게 해줄 거야.

철컥!

음산한 소리와 함께 알렉산드라의 목이 잘렸다. 지켜보고 있던 모든 사람들이 그 끔찍한 광경에 눈을 돌렸지만, 오직 한 사람, 황제만큼은 그 모습을 똑똑히 지켜보았다. 그는 잠시 뒤에 낮은 목소리로 명령했다.

"죄를 지었으나 한때 제국의 황후였으니…… 장례는 잘 치러주도록 해라."

"네, 폐하."

말을 마친 황제가 자리에서 일어났다. 처형장을 뒤로한 채 걸어가는 그의 표정은 밝지도, 어둡지도 않은 기묘한 모습이었다. 그는 끝까지 속을 알 수 없는 야릇한 얼굴로 발걸음을 옮기다가, 마침내는 모두의 시야에서 사라졌다.

남은 것은 한 여자의 증오 어린 외침과, 그 파편을 바라보고 있는 사람들의 모습이었다.

2

Re-wedding

알렉산드라의 인생이 꼬이기 시작한 건 분명 클레이오 기요민 폰 레예스와 결혼하고부터였다.

그녀는 사랑하는 남편이자 황제의 세 번째 아들이었던 클레이오를 황제로 만들기 위해 모든 노력을 다했다. 손에 피를 묻히는 것을 주저하지 않았고, 자신의 도덕적 양심을 저버리는 것 또한 망설이지 않았다.

심지어 그녀의 부모님이었던 지클린데 후작부부는 사위가 반역죄로 죽을 위기에까지 처했을 때, 그 죄를 몽땅 뒤집어쓰고 사형까지 당했다. 당연히 알렉산드라는 그것까지 부모에게 요구하지는 못했지만, 지클린데 후작부부는 사랑하는 딸의 빛나는 장래를 위해 기꺼이 희생을 자처했다. 물론 자신들의 소중한 딸이 훗날 어떤 비극적 결말을 맞는지를 미리 알았더라면 결코 그리하지는 않았을 것이다.

여하튼 클레이오 3황자는 아내와 처가의 희생으로 무사히 황좌를 거머쥘 수 있었다. 보통 이런 스토리에서 남편은 성공의 일등공신인 아내만을 아끼고 사랑하며, 그 은혜에 보답해야 마땅했다.

실제로 모두가 그렇게 생각했다. 황제는 분명 황후에게 꼼짝 못하고 잡혀 살 것이라고. 황제는 황후만을 아끼고 사랑할 것이라고. 동화책에 나오는 연인들처럼, 달콤한 일생을 보낼 것이라고.

하지만 황제가 된 클레이오는 모든 사람들의 예상과 어긋나는 길을 걸었다. 그는 아내만을 아끼고 사랑하지 않았다. 다른 여자들에게도 아낌없이 사랑을 퍼주었다. 그의 침실에는 늘 새로운 여자들이 넘쳐났고, 잠자리 상대는 사흘을 넘기지 못하고 바뀌었다. 그리고 그 '상대'에 황후는 없었다.

알렉산드라는 길고 긴 밤을 독수공방하며 보내야 했다. 남편을 황제로 만들었기에 돌아오는 영광 따위는 없었다. 그녀에게 돌아온 것은 허울뿐인 황후의 관과 남편의 배신이었다. 알렉산드라는 차가운 밤이슬을 홀로 맞으며 남편에 대한 배신감으로 이를 갈아야만 했다.

여기까지만 해도 나쁘긴 하지만, 최악의 상황은 아니었다. 문제는 약간 똑똑하고 교활한 여자 하나가 클레이오의 눈에 들며 본격적으로 시작되었다.

여자의 이름은 로웨나였다. 어느 몰락 귀족의 딸이라던 그녀는 타고난 미모와 어디서 배워왔는지 모를 방중술, 그리고 의도적인 백치미로 황제의 사랑을 거머쥐었다.

지극한 총애의 결과로, 로웨나는 세골렌이라는 새로운 성과 함께 후작의 작위까지 얻었다. 로웨나는 이제 죽은 알렉산드라의 부모와 동일한 신분을 가지게 된 것이었다.

상황이 나빠질 대로 나빠지자 알렉산드라는 미치지 않을 수 없었다. 부모는 남편을 위해 죽기까지 했고, 자신은 모든 청춘과 노력을 다 바쳤는데, 정작 남편이란 작자는 그 은공을 모르고 황제가 되자마자 다른 여자들이나 후리고 다니니, 미치지 않는 게 더 이상한 일이었다.

심신이 피폐해진 알렉산드라는 약해진 마음을 기댈 다른 무언가가 필요했다. 그런 그녀의 마음을 눈치챈 한 사기꾼이 점성술사로 위장해 알렉산드라에게 접근했고, 마음이 약해질 대로 약해져 총기가 흐려진 알렉산드라는 미끼를 덥석 물었다.

그녀는 신분이 의심스러운, 자칭 점성술사라는 여자에게 빠져들었고, 그녀의 조언을 받아들여 '탤리즈만'이라는 일종의 부적을 황제의 총애를 회복하는 매개로 이용하려 했다.

그러나 이 사실이 알려지면서 탤리즈만은 그 의도가 왜곡되어 마치 황제를 저주하기 위한 부적처럼 매도되었고, 결국 알렉산드라는 황제를 저주하려 했다는 죄로 폐후가 되어 감옥에 유폐되었다.

아무리 억울하다고 말해 봐도 그녀의 말을 믿어주는 사람은 없었다. 심지어 그 점성술사마저도 말을 바꾸어 탤리즈만이 황제를 저주하기 위한 용도였다고 거짓말을 했다.

사실 그 점성술사는 로웨나가 알렉산드라에게 보낸 사람이었지만, 당시의 알렉산드라가 그 사실까지 알 수 있었을 리 없었다. 애당초 신분도 명확하지 않은 사람을 곁에 두었다는 사실에서 짐작할 수 있겠지만, 알렉산드라는 연이은 충격으로 판단력이 많이 흐려진 상태였다.

그렇게 알렉산드라는 스물여섯 살의 젊은 나이로 삶을 마감했다. 하지만 마지막에 그녀가 빈 소원 때문이었을까.

"……아."

알렉산드라가 짧은 신음을 흘리며 눈을 떴다. 정신이 몽롱했다.

'지금 이게 무슨 상황이지?'

상황 파악이 제대로 되지 않은 상태에서, 누군가가 그녀를 불렀다.

"……알렉산드라님!"

크고 날카로운 목소리가 알렉산드라의 잠을 깨웠다. 알렉산드라가 흠칫 놀라며 눈을 아까보다 크게 떴다. 그제야 시야가 명료해졌다. 알렉산드라가 약간 잠긴 목소리로 중얼거렸다.

"누구……."

"알렉산드라님, 조신 거예요? 세상에. 이렇게 중요한 날 조시면 어떻게 해요!"

여자의 목소리는 꽤나 익숙했다. 알렉산드라는 제게 소리치는 사람이 누구인지 가늠하기 위해 눈을 두어 번 깜빡거리다가, 곧 그 정체를 알아내고선 어안이 벙벙해진 목소리로 물었다.

"……페니?"

"네, 페넬로페예요. 산드라님, 조셨어요?"

"네가 왜 여기에 있어?"

페넬로페는 분명 자신이 황후가 되고 얼마 후 도적떼에 살해당했다. 그런 그녀가 왜……?

알렉산드라가 여전히 상황을 파악하지 못하겠다는 표정으로 두 눈을 끔뻑거렸다. 그러자 페넬로페가 답답하다는 목소리로 알렉산드라를 타박했다.

"왜 여기 있냐니요! 당연하지요. 저는 아가씨의 시녀인걸요."

"넌……."

죽었잖아.

그 한마디만 자꾸 입속에서 맴돌았다. 설마 이곳은 저승인 걸까? 나는 죽은 걸까?

알렉산드라가 허망한 얼굴로 페넬로페를 쳐다보았다. 그런데 어째…… 페넬로페가 죽기 전보다 더 어려진 것 같은 느낌이 들었다. 그녀가 무심코 질문했다.

"몇 살이지, 페니?"

"맙소사, 아가씨. 진짜 왜 그러세요?"

페넬로페가 황당해하며 물었다.

"열여섯이잖아요! 아가씨가 두 달 전에 직접 성인식도 치러주셨으면서."

"……뭐?"

그 한마디에 알렉산드라는 정신이 확 깨는 기분이었다.

열여섯? 페넬로페는 스무 살에 죽었다.

그런데 열여섯이라니? 알렉산드라가 다급히 물었다.

"그, 그럼 나는?"

"네?"

"나는 몇 살이야?"

"아가씨야 당연히 스물한 살이시죠."

"……"

그 한마디에, 알렉산드라의 얼굴이 창백해졌다.

설마, 설마……!

알렉산드라가 떨리는 눈으로 페넬로페를 쳐다보다가, 이윽고 자리에서 벌떡 일어나 전신거울이 있는 곳으로 걸어갔다. 급작스러운 행동에 페넬로페가 깜짝 놀라며 소리쳤다.

"아가씨, 그렇게 급하게 일어나시면……!"

하지만 알렉산드라는 그런 말 따위는 이미 안중에도 없는 듯했다. 그녀는 재빨리 거울이 있는 곳까지 걸어가 자신의 모습을 확인했다. 그리고 잠시 후, 알렉산드라의 입속에서 헛웃음이 터져 나왔다.

"하, 하하하."

그녀는 흰 웨딩드레스를 입고 있었다. 이 하나로 모든 설명이 가능했다. 알렉산드라는 죽기 전보다 앳되어진 얼굴에는 관심도 주지 않은 채, 자신이 입고 있던 웨딩드레스를 움켜쥐며 페넬로페에게 물었다.

"페니."

"네, 알렉산드라님?"

"오늘이……."

절대 잊을 수 없는, 바로 그날.

"설마 내 결혼식 날이니?"

알렉산드라는 클레이오와의 결혼식 날로 되돌아와 있었다. 그녀가 믿을 수 없다는 목소리로 중얼거렸다.

"말도 안 돼……."

"아가씨, 오늘 좀 이상하세요."

알렉산드라는 자신을 이상하다 말하는 페넬로페를 쳐다보았다.

페넬로페, 너는 내가 이상하니? 아니야. 누구라도 이런 상황에 처한다면 지금의 나보다 놀라면 더 놀랐지, 덜 놀랄 수는 없을 거야.

알렉산드라가 떨리는 손을 다른 쪽 손으로 잡아 진정시키며 다시 한번 사실 확인을 했다. 이건 누가 뭐래도 확실히 해두어야 하는 문제였다.

"페니, 네 말대로라면 나는 지금 스물한 살이고, 오늘은 나와 3황자 전하의 결혼식이라는 말이지?"

"그렇다니까요, 산드라님."

"맙소사……."

진짜다. 그녀는 진짜로 과거로 돌아와 있었다.

알렉산드라는 약간 어지럽다고 말한 다음 페넬로페를 방 안에서 내보냈다. 혼자 생각할 시간이 필요했다. 지금은 너무 혼란스러웠으니까.

그녀는 가장 먼저, 원래라면 잘려 있을 목을 만지작거렸다. 멀쩡히 붙어 그녀로 하여금 숨을 쉬게 해주고 있었다. 혹시 이건 꿈이 아닐까. 여전히 의심이 든 알렉산드라가 왼쪽 볼을 세게 꼬집어보았다.

"으……!"

아팠다. 꿈이 아니다. 꿈에서도 아프다는 소리는 들어본 적이 없었으니까. 알렉산드라는 마침내 인정해야 했다.

"돌아왔구나, 나."

딱 한 번의 기회를 더 갖길 원했지. 어리석었던 스스로를 증오하며, 자신을 배신한 그 남자를 저주하며 단 한 번의 기회를 더 원했었어. 신께서 가엾은 내 소원을 들어주신 것일까?

'하지만 그렇다고 해도 나는…… 어떻게 해야 하지?'

곧 3황자와의 결혼식이다. 도망치려면 지금뿐이었다. 만약 도망가서 이 결혼식을 무른다면 망신은 톡톡히 당하겠지만, 3황자와는 결혼하지 않게 될 수도 있었다. 그러니 클레이오와 처음부터 엮이지 않으려면 지금밖에는 기회가 없었다.

하지만…….

"알렉산드라."

그녀가 가만히 자신의 이름을 불렀다. 알렉산드라는 기억을 되살려 죽기 전 마지막으로 토했던 저주를 기억해 냈다.

반드시 당신을 응징할 것이라고. 죄의 대가를 꼭 치르게 해줄 것이라고. 한 번의 기회가 더 주어진다면, 나는…….

"……다시 황후가 되겠다고 다짐했지."

이 나라에서 가장 고귀한 여인이 되어 내가 받았던 모든 수모와 고통과 눈물을 모조리 당신에게 되돌려 줄 거야. 당신이 파멸하는 모습을 가장 가까이에서 바라보며 당신을 조롱할 거야. 가장 사랑하고, 가장 가깝다 여겼던 사람에게 배신당한다는 느낌이 어떤 것인지 뼈저리게 느끼게 해줄 거야.

"분명 그렇게 생각했어."

신은 한 편의 복수극을 원했던 것일까. 그래서 자신을 이렇게 과거로 회귀시켜준 것일까.

아니, 이제 어느 쪽이든 관심 없었다. 알렉산드라는 결심했다. 마지막의 결심을 지워버리지 않기로. 그 남자를 피해 충분히 잘 먹고 잘살 수도 있겠지만, 그 남자의 아내가 되지 않고도 그 남자를 파멸시키는 방법이야 찾아보면 분명 있겠지만······.

'가장 가까이에 있던 조력자이자 반려의 배신. 나는 그것을 원해.'

가장 잔인하고도 완벽한 복수는 역시 아내가 남편을 배신하는 것이었다. 알렉산드라가 서늘하게 웃었다.

좋아. 이런 운명 따위로부터 도망가지 않을게. 다시 한번 겪어 볼게. 그리고······.

"이번에 목이 잘리는 사람은 내가 아니라 당신이 될 거야."

두 번은 없어. 나는 바보가 아니니까. 그때 한 번 당신에게 져 주었으니, 이제는 당신이 내게 져줄 차례야.

결심을 마친 알렉산드라가 다시 페넬로페를 불렀다. 도망갈 마음을 버렸으니, 이제는 현실과 직면할 차례였다.

"들어가도 돼요, 알렉산드라님?"

"그래."

들어와. 알렉산드라가 싱긋 미소 지으며 페넬로페를 불렀다.

"페니."

"네, 아가씨."

"오늘 나, 예쁘니?"

"그럼요, 아가씨."

페넬로페가 즉답했다.

"세상에서 제일 아름다우세요."

"그래……."

그때의 알렉산드라는 페넬로페의 이 말에 참 순수한 미소를 지었더랬다. 하지만 과거로 돌아온 지금, 알렉산드라는 차마 그때처럼은 웃을 수 없었다. 슬프게도 그랬다.

"알렉산드라님."

그때 누군가가 노크를 한 후 방문을 열고 들어왔다. 알렉산드라가 물었다.

"무슨 일이지?"

"지금 나가셔야 합니다. 모든 준비가 끝났어요."

"……."

내 선택이 옳은 것일까.

알렉산드라는 마지막으로 고민했다. 어딘가에서 이런 목소리가 들려오는 것 같았다.

'정해진 미래를 바꿀 자신이 있어? 네 남편 될 사람이 그런 남자라는 걸 알고서도, 그 남자 앞에서 가면을 쓰며 연기할 자신이 있

어? 이번에는 정말로, 너 대신 그 남자의 목을 자를 자신이 있어?'

목소리는 또 이렇게 속살거리며 그녀를 유혹했다.

'도망가. 그냥 도망가서 모든 기억을 잊고 더 좋은 남자와 행복하게 살아. 복수를 한다고 해도, 그 남자의 아내가 되지 않은 채 하는 방법도 있잖아?'

하지만 우습게도, 알렉산드라는 이 한마디 때문에 아까의 결심을 다시금 굳힐 수 있었다.

모든 기억을 잊고 살라고? 어떻게? 이렇게 기억이 생생한데, 내목을 자르던 칼날의 감촉이 아직도 서늘한데, 그 남자가 내게 저지른 만행을 잊고 어떻게 다시 행복해질 수 있겠어.

나는 그렇게 할 수 없어. 나는 반드시 그 남자의 가장 가까운 사람이 되어 그 남자에게 복수할 거야. 그게 내 죽을 때의 결심이었어. 다시 돌아왔다고 해도, 달라지는 건…….

"……없어."

"네? 뭐가 없어요?"

페넬로페가 눈을 동그랗게 뜨고 알렉산드라에게 물었다. 알렉산드라는 그런 페넬로페의 얼굴을 빤히 바라보다가, 곧 아무렇지 않게 웃으며 말을 얼버무렸다.

"아니야, 아무것도. 어서 가자."

내 신랑, 기다리고 있겠다. 싸늘한 미소를 눈 밑에 숨긴 알렉산드라가 우아한 걸음으로 방 밖까지 걸어 나갔다.

✻

"신부께서 입장하십니다."

경건함이 느껴지는 목소리와 함께, 웨딩드레스를 입은 알렉산드라가 천천히, 아주 천천히 버진 로드를 걸었다. 그녀의 눈에는 아까의 싸늘함이 믿기지 않을 만큼 달콤한 빛이 깃들어 있었다.

'결혼식 날 메마른 눈을 한 신부는 세상에 없을 테니까.'

알렉산드라는 버진 로드를 천천히 걸으며 자신의 남편 될 사람, 클레이오에게로 시선을 집중했다. 남들이 보기에 그것은 결혼식 날의 신부가 남편을 향해 보내는 사랑스러운 눈빛이었고, 실제로 클레이오도 그렇게 인지하였으나, 알렉산드라의 속내는 전혀 달랐다. 자신의 목을 자르라고 명령했던 남편을 다시 보자마자 급격히 분노가 치밀어 올랐고, 그녀는 이것을 감추기 위해 부단히 애를 쓰며 남편을 사랑스럽게 바라보기 위해 노력하는 중이었다.

"오늘 참 예뻐, 그대."

마침내 그가 있는 단상 위에 올라섰을 때, 클레이오가 작은 목소리로 그녀에게 속삭였다. 그 말을 들은 알렉산드라는 당장에라도 클레이오의 멱살을 잡고, 당신이 내게 한 짓을 알면 그딴 소리를 지껄이지 못할 것이라고 소리치고 싶었으나, 참고 또 참았다. 대신 사근사근한 표정과 목소리로 '당신도 오늘 멋져요'라는 마음에도 없는 소리를 했다.

주례는 지루했다. 알렉산드라는 두 번째여서 그런 게 아니라 처음부터 지루했었다고 생각하면서, 속으로는 아까 다 다스리지 못했던 어지러운 속을 차분히 진정시켰다. 덕분에 길게만 느껴지던 주례 시간이 생각보다 짧게 느껴졌다.

어쨌든 이제 무를 수 없었다. 곧 그녀와 클레이오가 신 앞에서 부부로 맺어졌다는 목소리가 들릴 것이었고, 그렇게 되면 그녀는 공식적으로 그의 아내가 되어 버린다.

그 사실이 치 떨리게 싫었지만, 그녀는 참고, 또 참을 것이라고 굳게 다짐했다. 이미 한 번 죽음을 겪어본 사람으로서, 그보다 더 끔찍한 일은 일어나지 않을 테니까.

"……레이디 알렉산드라?"

그때, 주례를 맡은 신부가 그녀를 불렀다. 알렉산드라가 빠르게 대답했다.

"네, 신부님."

"알렉산드라 지오바나 잔 지클린데, 그대는 클레이오 기요민 폰 레예스를 남편으로 맞아, 그에 대한 신의와 성실을 지키며 오직, 남편만을 사랑할 것을 다짐합니까?"

신부님, 신부님께서는 분명 그때도 제게 똑같은 질문을 하셨지요. 저는 거기에 거침없이 '네'라고 답했습니다. 그리고 신부님이 말씀하신 것처럼, 남편에 대한 신의와 성실을 지키고, 오직 남편만을 사랑하며 섬겼습니다.

그리하여 제게 돌아온 것이 무엇입니까. 남편은 제 목을 잘랐고, 가엾으신 제 부모님은 남편을 황위에 올리려 애쓰다 누명을 쓰고 돌아가셨습니다. 신부님, 이런 남자에게도 제 신의와 성실을 다해야 하는 것입니까?

그리하여 신부님, 저는 고백합니다.

"맹세합니다."

다시는 이 남자에게 신의를 지키지도, 성실을 다하지도 않겠습니다.

오직 남편만을 증오하고, 남편만을 저주하며, 남편만을 원망할 것을 맹세합니다. 반드시 처절하고 악랄하게 복수할 것을 굳게 다짐합니다.

"클레이오 기요민 폰 레예스, 그대 또한 알렉산드라 지오바나 잔 지클린데를 아내로 맞아, 아내에 대한 신의와 성실을 지키며 오직, 아내만을 사랑할 것을 다짐합니까?"

"네. 신 앞에서 굳게 다짐합니다."

거짓말! 알렉산드라가 속으로 부르짖었다.

거짓말, 거짓말, 거짓말이다!

신부님, 저자는 지금 거짓을 고하고 있습니다. 신부님, 저자를 벌하여 주십시오. 신의 이름을 기만하고 아내 될 자를 욕보이고 있습니다. 신이시여, 정말로 존재하신다면 자신에게 헌신한 아내를 배신하고, 그 목을 자를 남자에게 천벌을 내려주십시오. 부디, 천벌을!

"이로써, 두 사람은 부부가 되었음을 선포합니다."

마침내, 알렉산드라 지오바나 잔 지클린데는 훗날 자신의 목을 자를 남자와 결혼했다.
이번에는 목이 잘릴 대상을 바꾸기 위해, 피눈물을 머금으면서.

결혼식 뒤에는 피로연이 있었다.
알렉산드라는 회귀하자마자 이 피로한 일정을 소화해야 한다는 사실에 불편함을 느꼈으나, 이렇게 회귀한 이상, 이 소중한 기회와 시간을 다시 날려버릴 수도 없는 노릇이었다.
이제는 어엿한 남편이 된 클레이오가 다른 귀족들과 함께 담소를 나누고 있는 사이, 알렉산드라는 수많은 귀부인과 영애들에게 둘러싸여 대화의 시간을 가졌다.
"클레이오님 같은 분을 남편으로 맞으셔서 정말 기쁘시겠어요!"
기쁘다고? 그래, 기쁘지.
알렉산드라가 화사하게 웃으며 답했다.
"네, 정말 기쁘답니다."
그 남자에게 복수할 수 있게 되었는데, 어떻게 기쁘지 않을 수가 있겠어. 알렉산드라는 입꼬리가 비뚜름하게 올라가려는 것을 겨우 막으며 거짓말했다.

"그분과 결혼하게 되어 지금 너무 행복해요."

"황자비 전하께서 먼저 3황자 전하께 청혼하셨다고 들었어요."

"……."

그 한마디에 주변의 분위기가 묘하게 가라앉았다. 그 가장 큰 원인은 그 이야기를 듣고 기분이 상할 대로 상해버린 알렉산드라였는데, 주변인들은 여자로서의 자존심이 꺾여나갔기 때문이리라고 추측했지만, 정작 알렉산드라는 다른 이유 때문에 기분이 나빠졌다.

과거 알렉산드라가 먼저 클레이오를 사랑했고, 그래서 청혼도 그녀가 먼저 했다. 하지만 지금에 와서 생각해보니 그녀처럼 병신에 머저리도 없는 것이었다.

세 황자들 중 왜 하필이면 클레이오이며, 수많은 레예스 제국의 남자들 중 왜 하필이면 클레이오인지. 알렉산드라가 뒤늦은 후회를 곱게 접으며 말했다.

"여자가 먼저 청혼하는 게 부끄럽다고 생각하지는 않는답니다. 저는 무슨 수를 써서라도 그분을 놓치고 싶지 않았거든요."

그때 그를 놓쳐버리고 다른 여자에게 보내 주었어야 했는데. 그럼 적어도 다가올 고통은 나의 것이 아니었겠지.

알렉산드라가 속으로 비소를 지었고, 그 속을 알 리 없는 어린 영애들은 알렉산드라가 멋지다며 꺅꺅거렸다.

"여기 있었나?"

그때 익숙한, 너무나도 익숙해서 저주스러울 정도인 목소리가 들렸다.

물론 알렉산드라에게만 국한된 이야기였다. 타인에게 그 목소리는 한없이 다정하고, 또 매력적인 음성이었을 것이다.

"클레이오."

그녀의 남편이었다.

알렉산드라가 조용히 미소 지었다. 이 시점에서 클레이오는 그녀에게 다정히 잘 대해 주었지만, 지금 와서 생각해 보면 그것이 진심이었는지도 의문이었다.

알렉산드라는 처형 당시, 마지막으로 그에게 자신을 한 번이라도 진정으로 사랑한 적이 있는지 물었어야 했다고 아쉬워했다. 그때 한 질문의 답은 분명 그의 진심이었을 텐데.

하지만 뭐, 이제는 그것조차 별로 상관없는 일이었다. 지금 클레이오가 알렉산드라를 사랑하든, 사랑하지 않든, 미래에 그가 그녀를 배신하고 죽일 것은 틀림없었기 때문이었다.

그러니 현재도, 과거도 중요하지 않았다. 회귀한 알렉산드라에게 있어 가장 중요한 것은 결말이었다. 비극적인 죽음을 대체할 행복한 결말.

"왔어요? 손님들과 좀 더 이야기 나누지 않고."

알렉산드라는 자신의 감정에 가면을 씌웠다. 똑같이 다정한 눈으로 남편을 바라보며 다정히 대하는 것이다.

속에서부터 구역질이 났지만 참고 또 참았다. 이 정도도 못 견뎌서야 어떻게 복수를 도모할 것이냐. 그게 그녀의 생각이었다.

"오늘 주인공은 당신이니까. 내가 즐거운 시간을 방해한 건 아니겠지?"

"그럴 리가요."

방해했어요, 아주 많이.

알렉산드라가 후후 웃으며 클레이오에게 말했다.

"와 줘서 정말 기뻐요. 당신이 보고 싶었거든요. 아주 많이요."

"어머, 아무리 신혼이라지만 보는 사람이 질투 날 정도예요, 황자비 전하. 너무 부러워서 시샘이 나요."

"하하하."

한 중년 귀부인의 말에 모든 사람들의 웃음보가 터졌다. 알렉산드라는 낮게 소리 내 웃으며 속으로 중얼거렸다.

그렇게 질투 나시면, 댁이 이 남자와 한번 살아 보시든지.

여성 편력 어마어마한 남자와 사는 게 얼마나 끔찍하고 지옥 같은 일인지는 직접 겪어 봐야만 알 것이었다.

"알렉산드라."

그때 클레이오가 나긋한 음성으로 알렉산드라를 불렀다. 알렉산드라가 답했다.

"네, 황자 전하."

"……같이 춤추지 않겠어?"

"기꺼이요."

마음 같아서는 뿌리치고 싶었지만, 그럴 수는 없었다. 한 순간의 치기에 이끌려 감정적으로 행동하는 것은 금물이었다. 이 소중한 기회를 그렇게 오염시킬 수야 없지.

알렉산드라가 부드럽게 클레이오의 손을 거머쥐었다. 자신의 처형을 명했던 무자비한 손. 알렉산드라가 속삭였다.

"잘 부탁해요, 클레이오."

두 사람은 부드러운 선율에 맞추어 춤을 추기 시작했다. 알렉산드라에게 그 시간은 지옥과도 같았지만, 얼굴만은 천국에 온 듯 내내 즐거운 표정을 지었다. 그런 그녀의 진심을 알아차릴 리 없는 클레이오가 따뜻한 목소리로 물었다.

"피곤하지는 않았고?"

"조금요."

어쨌든 알렉산드라는 클레이오를 열렬히 사랑하는 사람으로 분해야 했다. 속에 품고 있는 무시무시한 증오를 조금이라도 내보이는 순간, 모든 계획이 틀어지게 될 게 뻔했으니까.

끊임없이 감정을 억누르며 사랑에 빠진 순수한 여자를 연기해야만 했다. 알렉산드라가 물었다.

"그래도 지금, 나 너무 기뻐서 조금도 피곤하지 않은걸요. 전하는 피곤하지 않으세요?"

"나도 조금. 하지만 당신 덕분에 괜찮아. 나도 지금 너무 기쁘거든."

"……."

당신의 이 말은 거짓일까, 진심일까. 순간적으로 알렉산드라는 매우 슬퍼졌다. 분명 우리에게도 이런 순간이 있었는데……. 폐후가 된 알렉산드라가 보았다면 기함하고, 믿지 못할 만한 광경이었다.

그녀는 그저 서글프게 웃기만 했다. 결국, 모두 의미 없는 기억인 것을. 알렉산드라의 표정을 본 클레이오가 그녀의 몸을 부드럽게 감싸 안으며 물었다.

"왜 그래? 갑자기 표정이 안 좋아."

"부모님 생각이 나서요."

알렉산드라는 거짓말을 택했다. 사실 완전한 거짓말도 아닌 게, 부모님 생각도 조금은 났다. 당신 같은 남자를 위해 억울하게 죽어야 했던, 불쌍한 나의 부모님.

"이제 떨어져 살 걸 생각하니 갑자기 슬퍼졌어요."

"뭘 그런 걸로 슬퍼하고 그래. 지클린데 후작께서 황궁에 자주 오시면 될 일이고, 당신도 자주 출궁하면 되지."

"그렇겠지요?"

정작 알렉산드라는 결혼 이후 부모님을 잘 찾지 않았다. 특별히 무슨 이유가 있어서가 아니라 그냥 결혼하고 살다 보니 그렇게 되어버렸다. 알렉산드라가 씁쓸하게 웃으며 클레이오에게 말했다.

"황궁 생활이 정말 기대되긴 해요, 그래도."

"화려하고 멋진 곳이야. 독을 품고 있긴 하지만."

"……."

그중 가장 크고 무시무시한 독이 당신이라는 걸 나는 알고 있어, 클레이오. 알렉산드라가 속으로 중얼거렸다. 당신의 정적들은 모두 내 손으로 직접 처리했으니까. 그런 것들 따위는 하나도 무섭지 않아.

뭐, 이제는 당신도 무섭지 않지만.

"그래도 내가 지켜줄게, 렉시. 날 믿어."

"……믿어요."

그 말에 속아 당신에게 그토록 헌신했는데 돌아온 게 뭐였는지 알아? 당신의 배신, 그리고 나의 죽음.

알렉산드라가 속으로만 어이없는 웃음을 터뜨렸다. 이 남자는 처음부터 그럴 생각이었던 걸까, 아니면 권력이라는 벌레에 잡아먹혀 버린 걸까.

물론, 어느 쪽이든 그가 그녀를 배신하고 죽였다는 사실은 변하지 않았다. 그게 이 복수의 핵심이었고.

"이런, 음악이 끝났네."

음악이 끝나면 춤도 함께 끝나야 했다. 알렉산드라는 살짝 미소 띤 얼굴로 잡고 있던 그의 손을 놓아버렸다. 너무나도 자연스러워서 클레이오를 비롯한 그 누구도 그것을 이상하다 여기지 않았다.

알렉산드라가 숨을 고르고 있는 사이, 클레이오가 말했다.

"피로연이 끝나면 두 분 폐하와 지클린데 후작부부께 인사를 드리러 가야 해. 그것만 끝내면 쉴 수 있으니까, 힘들어도 조금만 참아, 응?"

"……네. 그렇게 할게요."

"그리고…….'

클레이오는 갑자기 알렉산드라가 있는 쪽으로 허리를 굽힌 후, 그녀의 귓가에 대고 나직하게 속삭였다.

"밤을 기대하고 있어도 좋아, 렉시."

"……'

순간, 알렉산드라는 귓가에 난 솜털이 전부 뾰족하게 곤두서는 것을 느꼈다.

밤이라니.

그녀가 미처 생각지도 못했던 문제였다.

'제길. 왜 그 생각을 못했지?'

그녀와 클레이오의 첫날밤은 정확히 두 사람의 결혼식 날 밤에 이루어졌다. 그 말은, 그녀가 오늘 밤 클레이오와 거사를 치러야 한다는 뜻이었다.

이 사실을 인지한 알렉산드라의 심장이 충격으로 두근거렸다.

가장 큰 문제는 그녀로서도 특별한 해결방안이 없다는 것이었다.

제길. 돌아 버리겠군.

"렉시, 잠깐만 혼자 있을 수 있겠어? 다른 귀족들과 인사만 나누고 올게."

"물……론이죠, 전하. 다녀오세요."

"다녀올게."

클레이오가 알렉산드라의 이마에 작게 키스했고, 그 순간 알렉산드라는 깨달아버렸다. 그녀는 클레이오와 잘 수 없다. 이런 작은 키스만으로도 끔찍해 죽을 것 같은데, 몸까지 섞게 된다면 정말 미쳐버릴지도 몰랐다. 그녀는 반드시 부부관계만큼은 피해야겠다고 다짐했다.

'하지만 그렇다고 해서 피할 방도가 있나?'

없었다, 제길.

알렉산드라는 루주가 예쁘게 발린 입술을 물어뜯으며 고민했다. 생각해, 알렉산드라. 생각해내자. 분명 방법이 있을 거야.

그러고 얼마나 지났을까. 그녀의 머릿속에 순간 좋은 생각이 스쳐 지나갔다. 알렉산드라가 곧바로 페넬로페를 불렀다.

"페니."

"네, 아가씨."

"너 가끔 수면제를 먹는다고 했지?"

페넬로페는 간헐적인 불면증을 앓고 있었다. 그녀가 고개를 끄덕이며 답했다.

"네, 아가씨. 그런데 갑자기 그건 왜 물으세요?"

"그…… 네가 먹고 있는 수면제 말이야, 내게 하루치만 줄 수 있을까?"

"네? 그거야 어렵지 않지만…… 아가씨는 불면증도 없으시잖아요."

"아니야. 요즘 잠이 안 와서 너무 힘들거든. 바로 가져다줄 수 있겠어?"

페넬로페는 알렉산드라의 요구에 의아해하는 표정을 지었다. 그녀가 기억하기로 그녀의 아가씨는 단 한 번도 불면증을 앓은 적이 없었으니까.

하지만 페넬로페는 그냥 '그런가 보다' 하고 생각하기로 했다. 아가씨가 그렇다고 말하면 진짜로 그런 거다. 페넬로페가 고개를 끄덕이며 말했다.

"네, 아가씨. 이따가 가져다드릴게요."

"아, 그리고 이 사실은 아무에게도 알리지 마. 그이에게도. 알았지?"

"네? 아, 네……."

이 또한 주변 사람들을 걱정시키지 않으려는 알렉산드라의 배려로 받아들인 페넬로페가 고개를 끄덕이며 답했다. 역시 우리 아가씨는 너무 심성이 고우시다고 생각하면서.

페넬로페의 대답을 들은 알렉산드라는 그제야 안심할 수 있었다. 수면제만 있다면 적어도 오늘 밤은 아무 일 없이 넘어갈 방법이 있었다.

"이런, 렉시. 황자 전하는 어디 가시고 너 혼자 여기에 있느냐?"

그때 들려오는 익숙한 목소리에, 알렉산드라는 순간 눈물이 솟구칠 뻔했다.

그녀가 뒤를 돌자 세상에서 가장 그리운 얼굴들이 서 있었다.

나의 부모님. 알렉산드라가 복잡한 미소를 지으며 그들에게 걸어갔다.

"엄마, 아빠……."

"이런, 이제 황자비 씩이나 되신 분이 그런 말을 쓰면 되나."

지클린데 후작의 장난기 섞인 타박에도 알렉산드라는 개의치 않은 표정으로 대꾸했다.

"우리끼리 있을 때는 괜찮잖아요. 괜찮아요."

알렉산드라가 환하게 웃으며 말했다.

"두 분을 다시 뵈어서 너무 기뻐요."

이번 생에서는, 절대로 그런 희생을 하시게 내버려 두지 않을 거예요. 알렉산드라가 후작에게 다가가 꼭 안겼다. 갑작스러운 딸의 행동에 지클린데 후작이 당황한 목소리로 물었다.

"벌써 무슨 일이라도 있는 거니, 렉시? 평소랑 다르게 좀 이상하구나."

"그냥…… 두 분이 너무 보고 싶었거든요."

"하지만 아침에도 우리 봤잖니. 누가 보면 일 년은 못 본 줄 알겠구나."

지클린데 후작이 허허 웃으며 물었다.

"왜, 전하께서 네게 불친절하게 구시기라도 하는 거냐?"

"……."

지금은 아니었지만 미래에 그럴 예정이었다. 그걸 생각하면 정곡을 찌르는 답변이었다. 알렉산드라가 속으로 깊은 한숨을 쉬면서도, 겉으로는 부모님을 안심시켰다.

"그런 건 아니에요. 그냥 엄마아빠가 갑자기 보고 싶었어요."

"늘 어른스럽게 굴더니 갑자기 어린애가 되었구나."

"이젠 그러지도 못하는걸요."

알렉산드라가 머뭇거리다 말을 꺼냈다.

"저…… 엄마, 아빠."

"응?"

"왜 그러니?"

지클린데 후작부부가 알렉산드라의 얼굴을 바라보았다. 두 사람의 시선이 느껴지자, 알렉산드라는 가슴이 터질 것만 같았다. 금방이라도 아이처럼 울음을 터뜨릴 것 같았지만, 감정을 잘 추스르며 천천히 말을 이었다.

"두 분은 늘 제 편이세요. 그렇죠?"

"당연하지, 렉시. 어느 부모가 사랑하는 자식 편을 안 들겠니? 우린 늘 네 편이란다."

"하지만 엄마, 아빠. 부탁드리고 싶은 게 있어요."

알렉산드라가 어느새 촉촉해진 목소리로 말했다.

"저를 위해 모든 걸 다 희생하시지는 말아 주세요."

"응? 렉시, 왜 갑자기 그런 말을 하는 거니?"

지클린데 후작부인이 무언가 불길한 예감이 들었는지 갑자기 불안해진 표정으로 물었다.

"렉시, 말해보렴. 무슨 일이 있는 거니?"

"아뇨, 엄마. 아무 일도 없어요. 하지만 살다 보면 이런저런 일이 일어나기도 하잖아요."

알렉산드라가 아무렇지 않게 웃으며 말을 마무리했다.

"제가 원하지 않는다면 저를 위해 희생하지 말아 달라고 부탁드리고 싶었어요."

"이런……. 네가 갑자기 왜 이런 말을 하는지는 도통 모르겠다만……."

지클린데 후작이 난감한 표정으로 뒷머리를 긁적이다 말했다.

"알겠다, 렉시. 네 뜻에 따를 테니 걱정 말려무나."

"정말이죠, 아빠?"

"그럼, 정말이지. 그렇지, 엘레라?"

"네, 그럼요. 아가. 걱정 마렴. 네 말대로 할게."

"……고마워요."

알렉산드라는 그제야 안심한 얼굴이 되어 눈물을 글썽였다. 그때, 누군가가 지클린데 가족의 대화에 끼어들었다.

"이런, 각하. 여기 계셨군요."

또, 클레이오였다. 알렉산드라가 저도 모르게 이를 까득 물었다.

왜 하필이면 이렇게 행복한 순간에 그가 끼어든 것일까? 그때도, 지금도, 제 기분을 잡치는 데는 일가견이 있는 남자였다.

"황자 전하."

"이런, 장인어른께서 이러시면 제가 곤란합니다."

지클린데 후작이 고개를 숙이며 예를 표하자, 클레이오가 얼른 후작을 일으켜 세웠다. 클레이오가 부드러운 음성으로 물었다.

"렉시를 보러 오셨습니까?"

"네. 보았으니 이제 가야지요."

"좀 더 계시지 않고요."

아쉬움이 묻어나는 클레이오의 목소리를 들으며, 알렉산드라는 참 가식적이라는 생각밖에는 들지 않았다. 그의 모든 것이 마음에 들지 않았으니 무슨 말을 해도 다 아니꼽게만 보였다.

한편 딸의 이런 속내를 알 리 없는 지클린데 후작은 인자한 미소를 입가에 띤 채 클레이오에게 말했다.

"아닙니다. 신랑 신부 고생을 시킬 수야 없지요."

"추후에 따로 찾아뵙겠습니다."

"뭣 하러 그런 고생을…… 정말로 괜찮습니다, 황자 전하. 그 시간에 제 딸아이와 즐거운 시간이라도 보내시지요."

여전히 미소를 지우지 않은 채로, 지클린데 후작이 클레이오의 손을 꼭 맞잡았다.

"부디 부족한 딸아이를 잘 부탁드립니다, 전하."

"……."

알렉산드라는 그 모습을 보고 상당히 속이 상하지 않을 수 없었다. 부족한 딸아이? 아버지가 손을 맞잡은 저 남자는 그녀가 아니었으면 감히 황위에 가까이 다가갈 수조차 없던 남자였다. 알렉산드라가 손을 뒤로 가린 다음 주먹을 강하게 쥐었다. 화가 났다.

"부족하다니요, 각하. 따님께서는 이 제국에서 가장 똑똑하고, 가장 아름다우신 분입니다. 그런 분을 제 아내로 맞게 해주신 것만 해도 영광이지요."

"그리 말씀해 주신다면 저는 더 바랄 것이 없습니다."

후작이 흡족한 표정으로 웃으며 클레이오의 손을 놓았다.

"모쪼록 다복하고 행복하게 사시길 바라겠습니다, 전하."

"여부가 있겠습니까, 각하. 제가 노력할 것입니다."

"……."

그 노력이 황가의 안정이라는 명목으로 벌인 화려한 여성 편력일 줄, 그때는 누가 알았을까. 알렉산드라가 본심을 숨기며 말했다.

"저도 노력할게요, 아빠."

"그래, 아가. 잘 살아야 한다. 그래야 우리 마음이 편하지 않 겠니."

"……네."

미안해요, 엄마아빠. 저는 아마 효녀는 되지 못할 것 같아요. 알 렉산드라가 씁쓸하게 웃으며 클레이오의 손을 잡았다.

"우리도 이만 양 폐하께 인사드리러 가요."

"그래, 렉시."

클레이오가 다정하게 대답한 뒤 후작 부부에게 인사했다. 알렉 산드라도 밝은 표정으로 두 사람에게 인사를 남겼다. 클레이오와 함께 뒤를 돌며, 알렉산드라는 생각했다.

부모님을 위해서라도, 반드시 살아남아야겠다고.
그리하여 기필코, 승리의 왕관을 거머쥐어야겠다고.

선황과 선후를 마주하는 것은 실로 오랜만이었다. 알렉산드라 는 클레이오와 함께 황제와 황후에게 정중히 인사를 올렸다.

"양 폐하를 뵙습니다. 레예스에 무한한 영광을."

그리고 사실은, 지금부터가 진정한 시작이었다. 정신 똑바로 차리자고 생각하며, 알렉산드라가 우아하게 굽힌 허리를 펴 올렸다.

황제는 논외로 하더라도 황후는 결코 호락호락한 상대가 아니었다. 더군다나 그녀가 친아들을 두고 클레이오를 예뻐할 일도 없으니, 그녀 또한 예쁨 받기는 쉽지 않을 터였다.

한 번 제거한 적 있던 정적이라고 해서 상대를 무시하는 건 있을 수 없는 일이었다. 이번에야말로 그녀가 당할지도 모를 일이었으니까. 상황은 다시 원점으로 돌아온 것이니, 어쩌면 저쪽에도 이건 기회였다.

"어서 오게, 황자비. 결혼식을 치르느라 수고가 많았다."

"감사합니다, 황제 폐하."

알렉산드라가 빙긋 웃으며 황제의 말을 받았다. 하지만 속으로는 실소를 지을 수밖에 없었는데, 황제가 자식들에게 특별한 관심이 없다는 사실을 이미 경험을 통해 알고 있기 때문이었다.

"결혼식에 불편한 점은 없었느냐? 나름 준비한다고 했는데 혹시 모르겠구나."

"황제 폐하의 은혜로 몹시 편안하고 좋았습니다. 감사합니다, 폐하."

"황자비가 아직 어려서 황궁에서 지내는 게 불편할지도 모르겠어."

시아버지 토마스 2세의 말에 알렉산드라가 입을 열려던 순간, 타르실라 황후가 그보다 먼저 끼어들었다.

"어리긴요, 폐하. 저는 3황자비의 나이 때 폐하의 황후가 되었는 걸요."

"……."

이렇게 나오면 할 말이 없었다. 그때와 다름없이 처음부터 단단히 찍혀 버린 모양이다. 알렉산드라가 익숙하다는 듯 웃으며 애교 섞인 목소리로 말했다.

"그래서 황후 폐하께서 정말 대단하다고 생각했습니다. 전 황자비가 되는 것만도 너무 벅차고 부담스러운데…… 폐하께서는 그 어린 나이에 온 제국민의 어머니 역할을 훌륭히 해내셨으니까요."

"……."

뜻밖의 칭찬에 타르실라 황후의 표정이 묘해졌다. 과거에도 알렉산드라는 이런 식으로 타르실라 황후의 견제를 풀기 위해 애썼다.

자신의 친아들인 2황자가 있는 상황에서 3황자와 그 비가 예뻐 보일 리 없다. 어떻게든 그녀의 의심을 풀어 견제에서 최대한 벗어나는 게 그녀가 다시 한번 해야 할 일이었다. 물론, 정말 피곤한 일이긴 했지만.

"어쨌든 네가 황실의 일원이 된 이상, 황궁 생활에 잘 적응해 주었으면 좋겠구나. 황궁 안의 살림은 엄연히 황후인 내 소관이지만, 적어도 네가 머무를 지엔궁의 살림 정도는 직접 관리해야 할 테니까. 유서 깊은 가문의 영양이니 잘 해낼 것이라고 믿는다."

"제가 부족한 게 많아 그런 막중한 책임을 다해낼 수 있을지 걱정입니다, 황후 폐하. 모르는 게 많을 테니 모쪼록 많이 도와주세요."

"나야 환영이지."

타르실라 황후가 속을 알 수 없는 미소를 지었고, 알렉산드라는 아무렇지 않게 따라 웃었다. 타르실라 황후는 그 지위에 어울리는, 절대 함부로 볼 수 없는 상대였다. 알렉산드라가 가장 마지막으로 쓰러뜨려야 했던 적이기도 했고, 알렉산드라는 온몸의 신경을 곤두세우며 최대한 흠이 잡히지 않도록 노력했다.

"신혼부부를 오래 붙잡고 있는 건 예의가 아니지. 이만 가보려무나."

"황은에 감사드립니다, 부황 폐하."

"감사합니다, 황제 폐하. 그럼 저희는 이만 물러가 보겠습니다."

알렉산드라는 마지막 인사를 마치고 클레이오와 함께 자리를 떴다. 뒤돌아 걸어가면서, 클레이오가 알렉산드라에게 작은 목소리로 말했다.

"황후께서 그댈 불편하게 한 것 같아 마음이 쓰였어. 괜찮은 거지, 렉시?"

"괜찮아요, 전하. 나쁜 뜻은 아니셨을 거예요."

지금 날 가장 불편하게 만들고 있는 게 당신이라는 걸, 당신은 아마 모를 거야. 서늘한 미소를 감추며 알렉산드라가 클레이오에게 말했다.

"황후 폐하 입장에서는 나와 당신을 견제하는 것이 당연해요. 폐하의 후계가 정해지지 않은 상황에서 당신은 엄연히 레예스의 황자이고, 저는 지클린데 가문의 사람이니까요."

현재 레예스 제국을 다스리고 있는 토마스 2세는 아직 황태자를 정하지 않았다. 황제에게는 빈첸시아 황비 소생의 1황자와 타르실라 황후 소생의 2황자, 그리고 죽은 2황비 소생의 3황자인 클레이오가 있었는데, 황태자 자리를 두고 세 사람, 아니 그들의 어머니까지 포함한다면 다섯 사람 간의 견제와 신경전이 없을 리 만무했다.

'그리고 나는 오늘 그 욕망의 중심에 제 발로 뛰어든 어리석은 여자고.'

성공 후 아내의 목을 자를 남편을 다시 한번 황제로 만들기 위해 결혼을 감행한 것은 알렉산드라가 생각해도 미친 짓이었다. 솔직히 말해, 클레이오를 진심으로 사랑했던 그때처럼 그를 황제로 만드는 데 최선을 다할 수 있을지도 자신할 수 없었다. 그때 그녀의 노력은 그에 대한 사랑에서 기인한 것이었으니까.

하지만 그럼에도 그녀는 해내야만 했다. 그것만이 진정한 복수가 될 수 있을 테니까. 그가 그녀에게 저질렀던 짓거리를 똑같이 되갚아주는 것, 가장 달콤했던 순간, 가장 쓰디쓴 배신을 맛보게 하는 것이야말로 알렉산드라가 생각하는 복수의 정점이었다.

누군가는 그녀의 계획을 두고 미쳤다고 할지도 모르겠지만, 상관없었다. 이 증오는 그녀가 겪었던 일을 직접 겪지 않은 사람이라면 절대로 이해할 수 없다. 과거로 회귀한 그 순간부터, 알렉산드라에게 정상적인 이성은 조금도 남아 있지 않았다.

"내가 이곳에서 당신을 지키고, 끝까지 살아남을 수 있을까?"

"그럼요."

남편의 물음에 아내가 살갑게 답했다.

"당신은 나를 지키고, 나는 당신을 지키고."

그러니 거지 같아도 어쩔 수 없는 일이다. 1차 목표를 이루는 그 순간까지 알렉산드라는 완벽한 클레이오의 아군이어야 했다.

그래야만 2차 목표까지도 수행할 수 있을 테니까. 그녀가 확신에 찬 목소리로 말했다.

"우린 분명 살아남을 수 있을 거예요."

고고한 승리를 쟁취한 그 순간, 당신의 목에 칼을 겨누는 것. 가장 높은 곳에서 맛보는 가장 비참한 배신. 그것이 알렉산드라의 원대한 계획이었다.

"걱정은 그만하고 이만…… 지엔궁으로 가는 게 좋겠어요. 오늘은 우리 두 사람에게 너무 힘든 날이었으니까."

"그럴까?"

클레이오가 다정한 눈으로 알렉산드라를 바라보며 그녀의 손을 맞잡았다. 순간 알렉산드라는 뱀의 거죽을 만진 것 같은 착각이 들 정도로 소름이 돋는 기분이 들었다. 실제로는 너무나도 부드럽고, 고생을 모르고 자란 흰 손이었지만, 그가 그녀를 배신한 순간부터 그 손은 그녀에게 있어 잘라 버려야 할 대상, 그 이상도 그 이하도 아니게 되어 버렸다. 다만, 보다 큰 그림을 위해 그녀는 그 뱀 거죽을 잡는 일마저도 기꺼이 감내하고 있는 것이었다. 알렉산드라가 억지로 미소 지으며 속삭였다.

"가요, 얼른."

"지엔궁의 새 주인을 뵙습니다."
"지엔궁의 새 주인을 뵙습니다."
지엔궁은 황제가 서거하기 전까지 3황자와 그 가족들이 머무는 곳이었다. 시녀들은 일제히 고개를 숙인 뒤 예를 갖춰 인사했다.
알렉산드라가 온화한 미소를 지었다. 그녀가 목표를 이룰 때까지는 온전히 자신의 편이 될 사람들이었다. 알렉산드라가 시녀들에게 인사했다.
"만나서 반가워요. 알렉산드라 지오바나 잔 레예스입니다."
"어때, 렉시? 궁이 마음이 드나?"
"무척이나요."
알렉산드라가 빙긋 웃으며 답했다. 그게 무엇이든 당신보다는 마음에 들 거야. 당신은 나를 배신했지만, 지엔궁의 시녀들은 끝까지 나를 위해 일해 주었거든. 내가 당신에게 그랬듯이 말이야. 알렉산드라가 속으로 비소를 지으며 클레이오에게 말했다.

"피곤하실 텐데, 이만 방으로 들어가시지요. 목욕을 마치고 전하를 기다리고 있겠습니다."

"그래."

클레이오가 무슨 관례라도 되는 것처럼 알렉산드라의 이마 위로 작은 키스를 남긴 후, 지엔궁의 시종장과 함께 방을 나갔다. 시종장 벤체스는 원래부터 그를 모시던 자였으니 훗날 그녀가 클레이오와 척을 지게 된다면 필시 그의 편에 서게 될 것이 분명했다. 멀어져가는 두 사람의 모습을 물끄러미 바라보던 알렉산드라가 곧 아무렇지 않게 말했다.

"우리도 이만 가보도록 하죠."

알렉산드라의 방과 클레이오의 방은 대략 500m 정도를 두고 떨어져 있었다. 회귀 전에는 그 거리가 너무나도 길게만 느껴졌는데, 돌아온 지금은 그마저도 너무 짧게만 느껴졌다. 사람 마음이 이렇게 간교할 수가 없다고 생각하며 알렉산드라가 자신의 방 안으로 들어섰다.

"화려하네요."

알렉산드라가 첫 번째로 내놓은 감상평이었다. 그녀와 함께 방 안으로 들어선 시녀 한 명이 조심스럽게 알렉산드라에게 말을 걸었다.

"혹 마음에 들지 않으신 부분이 있다면 언제든 말씀해 주십시오, 전하. 전하의 취향을 모르는 탓에 3황자 전하의 말씀만 듣고 지레짐작하여 방을 꾸몄습니다."

"화려하고, 아름답고, 좋아요, 엘로웬. 나는 만족합니다."

"네?"

엘로웬이 당황한 목소리로 물었다.

"제 이름을 어떻게 아시나요, 전하? 제가 말씀드린 적이 없던 것 같은데……."

"아……."

예상치 못한 실수에 당황한 알렉산드라가 얼른 뒷수습을 했다.

"황자 전하께 들었답니다."

"아, 그러셨군요."

다행히 엘로웬은 별다른 의심 없이 알렉산드라의 말을 받아들였다. 어색하게 한 번 웃은 알렉산드라가 좀 더 면밀하게 방을 둘러보았다.

방은 붉은색이었다. 알렉산드라의 붉은 머리 빛깔과 잘 어울리는, 타오르는 듯한 정열의 태양을 닮은. 엘로웬도 이것을 눈치채고선 말을 보탰다.

"일부러 전하의 머리색과 비슷하게 꾸며 보았답니다. 괜찮으신가요?"

"네. 고마워요."

"하대를 하시지요, 전하. 듣기 민망합니다."

"이게 편해서요. 마음이 바뀌면 그때 하겠습니다."

살포시 미소 지은 알렉산드라가 엘로웬에게 말했다.

"곧 황자 전하께서 오시겠네요. 전하를 모실 수 있도록 도와주겠어요?"

"물론입니다, 황자비 전하."

그녀의 말에 엘로웬이 어쩐지 설레는 표정으로 대답했지만, 알렉산드라는 엘로웬의 표정을 보고선 속으로 쓴 침을 삼켜야만 했다. 엘로웬의 눈에 비친 알렉산드라는 분명 남편과의 첫날밤을 앞두고 설레어 하는 소녀, 그 이상도 그 이하도 아닐 것이다. 그 소녀가 속으로는 어떤 마음을 품고 있는지 짐작조차 하지 못하겠지.

"일단 목욕부터 하시지요, 전하. 나머지 준비는 다른 분들이 해주실 겁니다."

"고마워요."

시녀들이 여러 명 모여 알렉산드라가 피로연 때 입었던 드레스를 벗는 것을 도와주었고, 그녀는 잠시 후 장미와 복숭아 향이 나는 따뜻한 목욕물에 천천히 몸을 담갔다. 이번에도 역시 시녀들이 그녀의 목욕을 도와주었다.

그 일련의 과정 동안, 알렉산드라가 하는 일은 아무것도 없었다. 그저 시녀들의 움직임에 몸을 맡긴 채 가만히 앞으로의 계획을 생각하는 것 말고는.

'그 방법이라면 당분간은 괜찮겠지.'

어차피 아이는 황후가 되고 난 후 죽을 때까지도 생기지 않았으니 상관없었다. 황자일 적에도 아이에 대해서만큼은 크게 그녀에게 부담을 주지 않았던 클레이오였다. 지금 생각해 보면 그게 정말로 그녀를 배려해서인지, 아니면 그녀를 사랑하지 않아서인지 가늠하기 어려웠지만.

"전하, 이제 일어나셔도 됩니다."

시녀들의 말에 알렉산드라는 자리에서 일어났다. 여러 장의 타월을 이용해 시녀들이 몸을 닦아주었고, 그다음에는 가녀린 여체에 흰 나이트 드레스를 입혀주었다. 그 드레스까지 입자, 알렉산드라는 거의 미치기 일보 직전이었다.

'침착해. 넌 할 수 있어.'

차분히 마음을 다스리며 밖으로 나가자 완벽하게 신방으로 꾸며진 내부가 보였다. 가운데 테이블에는 술상이 차려져 있었고, 알렉산드라는 그 모습을 보자마자 심장이 더 거세게 뛰는 것을 느꼈다. 그녀가 떨리는 미소를 지으며 시녀들에게 말했다.

"혼자 있을 시간이 필요한데……. 다들 이만 나가주세요."

알렉산드라의 말에 시녀들은 이해한다는 듯한 눈빛을 하고선 슬며시 방에서 나가주었다. 마침내 방 안에 혼자 남게 되자, 알렉산드라는 재빨리 페넬로페가 지엔궁으로 오기 전 건네주었던 급성 수면제를 클레이오가 마실 술잔에 탔다. 가루약이 든 약포지까지 삼켜 증거를 인멸하고 난 뒤에야 그녀는 안심할 수 있었다.

"황자비 전하, 황자 전하께서 드십니다."

이렇게 빨리 올 줄이야. 알렉산드라가 입술을 질끈 깨물며 답했다.

"……모시세요."

이제는 정말 피할 수 없었다. 알렉산드라는 다가올 일에 대한 마음의 준비를 한 후, 눈을 한 번 질끈 감았다 떠보았다. 잠시 후 문이 열리고 알렉산드라와 똑같은 색의 나이트가운을 입은 클레이오가 들어왔다.

처음 그를 만났을 때는 그 모습에 참 설레했었는데. 알렉산드라가 쓰게 웃었다. 지금은 그저 끔찍하게만 느껴질 뿐이었다.

"오셨습니까, 전하."

"우리, 밤에 이렇게 보는 건 처음이군. 그렇지?"

"그러게요."

알렉산드라가 빙긋 웃은 뒤 그에게 자리를 권했다.

"일단…… 앉으세요."

알렉산드라는 클레이오가 자리에 앉자마자 술잔을 들어 올려 그도 술을 마시도록 유도했다. 그녀의 계획대로 클레이오는 무심결에 술잔을 들어 술을 마셨다. 최대한 빨리 마시는 게 약효를 위해서라도 좋았다.

"이렇게 전하와 부부가 되니 꿈만 같네요."

악몽이지. 이제는 깨어날 수조차 없는.

알렉산드라가 입꼬리를 끌어올려 겨우 웃었다.

"나 또한 그래. 사실 그대가 내게 청혼했을 때도 나는 꿈만 같았어."

"어머. 부끄럽게 그 이야기는 왜 꺼내세요."

안 그래도 어리석었던 과거의 나 자신을 죽이고 싶어 안달 날 것 같은데.

"실은 그때 많이 걱정했거든요. 전하께서 혹 저를 받아주지 않으시면 어쩌나…… 하고요."

"그대처럼 아름답고 똑똑한 여자를 걷어찰 만큼 어리석은 남자가 세상에 어디에 있을까. 당신이 나를 선택한 건 내 인생 최고의 행운이야."

"……."

그리고 그건 반대로 말하자면, 알렉산드라의 인생에 있어 최대의 불행이었다.

어쨌든 클레이오의 관점에서 봤을 때, 그의 말은 타당했다. 알렉산드라는 최고의 신붓감이었다. 클레이오가 묻혀야만 했던 피를 대신 손에 묻히며 온갖 궂은일을 해냈으니까.

그것도 남편을 몹시도 사랑한다는 이유 하나만으로. 여타의 일반 영애들이라면 어려울 일이었다.

"저 또한 행운이라고 생각하고 있어요. 황성 안에서 가장 잘생긴 남자가 내 남편이라니."

더 없는, 영광이지요. 알렉산드라가 저도 모르게 발음을 끊으며 말했다.

"황궁 생활이 녹록지만은 않을 거야. 힘든 일도 많을 거고. 그래도……."

클레이오가 수줍은 듯 약간 얼굴을 붉히며 말을 이었다.

"내가 지켜줄게."

"……."

"내가 꼭 그대를 지켜줄게. 무슨 일이 있더라도 그대만은 내가 꼭 지킬게."

"……전하."

"나를 믿지?"

"네, 믿어요."

알렉산드라가 눈물 섞인 목소리로 대답했다. 그때의 알렉산드라는 클레이오의 진심을 믿었다. 그녀의 말처럼 그를 믿었다. 그가 자신을 지키고, 영원히 사랑해줄 줄 알았다.

하지만 결과는 그녀의 완벽한 오판이었고, 그게 지금 그녀가 이 순간 존재하는 이유였다. 알렉산드라가 앵무새처럼 말했다.

"전하를 믿어요."

당신, 왜 그렇게 변한 거니. 나를 지켜주겠다고 말했잖아. 나를 사랑한다고, 나만 사랑한다고 고백했잖아. 왜 내게 그랬어? 왜 나를 배신했어? 내가 당신에게 뭘 그렇게 잘못했어? 내가 뭘 그렇게…….

"아……."

순간 알렉산드라는 자신이 눈물을 흘리고 있다는 사실을 자각하고서는 소스라치게 놀랐다. 안 돼. 벌써부터 이럴 수는 없다. 이런 감정 같은 건 이제 불필요해. 아니, 오히려 독이 되지.

알렉산드라는 다시 한번 마음을 독하게 먹었고, 동시에 그래야만 한다고 다짐했다. 그의 속내가 어떻든 간에, 그가 종래에 그녀를 배신하고 죽였다는 건 변치 않는 사실이었으니까.

그 과정이 어떻던, 그녀에게는 이제 중요하지 않았다.

"렉시…… 왜 울어."

클레이오가 낮은 목소리로 읊조리며 자리에서 일어선 후 그녀에게 천천히 다가왔다.

"렉시……."

그가 달콤한 목소리로 그녀를 부르며 알렉산드라의 얼굴에 흐르는 눈물을 닦아 주었다. 이 눈물의 원인이 그 자신이라는 걸 모르기에 할 수 있는 행동이었다. 알렉산드라는 안타까운 얼굴을 유지하며 클레이오를 물끄러미 쳐다보았다.

클레이오를 바라보던 알렉산드라는 과거의 경험을 통해 직감적으로 눈치챘다.

안 돼. 이러다 곧…….

그 순간, 클레이오가 먼저 알렉산드라에게 키스했다. 거기에 너무 놀란 나머지, 알렉산드라는 크게 소리까지 지를 뻔했으나, 간신히 참았다.

클레이오는 계속해서 알렉산드라에게 입을 맞추었고, 점점 수위는 높아져 갔다. 이따금씩 클레이오의 거친 숨소리가 알렉산드라의 숨소리와 겹쳐서 들렸다.

알렉산드라는 이 순간이 지옥 같았지만, 조금만 더 참아보기로 했다. 페넬로페는 분명 약효가 빠르게 나타날 것이라고 자신 있게 말했으니까.

마침내 클레이오가 알렉산드라의 옷을 벗기기 시작했고, 그녀에게 하는 애무는 보다 정성스러워졌다. 그는 알렉산드라를 일으켜 안은 다음, 침대 위까지 데려갔다. 알렉산드라는 자연스럽게 그의 애무에 반응하며 신음을 흘렸다. 그녀는 참을 수 없는 수치심에 눈을 질끈 감으면서도, 얼굴만큼은 좋아 죽겠다는 표정을 지었다.

"하아…… 렉시."

"전하……."

제발, 빨리!

알렉산드라가 속으로 간절하게 기도했다. 하지만 그녀의 바람이 무색하게, 클레이오의 애무는 점차 노골적인 수준까지 치닫고 있었다. 안 돼, 이러다 정말……. 알렉산드라가 속으로 비명을 질렀다.

"사랑해, 렉시⋯⋯."

나는, 당신을 사랑하지 않아.

알렉산드라가 힘없이 웃으며 그의 말에 화답하기 위해 입을 연 순간, 무언가가 그녀의 가슴 위로 엎어졌다.

알렉산드라의 가슴 위로 엎어진 것은 클레이오의 머리였다.

알렉산드라는 그제야 그에게 먹인 수면제가 제대로 작용했음을 깨닫고선, 재빨리 그에게서 몸을 떨어뜨렸다. 역겨웠다.

"하아⋯⋯."

하마터면 큰일 날 뻔했네. 알렉산드라가 혐오스러운 표정을 지으며 미리 준비해 두었던 단도를 꺼냈다.

그것을 자신의 발 쪽으로 가져간 그녀가 망설임 없이 발 아래쪽에 상처를 냈다. 시녀들의 의심을 피하려면 보이지 않는 곳이 가장 알맞았다.

알렉산드라가 고통으로 신음을 흘리며 짙은 피를 흰색 침대 시트에 문질렀다. 어느 정도 흔적이 완성되자, 그녀는 얼굴을 찡그리면서도 만족스럽게 웃었다.

"하아⋯⋯."

힘든 숨을 내쉰 그녀가 자연스럽게 잠들어 있는 클레이오에게로 시선을 주었다. 그를 물끄러미 바라보던 그녀가 무심코 그의 목 부근에 단도를 가져가 댔다.

순간 그녀의 머릿속에 이런 생각이 들었다.

'죽일까.'

알렉산드라의 얼굴에 진지한 고민이 스쳤다. 칼을 쥔 그녀의 손이 그녀도 모르는 새에 떨리고 있었다.

하지만 얼마 지나지 않아, 그녀는 고개를 가로저었다. 안 될 말이었다.

'고작 죽음 따위로는 복수를 완성할 수 없어.'

서늘하게 웃은 알렉산드라가 단도를 침대 옆에 있던 서랍의 깊숙한 곳에 집어넣었다. 그런 다음 잠든 클레이오의 모습을 바라보며 마음속으로만 속삭였다.

'기대해, 내가 사랑했던 남편.'

내 복수는 이제부터 시작이니까.

3

On the first day

클레이오는 멍한 눈을 깜빡이며 잠에서 깨어났다. 한동안 정신을 차리지 못한 듯 멍한 표정을 짓던 그가 이윽고 본능적으로 옆을 더듬었다.

누군가가 있었다.

"……전하."

익숙하고, 사랑스러운 목소리가 들렸다. 알렉산드라였다.

클레이오가 저도 모르게 미소 지었다. 그의 사랑스럽고 아름다운 아내. 클레이오가 아내의 애칭을 입에 담았다.

"렉시."

"전하, 일어나셨어요?"

알렉산드라는 나체 상태였다. 알렉산드라가 전날 밤의 의심을 피하기 위해 벌인 일이었다.

당연히 클레이오도 나체였다. 그가 나른한 눈으로 알렉산드라를 쳐다보다가, 잠시 후 나직한 목소리로 말을 꺼냈다.

"어젯밤 말이야……."

꿀꺽.

알렉산드라는 저도 모르게 마른 침을 삼켰다. 하지만 끝까지 태연한 표정을 지우지 않은 채 그의 말을 들었다.

"네, 전하."

"기억이 나질 않아. 나만…… 그런 건가?"

분명 이 방에 들어왔던 것까지는 기억이 나는데 말이야……. 클레이오의 말에 알렉산드라가 저도 모르게 미소 지었다.

당연히 기억이 나질 않아야지. 애당초 아무 일도 없었으니까, 우리는.

"왜 웃지? 내가 뭘 잘못한 건가, 혹시?"

"웃음이 나올 수밖에요. 어젯밤 저를 그리 혹사시키시더니, 기억이 나지 않는다고 하시면……."

알렉산드라가 웃으며 말했다.

"제가 민망해지잖습니까. 저 혼자 모든 걸 오롯이 다 기억하고 있으면……."

"이런."

클레이오가 알렉산드라의 말에 더 당혹스러운 표정을 지었다.

"내가 실언했어. 기분 상했다면 잊어버리지."

"민망하니 그런 이야기는 하지 마세요."

"그래."

그가 옆에 누워 있는 알렉산드라의 붉은 머리카락을 옆으로 쓸어 넘겨주며 속삭였다.

"그런데, 내가 어제 말해줬던가?"

"뭘요?"

"사랑한다고."

"……."

클레이오가 다정한 눈으로 알렉산드라를 바라보며 읊조리듯 말했다.

"사랑해, 렉시."

"……저도요."

말을 마친 클레이오가 알렉산드라를 제 쪽으로 끌어당겨 안았다. 클레이오의 품 안은 분명 따뜻했지만, 정작 그 안에 있는 알렉산드라는 몸이 차게 식는 것을 느꼈다. 목이 떨어져 시체가 되었을 때의 느낌처럼. 알렉산드라가 속으로 중얼거렸다.

'이것 또한 연기일까.'

아니면 진심일까.

알렉산드라는 아리송해졌다. 적어도 지금까지 그의 말과 행동에서 의심스러운 부분은 보이지 않았다.

그것이 알렉산드라를 헷갈리게 했다. 클레이오가 처음부터 자신을 이용하려 했던 것인지, 아니면 나중에 가서야 그녀에 대한 마음이 식은 것인지.

'뭐, 어느 쪽이든 상관없나.'

이미 복수를 다짐한 상태에서 그건 의미 없는 고민일지도 모른다. 다만, 확실히 짚고 넘어가야 할 필요는 있었다.

애당초 이런 복잡한 복수를 선택한 까닭은 그에게 자신이 겪었던 고통을 온전히 겪게 해주고 싶었기 때문이었으니까. 이걸 알아내면 복수에 도움이 될지도 몰랐다.

하지만 진실이 무엇이든, 알렉산드라는 복수를 그만둘 생각이 조금도 없었다. 자신이 받았던 고통을 잊어버리지 않는 한, 그를 결코 용서할 수 없을 테니까. 쓰게 웃은 알렉산드라가 아무렇지 않게 클레이오를 대했다.

"자, 이만 일어나실 시간이에요. 두 분 폐하와 황비 전하께 문안을 드리러 가야지요."

문안 인사를 매일 하러 가는 황족은 거의 없었지만, 적어도 결혼식 다음 날에는 그렇게 하는 것이 기본적인 예의였다.

클레이오가 약간 귀찮은 듯한 표정을 지으면서도, 기꺼이 자리에서 일어났다. 그는 일어나자마자 침대에 묻은 핏자국을 발견하고선 민망해하다가, 이윽고 알렉산드라에게 물었다.

"아프지는 않고?"

"어제 다정하셨어요, 전하."

왜냐하면 제게 아무 짓도 저지르지 않으셨거든요.

해사하게 미소 지은 알렉산드라가 엄살을 부렸다.

"그래도 좀 아프긴 하네요."

"문안만 마치고 바로 쉬도록 해. 오늘 그대가 해야 할 일은 아마 거의 없을 거야."

"그럴게요."

알렉산드라가 껍데기 같은 미소를 지으며 답했다.

두 번째로 황제와 황후를 만났을 때도 특별히 달라진 것은 없었다. 황제는 그와 그녀에게 의례적인 인사만 건넸고, 황후는 여전히 알렉산드라를 견제하는 모습을 보였다.

한편, 이번에는 1황자의 어머니 빈첸시아 황비도 함께 3황자 부부의 인사를 받았는데, 첫 번째 생과 변함없이 자애로운 미소를 입가에 유지하고 있었다.

하지만 그 속에 감추어진 칼날을 이미 한 번 맞아보았던 알렉산드라로서는 그녀의 미소가 가식적으로밖에는 느껴지지 않았다. 그 아름다운 미소에 껌뻑 속아 그녀가 좋은 사람임이 분명하다며 클레이오에게 떠들었던 과거와는 상당히 대조적인 모습이었다.

"어젯밤은 편안히 보내셨나요?"

빈첸시아 황비가 이렇게 물었을 때도 과거의 알렉산드라는 그걸 나쁘게 받아들이지 않았었다. 물론 지금은 아니었지만. 알렉산드라가 얼굴을 붉히며 수줍게 답했다.

"두 분 폐하와 황비 전하의 은혜로 평안히 지낼 수 있었습니다. 은혜에 감사드립니다."

"내가 특별히 한 건 없지만…… 그랬다니 다행이네요."

"그럼 조만간 좋은 소식을 기대할 수 있는 건가?"

황제의 말에 알렉산드라는 순간 얼굴이 굳어질 뻔했지만, 최대한 아무렇지 않은 척 입을 열었다. 하지만 빈첸시아가 좀 더 빨랐다.

"폐하, 너무 이릅니다. 아직 1황자와 2황자는 결혼도 하지 않았는걸요."

"그런가?"

"네. 두 사람 모두 아직 젊으니 너무 독촉하지 마시지요."

빈첸시아는 그렇게 말한 다음 인자한 미소를 지어 보였는데, 알렉산드라는 저 미소가 빈첸시아의 각본에 의해 완벽히 짜인 것이라고 확신했다.

그녀는 이런 식으로 가식적인 미소를 지어 보이는 데 상당히 익숙했는데, 대부분의 사람들은 그 미소를 자연스럽게 우러난 미소라고 착각했다. 그리고 한때는 알렉산드라도 그랬다.

그녀는 더 이상 그 미소에 속지 않으며 따라서 가식적인 미소를 보여주었다. 지금 생각하면 과거의 그녀도 참 어리석었다.

"말이 나와서 그러는데 1황자는 언제쯤 결혼시킬 생각인가요, 비?"

타르실라의 목소리였다. 화제가 자신에서 벗어나자, 알렉산드라는 속으로 안도의 한숨을 쉬며 빈첸시아를 바라보았다.

1황자는 올해로 26세를 맞이했는데, 대부분의 영식들이 20대 초중반에 결혼한다는 사실만 놓고 보자면 꽤 늦은 편이었다.

"그러게요. 이러다간 정말 적령기를 놓칠 것 같아서 저도 진지하게 고민 중이랍니다."

갑작스러운 질문에도 빈첸시아는 당황하는 법 없이 차분하게 답했다. 하지만 타르실라도 만만치는 않았다.

"눈이 너무 높은 것 아닌가요? 물론 황비가 공주 출신의 어머니를 두었으니 보는 눈이 까다로운 건 이해합니다만……."

"……."

그 한마디에 빈첸시아의 얼굴이 순간 굳어지는 것을 알렉산드라는 분명히 목격할 수 있었다. 그녀의 표정이 빠르게 원래대로 돌아왔기 때문에, 자세히 보지 않으면 생각 없이 지나칠 수 있을 정도였지만, 관찰력이 좋은 알렉산드라는 그것을 잡아냈다.

빈첸시아는 이가렐 가문의 공녀였지만, 어머니가 라우페즈 왕국의 공주였다. 일반적으로 봤을 때는 문제가 될 것 없는 조합이었지만, 순혈주의를 표방하는 레예스 제국에서 혼혈 귀족은 그리 달가운 존재로 취급받지 못했다.

어릴 적부터 이런 출신을 엄청난 콤플렉스로 여기고 많은 스트레스를 받은 만큼, 빈첸시아에게 어머니 문제는 상당히 민감한 주제였다. 물론 출신도, 지위도 빈첸시아보다 한 단계 높은 타르실라 황후는 그 화제를 입에 담는 것에 대해 전혀 개의치 않아 했지만.

잠시 후 빈첸시아 황비가 입을 열었다.

"까다로운 어머니 때문에 1황자만 고생이지요. 하지만 그만큼 더 현숙하고 아름다운 황자비와 이어주기 위해 노력하고 있습니다, 폐하."

"그래도 2황자보다는 1황자가 먼저 해야지요. 순행은 아니더라도 역순으로 결혼하는 건 좀…… 망신이지 않습니까."

'망신'이라는 타르실라의 말에 빈첸시아가 움찔하며 반격했다.

"꼭 2황자의 짝으로 마음에 두신 영애가 있는 것처럼 말씀하십니다."

"아직은 없습니다. 지금은 1황자의 결혼이 워낙 요원하게 느껴지는지라……. 조금이라도 계획이 있으시다면 언제든 말씀해 주세요. 그때 찾아봐도 늦지 않을 것 같아서요."

"자자, 다들 그만하지. 지금 여기서 나눌 대화는 아닌 것 같군."

듣다 못 한 토마스 2세가 두 사람을 제지했고, 덕분에 빈첸시아는 굳이 타르실라의 비아냥에 더이상 대꾸할 필요가 없어졌다. 그 모습을 물끄러미 바라보던 알렉산드라가 속으로 웃었다.

'이 사람들은 정말…… 변한 게 없어.'

물론 과거를 온전히 기억하고 있는 알렉산드라로서는 참으로 다행스러운 일이었다.

"너희들은 이만 가보는 게 좋겠구나. 특히 황자비는 황궁 생활이 처음이니 많이 피곤할 것 같은데."

"신경 써주셔서 감사합니다, 황제 폐하."

알렉산드라는 클레이오와 함께 최대한 빨리 자리를 떴다. 타르실라와 빈첸시아의 신경전을 겪는 게 참 오랜만인 탓에, 새삼 생경한 기분이 들었다. 알렉산드라가 피곤한 표정으로 머리카락을 쓸어 넘기자, 그 모습을 지켜보던 클레이오가 걱정스러운 목소리로 물었다.

"렉시, 괜찮은 건가?"

"네, 전하."

알렉산드라가 별생각 없이 답했다. 하지만 클레이오는 그녀가 거짓말을 하고 있다고 생각했는지 부드러운 손길로 그녀의 고개를 돌려 자신을 바라보게 했다.

알렉산드라의 투명한 눈동자가 그의 시야에 들어왔고, 클레이오는 연한 미소를 띤 얼굴로 그녀를 위로하듯 말했다.

"아이 이야기는 너무 신경 쓰지 마. 부황 폐하께서 별 뜻 없이 하신 말씀일 거야."

"전하께서는 저와의 아이를 원치 않으세요?"

우발적으로 나온 질문이 상당히 차가워서, 알렉산드라는 자신이 말하고도 흠칫 놀라야만 했다.

클레이오도 그걸 느꼈는지 잠깐 당황하다가, 이윽고 다정한 목소리로 그녀에게 물었다.

"렉시, 그게 무슨 소리야? 당신과의 아이를 원하지 않는다니. 내가 그럴 리 없잖아."

"별로 원치 않아 하시는 것 같아서요. 저는 그 자리에서 전하가 노력해 보겠다고 말씀하실 줄 알았어요."

"임신이 하고 싶다고 해서 되는 게 아니잖아, 렉시. 물론 당신만 원한다면 나는 최선을 다해 노력하겠지만, 혹시라도 당신에게 부담을 줄까 봐 걱정됐어. 그래서 아무 말 못 했던 거고."

"……."

"오해한 거야? 그랬다면 정말 미안해. 내가 잘못했어."

"……아니에요, 전하."

알렉산드라가 고개를 저으며 그를 꼭 안아주었다. 제정신이 아닌 게 틀림없다.

그가 아이를 원하든, 원하지 않든 그게 뭐가 중요하다고. 그가 설령 지금 자신과의 아이를 원했다고 하더라도, 그게 자신을 죽인 일에 면죄부를 주지는 못하는데. 알렉산드라가 가식적인 표정을 지으며 클레이오에게 다정한 목소리로 속삭였다.

"내가 미안해요. 요즘 너무 피곤해서 별것 아닌 일에도 괜히 민감하게 굴었나 봐요."

"많이 피곤한 거야?"

"이제는 좀 괜찮아요."

클레이오의 걱정스러운 목소리에 나긋한 목소리로 답한 알렉산드라가, 그를 좀 더 꽉 끌어안으며 말했다.

"지금 당장 아이를 가지고 싶은 건 아니었어요. 그럼 신혼을 충분히 즐기지 못하니까……. 그래도 혹시나 했던 거예요. 혹시 전하께서는 아이를 원하시지 않는 줄 알아서요."

"절대 아니야, 렉시."

그가 단호한 목소리로 알렉산드라의 말을 부정하며 그녀를 안심시켰다.

"하루빨리 당신과 나를 닮은 아이를 보고 싶어. 그래도 당신에게 부담을 주는 건 싫거든. 내 말…… 이해하지?"

"그럼요. 미안해요. 내가 괜히 속 좁게 군 것 같아서 조금 민망하네요."

"괜찮아, 괜찮아."

클레이오가 알렉산드라의 어깨에 얼굴을 묻으며 속삭였다.

"사랑해, 렉시. 내 마음 알지?"

"그럼요, 전하."

알렉산드라가 서늘하게 웃으며 답했다.

"저도 사랑해요."

클레이오는 지엔궁에 도착한 후 당일의 일정을 위해 자신의 방으로 돌아갔다. 부부라고 해도 함께 있는 시간은 적었다. 황궁에서는 그게 법도였다.

과거 그를 사랑했던 알렉산드라는 그 법도를 저주하며 자신의 처지를 한탄했지만, 지금으로서는 그렇게 좋을 수가 없었다. 원한다면 언제든 적당한 핑계를 대며 그를 피할 수 있었으니까.

"오늘 황자 전하의 일정이 어떻게 되나요, 엘로웬?"

역시 자신의 방으로 돌아온 알렉산드라가 가장 먼저 질문한 내용이었다.

황자가, 그것도 1황자도 아닌 3황자가 국정에 참여하는 일은 없었다. 후계자도 명확히 정해지지 않은 상태에서 의도치 않은 분쟁이 일어날 수 있었기 때문에, 토마스 2세는 일부러 자신의 세 아들들을 일체 국정에 참여시키지 않았다.

그와 별개로 교육은 철저히 이루어졌는데, 황제가 되지 못할 두 아들 또한 제국에 도움이 되기를 바라는 것 같았다. 그러나 알렉산드라는 그런 토마스 2세의 바람이 상당히 위험천만하다고 밖에는 생각되지 않았다.

그 세 형제가 난 배가 전부 동일하다면 모를까, 흐르는 반쪽 피가 모두 다른 상황에서 토마스 2세의 바람은 이상에 가까웠다. 알렉산드라는 만약 그녀가 황제였다면 일찌감치 후계자를 정해두고 나머지 두 황자들에게는 일체의 교육도 시키지 않을 것이라고 생각했다. 나머지 두 황자들에게는 잔인하긴 해도 그게 황권을 공고히 하는 데에는 가장 좋은 방법이었으니까. 회귀한 지금도 어째서 토마스 2세가 그 좋은 방법을 사용하지 않았는지는 심히 의문이었다.

"오전부터 검술 수업이 있으시고, 오후에는 교양 수업이 있으십니다."

"바쁘기도 하시지."

엘로웬의 대답을 들은 알렉산드라가 마음에도 없는 아쉬운 표정을 지으며 다른 질문으로 넘어갔다.

"그러면 난?"

"전하께서는 뭘 하시든 자유십니다. 참, 오전에 지클린데 후작저에서 레이디 페넬로페가 온다는 전갈이 왔습니다."

"아."

페넬로페는 자신이 영양 시절부터 곁에 두던 시녀였고, 이번에 황자비가 되면서 그녀 또한 후작저를 떠나 지엔궁의 시녀로 오게 되었다. 알렉산드라가 지시내렸다.

"페넬로페가 오면 잘 적응할 수 있도록 설명을 해주세요. 영특한 아이니 아마 금방 적응할 수 있을 겁니다."

"네, 전하."

"교육을 마치고 나면 곧바로 내 방으로 오라고 전해주고요."

알렉산드라가 가장 먼저 해야 할 일은 복수의 시작과 끝을 함께 할 사람을 찾는 일이었다. 그리고 그 일에 적합한 사람은 아직까지 는 페넬로페밖에 없었다.

물론 엘로웬 역시 그녀에게 더없이 충성스러운 시녀였지만, 그 건 어디까지나 조금 더 뒤의 일이었다. 현재로서 알렉산드라가 믿 을 만한 사람은 오직 페넬로페뿐이었다.

알렉산드라는 간단하게 조찬을 든 후, 오롯이 책만 읽으며 오전 을 보냈다. 아니, 정확히 말하자면 책을 읽는 척하며 앞으로의 계 획을 구상했다.

미래를 알고 있다는 건 분명 엄청난 혜택이었지만, 그녀는 자신 이 겪었던 일들이 전부 다 미래로 재현되지 않을지도 모르겠다는 생각이 들었다. 미래를 알고 있는 자신의 행동으로 앞으로의 일이 충분히 달라질 수 있었기 때문이었다.

때문에 첫 삶에서 그녀가 쓰러뜨렸던 적이라도, 다시 싸울 때는 결코 방심하지 않아야 했다.

"전하."

알렉산드라가 허기를 느껴 점심을 먹어야겠다고 생각했을 즈 음, 엘로웬이 그녀를 불렀다. 당연히 식사 문제로 그녀를 부른 줄 알고 있었던 알렉산드라는, 이어지는 엘로웬의 말에 오찬을 잠시 뒤로 미루기로 마음먹었다.

"레이디 페넬로페가 도착했습니다. 교육은 물론이고, 방 배정 또한 마쳤습니다."

"먼 길 오느라 수고했겠네요. 고마워요, 엘로웬."

지클린데 후작저에서 황궁까지는 마차로 30분 거리였다. 결코 먼 거리가 아니었지만, 엘로웬은 굳이 알렉산드라의 말을 지적하지 않은 채 다른 질문을 했다.

"레이디 페넬로페를 이곳으로 데리고 올까요, 전하?"

"그녀가 점심을 먹지 않았다면, 오늘은 특별히 그 아이와 함께 오찬을 들고 싶은데요."

법도에 어긋나는 일이었기 때문에 엘로웬은 처음 그 말을 들었을 때 약간 주저하는 모습을 보였다. 하지만 알렉산드라가 곧바로 덧붙인 조건 하나에, 엘로웬은 고개를 끄덕일 수밖에 없었다.

"오늘 하루만요. 첫날, 특별한 날이잖아요."

"알겠습니다, 전하. 일단은 레이디 페넬로페부터 데리고 오겠습니다."

"고마워요."

말을 마친 후 3분도 지나지 않아 페넬로페는 알렉산드라의 방에 도착했다. 알렉산드라를 다시 본 페넬로페는 마치 10년은 떨어져 있던 사람처럼 감격스러운 얼굴로 알렉산드라에게 인사했다.

"아가…… 아니, 황자비 전하를 뵙습니다. 레예스에 무한한 영광을."

"이렇게 예를 차리니 어색하네."

알렉산드라가 빙긋 웃으며 10년 동안 자신의 곁을 지켰던 충성
스러운 친우를 향해 손짓했다. 가까이 오라는 손짓에 페넬로페가
얼른 그녀에게 가까이 다가갔다. 알렉산드라가 페넬로페의 손을
붙잡으며 말했다.

"보고 싶었어, 페니. 네가 이 궁에서 해줄 일이 아주 많을 거야."

적어도 아직까지는 너밖에 믿을 수가 없거든. 알렉산드라는 충
성스럽게 빛나는 페넬로페의 눈동자를 바라보며 다정한 목소리
로 말했다. 페넬로페가 듬직한 표정을 지으며 대답했다.

"제가 무슨 도움이 될지는 모르겠지만, 전하께서 저를 필요로
하신다면 무엇이든 할게요."

"고마워."

"전하, 식사를 대령했습니다."

때마침 식사가 방 안으로 들어왔고, 페넬로페는 알렉산드라와
같이 식사를 한다는 것을 그때 처음 알았는지 난색을 표했다. 하
지만 알렉산드라의 거듭되는 요청에 결국 수락할 수밖에 없었다.

식사가 진행되는 동안 두 사람은 일상적인 이야기만 나누었다.
그리고 디저트를 먹을 차례가 되었을 때, 알렉산드라는 본격적으
로 이야기를 꺼냈다. 바로 이 시간을 위해 그녀와의 식사를 제안한
것이었다.

"페니, 네게 부탁하고 싶은 게 있어."

"네, 말씀하세요, 전하."

페넬로페가 청포도가 박힌 푸딩을 먹으며 대답했고, 알렉산드라는 빙긋 웃으며 지시했다.

"방계 황족들이 지금 어떻게 지내는지 좀 알아봐 줄래?"

이게 바로, 그녀가 계획하고 있는 복수의 핵심이었다. 알렉산드라의 목표는 클레이오를 황제로 만든 후 황후로서 그를 배신하는 것이었다. 그리고 그 배신의 크기는 죽음을 넘어설 만큼의 고통을 안겨주어야만 했다.

이제 막 황제가 된 남자가 느낄 수 있는 가장 큰 고통이 무엇일까. 고민하고 또 고민하던 알렉산드라는 이런 결론을 내렸다.

그 남자가 쓰고 있는 왕관을 다시 빼앗아 오자.

그리고 그 왕관을 아내가 직접 다른 남자의 머리 위에 씌워주는 것이다. 폐위의 고통에 배신이 더해진다면, 과연 그 사람은 버텨낼 수 있을까?

알렉산드라는 고개를 저었다. 아니, 버텨낼 수 없을 것이다. 자신이 그러했듯이.

그녀에게는 조력자가 필요했다. 클레이오를 황제로 만드는 것까지는 자신 있었지만, 그를 끌어내리고 새 황제를 추대하는 것은 또 다른 문제였다.

황제가 되겠다는 야심이 있으면서도 그녀를 끝까지 배신하지 않을 남자. 알렉산드라에게는 그런 조력자가 필요했다.

"방계 황족이요?"

"응. 10대 후반부터 20대 후반의 남자들로 알아봐 줘. 아, 무조건 미혼이어야 해. 알았지?"

기혼이면 일이 틀어질 가능성이 컸다. 이해관계가 복잡하게 얽혀 있기 때문이었다. 그 사람의 아내는 기본이고, 아내의 지인, 처가, 처가의 지인까지…….

그녀의 복수는 극소수만이 알고 있어야 했고, 기혼이면 비밀이 누설될 가능성이 높았다. 그리고 상대의 아내에게 이상한 오해를 살 가능성도 있었다.

그로 인해 일이 또 어떻게 틀어질지는 아무도 모르는 일이었다. 알렉산드라는 굳이 위험부담을 떠안고 싶지 않았다.

"알겠어요, 전하. 알아보고 리스트로 만들어 드릴게요."

"고마워. 참, 페니."

알렉산드라가 목소리를 잔뜩 낮춘 채, 무슨 비밀스러운 일을 모의하는 사람처럼 속삭였다.

"이 일은 무조건 비밀에 부쳐져야 해. 누구에게도 알리지 마. 알았지?"

"누구에게도요?"

"지엔궁의 시녀들은 물론이고, 지클린데 가문 사람, 황실 사람들, 내 부모님, 그리고 내 남편까지도. 내 말, 잘 알아들었지?"

"3황자 전하께서도 아시면 안 된다고요?"

78

"응. 우리 둘 외에는 그 누구도 이 내용을 알아서는 안 돼."

알렉산드라는 페니에게 드물게 무서운 표정을 지으며 경고했다.

"내 말 명심해야 해, 페니. 그 누구에게도 말해서는 안 돼. 알아들었지?"

"네, 전하. 명심할게요."

아가씨가 제가 모실 적에는 잘 짓지 않던 표정으로 명심을 시키니 페넬로페로서는 반드시 비밀을 지켜야겠다는 생각밖에 들지 않았다. 비장한 표정으로 고개를 끄덕인 페넬로페가 알렉산드라에게 물었다.

"언제까지 알아오면 될까요?"

"최대한 많이, 최대한 빨리, 최대한 자세하게."

알렉산드라가 여전히 낮은 목소리 톤을 유지하며 덧붙였다.

"최대한 비밀리에."

페넬로페는 정말로 '최대한 많이', '최대한 빨리', '최대한 자세하게' 그리고 '최대한 비밀리에' 알렉산드라가 원하는 자료를 구해왔다.

총 50명의 '10대 후반에서 20대 후반 사이' '미혼' 방계 황족들의 목록이 꽤나 두꺼운 서류에 담겨 있었다. 그것을 받아든 알렉산드라가 무심결에 중얼거렸다.

"양이 상당하네."

"'최대한 자세한 것까지' 조사해 오라고 하셨잖아요."

페넬로페가 뿌듯한 목소리로 알렉산드라에게 설명했다.

"저는 조사하면서 되게 놀랐어요. 제국에 방계 황족들이 이렇게나 많다니."

"나도 놀랐어, 페니. 이렇게 빨리, 많이, 자세하게 조사해올 줄은 몰랐거든."

"비밀리에 하느라 더 힘들었어요."

"수고했어."

빙긋 미소 지은 알렉산드라가 페넬로페에게 이만 나가 보아도 좋다고 말한 후, 서류를 들고 책상 앞에 가 앉았다.

그녀가 아직 3황자의 비인 것은 참 다행한 일이었다. 만약 황후나 황태자비였더라면 이래저래 신경 쓸 게 많았을 테니까. 다행히 그녀가 관리해야 할 일은 지엔궁의 안살림밖에는 없었고, 업무량은 황후나 황태자비에 비한다면 거의 새 발의 피였다.

그녀는 가장 첫 장을 넘겨보았다. 리스트의 분류 기준은 토마스 2세와의 촌수였는데, 촌수가 가까운 순서대로 기재되어 있었다.

알렉산드라는 순간 페넬로페가 자신이 이 일을 지시한 이유를 알고 있는 것은 아닌지 의심이 들 정도로 아찔한 기분이 들었다. 새 황제를 추대하기 위해서는 토마스 2세와 지나치게 촌수가 멀어서는 안 되었는데, 바로 정통성이 떨어지기 때문이었다. 하지만 사실 이 리스트에서 가장 적합한 분류 기준은 황제와의 촌수가 유일했기 때문에 알렉산드라는 그냥 페넬로페가 똑똑한 것으로 결론 내렸다.

첫 번째 인물은 현재로서는 제국에 단 한 명뿐인 황제의 3촌이었는데, 알렉산드라도 파티를 통해 몇 번 만난 적이 있는 남자였다. 문제는 그가 먹는 것 이외에는 도통 관심이 없어 관리 영주민들의 불만이 솟구치고 있는 데다, 자기관리도 최악이라는 점이었다. 영지도 제대로 관리를 못 하는데 이 거대한 제국을 제대로 다스릴 수 있을 리 없었다. 그녀는 망설임 없이 다음 장을 넘겼다.

4촌부터는 5명 정도의 황족이 있었다. 첫 후보는 소심한 성격에 우유부단한 마마보이였고, 두 번째 후보는 여성 편력 어마어마한 변태였다. 세 번째 후보는 평생 책만 읽을 것같이 생긴 남자였는데, 알렉산드라가 판단하기에 그는 군주보다는 참모에 더 적합한 사람이었다. 고로 통과. 네 번째 후보는 지나치게 재산이 적었는데, 문제는 그 재산을 전부 도박하느라 날려 먹었다는 점이었다. 역시 통과였다.

'사람이 이렇게 없을 줄이야.'

마지막 후보까지 넘기게 되자, 알렉산드라는 점점 초조해지기 시작했다. 사실 5명만 보고 내리기에는 꽤나 성급한 판단이라고 볼 수 있을지도 몰랐지만, 황위를 차지하는 데 정통성은 떼어놓고 생각할 수 없는 문제였다. 서류의 페이지를 넘기면 넘길수록 일이 더 힘들고 복잡해지는 것이다. 3황자가 가진 정통성을 뛰어넘는 능력과 역량을 입증하고, 혹시 모를 귀족들의 반발을 잠재워야 했기 때문이었다.

알렉산드라가 심각한 얼굴로 다음 서류를 넘겼다. 그리고 발견한 이름 하나에, 그녀는 저도 모르게 잡고 있던 서류의 앞부분을 전부 놓아 버렸다. 알렉산드라가 잔뜩 당황한 얼굴로 중얼거렸다.

"맞아. 이 남자도 황족이었지……."

익숙한 이름이었다. 익숙하지 않을 수 없는 이름이었다. 알렉산드라가 가만히 그의 이름을 입에 담았다.

"라키아스 블레어 딘 오르누스."

그녀가 죽인 남자의 이름이었으니까.

알렉산드라가 마른침을 꿀꺽 삼켰다. 라키아스 블레어 딘 오르누스는 토마스 2세의 사촌 동생이었다. 즉 클레이오의 5촌 당숙이었는데, 황제의 사촌들이 전부 황성 근처에서 지내고 있는 것과는 달리 라키아스는 변경에서 영지를 다스리고 있는 아주 특이한 경우에 속했다.

특이한 것은 그가 현재 거처를 두고 있는 곳이 제국 남쪽의 오르누스 공작령이 아니라 북쪽에 위치한 에르네브 백작령이라는 점이었다. 굳이 살기 좋은 오르누스 영지를 버리고 직접 에르네브 지역으로 간 이유에 대해서는 호사가들도 의견이 분분했는데, 제국의 최연소 기병대장이었던 아버지의 피를 이어받아 외세로부터 제국을 지키려는 충성심과 애국심 때문이라는 의견이 주류였다.

하지만 알렉산드라의 생각은 달랐다. 라키아스와 딱 두 번 정도 마주친 적이 있었는데, 처음부터 느낌이 좋지 않다고 생각했고, 두 번째에 가서는 완전히 위험하다는 판단이 들었다. 그녀는 라키아스가 지니고 있던 눈빛을 누구보다도 잘 알고 있었다.

'나와 똑 닮았던 눈빛이었으니까.'

목적을 위해 수단과 방법을 가리지 않았던 그때의 자신과 너무나도 닮아 있던 눈빛이 아직까지도 기억났다. 금방이라도 날카로운 이빨로 적의 숨통을 끊어 놓을 듯한, 그런 맹수 같은 눈빛을 숨긴다고 해서 완벽히 숨길 수 있을 리 없었다. 이미 자신부터 그것을 발견해 버렸으니까.

알렉산드라가 미간을 살짝 좁히며 다시 라키아스의 설명이 적혀 있던 서류를 펼쳐보았다. 이름은 라키아스 블레어 딘 오르누스. 오르누스의 공작이자 에르네브의 백작. 토마스 2세의 사촌 동생이자 토마스 1세의 조카. 나이는 그녀보다 5살 많은 26세였고, 아버지는 그가 어머니의 배 속에 있었을 때 전장에서 사망했다. 유복자로 태어나 어릴 적부터 검술에 걸출했고, 머리도 비상해 14세의 나이에 어머니로부터 오르누스 가문의 통솔권을 넘겨받았다.

'그리고 현재는, 에르네브 백작령에서 숨을 죽인 채 살아가고 있는 남자.'

하지만 도대체 왜? 알렉산드라는 지금에 와서도 그 이유를 짐작하기 어려웠다. 그때 마주했던 그 눈, 결코 변경이나 지키는 데에 만족할 남자의 눈이 아니었다. 그때 들었던 그 남자의 말소리, 그 속에는 결코 충성스러운 황가의 일원으로 남아 있을 만한 사람의 기운이 없었다.

알렉산드라는 까득 이를 물었다. 분명 그때 그녀는 라키아스를 위험인물로 판단했다. 언젠가는 반드시 황궁으로 귀환해 황위를 찬탈했을 남자. 그것이 알렉산드라 내린 라키아스의 평이었다.

그래서 그녀는 그를 죽음으로 몰아넣었다. 끈질기게 누명을 씌워서, 결코 빠져나갈 수 없는 덫 속에 걸려들도록.

하지만 지금은?

상황이 달랐다. 가장 중요한 사실 첫째, 알렉산드라는 전처럼 클레이오를 사랑하지 않았고, 둘째, 그녀에게는 야망 넘치는 똑똑한 우군이 필요했다. 그녀가 그를 제대로 본 게 맞다면, 라키아스는 아마 그녀의 동맹을 거절하지 않을 것이었다.

마지막으로 셋째…….

'내가 과연 이번에도 그를 성공적으로 제거할 수 있을까.'

그때 라키아스의 목을 베기 위해 얼마나 많은 노력을 들였는지를 알렉산드라는 똑똑히 기억하고 있었다. 아주 오랜 시간을 들여 그를 감시하고, 허점을 찾아내고, 그가 하는 모든 행동에 사사건건 꼬투리를 잡았다. 제국민들의 입을 빌려 그에 대한 악소문을 퍼뜨리고, 그가 끊임없이 주변 사람들을 의심하도록 유도했다.

이 모든 것이 조금씩 효과를 발휘해 라키아스는 결국 반역죄로 체포되었고, 억울하게 눈을 감았다. 그때의 알렉산드라는 이렇게 생각했었다. 설령 그가 무슨 짓을 꾸몄든, 꾸미지 않았든 그건 중요하지 않다고. 수상한 일을 꾸미고 있었다면 참수는 정당한 것이었고, 설령 꾸미지 않았다고 하더라도 언젠가는 꾸밀 남자였다고.

어쨌든 라키아스는 그만큼 호락호락하지 않은 남자였고, 알렉산드라는 굳이 불필요하게 고생을 할 필요는 없다고 생각했다. 이번에도 그를 죽이기 위해 온갖 계략을 짜내야 할 것을 생각하니 벌써부터 머리가 아파왔다. 무엇보다 이번 생에서도 적으로 돌리기에는 그 능력과 야욕이 아까웠다. 라키아스가 처형당하기 직전까지 아군이 아닌 게 정말 안타깝다고 생각할 정도였으니까.

다행스럽게도 자신이 그에게 저지를 일은 아직 다가오지 않은 미래였다. 회귀에는 아무런 변명 없이 지난날의 선택을 바로잡을 수 있는 특권까지 포함되었다. 알렉산드라는 그 특권을 한 번 적극적으로 이용해보자고 생각하면서, 더 이상 읽을 가치가 없어진 두꺼운 서류를 벽난로에 던져버렸다.

물론 라키아스가 자신의 제안을 꼭 받아들이라는 법은 없었다. 하지만, 만약에라도 일이 그렇게 된다면, 그녀는 최대한 빨리 라키아스를 제거해야만 했다.

자신의 계획을 아군도 아닌 사람이 알고 있다는 것처럼 위험천만한 일은 없었으니까. 모쪼록 그런 일이 일어나지 않기만 바랄 뿐이었다.

어쨌든 조력자는 찾았는데 그다음이 문제였다. 라키아스에게 연락할 방도가 없었다.

물론 연락이야 원한다면 언제든지 할 수 있었다. 여기서 라키아스가 지내고 있는 에르네브가 제국의 최북단에 위치했긴 해도, 시간이 오래 걸릴 뿐이지 연락이 불가능한 것은 아니었다.

문제는 그 행위 자체였다.

알렉산드라가 라키아스에게 연락을 할 이유가 없었다. 도대체 왜 그녀가 시당숙인 라키아스에게 연락을 해야 했는지를 묻는다면, 아무리 알렉산드라라도 할 말이 없었다. 더구나 연락하는 거리가 길어지면 길어질수록 꼬리도 잡힐 확률도 높아졌다.

때문에 직접적으로 서신을 보내거나 하는 행동은 위험했다. 무엇보다, 편지로 전하기에는 상당히 위험천만한 일이었다. 이건 사정을 모르는 누가 봐도 반역 모의의 현장이었으니까.

'그러니 그를 만나야만 해.'

하지만 어떻게? 라키아스는 본인의 영지인 오르누스 공작령조차 일 년에 한두 번 방문하는 사람이었다. 그런 그가 연고 하나 없는 황성을 방문할 이유는 없었고, 황궁을 방문할 이유는 더더욱 없었다.

물론 라키아스가 토마스 2세의 사촌 동생인 것은 맞았지만, 그렇게 친밀한 관계처럼 보이지는 않았다. 한마디로, 구슬은 준비되어 있는데 그걸 꿸 실이 없었다. 난감한 노릇이었다.

'어쩌면 좋을까…….'

고민에 고민을 거듭하고 있는데, 누군가가 문을 두드렸다. 알렉산드라가 의자에서 몸을 일으켜 자세를 바로 한 다음, 약간 잠긴 목소리로 물었다.

"무슨 일이지?"

"전하, 레이디 드네리스가 전하를 뵙고자 하십니다."

드네리스는 리누아스 가문의 적장녀였는데, 알렉산드라와 아주 절친한 사이는 아니었으나, 그래도 사교계에서 만나면 가끔 말을 섞는 관계였다. 어차피 당장 할 일도 없었겠다, 머리는 복잡했겠다, 잘 되었다고 생각하며 알렉산드라가 말했다.

"들이세요."

알렉산드라의 말에 굳게 닫혀 있던 문이 열렸다. 드네리스는 레이스가 달린 분홍색 드레스를 입고 있었는데, 과하게 화려하지 않아 보는 사람으로 하여금 레이스 특유의 부담감을 덜어주었다. 그녀가 정중하게 알렉산드라에게 인사했다.

"황자비 전하로는 처음 뵙네요. 리누아스 가문의 드네리스 케라 엘 리누아스가 인사드립니다. 레예스 제국에 무한한 영광이 있기를."

"제가 이런 인사치레를 그렇게 즐기는 사람은 아닌데요. 아시잖습니까."

"처음은 특별하니까요. 또 전하께서는 그렇게 말씀하셔도, 막상 그 상황이 되면 다른 감정을 품으실 수도 있습니다."

드네리스의 말에 알렉산드라가 저도 모르게 미소 지었다.

알렉산드라는 드네리스의 이런 모습을 좋아했다. 상대에게 끝까지 예의를 저버리지 않는 태도. 친밀함을 유지하면서도 적당한 거리를 유지해, 문제가 될 소지를 일체 차단하는 모습. 그녀가 부드러운 목소리로 말했다.

"리누아스 영애께서 편안하신 대로 하시지요. 제가 이래라저래라 하는 게 그리 적절하지는 않은 것 같군요."

"배려에 감사드립니다, 황자비 전하."

빙긋 웃으며 답한 드네리스가 가지고 왔던 선물을 테이블 위에 올려놓았다. 선물 상자를 자신이 있는 쪽으로 끌고 온 알렉산드라가 궁금하다는 표정을 지으며 물었다.

"이게 뭔가요, 레이디 드네리스?"

상자는 그녀가 입은 드레스와 똑같은 색의 리본으로 예쁘게 묶여 있었는데, 그 사소한 정성에 기분이 좋아져 알렉산드라는 아까 고민했던 문제로 받은 스트레스가 조금은 날아간 듯한 느낌이었다. 드네리스가 조용조용한 목소리로 답했다.

"결혼을 축하드립니다, 전하. 황자비가 되신 기념으로 준비해 보았는데, 마음에 드실지는 저도 잘 모르겠군요."

"세심하고 배려 많기로는 둘째가라면 서러워하실 분 아니십니까. 아마 무척 마음에 들 겁니다."

그렇게 말한 알렉산드라가 리본을 풀어 상자를 열어 보았다. 쥐가 그려져 있는 접시였는데, 크기와 모양이 각양각색이었다.

접시에 그려진 그림은 일반적인 쥐의 생김새보다는 좀 더 귀여운 느낌이었는데, 덕분에 쥐를 별로 좋아하지 않는 알렉산드라도 불쾌하지 않게 볼 수 있었다. 그녀가 신기하다는 표정을 지으며 물었다.

"쥐가 그려진 접시네요?"

"베르게스 왕국에서는 쥐가 그려진 물건이 다복과 가정의 평화를 상징한다고 하더군요. 값비싼 귀금속이나 드레스는 다른 분들께도 많이 받으실 것 같아, 조금 특별한 걸 준비해 보았습니다."

대답을 마친 드네리스는 슬며시 알렉산드라의 눈치를 보며 물었다.

"혹 마음에 안 드신다면 다른 것으로……."

"그럴 리가요, 레이디 드네리스. 너무 마음에 드는걸요."

거짓말이었다. 알렉산드라는 드네리스의 선물이 마음에 들지 않았다. 그녀가 선물이 지나치게 소박하여 마음에 차지 않은 것이 아니었다. 오히려 틀에 박힌 선물보다는 이렇게 특이하고 의미가 있는 선물이 좋았다.

문제는 드네리스가 바라는 클레이오와의 '다복'과 '가정의 평화'를 알렉산드라가 조금도 바라지 않는다는 점이었다. 그녀는 클레이오의 아이를 낳고 싶지 않았고, 조금이라도 빨리 남편을 황위에 올린 후 그를 배신하고 싶었으니까. 물론 겉으로는 무척이나 마음에 든다는 표정을 지으면서, 알렉산드라는 그녀의 세심함에 감사를 표했다.

"고마워요, 레이디 드네리스. 너무 뜻깊은 선물이라 오래도록 기억 속에 남을 것 같네요. 쥐 그림도 너무 앙증맞아서 쓰기가 아까울 정도예요."

"마음에 드신다면 따로 주문을 넣어 똑같은 것으로 추후에 드릴 수 있도록 하겠습니다."

알렉산드라가 했던 말은 드네리스가 받아들인 의미와는 다소 거리가 있었지만, 그녀는 굳이 지적하지 않았다. 드네리스가 이렇게 가끔씩 보이는 순수한 모습을 좋아했기 때문이었다. 알렉산드라가 미소 띤 얼굴로 드네리스에게 말했다.

"말만 들어도 고맙네요."

"별말씀을요. 어려운 일도 아닌걸요."

"그 어렵지 않은 일을 하느냐, 안 하느냐에 따라서 그 사람에 대한 신뢰도나 평판이 달라지는 것이지요. 저는 그렇게 생각합니다, 영애."

"늘 저를 좋게만 봐주시는 것 같아 민망합니다, 전하."

"인재는 아끼고 사랑하자는 것이 저의 신조거든요."

"제가 무슨 능력이 있다고."

"황궁 안에서는 영애처럼 침착하고 과묵한 성격일수록 살아남기 유리하지요. 나는 그런 사람이 내 곁에 있길 원하고요."

알렉산드라가 짙은 미소를 띠며 드네리스를 바라보았고, 그녀는 이 모든 게 너무나도 뜻밖이라고 생각했는지 꽤나 당황한 표정을 지었다.

드네리스가 물었다.

"저더러 전하의 시녀가 되라는 말씀이십니까?"

"눈치가 빠른 것도 능력이지요. 전혀 예상하지 못하신 듯합니다?"

첫 번째 삶에서 알렉산드라는 드네리스를 시녀로 들이지 않았다. 그녀를 싫어해서가 아니라, 사람을 믿지 못했기 때문이었다.

하지만 다시 돌아온 지금, 알렉산드라는 그때의 생각을 완전히 바꾸었다. 그녀는 자신에게 지나치게 충성스러웠던 마레타나, 너무 일찍 세상을 뜬 페넬로페만으로는 자신이 이상한 길로 빠져도 바로 잡을 방법이 없을 것이라고 결론 내렸다.

만약 회귀하기 전의 알렉산드라가 드네리스를 시녀로 들였더라면, 그녀는 이상한 점성술사에게 빠졌던 자신을 질책하고 제정신을 차리도록 힐난했을 것이다. 조용한 사람이었지만 그만큼 강직하고 고지식했으니까.

　권력과 가까이 있는 사람들에게는 때때로 쓴소리를 해줄 사람
도 필요하다는 걸, 그녀는 죽고 난 후에야 깨달았다. 그리고 그런
사람들 중, 그녀가 가장 믿을 만한 사람은 드네리스가 유일했다는
것도. 그러니 이번에는 먼저 붙잡아야 했다.

　"저는 영애 같은 사람이 필요해요. 조용하고, 평소에는 자기 일
만 잘 하다가도, 제가 이상한 길로 접어들게 되면 잡아줄 사람이
요. 제 파멸을 막아줄 사람이 절실합니다, 저는."

　"마치 이미 한 번 파멸을 겪어본 사람처럼 말씀하세요, 전하."

　드네리스의 말처럼, 알렉산드라는 이미 한 번 파멸을, 그리고 죽
음을 겪어 봤었다. 그러니 이번 생만큼은 그런 비극이 없어야만 했
다. 알렉산드라가 해사하게 웃으며 과장하는 어투로 말했다.

　"영애 같은 사람이 없다면 가까운 미래에는 그리될지도 모르
지요."

　"전하, 어찌 그런 말씀을……."

　"혹 제가 싫으신 겁니까."

　"그럴 리가요, 전하. 제가 어찌 그런 불순한 마음을 품을 수 있겠
습니까."

　"그렇다면 어째서 주저하고 있나요, 레이디 드네리스."

　"궁금해서요."

　드네리스가 떨리는 눈으로 알렉산드라를 바라보며 물었다.

"왜 하필 저인가요?"

"무슨 뜻이신지."

"강직하고 올곧은 영애들은 제국 안에 많습니다. 저보다 고결한 품성을 가지신 분도 숱하게 계시고요."

"그래서요."

"네?"

알렉산드라가 드네리스와 눈을 맞추며 부드럽게 웃어 보였다.

"그런 질문을 할 사람은 영애뿐일 테니까요."

"……."

"그래서 좋았습니다. 그리고 무엇보다, 내 주변에 그런 분은 영애가 유일하거든요. 얼굴도 모르는 사람을 지척에 두고 수족으로 부릴 수는 없는 노릇 아닙니까."

알렉산드라는 열려 있는 선물 상자를 닫은 후 리본까지 곱게 묶었다. 하지만 리본이 마음에 들지 않게 묶이기라도 했는지 풀었다, 다시 묶었다를 반복했다. 한참 후에야 그녀의 입 속에서 온화한 목소리가 흘러나왔다.

"시간을 드릴까요?"

"저 혼자 결정할 문제는 아닌 듯합니다, 전하."

드네리스가 신중하게 대답을 유보했다.

"집에 돌아가 부모님과 상의하고 다시 말씀드려도 괜찮겠습니까?"

"물론입니다, 영애. 내가 그사이에 어디로 사라지는 건 아니니까요."

마침내 마음에 드는 모양으로 리본을 묶은 알렉산드라가 화사하게 웃으며 말했다.

"대답, 기다리고 있겠습니다."

드네리스가 돌아간 후 얼마지 않아, 또 다른 손님이 지엔궁을 방문했다.

"황자비가 되신 것을 축하드려요, 전하."

"결혼 축하드립니다."

그 주인공은 애익스 백작의 두 딸인 캔디스와 캔디다 자매였다. 이번에는 그리 달갑지 못한 상대였는데, 그 둘이 지나치게 입이 싸고 행동이 경박한 데다, 말실수가 잦다는 이유에서였다.

물론 알렉산드라가 겉으로는 아무 티도 내지 않는 바람에 당사자들은 그 사실을 모르고 있을 가능성이 컸다. 알렉산드라가 가급적 적을 만들지 않기 위해 아무리 싫어하는 사람이라도 대놓고 자신에게 무례한 행동만 하지 않는다면 굳이 본심을 내보이지 않는 성향을 가지고 있었기 때문이었다.

"고마워요, 레이디 캔디스, 레이디 캔디다."

"이건 선물입니다, 전하. 모쪼록 마음에 드셨으면 좋겠어요."

그렇게 말하며 캔디스가 작은 선물함을 건넸다. 푸른색의 리본이 묶여져 있는 상자였는데, 그것을 밝은 표정으로 받아든 알렉산드라가 궁금한 표정으로 물었다.

"어머, 이게 뭔가요?"

"약소하지만 준비해보았답니다. 요즘 황성에서 최고로 인기 있는 거랍니다."

"그래요? 어디……."

알렉산드라가 별 기대 없이 리본을 풀어 선물을 열었고, 그 안에는 뜻밖의 것이 담겨 있었다. 알렉산드라의 얼굴이 당황스러움으로 물들었다. 그녀가 더듬거리며 물었다.

"이, 이게 뭐죠, 애식스 영애?"

"어머, 전하. 모르셨어요?"

칸디다가 깜짝 놀란 얼굴을 하며 '어떻게 그런 것도 모르실 수 있어요' 하는 표정을 지었고, 캔디다는 몸을 알렉산드라 쪽으로 굽혀 은밀하게 속삭였다.

"요즘 황성 안에서 최고로 인기 있는 드로어즈랍니다."

"……."

알렉산드라는 자신이 이 두 사람을 싫어하는 이유를 하나 더 추가하기로 마음먹었다.

예의도 없는 여자들 같으니라고.

백 번 양보해서 만약 알렉산드라가 클레이오를 진심으로 사랑했더라면 당황은 하겠지만 솔깃하게 선물을 받아들지도 몰랐다. 하지만 지금 상황에서 이건 도무지 쓸 데가 없었다. 자신이 이걸 입고 클레이오를 유혹할 일은 아마 절대 없을 테니까.

도대체 무슨 의도로 이런 것을 선물했는지는 모르겠지만, 설령 부부관계의 원만함을 위해 그리했다고 하더라도 이건 무례한 일이었다. 아주 친한 관계라면 모를까, 그저 사교계에서 몇 번 인사를 나누고 대화를 했던 사이라면 더더욱.

하지만 두 사람의 눈을 보니 그런 것까지는 미처 생각하지 않은 것 같아서, 알렉산드라는 그냥 속으로 한숨만 내쉬고선 아무렇지 않은 척 행동해 버렸다.

"……감사합니다, 레이디 캔디스, 레이디 캔디다. 잘…… 쓸게요."

미치겠군.

"별말씀을 다 하세요. 비전하께서 기뻐하시는 모습을 보니 저희가 다 기쁘네요."

"맞아요. 정말 기뻐요. 황궁 생활은 하실 만하세요?"

참고로 오늘이 이 황궁에서 지내는 공식적인 첫날이었다. 알렉산드라가 영혼 없는 목소리로 답했다.

"지낼 만합니다. 황자 전하께서 다정하시고, 두 분 폐하와 황비 전하 모두 자애롭고 인품이 훌륭하신 분들이거든요."

도대체 이 한 문장 안에 거짓말이 몇 개나 들어 있는 건지. 알렉산드라가 속으로만 쿡쿡 웃으며 덧붙였다.

"앞으로도 잘 지낼 수 있을 것 같아요."

"다행이에요, 전하. 얼굴이 편안해 보이시네요. 황궁이 전하께 맞는가 봅니다."

"전하, 목이 마른데 차를 한 잔 대접 받을 수 있을까요?"

"아."

차까지 마시고 갈 생각이었나. 알렉산드라는 피곤한 표정을 애써 감추며 시녀에게 다르질링 티 석 잔을 부탁했다.

어쨌든 이건 그녀의 실수였다. 알렉산드라가 미안하다는 표정을 지으며 두 사람에게 사과했다.

"미안합니다, 영애. 제가 경황이 없어 차를 대접한다는 것도 잊고 있었네요."

곧 엘로웬이 차를 가져왔고, 알렉산드라는 오랜만에 맛보는 엘로웬의 차를 마시며 잠깐 예전 생각에 잠겼다. 그러는 동안에도 두 자매는 계속해서 떠들어댔다. 그 의미 없는 대화가 지루해질 즈음, 캔디스가 알렉산드라에게 물었다.

"그런데 그 이야기 들으셨어요?"

"무슨 이야기요?"

"이번에 젠스카야 백작이 파산했다는 소식이요!"

"어머, 정말?"

옆에 있던 캔디다가 깜짝 놀라는 목소리로 물었고, 캔디스는 고개를 끄덕이며 몸을 굽혀 비밀스럽게 속삭였다.

"워낙 젠스카야 백작부인이 파티에 돈을 많이 쓰는 데다가, 이번에 사들인 사치품이 어마어마하대요. 거기에 젠스카야 백작이 도박에까지 손을 댔는데, 전부 말아 먹었다네요."

"세상에, 어쩜 좋아. 그럼 그 집은 어떻게 되는 거야, 캔디?"

"어떻게 되긴! 헐값에 내놔야지 어쩌겠어? 지금 사채업자들이 단단히 벼르고 있대요, 전하. 그래도 젠스카야 백작령처럼 목 좋은 곳도 제국 안에 드무니, 금방 사겠다는 귀족이 나타나지 않을까요?"

확실히 젠스카야 백작령이 헐값에 내놓을 만큼 나쁜 땅은 아니었다. 황성 주변에 위치해 황궁까지의 접근성도 좋았고, 기후도 온화해 사람들이 농사지으며 살기 좋았다.

'차라리 내가 구입할까⋯⋯.'

진지하게 고민해보고 있는데, 갑자기 캔디다가 물어왔다.

"참, 전하. 혹시 시녀가 필요하지는 않으세요?"

"시녀라뇨?"

"이제 지엔궁에서 지내시려면 시녀가 필요하실 것 아니에요. 아직 생각 안 해보셨나요?"

"아⋯⋯."

속이 보이는 물음에 알렉산드라는 저도 모르게 황당한 소리를 흘렸다. 지엔궁에서 혼자 심심해 죽을지언정 이런 사람들을 곁에 두고 싶지는 않았다.

다른 건 다 차치하고서라도, 입이 가벼운 사람들은 지금의 알렉산드라가 가장 피해야 할 부류 중 하나였으니까. 알렉산드라가 우아하게 웃으며 간접적인 거절의 말을 날렸다.

"지엔궁에 온 지 하루 정도밖에 지나지 않아서 깊게 생각하지 않고 있었네요. 아직은 특별히 생각해 둔 게 없습니다."

"아, 그러시군요."

대놓고 아쉬운 표정을 지은 캔디스가 알렉산드라에게 신신당부했다.

"혹시라도 믿음직스러운 시녀가 필요하시면 꼭 말씀해주세요. 아셨죠?"

"물론이죠, 레이디 캔디스."

알렉산드라가 가식적으로 웃으며 잔에 남은 마지막 찻물까지 한 번에 털어 넣었다. 절대 그럴 일은 없을 것이라고 생각하면서.

4

Coagent

에르네브는 결코 사람이 살 만한 땅은 못되었다. 일 년 중 눈이 오지 않는 날이 드물었고, 사시사철 불어오는 매서운 눈보라와 칼바람은 에르네브의 주민들로 하여금 알코올 도수 40도가 넘는 술을 개발해 내도록 했다.

이런 극한의 환경 속에서 장점으로 꼽을 만한 것은 딱 한 가지가 있었는데, 그것은 바로 군사력이었다. 밖에서 나체로 버티는 것만 해도 충분히 극기를 기를 수 있을 만큼 차가운 기후 속에서, 에르네브의 기사들은 끊임없이 자신의 한계를 뛰어넘는 훈련을 감행했다. 아직까지 다른 변경들과는 달리 에르네브에서 외세의 침략으로 인한 문제가 불거지지 않는 이유 또한 여기에 있었다.

기사들은 대부분의 시간을 검술 훈련에 보냈다. 때문에 에르네브 백작성에는 에르네브의 모든 군사들을 수용할 수 있을 만큼의 연무장이 마련되어 있었는데, 그 크기가 무려 에르네브의 1/9에 달할 정도였다.

평소에는 각자의 구역에서 개인적으로 훈련을 하는 것이 일반적이었지만, 오늘만큼은 달랐다. 모든 기사들은 마치 전쟁에라도 나가는 것처럼 갑옷을 입고, 완벽하게 장비를 갖추어 연무장에 나타났다. 평소와는 달리 긴장한 표정이 역력했고, 본래도 무표정했던 얼굴에는 한 줌의 감정조차 섞여 있지 않았다.

거기에는 이유가 있었다.

"크윽……!"

"고작 이것뿐인가, 자크 경?"

"아닙니다, 대장. 더 할 수 있습…… 악!"

아무것도 담기지 않은 눈을 한 남자가 제 밑에 쓰러진 남자의 가슴을 발로 강하게 짓눌렀다. 땅에 누운 남자의 입에서 비명이 터져 나왔다.

하지만 아끼는 부관의 고통스러운 신음에도 남자는 여전히 메마른 얼굴이었다. 그가 아래에 깔린 자크 경을 몇 초 정도 무심하게 쳐다보다가, 결국 뒤를 돌아섰다. 한겨울의 서릿발보다도 더 차가운 얼굴을 한 남자가 낮디낮은 목소리로 한 어절을 내뱉었다.

"한심하군."

"……."

그 한마디에 싸늘했던 연무장의 공기가 더욱 차갑게 얼어붙었다. 아무도 거기에 대고 무어라 반박하지 못했다.

남자가 말을 이었다.

"나를 뛰어넘을 수 있는 사람이 아직 한 명도 없다는 게 말이 되나? 고작 이따위 실력으로 어떻게 에르네브를 지켜!"

마침내 남자가 큰 소리로 분통을 터뜨렸고, 그걸 듣고 있던 기사들은 한마디도 하지 못했다. 사실 기사들의 검술이 월등히 떨어진다거나 하는 것은 아니었다. 엄밀히 말하자면 에르네브 성의 기마대장인 리오넬 래더먼의 실력이 지나치게 우월한 것이었다. 그곳에 모인 기사들 모두가 그렇게 생각하고 있었지만, 유독 리오넬만 그 사실을 모르는 게 틀림없었다.

그 날은 기사단의 정기 평가가 있는 날이었다. 그러나 리오넬은 지난번과 비교했을 때 기사단의 실력이 좀처럼 향상되지 않았다고 느꼈는지 어마어마한 불쾌감을 느끼는 중이었다.

'고작 이런 실력으로 어떻게 주군과 에르네브를 지킨다고!'

그가 여전히 분이 풀릴 기미가 보이지 않는 표정으로 기사들을 쏘아보고 있는데, 가만히 고개만 숙이고 있던 기사들이 갑자기 옆으로 비켜나며 길을 터주는 시늉을 했다. 그 모습을 본 리오넬이 반가운 미소를 지으며 물었다.

"아직 도전자가 남아 있는 건가?"

하지만 리오넬의 환했던 미소는 남자가 점점 앞으로 걸어 나올

수록 사라지기 시작하더니, 마침내 남자의 모습이 다 드러났을 때 완전히 사라져버렸다. 그가 눈썹을 찡그리며 중얼거렸다.

"전하."

"이리 보는 것은 오랜만인가?"

"지금 바쁘실 시간 아니십니까?"

"매우 바쁘지."

남자가 빙긋 웃으며 대꾸했다.

"하지만 그렇다고 해서 달에 한 번 있는 기사단의 정기 평가에 불참할 수는 없지. 내게는 가장 큰 자산 아닌가."

"그래서 정말 저와 붙어보시겠다, 이 말씀이십니까?"

"왜?"

그가 입꼬리를 길게 끌어올려 웃었다.

"자신 없나?"

"……봐드리지 않습니다."

"봐달라고 한 적 없다, 리오넬. 만약 경이 나를 봐주는 기미가 조금이라도 있다면, 그때는 기병대장 자리를 내놓아야 할 거야. 내 말 알아들었나?"

"물론입니다, 전하. 애당초 그럴 마음도 없었습니다."

"좋아."

그가 호쾌하게 대답한 후 허리에 걸려 있던 검집에서 사브르를 빼 들었다. 날카로운 소리와 함께 은색 검날이 약한 햇빛에 반사되

4 ✦ Coagent 103

어 빛났다. 그 모습을 지켜보고 있던 리오넬이 검을 쥐고 있던 손에 힘을 주었다.

상대는 제국 최고의 검사였다. 세상에는 그 사실을 모르는 이가 더 많았지만, 적어도 그의 부관인 리오넬만큼은 누구보다도 잘 알고 있었다.

어차피 질 싸움이라는 것을 알고 있었지만, 그는 최선을 다하기로 결심했다. 휘하의 기사들이 지켜보고 있었다. 최소한의 자존심이라도 챙기기 위해서는 그래야만 했다.

리오넬이 먼저 남자에게 달려들었다.

"흐아압!"

남자는 그 모습을 여유롭게 바라보다가 어느 순간 눈빛이 날카롭게 변하며 검을 들어 올렸다. 곧 두 사람이 맞붙었고, 쉽게 끝날 것이라는 리오넬의 예상과는 다르게 접전은 오랫동안 지속되었다.

그러기를 한 10분 정도 지났을 때, 남자는 리오넬의 빈틈을 발견했다. 그는 조금의 망설임 없이 그 안으로 파고든 후, 리오넬의 목에 검을 겨누었다.

차가운 검날이 목 옆쪽에 닿자, 순간 소름이 끼친 리오넬이 모든 행동을 멈추고 남자를 바라보았다. 남자가 목에 칼을 겨눈 사람답지 않은 부드러운 미소를 지으며 리오넬에게 물었다.

"어땠나."

"……."

리오넬이 저도 모르게 마른침을 꿀꺽 삼켰다. 남자를 상대로 이 정도로 버틴 것은 상당히 대단한 일이었다.

아무리 리오넬이라 해도 남자는 비교가 불가능한 천재였다. 원래라면 5분도 안 되어 모든 승부가 끝났을 것이다.

하지만 오늘은 평소보다 시간이 두 배나 길어졌다. 리오넬은 그제야 남자가 기사들 앞에서 자신의 기를 꺾지 않기 위해 시간을 끌었다는 사실을 알아채고선 한숨을 내쉬며 말했다.

"의도는 감사하나 부끄럽기 그지없습니다."

"부끄러워할 필요 없네, 리오넬 경. 완전히 봐준 건 아니었거든. 많이 늘었어."

"매일 집무실에 틀어박혀 계신다더니, 헛소문이 틀림없군요. 매일 연무장에 나오기라도 하시는 겁니까?"

"천재가 재수 없는 이유지. 노력하지 않아도 영원히 제자리걸음."

"아뇨. 제자리걸음이 아니라 더 느신 것 같습니다만."

리오넬이 투덜거리며 남자에게 말했다.

"검 좀 치워주시지요, 전하. 저 언제까지 등골에 소름이 끼쳐야 합니까?"

"이런. 미안하게 됐군."

그제야 검을 리오넬의 목에서 치운 남자가 또 한 번 빙긋 웃었다. 남자의 수려한 외모로 인해 그의 미소는 마치 조각상이 웃는 것 같은 착각까지 주었으나, 리오넬은 알고 있었다. 자신이 주군으로 모시는 자의 미소가 진심이었던 적은 단 한 번도 없었다는 걸. 저 미소 속에 숨겨진 칼날이 상상할 수 없을 정도로 날카롭다는 걸. 그래서 리오넬은 그가 미소 짓기보다, 차라리 얼굴을 찡그리길 바랐다.

"자괴감이 들었나, 리오넬 경?"

"전하와 맞붙고서 그런 감정이 들지 않는 검사는 없을 것입니다."

"그럴 필요 없어. 나를 이길 수 있는 사람은 적어도 이 제국 내에는 없다. 그런 나를 상대로 10분이나 버틴 것은 마땅히 존경받을 만한 일이야. 그렇게 생각하지 않나?"

"그렇……지요."

굳이 부정하지 않으며 리오넬이 고개를 끄덕였다. 그런 부관을 애정 어린 눈으로 바라보며, 남자가 충고했다.

"그대는 훌륭한 검사다, 리오넬 경. 그러니 그대를 이기지 못했다고 해서 기사들을 질책할 필요는 없어. 그런 발언은 사기를 저하시킬 수 있다. 시간이 좀 더 지난다면 모를까, 경을 이길 수 있는 사람은 아직 이 기사단 안에 없거든."

그거야말로 사기를 꺾는 발언이었지만, 오히려 그 말을 들은 기사들은 속으로 투지를 불태우기 시작했다. 리오넬이 허탈해 보이는 표정으로 웃으며 한탄했다.

"그게 평범한 자의 한계이지요. 언젠가 누군가에게 따라잡힐 수밖에 없는."

"그건 천재도 마찬가지야. 내일이라도 나를 능가하는 천재가 태어난다면, 나는 금방이라도 패배할 거다."

"전하!"

그때 누군가가 남자를 불렀고, 남자는 심드렁한 얼굴로 목소리가 들려온 쪽을 쳐다보았다. 누군가가 이쪽으로 달려오고 있었는데, 눈치 빠른 기사들이 얼른 옆으로 비켜나면서 길을 만들어 주었다. 짧은 붉은 머리의 남자가 이쪽으로 허겁지겁 뛰고 있었다.

그가 누구인지를 금방 알아챈 남자가 짧게 한숨을 쉬었고, 리오넬은 실눈을 뜨며 남자의 정체를 파악하기 위해 애썼다. 이윽고 그가 아리송한 목소리로 물었다.

"케이토 경 아닙니까?"

"맞아, 경. 내가 끔찍하게 아끼고 싫어하는 친구지."

남자가 웃음기 띤 목소리로 말하면서, 여전히 그 자리에 꼼짝 않고 있자, 옆에 있던 리오넬 경이 당황하며 물었다.

"가보셔야 하는 것 아닙니까?"

"아무래도 그래야 할 것 같군."

그가 약간 피곤해 보이는 표정으로 사브르를 다시 검집 안에 집어넣었다. 그러는 사이에 달려오던 남자는 거친 숨을 몰아쉬며 남자의 앞까지 도착한 후 멈추어 섰다.

뛰느라 지친 남자가 불분명한 발음으로 남자를 불렀다.

"라키아스 전하."

남자의 이름은 라키아스였다. 라키아스 블레어 딘 오르누스. 26세인 현재 오르누스의 공작과 에르네브의 백작을 역임하고 있는, 토마스 2세의 사촌 동생이자 토마스 1세의 조카였다.

그리고 현재는, 에르네브 백작령에서 숨을 죽인 채 살아가고 있는 남자이기도 했다.

"급한 일은 다 처리하고 나온 것으로 알고 있는데, 케이토 경. 뭐가 그렇게 급하지?"

"급보거든요, 전하."

케이토 경이라 불린 붉은 머리의 남자가 여전히 숨을 고르며 보고했다.

"백작이 저질렀습니다."

그 짧은 한마디에, 라키아스의 표정이 묘하게 바뀌었다. 그가 기묘하게 웃으며 케이토에게 물었다.

"그게 사실인가?"

"방금 황성에서 들어온 속보입니다, 전하."

"자세한 이야기는 가면서 하지."

라키아스 케이토와 함께 평소보다 조금 더 빠른 걸음으로 연무장을 떴다. 마침내 듣는 귀가 라키아스와 케이토 두 사람만 남고 나서야 케이토는 좀 더 자세한 이야기를 하기 시작했다.

"젠스카야 백작의 주변에 심어 놓은 도박꾼이 드디어 한탕을 터뜨린 것 같습니다. 재산을 몽땅 잃고 파산 직전이라, 결국 백작령을 팔았다고 합니다."

"가격은?"

"1천만 골드."

"어지간히 급했나 보군."

라키아스가 한심하다는 표정으로 혀를 쯧쯧 찼다. 젠스카야 백작령을 고작 1천만 골드로 팔아넘기려 하다니, 지금 백작의 상황이 얼마나 위급한지 변경의 라키아스도 짐작할 수 있는 부분이었다.

제국의 영토가 아무리 넓다고 해도 기후와 토양의 비옥도 등을 따져보면 농사를 지을 수 있는 땅은 얼마 안 되었는데, 그중 하나가 젠스카야 백작령이었다. 더군다나 황성과의 거리가 가까워 궁정 귀족으로서의 역할도 수행할 수 있었으니, 몇 안 되는 노른자위 땅임은 틀림없었다.

라키아스가 낮은 목소리로 지시했다.

"미리 계획한 대로 최대한 많이, 최대한 빨리, 최대한 비밀리에 사들인다. 절대로 어떤 이상한 의도가 있는 것처럼 보여서는 안 돼. 내 말 알아듣나, 케이토?"

"전하, 저를 바보로 아십니까? 지금 이 일만 몇 개월을 계획했는데요."

케이토의 말 대로였다.

6개월 전, 라키아스는 젠스카야 백작령이 필요하다고 말했다. 당연하게도, 그의 참모들은 황당해했다. 젠스카야의 백작이 두 눈을 시퍼렇게 뜨고 장성한 자식들과 함께 살고 있는데, 무슨 방법으로 젠스카야 백작령을 가질 것이냐는 말이다.

그들은 라키아스에게 '계획'을 실행하는 데 있어 젠스카야 백작령과 가장 비슷한 영지를 매입하자고 조언했지만, 그는 그 땅과 비견할 만한 영지는 없다며 젠스카야의 백작 작위가 필요하다는 뜻을 굽히지 않았다.

결국 라키아스의 참모들은 머리를 쥐어 짜내 계책을 마련하기 시작했고, 그래서 나온 방안이 젠스카야 백작으로 하여금 그의 영지를 스스로 내놓게 하는 것이었다. 자의로 그렇게 할 수 있으면서 강제성을 띠는 방법은 딱 하나, 파산밖에 없었다.

라키아스는 백작과 자주 마주치는 사람을 매수하여 젠스카야 백작은 도박에, 그 부인은 사치품 쇼핑에 맛을 들이도록 유도했다. 도박과 사치는 한 번 그 맛을 알고 나서는 절대로 끊을 수 없는 것이었다.

결국 라키아스의 계책은 맞아떨어졌고, 이제는 돈을 쓸 차례였다.

"황궁 상황은 어떻지?"

"별로 특별할 건 없습니다. 3황자가 황자비를 맞이한 게 다예요."

케이토가 어깨를 으쓱이며 덧붙였다.

"불필요한 정보를 말씀드릴 것 같네요. 3황자는 황위 계승에서 가장 동떨어진 자인데."

3황자 클레이오에 관해서는 라키아스 또한 잘 알고 있었다. 친모였던 2황비 매저리는 3황자가 어릴 때 사망했고, 외가의 권세가 다른 형제들에 비해 강한 것도 아니라 사실상 레예스의 황위 다툼은 1황자 제레미와 2황자 제너스카의 구도로 흘러가고 있었다. 물론 그 두 사람 모두 황좌를 거머쥐기에는 부족하다는 것이 라키아스의 생각이었지만.

"불필요한 정보가 가끔은 유용하게 쓰일 때도 있는 법이지. 소홀히 하지 말고 전부 주시해."

"물론이죠, 전하."

케이토가 걱정 말라는 듯 라키아스를 향해 씩 웃어 보였고, 라키아스는 그런 케이토를 흘긋 바라보다가 따라서 피식 웃었다.

드네리스는 결국 알렉산드라의 요청을 받아들였다. 어제부로 지엔궁에서 시녀로 지내게 된 드네리스는 만 하루 정도의 짧은 시간이 지났음에도 불구하고 상당히 빠르게 궁 생활에 적응해 나가는 모습을 보여 알렉산드라를 포함한 모두를 놀라게 했다.

그 모습을 보며 알렉산드라는 자신이 되돌린 첫 선택의 결과가 아직까지는 성공적이라는 사실에 무엇보다도 기뻐했고, 거기에서 앞으로도 잘 해낼 수 있다는 자신감을 얻었다. 드네리스는 알렉산드라가 가까이 두고 부리는 사람들 중 유일하게 사교계에 참여하는 귀족이었기 때문에, 차후 알렉산드라가 듣지 못한 사교계의 가십이나 뒷소문들도 전해줄 수 있다는 장점 또한 가지고 있었다.

"그거 들으셨습니까, 전하? 젠스카야 백작령이 팔렸다고 하더군요."

드네리스가 그 말을 꺼낸 건, 캔디스와 캔디다 자매가 알렉산드라에게 젠스카야 백작의 소식을 전한 지 일주일도 채 되지 않았을 때였다. 알렉산드라는 얼마 후 있을 파티에 입고 갈 드레스를 고르던 중이었는데, 그 말을 듣자마자 놀란 표정으로 물었다.

"벌써 말입니까?"

1천만 골드가 젠스카야 백작령의 실 가치에 비해 상당히 저렴한 금액인 것은 맞았다. 하지만 그렇다고 해서 1천만 골드가 적은 금액은 아니었다. 알렉산드라가 당황한 표정으로 생각했다.

'그 정도의 자금을 이렇게나 빨리 운용할 수 있는 귀족이 그렇게 많을 리가 없을 텐데……?'

알렉산드라가 궁금하다는 표정으로 드네리스에게 물었다.

"그 사람이 누구인지 혹시 아나요, 드네리스?"

"네, 전하. 에르네브 백작님, 그러니까…… 오르누스 공작 전하라고 들었습니다."

라키아스.

알렉산드라가 입속에서 그 요주의 이름을 중얼거렸다.

"……정말인가요?"

"네, 전하. 틀림없는 사실입니다."

드네리스의 말을 들은 알렉산드라의 표정이 묘하게 바뀌기 시작했다. 일그러지는 것 같기도, 아니면 밝아지는 것 같기도 하는 그녀의 표정은 매우 복잡해 보였다. 알렉산드라가 심란한 얼굴로 콧등을 가만히 긁어내렸다.

이 사실 자체에 놀란 것은 아니었다. 라키아스는 회귀 전에도 똑같이 젠스카야 백작령을 사들인 바 있었으니까. 다만 당시 자신이 클레이오와 달콤한 신혼을 보내고 있었기 때문에 별 관심이 없었을 뿐.

알렉산드라는 첫 번째 생과 한 치의 오차도 없는 이 상황에 기뻐해야 할지 슬퍼해야 할지 알 수 없었다. 상황이 달라졌기 때문이었다. 물론 라키아스가 자신의 아군이 된다면 기뻐해야 할 일이었지만, 그 반대의 경우도 생각해야 했다.

라키아스에게 동맹을 제안했을 때, 그가 받아들이지 않는다면 어쩔 것인가? 분명 쉽지 않은 일이 될 테지만, 반드시 그를 제거해야 했고, 그때까지는 싸워야 할 적이 되는 것이다.

그리고 만약 일이 그런 식으로 틀어진다면, 자신이 복수를 이룩하기까지의 시간은 더 길어지게 된다. 그러니 가급적 그런 일은 피해야 했지만, 그게 제 마음대로 되는 일이 아니었으니까. 복잡한 일이었다.

"그런데 좀 이상하지 않으십니까, 전하? 저만 이상하게 생각하는 건지……."

드네리스가 이해되지 않는다는 목소리로 묻자, 생각에 잠겨 있던 알렉산드라가 대수롭지 않게 되물었다.

"뭐가 말입니까?"

"젠스카야 백작님 말입니다. 아니, 이제는 젠스카야 백작님도 아니시지만……. 하여튼 그분, 저도 잘은 모르지만, 원래부터 도박하시던 분은 아니었던 걸로 알고 있는데, 갑자기 도박에 빠지신 게 이상해서요. 도박은 그 전에도 있던 거였고, 지금 황성에서 도박이 유행인 것도 아니잖습니까."

"그런 데에 빠지는 데 무슨 특별한 이유가 있겠습니까. 그냥 어쩌다 보니 중독되어 있는 거지."

대수롭지 않게 대꾸한 알렉산드라가 다시 드레스를 고르고 있는데, 갑자기 어떤 가설 하나가 그녀의 머릿속으로 스쳐 지나갔다.

만약 백작의 불행이 계획된 일이었다면? 그러니까, 만약 이게 젠스카야 백작령을 차지하기 위한 오르누스 공작의 계획에 지나지 않는다면?

말이 안 되는 일이라는 것쯤은 알고 있었지만, 오르누스 공작이라면 충분히 그런 짓을 벌일 만한 능력이 된다는 것 또한 알고 있었다. 알렉산드라가 조심스럽게 입을 열어 드네리스를 불렀다.

"드네리스."

"네, 전하."

"만약 이 모든 게 누군가의 음모라면 어떨 것 같습니까?"

"음모라니요?"

"의도적으로 백작을 도박에 빠지게 하고, 그 부인이 사치품을 사들이도록 유도해서…… 지금의 상황을 만들어낸 것이라면요."

"네?"

알렉산드라의 가설에 드네리스가 퍽 놀란 표정을 지으며 물었다.

"설마 그런 일이 가능하겠습니까, 전하? 백작님도 바보가 아니신데 그런 유도에 걸려드신다는 건……."

"지능이나 지혜와는 관계없는 이야깁니다, 이건. 백작이 반 년 전에 투자했던 무역선이 폭우를 만나 지금은 전부 심해에 파묻혀 있다고 들었습니다. 손해가 막심할 거예요."

"그렇다고 들었습니다."

"그걸 메꾸고 싶었겠죠. 대부분의 귀족들처럼 이익은 못 볼망정 손해를 봤다는 걸 인정하고 싶지 않아 할 테니까요."

"그건…… 그래요. 저 같아도 그랬을 겁니다."

"돈을 잃은 일로 젠스카야 백작부인도 아니꼽게 백작을 보았겠죠. 손해를 본 일 때문에 마음도 상당히 망가졌을 거예요. 그리고 돈을 벌 수 있으면서, 지친 마음을 달래줄 수 있는 건……."

"도박밖에는 없군요, 확실히."

"원래 한 번 실패한 사람은 그다음 번에는 결코 실패하지 않으려 온갖 발버둥을 치기 마련입니다."

그리고 따지자면, 알렉산드라도 그랬다. 그녀가 쓴웃음을 한 번 지어 보인 뒤 말을 이었다.

"그런 사람들은 이성적인 판단이 어려울 때가 있어요. 이번에는 절대 실패하면 안 된다는 강박관념이 판단력을 흐리게 하는 거지요."

"하지만 전하, 도대체 누가, 무슨 이유로 그런 짓을 하겠습니까."

"……."

알렉산드라는 여기에서 입을 다물어 버렸다. 그 이유는 그녀 역시 궁금하기 그지없었으나, 유감스럽게도 그녀는 추측만 할 뿐, 완벽한 해답을 도출해낼 수는 없었다. 그건 당사자에게 직접 답을 듣는 것이 가장 정확했다.

"전하, 설마……. 제가, 제가 지금 생각하고 있는 게 맞을 리 없겠지요?"

"아마 맞을 겁니다."

알렉산드라가 무심하게 고개를 끄덕이며 대꾸했다.

"그 질문에 대한 답은 백작령을 가장 가지고 싶어 했던 남자에게 물어보는 게 가장 정확하지요."

젠스카야 백작이 된 라키아스는 영지의 소유권에 얽힌 문제가 전부 해결되자마자 백작령으로 내려갈 짐을 꾸렸다.

표면적인 이유는 매입한 지 얼마 안 된 영지를 효율적으로 관리하는 것이었지만, 진짜 목적은 그런 게 아니었다. 그는 가신인 리날도 알 파르비즈에게 오르누스 공작령을 맡긴 것처럼, 에르네브의 관리 역시 믿을 만한 사람에게 맡긴 뒤에야 젠스카야 백작령으로 내려왔다.

라키아스가 백작령에서 가장 먼저 한 일은 도박에 빠진 전대 젠스카야 백작으로 인해 엉망으로 관리되어 있던 젠스카야 백작저의 대대적인 리모델링과 보수공사를 진행하는 것이었는데, 그는 여기에서 그치지 않고 전 백작이 부리던 저택의 사용인들마저 전부 갈아 치웠다.

하나의 하늘 아래 두 명의 군주를 섬길 수 없다는, 그런 거창한 이유가 아니더라도, 불미스러운 일로 백작저를 떠난 전임자가 쓰던 사람들을 그대로 쓰기에는 어느 정도의 위험부담이 있었다. 특하나 라키아스는 그런 위험부담을 제거하는 데 강박증까지 있는 사람이었다.

그러한 일련의 과정을 거쳐 백작령이 안정되기까지는 그리 오랜 시간이 걸리지 않았다.

그가 모든 정리를 마친 시점은 황제의 결혼기념일 파티가 열리기 하루 전이었다.

"전하, 드레스에 같이 하실 목걸이는 어느 것으로 하시겠습니까? 제가 보기에는 진주나 라피스 라줄리가 어울릴 것 같은데요."

엘로웬의 말에 알렉산드라는 고고한 표정으로 진주 목걸이와 라피스 라줄리 목걸이를 번갈아 대본 뒤, 앞에 놓인 거울에 자신의 모습을 비춰보았다. 짧은 시간이 흐른 후에 그녀가 낮은 목소리로 말했다.

"진주로 해주세요. 라피스 라줄리는 별로네요."

"아니면 혹시 둘 다 하시는 건 어떠신지……."

"엘로웬, 내가 처음에 했던 말을 기억해 주세요."

알렉산드라가 단호한 목소리로 말했다.

"우린 오늘 최소한만 꾸미고 파티에 참여하는 겁니다. 절대 눈에 띌 정도로 화려해서는 안 돼요. 황실의 위엄을 살리고 품위를 손상

시키지 않는 선에서만 단장하면 됩니다."

"알겠습니다, 황자비 전하. 그럼 장신구를 선택하시는 건 여기까지만 할까요?"

"목걸이, 귀걸이, 반지 정도면 충분하지 않겠습니까. 물론 더 할 수도 있긴 하겠지만…… 무리하지 않는 게 좋겠습니다."

"네, 전하."

원래 알렉산드라는 화려한 것을 상당히 좋아하는 성격이었다. 그래서 미혼일 때부터 항상 눈에 띄게 화려한 차림으로 파티에 참여했지만, 이번에는 가급적 튀지 않는 차림으로 파티장에 나타날 생각이었다.

토마스 2세가 황태자를 정해두지 않음에 따라 황실에는 자연스럽게 황위를 둘러싼 대결 구도가 나타났는데, 당연히 그 주인공은 황비 소생의 1황자 제레미와 황후 소생의 2황자 제너스카였다. 외가의 힘이 상대적으로 빈약한 데다 어미까지 죽은 3번째 황자는 그 틈에 끼어들 수조차 없었다.

하지만 그렇다고 해서 황후와 황비가 3황자를 견제하지 않는 것도 아니었다. 어쨌든 어디에나 만약은 존재하는 법이었으니까. 그 둘은 3황자가 그 '만약'이 되는 것을 제일 경계하고 있었다.

그러니 알렉산드라가 해야 할 일은 그들이 안심할 만한 모습을, 그들이 보고자 하는 모습을 보여주는 것이었다. 자신과 자신의 남편이 황위 문제에 아무런 관심이 없으며, 지금의 주어진 위치에 만족하며 사는 것을 원한다는 걸.

때문에 알렉산드라는 결코 화려하게 자신을 드러내서는 안 되었다. 비단 두 사람뿐 아니라 다른 사람들의 눈까지 속이려면 그러는 게 안전했다.

"참, 전하. 그 이야기 들으셨습니까?"

엘로웬의 말을 들은 알렉산드라가 되물었다.

"무슨 이야기요?"

"오르누스 공작 아시지요?"

"알지요."

그 이름을 모를 리가. 알렉산드라가 심드렁한 얼굴로 거울을 보며 살짝 흐트러진 머리카락을 정돈하고 있는데, 엘로웬의 말이 이어졌다.

"그분이 글쎄, 이번 파티에 참여하신다지 뭡니까."

"……그래요?"

알렉산드라가 거울에서 엘로웬이 있는 쪽으로 시선을 옮겼다. 엘로웬이 고개를 끄덕이며 답했다.

"네, 전하. 어제 우연히 들었는데, 공작 전하께서 젠스카야 백작령을 구입하신 그다음 날 황실부에 답장을 보냈다고 합니다."

"그랬군요."

알렉산드라가 처음 이야기를 듣는 사람처럼 중얼거렸는데, 그건 그녀가 라키아스와 처음 대면했던 순간은 오늘이 아니었기 때문이었다. 설령 첫 생에서 그가 파티에 참여했다고 해도, 누군지도 모르는 시당숙을 일부러 찾지 않는 이상은 왔는지 안 왔는지조차 모를 수밖에 없었다.

자신이 라키아스에 대해 알게 된 것은 꽤 이후의 일이었다. 황비와 1황자 내외를 제거한 직후 참여한 2황자의 탄신 연회에서 우연히 마주친 게 그와의 첫 만남이었고, 그때 그가 위험하다고 판단한 것이다.

'생각보다 일이 좋은 방향으로 흘러가네.'

알렉산드라가 저도 모르게 미소를 지었다. 그녀의 계획은 젠스카야 백작령으로 직접 내려가 그를 만나는 것이었다. 물론 적당한 평계를 대며 의심을 사지 않고 비밀리에 만나려 했지만, 꼬리가 잡힐 가능성이 많아 주저하고 있던 차였다.

그런데 이런 기회가 생기다니! 알렉산드라는 오늘 반드시 그를 만나봐야겠다고 굳게 다짐했다.

"전하."

그때, 바깥에서 시녀의 목소리가 들려왔다.

"3황자 전하께서 드셨습니다."

"아."

알렉산드라가 굳어지려는 표정을 얼른 수습하며 부드러운 음성으로 말했다.

"모시도록 하세요."

그 말과 동시에 감람색 연회복을 입은 클레이오가 등장했다. 알렉산드라는 여전히 증오스러운 남편 앞에서 표정관리를 하는 데 애를 먹고 있었으나, 부단한 노력으로 처음보다는 상당히 자연스러워진 모습을 보였다.

알렉산드라가 온화한 미소를 지어 보이며 남편을 맞아들였다.

"오셨어요, 전하?"

"오늘 너무 아름다워, 렉시."

클레이오가 누가 봐도 애정이 한눈에 묻어나는 얼굴로 알렉산드라를 쳐다보았다. 그녀는 그 시선에 순간 멈칫했으나, 곧 아무렇지 않게 거짓말했다.

"전하께서도 오늘 너무 멋지신걸요."

"그런가? 고마워."

씩 웃으며 대꾸한 클레이오가 이내 이상하다는 얼굴로 그녀에게 물었다.

"그런데 원래 파티에서는 화려하게 입지 않았나? 오늘은 평소보다 장신구 수가 적은 것 같아."

미혼 시절부터 그녀의 모습을 봐왔던 클레이오가 날카롭게 달라진 점을 짚어내자, 알렉산드라는 여유로운 미소를 지으며 답했다.

"이제 황가의 일원이 되었으니 그런 사치는 자제하려고요. 남들 보기에도 안 좋잖아요."

"그렇다고 해서 당신이 아름답지 않다는 건 아냐, 렉시. 화려하든, 그렇지 않든 당신은 그 자체만으로도 눈부시게 빛나는 사람이니까."

"……고마워요."

그 한마디에 잠시 행복했던 순간이 떠올라버린 알렉산드라가 속으로 고개를 저었다.

속지 말자, 렉시. 어리석게 굴지 마. 네 목을 자르라고 명령했던 남자의 밀어에 설레하다니, 그것처럼 바보 같은 일이 어디에 있겠니.

"에스코트, 해도 될까?"

"물론이죠."

알렉산드라가 빙긋 웃으며 클레이오의 팔짱을 꼈고, 두 사람은 파티가 열리는 에센궁으로 걸어가며 가볍게 대화를 나누었다.

"오늘 되게 복잡하겠죠, 전하?"

"대부분의 귀족들이 다 모일 테니까. 왜, 걱정돼?"

"걱정할 게 뭐가 있겠어요. 작년과 똑같은 파티, 이제는 영애가 아니라 황자비 자격으로 가는 것뿐인데. 그런 건 아니에요."

거기까지 말한 알렉산드라가 잠시 주저하다가 잠시 후 다시 입을 열었다.

"참, 황후궁에 요즘 황성에서 가장 유행하는 드레스를 한 벌 보내드렸어요. 그래도 황제 폐하와의 결혼기념일인데 그냥 넘어가는 게 그래서요."

그 말을 들은 클레이오의 표정이 묘하게 변했다. 그는 잠깐 머뭇거리는 듯하다가, 곧 알렉산드라에게 사과했다.

"미안해, 렉시."

"네?"

뜻밖의 사과에, 알렉산드라가 어안이 벙벙한 표정을 지었다. 뭐야, 뜬금없이 왜 이래?

"갑자기 왜……."

"내가 신경 써야 했는데 괜히 힘들게 한 것 같아서…… 마음이 안 좋아."

"그게 왜 전하께서 사과하실 일이에요. 원래 내궁의 일은 제가 신경 써야 하는걸요. 마음 쓰지 마세요."

알렉산드라는 어떤 식으로든 그의 사과가 듣고 싶지 않았다. 처형당하기 직전, 마지막으로 할 말은 없느냐고 물었을 때 그는 자신에게 사과하지 않았으니까.

'사랑을 배신하고, 목숨을 앗아간 죄는 사과하지 않으면서 고작 이런 일로 사과를 말해?'

다시 살아난 지금 생각해보면, 참 괘씸하기 그지없는 일이었다. 알렉산드라는 그 순간 느꼈던 배신감과 허망함을 다시금 되새기며, 클레이오가 보지 않는 사이에 왼쪽 손을 강하게 말아 쥐었다.

알렉산드라와 대조적으로, 라키아스는 이런 자리를 좋아하지 않았다. 일단 그의 성격 자체가 떠들썩한 분위기를 좋아하지 않는 데다가, 오르누스 공작성이나 에르네브 백작성에서는 단 한 번도 이런 식의 파티가 열린 적이 없었기 때문에 파티를 어색하게 여기는 것도 이유에 속했다.

하지만 무엇보다, 라키아스 자신이 그런 자리를 즐길 만한 상황이 못 되었다. 그 때문에 태어난 직후 오르누스 공작령에서만 살다가 5년 전 에르네브 백작령으로 건너갈 때까지, 그가 파티다운 파티에 참여한 횟수는 다섯 손가락에 들 정도로 적었다.

하지만 그런 상황과는 별개로 궁중에서의 예법이나 귀족으로서의 교양은 상당한 수준이었는데, 그의 모친이었던 선대 오르누스 공작부인이 그 부분에 대해서만큼은 특히 엄격했기 때문이었다. 물론 배운 것들을 써먹은 적은 거의 없다고 봐도 무방했지만.

"제국의 위대한 태양이자 온 제국민의 아버지, 황제 폐하께 인사드립니다. 레예스에 무한한 영광이 있기를."

가끔 이렇게, 가식적인 미소를 지을 일이 생길 때나 배운 것을 연습하는 정도였다. 라키아스가 우아하게 허리를 굽혔다 펴며 토마스 2세에게 인사했고, 그는 흐뭇한 미소를 지으며 한참 어린 사촌동생을 바라볼 뿐이었다. 하지만 어쩐지 옆에 있던 타르실라 황후는 그런 라키아스가 영 못마땅해 보이는 눈치였다.

"아주 오랜만에 보는구나, 라키아스. 이게 도대체 얼마 만이지? 그간 파티에 발도 들이지 않으니…… 얼굴을 다 잊어먹겠어."

"서운하게 해드렸다면 죄송합니다, 폐하. 그간 저 혼자 영지를 관리하고 변방을 지키느라 분주했거든요."

"네 노고에는 늘 고맙게 생각하고 있다. 늘 국경 쪽에서 시끄러운 일이 생겼다는 보고가 올라왔는데, 네가 에르네브에 간 이후로는 아무도 내게 소식을 전해주지 않으니 말이야."

"안 그래도 정무에 바쁘신 폐하의 심기를 그런 일로 어지럽힐 수는 없지요."

매력적인 미소를 지어 보이며 대답한 라키아스가 슬며시 타르실라가 있는 쪽을 흘긋거렸다. 그녀는 여전히 뭐가 못마땅한지 인상을 작게 찌푸리고 있었는데, 라키아스는 속으로 구역질이 날 것 같다고 생각하면서도 그녀에게 사근사근하게 말을 걸었다.

"황후 폐하께서는 편하게 지내셨는지요."

"나야 뭐 편하고 불편하고 할 게 있나. 그냥 폐하를 모시며 하루하루 사는 거지."

"그 일상에 조그마한 활력소가 될 만한 것을 보내드렸는데, 아직 도착했는지는 모르겠군요."

"무슨 뜻인가."

"어쨌든 황제 폐하와의 결혼기념일이시니, 선물을 보내드리는 것이 예의라고 생각해서요. 혹 보시고 마음에 들지 않으시면 말씀 주시지요. 마음에 드시는 것으로 바꾸어 드리겠습니다."

"……."

하지만 그 말을 듣고 나서도 타르실라의 얼굴은 도통 펴질 줄을 몰랐다. 그 상황이 불편했던 건지 토마스 2세가 얼른 화제를 돌렸다.

"그보다 라키아스, 네가 젠스카야 백작령을 사들였다고 들었다."

"예, 폐하."

라키아스가 매우 유감이라는 얼굴로 말하기 시작했다.

"젠스카야 백작이 도박에 빠져 재산을 탕진하고 파산의 위기에까지 처했다는 말은 들었습니다만…… 유서 깊은 젠스카야 백작령까지 팔 줄은 몰랐지 뭡니까. 그 소중한 땅을 자격 없는 사람에게 넘기는 것은 황실에 대한 모욕이라 생각해 제가 매입했습니다."

"그럼 이번 기회에 궁정 회의에도 참여해 보는 것은 어떻겠느냐."

뜻밖의 제안에도 라키아스는 당황하는 기색 없이 천연덕스럽게 대꾸했다.

"제가 말씀입니까?"

"그래."

"하지만 전 평생을 검만 잡고 살아온 사람이 아닙니까. 거의 무지렁이에 가까운데 그런 제가 감히 어떻게……."

라키아스가 도통 속을 모르겠는 얼굴로 미소 지으며 토마스 2
세에게 거절의 뜻을 내비쳤지만, 토마스 2세는 생각보다 완강한
모습이었다.

"이미 두 영지를 잘 다스리고 있지 않으냐. 너라면 충분히 해낼
거라고 믿는데. 어때, 생각이 전혀 없느냐?"

"워낙 중차대한 일이라 생각을 좀 해봐야 할 것 같습니다."

라키아스는 그 자리에서 바로 대답하는 것을 피했다. 제안을 듣
자마자 바로 대답하는 것만큼 지금 상황에서 위험한 일은 없었으
니까.

마치 아주 오래전부터 이 일을 계획하고 있던 사람 같지 않은가.
라키아스가 속으로만 크게 웃었다.

"두 분 폐하를 뵙습니다. 레예스에 영광을."

그때, 나긋한 여자의 목소리가 세 사람의 대화에 끼어들었다.

라키아스가 무심한 표정으로 목소리가 난 쪽을 돌아보았다. 젊
은 여자 하나와 남자 하나가 있었는데, 아마도 부부인 듯했다. 토
마스 2세는 여자의 인사에 인자한 미소를 지으며 두 사람을 반
겼다.

"이런, 우리 며늘아기가 왔구나."

토마스 3세의 한마디에, 라키아스는 그제야 그녀가 얼마 전 3황
자와 결혼식을 올렸다던 지클린데 후작의 외동딸임을 알아차렸

다. 상당한 미인이었는데, 외모가 수려한 3황자의 옆에 잘 어울린다는 생각이 들었다. 라키아스가 아무것도 모른다는 표정으로 토마스 2세에게 물었다.

"며늘아기라니요, 폐하?"

"몰랐느냐, 라키아스? 인사하거라. 네게는 종질부가 되겠구나. 이번에 3황자비가 된 지클린데 후작영애란다."

"아, 몰랐습니다, 폐하."

라키아스가 짐짓 모른 척을 하며 빠르게 알렉산드라의 얼굴을 훑어보았다. 언뜻 보기에는 온화하고 청순한 미인이었는데, 어쩐지 모르게 싸한 느낌이 들었다.

'왠지 좋지 않아.'

아무래도 그녀를 주시해둘 필요가 있을 것 같았다. 과학적인 근거는 없었지만, 숱한 경험이 만들어낸 그의 안목은 나름 정확했다.

첫인상에서 이런 식으로 구린 구석이 있어 보인다면, 그건 분명 다른 사람들이 모르는 무언가가 있다는 뜻이었다. 물론 그냥 헛다리를 짚는 것일 수도 있었지만, 혹시 몰랐으니까. 조심해둬 나쁠 것은 없었다.

"처음 뵙겠습니다, 황자비 전하. 라키아스 블레어 딘 오르누스입니다. 남편 되시는 분의 당숙이지요."

"만나 뵈어 반갑습니다, 공작 전하. 말씀으로만 듣다 실제로 만나 뵙게 되어 기쁩니다."

아주, 많이.

알렉산드라가 입속으로만 조용히 중얼거렸다. 파티장에 도착하자마자 그를 찾아 열심히 돌아다닌 보람이 있었다.

이렇게 빨리 만나게 될 줄이야. 알렉산드라가 입가에 아름다운 미소를 띠며 자신보다 한참 위에 있는 라키아스의 얼굴을 올려다보았다.

그 눈빛은 여전했다. 별생각 없이 유쾌하게 살아가는 듯하지만, 실제로는 삶의 매 순간 순간이 투쟁인 사람의 눈빛. 피에로처럼 가면을 쓰고 그 안에서는 비정한 냉소를 짓는 자의 눈빛. 여우의 얼굴로 칭찬하면서 뒤에서는 사자의 얼굴로 목을 물어뜯는 자의 눈빛.

한마디로, 변함없이 위험한 눈빛이었다.

"이번에 백작령으로 오셨다고 들었습니다. 젠스카야 백작령은 황성에서 지척이니 모쪼록 자주 뵈었으면 좋겠군요."

"그렇게 될 수 있도록 노력하겠습니다, 비전하."

알렉산드라는 우아한 미소를 지어 보이며, 이번에는 클레이오와 함께 타르실라 황후가 있는 쪽으로 방향을 틀었다.

어쨌든 지금 중요한 건 황후가 이쪽에 대한 경계심을 최대한 풀 수 있도록 하는 것이었다. 알렉산드라가 쾌활한 목소리로 입을 열었다.

"오늘따라 아름다우십니다, 황후 폐하."

"나이가 들어서 그런가. 아름답다는 말은 거짓말이라도 듣기 좋네요."

"거짓말이라니요. 황성의 모든 사람들에게 물으셔도 같은 대답이 나올 것입니다."

실제로 타르실라 황후는 올해로 52세의 나이였으나, 관리를 열심히 해서인지, 아니면 선천적인 건지 아무리 높게 잡아도 40대 초반으로밖에는 보이지 않았다. 알렉산드라가 가식적인 미소를 지으며 말을 이었다.

"제가 선물해드린 드레스를 입으셨네요."

"아."

그제야 자신이 입고 있던 드레스가 며칠 전 지엔궁에서 보내준 드레스라는 사실을 인지한 타르실라가 당황스러운 소리를 흘렸다. 그저 가장 아름다워 보이는 드레스여서 선택한 것뿐이었는데, 알렉산드라가 선물한 것이라고 생각하니 갑자기 기분이 나빠졌다. 물론 겉으로는 드러내지 않으면서, 타르실라가 솔직하게 대답했다.

"드레스가 너무 아름다워서요. 도무지 다른 드레스가 눈에 들어오지 않더군요."

타르실라의 말을 들은 알렉산드라는 속으로 소리 내어 웃을 수밖에 없었다. 마음에 드는 게 당연했다. 타르실라는 예정대로라면 내년에 황제로부터 선물 받을 드레스를 죽을 때까지 아끼고 사랑했는데, 지금 타르실라가 입고 있는 저 드레스가 바로 1년 후의 드레스를 본떠 디자인한 것이기 때문이었다.

"마음에 드셔서 다행입니다, 폐하."

"그래, 눈도장은 찍었으니, 다들 이만 가 보거라. 너희들도 파티를 즐겨야지. 그렇지 않으냐?"

"감사합니다, 부황 폐하."

부드러운 목소리로 대답한 클레이오가 습관적으로 알렉산드라의 팔짱을 꼈다. 알렉산드라는 특별히 싫어하는 기색을 보이지 않은 채 꼿꼿한 자세를 유지하면서 클레이오와 저만치로 걸어갔는데, 그 뒷모습을 라키아스가 유심히 지켜보았다. 그러더니 잠시 후에 토마스 2세에게 물었다.

"폐하, 저 두 사람은 어떻게 결혼했습니까?"

"어떻게 결혼했냐니? 그게 무슨 소리냐."

"말씀드린 그대롭니다. 황궁에서 지클린데 후작저로 서신을 보냈나요? 혼약을 진행하자고? 아니면 궁중 회의에서 이야기가 나왔습니까?"

"아아, 난 또 뭐라고. 그런 게 아니다. 두 사람은 그냥 사랑해서 결혼한 거야."

"사랑이요?"

"그래. 황자비가 3황자를 엄청나게 좋아해서 먼저 청혼할 정도였지. 출신에 흠결이 있는 것도 아니고, 성품도 바른 영애라 결혼이 결정 난 거고."

"……그랬군요."

"왜? 무슨 문제라도 있느냐?"

토마스 2세의 질문에 라키아스는 웃으며 고개를 저었다.

"아닙니다, 폐하. 아무래도 제가 지나치게 예민한 것 같군요."

황제와 황후를 알현한 라키아스는 그 이후로 할 일이 없어졌다. 애당초 그가 황궁을 방문한 건 중앙 정계로의 진출을 '제안'받기 위해서였는데, 이미 그 목표를 달성해 버렸으니까. 그는 생각보다 일찍 일이 해결된 상황에 기쁨을 느끼며 느긋한 표정으로 칵테일을 홀짝였다.

그렇게 연신 칵테일을 홀짝이다 보니 기분이 나른해졌다. 라키아스는 바람이나 쐬자고 생각하며 테라스로 발걸음을 옮겼다.

"아!"

그때, 여자의 작은 비명소리와 함께 웬 붉은 액체가 그의 옷에 쏟아졌다. 옷이 금방 축축해졌고, 라키아스는 왼쪽 눈썹을 살짝 찡그리며 자신과 부딪힌 여자의 정체를 확인했다.

"죄송합니다."

여자가 당황한 목소리로 고개를 들어 올렸고, 라키아스는 그제야 그녀가 아까 만났던 3황자비 알렉산드라임을 알아채고선 아무렇지 않은 표정을 지었다.

"아, 3황자비 전하."

"……공작 전하?"

알렉산드라는 마치 의도치 않게 그와 부딪힌 것처럼 깜짝 놀라는 표정을 짓다가, 잠시 후에 호들갑을 떨며 물었다.

"어머, 어떻게 해요. 저 때문에 전하의 연미복이……."

"아뇨. 괜찮습니다, 비전하. 어차피 지금 막 마차를 타러 가려는 참이었거든요."

"아…… 벌써 가시나요?"

"백작령을 매입한 지 얼마 되지 않아 손볼 곳이 많답니다."

순전히 핑계였지만 파티장을 빠져나가기에는 이보다 더 좋은 핑곗거리가 없어서, 라키아스는 그냥 그렇게만 말했다. 하지만 알렉산드라는 라키아스의 말을 듣고 나서도 안절부절못하는 표정만 계속 짓다가, 잠시 후에 해결책을 찾은 듯 밝은 목소리로 말했다.

"이곳에서 지엔궁까지의 거리가 멀지 않답니다. 괜찮으시다면 잠시 들러 주시겠어요?"

"그럴 필요까지는 없는 것 같습니다, 비전하."

"아닙니다, 전하. 이러시면 제 마음이 너무 불편해서요. 멀리서 오신 객을 이런 식으로 보내 드릴 수는 없지요."

그렇게 웃는 얼굴로 강요하듯 말하니, 아무리 라키아스라도 어쩔 수가 없었다. 그가 하는 수 없이 고개를 끄덕였다.

라키아스가 황궁을 방문하는 건 오르누스 공작이 되고 난 후에는 거의 처음이라고 봐도 무방했다. 사실 그 전까지도 방문한 적은 거의 없었지만.

알렉산드라를 따라 지엔궁에 당도하자마자, 지엔궁의 시녀 하나가 라키아스에게서 흠뻑 젖어버린 그의 재킷을 받아 든 후 어딘가로 가버렸다. 곧이어 알렉산드라 역시 잠깐 응접실에서 기다려 달라는 말만 남기고선 자리를 떠버렸다.

라키아스는 시녀들에 의해 궁의 응접실로 안내되었다. 곧 시녀 하나가 찻잔을 들고 응접실 안으로 들어왔는데, 찻잔이 하나가 아니라 두 개였다.

라키아스가 '나머지 하나는 누구의 것일까'라는 생각을 하고 있는데, 누군가가 또다시 응접실 안으로 들어왔다. 아까와 같은 차림의 알렉산드라가 우아한 미소를 띤 채 그를 향해 걸어오고 있었다. 자신의 맞은편으로 와 앉은 그녀에게, 라키아스 역시 의례적으로 미소를 지으며 한 마디를 건넸다.

"차 맛이 좋군요, 전하."

"그렇게 말씀해 주시니 감사합니다."

그 말을 끝으로 대화가 종료되었다. 테이블 위에는 한동안 정적만이 감돌았고, 알렉산드라는 계속해서 차만 홀짝이고 있었다.

상황이 이렇게 되니 불편함을 느낀 이는 손님은 라키아스 쪽이었다. 그는 사람을 불러다 놓고 말도 하지 않는 알렉산드라에게 약간의 불쾌감을 느끼며, 그것을 에둘러 비꼬았다.

"황궁에서는 이렇게 조용한 다도가 예의인가 봅니다."

"그럴 리가요."

알렉산드라는 그제야 찻잔을 테이블 위에 소리 없이 내려놓은 다음, 여전히 입가에 미소를 띤 채로 말을 이었다.

"다도의 기본은 존중과 배려가 있는 상호 간의 대화라고 배웠습니다."

"그리 훌륭하지 못한 선생에게서 배우셨나 봅니다."

"그럴 리가요. 저는 다만 어떻게 하면 전하와 좀 더 진솔한 대화를 나눌 수 있을지를 고민하고 있던 것뿐이랍니다."

"그게 그렇게 오래 생각할 고민인가요?"

"전하께서 제게 진실만 이야기해주신다고 약속하시면 금방 끝날 고민이지요."

"마치 절 믿지 못하신다는 것처럼 들리는군요."

"전하께서는 저를 믿으시나요?"

"믿지 않는다면 이곳에 있지 않겠지요."

"좋습니다, 전하."

알렉산드라가 편안한 미소를 지어 보이며 라키아스에게 물었다.

"전하시지요?"

밑도 끝도 없이 이런 질문을 하는 건 도대체 무슨 의도에서일까. 라키아스가 왼쪽 눈썹을 꿈틀거리며 되물었다.

"무슨 뜻입니까?"

"젠스카야 백작령을 매입하신 분 말입니다."

"그걸 아직도 모르고 계셨습니까?"

"알고 있었지요. 그런데 그걸 전하께서 주도하셨다는 건 최근에 알았답니다."

"……무슨 뜻입니까?"

"이야기가 이 정도로 진행되었는데, 전하께서도 눈치채지 않으셨나요?"

알렉산드라가 아까보다 목소리를 한층 낮춘 채로, 속삭이듯 그에게 말했다.

"백작의 파산을 유도하신 분, 전하시잖습니까."

"……."

"젠스카야 백작령이 마음에 드시는데, 백작이 미치지 않는 이상 그걸 내놓을 리 없지요. 또 내놓는다고 해도 그걸 지금처럼 1천만 골드라는 터무니없는 가격에 내놓지도 않을 것이고."

알렉산드라가 씩 웃으며 자신의 생각을 차근차근 말해나갔다.

"그래서 모든 일을 차근차근 계획하신 거예요. 백작이 자의로 그렇게 할 수 있으면서 강제성을 띠는 방법은 딱 하나, 파산밖에 없었겠지요. 그래서 백작과 그 부인에게 사람을 시켜 접근해 방탕하게 생활하도록 하고, 곁에 있는 도박꾼을 매수하든지 해서 백작이 점점 도박에서 헤어 나올 수 없는 수렁에 갇히게 하고, 결국……!"

알렉산드라가 마침내 이야기에 방점을 찍었다.

"모든 게 전하의 뜻대로 된 것이지요."

"멋진 추론이네요."

알렉산드라의 말을 들은 라키아스가 빙긋 웃으며 한 줄 평을 내놓았다. 그가 덧붙였다.

"소설가의 자질이 있으신 듯합니다. 황자비라는 신분이 걸리신다면 가명으로라도 소설을 내보시는 건 어떠신지. 잘 팔릴 겁니다."

"칭찬 감사합니다, 전하. 허나 가끔은 현실이 더 소설 같을 때도 있는 법이지요."

라키아스의 비꼼에도 알렉산드라는 조금도 당황하지 않았다. 처음에는 비현실적인 일이라고 생각했는데, 아니었다.

상대가 라키아스라는 사실을 잠시 잊고 있었다. 황제를 뜯어먹을 하이에나 같은 남자, 그게 라키아스였는데.

"그리고 전하께서는 그 소설 속의 주인공 같으신 분입니다."

"칭찬입니까?"

"소설 속에서 어떤 이들이 주인공이 되는지를 생각해 보세요. 대부분 범상치 않거나, 특별하거나, 평범하지 않은 이들입니다."

"그렇다면 저는 실격 아닙니까. 평범하디 평범한 남자인데."

"정말로."

알렉산드라가 비뚜름하게 입꼬리를 끌어올려 웃었다.

"그렇게 생각하세요?"

"……."

라키아스는 순간 얼굴에서 모든 표정을 지워내고 알렉산드라를 응시했다. 감정 한 줌 담기지 않은 라키아스의 얼굴은 실로 공포감이 일 정도로 압도적인 카리스마를 자랑했으나, 유감스럽게도 알렉산드라에게만큼은 제외였다.

그녀는 이미 그를 한 번 쓰러뜨린 적이 있었다. 과정이 힘들다뿐이지, 이번에는 과거로 회귀까지 했으니 그녀에게 더 유리한 상황이었다. 알렉산드라가 입꼬리만 끌어올린 채로 웃었다.

"이런, 표정이 너무 무서우십니다."

"비전하, 무슨 말씀을 하고 싶으신 겁니까."

"요약하라면 요약해서 말씀드릴 수 있습니다. 하지만 그건 너무 앞뒤를 다 잘라먹는 이야기여서요."

"무슨 말씀을 하고 싶으신 거냐고 여쭈었습니다. 대답을 하시지요."

"뭐가 궁금하십니까."

"증좌도 없을 텐데, 무슨 근거로 제가 그런 일을 꾸몄다고 생각하시는 건지, 참 궁금하군요."

"지금 증좌를 말씀하셨지요."

알렉산드라가 빙긋 웃으며 덧붙였다.

"그게 첫 번째 이유입니다. 정말 전하께서 일을 꾸미지 않으셨다면 제 말에 그렇게 반응하시지 않아요. 그건 제가 확신할 수 있습니다."

"두 번째 이유도 알고 계시는 것처럼 말씀하시는군요."

"그건 사실 찍었습니다. 이유라고 하기에는 빈약한데……. 너무 티가 났거든요. 나온 지 1주일도 안 되어 곧바로 1천만 골드를 주고 매입했다, 라. 너무 속이 보이지 않습니까?"

"마침 1천만 골드가 수중에 있었고, 아시겠지만 젠스카야 백작령은 누구나 탐내는 영지입니다. 비옥도가 제국 내에서 다섯 손가락 안에 들지요. 충분히 욕심낼 만한 땅 아닙니까?"

"일리 있으신 말씀입니다. 그리 생각하실 수도 있지요. 그런데 말입니다, 가장 중요한 건 그게 아닙니다. 가장 중요한 이유는……."

알렉산드라가 가슴 아래로 길게 흘러내린 머리카락을 뒤로 모은 뒤, 라키아스를 똑바로 응시하며 말했다.

"젠스카야 백작령을 매입하신 분이 바로 전하시라는 것."

"……."

"이게 가장 중요한 근거지요. 다른 사람도 아닌 전하라면 충분히 그러실 수 있다고 생각했습니다."

"절 어떻게 보시기에 그런 말씀을 하시는지."

"전하께서는 절 모르실 테지만, 적어도 저는 전하가 저를 아시는 것에 비하면 훨씬 더 많이 전하를 알고 있습니다."

"뒷조사라도 하신 겁니까?"

"글쎄요. 비슷하다고도 할 수 있는지는 모르겠군요. 어차피 말씀드려봤자 믿지 못하실 거거든요."

설령 이 남자와 손을 잡는다고 해도 '원래의 삶에서 과거로 회귀했습니다'라고 밝힐 수는 없었다. 그건 아무리 라키아스 블레어 딘 오르누스라고 하더라도 그녀를 미친 여자로 볼 게 뻔했으니까. 알렉산드라는 점점 표정이 굳어져 가기 시작하는 라키아스를 응시하며, 확신하는 어조로 말했다.

"하지만 무엇보다도 지금 전하의 표정이 제 말은 진실이라는 걸 말해주고 있네요."

"이런 이야기를 제게 하시는 까닭이 무엇입니까."

"황위가 탐나십니까, 전하?"

"……비전하."

라키아스가 낮게 으르렁거리는 목소리로 알렉산드라를 경고하듯 불렀다.

"무례하십니다."

"생각해 봤답니다. 왜 전하께서는 젠스카야 백작령이 필요하셨을까요? 아니, 정확히는…… 왜 젠스카야의 백작 자리가 필요하셨던 걸까요? 그리고 지금까지 계속 오르누스를 떠나 에르네브에서 지내셨는데, 왜 갑자기 젠스카야로 오신 걸까요? 왜, 하필이면, 지금?"

알렉산드라가 상당히 빠른 속도로 말을 계속했다.

"그리고 좀 터무니없는 가설 하나가 떠올랐지요."

"그게 황위입니까?"

"젠스카야의 백작은 대대로 중앙 정계에서 활동했습니다. 전하께서 다스리고 계시는 에르네브에는 국경 수비를 이유로 혹한에서 죽음의 공포와 싸우며 훈련한 최정예의 군사들이 수두룩하지요. 선대 공작님이 물려주신 비옥한 오르누스에서 난 곡식들은 다 쓰고 남은 양을 팔기만 해도 꽤 돈이 될 것이고요."

"……."

"군사력과 경제력을 갖추셨으니 마지막 남은 건 정치력뿐이시겠지요. 태어나서 단 한 번도 중앙 정계에 발을 들이신 적이 없으니 모반을 꾸미시더라도 전하를 도울 귀족이 없을 테고요."

"이 이상 더 말씀하신다면 반역으로 간주하겠습니다."

"전하."

알렉산드라가 얼굴에서 웃음기를 뺀 다음 라키아스에게 물었다.

"그렇다면 제 말이 완전히 틀리다는 말씀이십니까?"

"……"

"전하께서도 눈치채셨겠지만, 저는 지금 확신을 가지고 말씀을 드리고 있는 겁니다. 농담 따먹기나 하자고 이런 이야기를 목숨 걸며 꺼내는 게 아니에요."

"그래서, 대관절 비께서 하고 싶으신 말씀이 무엇입니까."

"저와, 손을 잡으세요."

알렉산드라가 한 음절, 한 음절에 힘을 주며 라키아스에게 말했다.

"전하를 황제로 만들어 드리겠습니다."

"……미치신 게 틀림없군요. 전하의 부군께서 누구인지 잊어버리기라도 하셨습니까?"

"제가 전하께 왜 이런 이야기를 꺼내는 줄 아십니까? 이 모든 일의 시작이 누구 때문인지 아십니까?"

알렉산드라가 흥분을 감추지 못하며 저도 모르게 목소리를 높였다.

"지금의 제 남편, 이 제국의 3황자, 공작 전하의 종질 되는 분!"

"……"

"그 남자에게 복수하기 위해서, 이런 말씀을 드리고 있는 겁니다."

"……복수 때문에 남편과 함께 나락으로 떨어지면서까지 저를 돕겠다는 겁니까?"

"아니요, 아니지요."

알렉산드라가 싱긋 미소 지으며 고개를 저었다.

"왜 나락으로 떨어집니까? 나락으로 떨어지는 건 그 사람 하나뿐입니다."

"무슨 뜻입니까."

"가장 먼저 제 남편을 황제로 만들 겁니다. 그게 우선이니까요. 그다음 그 남자가 쓴 왕관을 빼앗아 올 겁니다. 가장 높은 자리에서, 가장 낮은 자리까지 추락할 수 있도록."

알렉산드라가 눈을 희번덕거리며,

"그런 다음에 그 왕관을 전하께 드리지요. 종래에 승리는 전하께서 거머쥐게 되시는 겁니다."

"전하께서는 지금 큰 실수를 하셨습니다."

가만히 듣고만 있던 라키아스가 알렉산드라에게 말했다.

"저를 잘 아신다면, 이 이야기를 제게 먼저 하면 안 되셨습니다. 제가 전하를 찾아올 때까지 기다리시거나, 혹은 그렇게 만들거나. 둘 중 한 가지를 선택하셔야 했어요."

"그 방법은 안전하지요. 저도 지금 제 행동이 무모하다는 것쯤은 압니다, 전하. 허나……."

알렉산드라가 목소리를 잔뜩 낮춘 다음 읊조리듯 말했다.

"말씀드리지 않았습니까. 전하께서 저를 아시는 것보다 제가 전하를 더 잘 알고 있다고요."

"……."

"전하께서는 이 방을 나가자마자 황제 폐하께 달려가지 않으실 겁니다. 거기다 대고 제가 반역을 꾀하고 있다 말씀드리지 못할 거예요. 왜냐?"

알렉산드라는 기분 좋은 듯한 미소를 흘리며 라키아스에게 속삭였다.

"전하께서도 똑같이 황제 폐하에게 의심받으실 테니까요. 제가 반역죄로 남편과 함께 목숨을 잃는다고 해도, 고작해야 3황자의 죽음으로 전하께서 얻으실 이익은 없으실 테니까요."

"……."

"그렇지요, 전하?"

"어떻게 아셨는지는 모르겠지만, 저에 대해 많이 조사를 하신 모양입니다."

라키아스가 졌다는 듯 낮게 소리 내 웃었다.

"맞습니다, 전하. 제가 이 방을 나간다고 해도 곧바로 황제 폐하께 달려나가지는 않을 겁니다. 증좌도 없을뿐더러, 그리하여 제가 얻는 이익보다는 손실이 클지도 모르니까요. 하지만 그렇다고 해서 제가 이 제안을 받아들이는 것까지 자신하셔서는 안 되지요, 전하. 무슨 근거로 제가 전하의 청을 받아들일 거라고 생각하셨습니까?"

"거절하실 겁니까?"

"제 질문에 먼저 답하시지요."

"아뇨. 군이 그럴 필요가 있는지 모르겠습니다."

알렉산드라가 약간 싸늘해진 표정으로 라키아스에게 말했다.

"전하, 제 제안이 마음에 들지 않으신다면 밖의 시녀가 들고 있는 전하의 재킷을 가지고 지엔궁을 나가시면 될 일입니다. 저는 말릴 생각이 없습니다."

"……."

"하지만 전하, 명심하셔야 할 겁니다. 지금 이대로 이 방을 나가신다면 전하께서는 제 적이 되시는 겁니다. 제 속내를 알고 있는 전하를 살려 드릴 수는 없어요."

"제가 여기에서 무서워하면 되는 겁니까?"

자신을 비웃는 라키아스를 바라보며, 알렉산드라가 차갑게 미소 지었다.

"그러는 편이 좋을 겁니다. 전하, 말씀드렸잖아요. 제가 전하를 아는 것만큼 전하는 저를 모르신다고."

"비전하의 친정 가문이 나쁘지 않다는 건 인정합니다. 지클린데 후작께서는 훌륭한 정치인이시지요. 하지만 그 나머지, 전하의 표현을 빌리자면 경제력과 군사력은 이쪽이 더 월등하다고 생각하지 않으십니까?"

"황후 폐하의 코울리즈 가문과 황비 전하의 이가렐 가문, 라우페즈 왕국. 그리고 그 두 공작가를 지지하는 다른 수많은 가문들의 군사들을 합친다면."

알렉산드라가 가소롭다는 표정으로 물었다.

"그때도 에르네브의 군사들이 피 흘리지 않을 수 있을까요? 전하께서 아무리 재산이 많으시다 한들 이 제국 귀족들의 곳간을 모두 합친 것보다 많으실까요? 전하, 그렇다고 자신하십니까?"

어느새 얼굴에서 미소를 지워낸 라키아스가 알렉산드라를 노려보았고, 이번에는 알렉산드라가 미소 지었다. 상황은 역전되었다.

"전쟁은 사람 머릿수로 하는 게 아닙니다, 전하. 영특하신 분이 그걸 모르십니까."

"그들이 비전하를 위해 움직이지는 않을 겁니다."

"당연히 그렇겠지요. 황후와 황비의 입장에서는 저 또한 마땅히 경계해야 할 적이니까요. 하지만 제가 말씀드리는 건 그런 게 아니에요. 굳이 그분들의 도움 없이도 저는 전하를 파멸시킬 수 있다, 이 말씀입니다."

"지나치게 자신하시는군요. 그게 어쩌면 독이 될 겁니다."

"제 능력을 믿으니까요. 더구나 얼마 전에 지옥에서 살아 돌아왔다면, 더 믿어야지요."

알렉산드라가 마지막으로 라키아스에게 말했다.

"전하가 아니더라도 절 도울 사람은 분명 있습니다. 다만 그게 전하가 아니라면 많이 아쉬울 것 같아서요. 전하는 아군으로 둔다면 제게 더없이 든든한 창과 방패가 되실 분이지요. 제가 만약 전하를 적으로 둔다면 전하를 공격하는 내내 가슴이 아플 겁니다."

"왜 굳이 저입니까?"

라키아스가 이해할 수 없다는 목소리로 물었고, 알렉산드라는 그런 라키아스를 빤히 쳐다보았다.

"말씀하신 것처럼 전하를 도울 귀족이 분명 저 이외에도 있을 겁니다. 그 하고 많은 사람들 중, 왜 저를 선택하신 건지 궁금하군요."

"방금 말씀드렸잖습니까, 전하."

알렉산드라가 희미하게 웃으며 답했다.

"전하께서 제 우군이 되어주신다면, 더없이 든든할 겁니다. 하지만 적이 되신다면, 저는 너무나도 마음이 아플 거예요. 저는 전하께서 품으신 야심을 사랑하고, 전하께서 가지신 능력을 경외하니까요."

도대체 나에 대해 무엇을, 어디까지 알고 있길래 이 여자는 이런 말을 하는 걸까?

라키아스는 알렉산드라와 이야기를 나누면 나눌수록 이 생각밖에는 들지 않았다. 마치 자신에 대해 다 알고 있다는 듯한 태도는 거슬리기보다는 그로 하여금 흥미를 유발시켰다.

잠시 알렉산드라를 빤히 쳐다보던 라키아스가 그녀에게 물었다.

"······언제까지 대답을 드려야 합니까?"

"주어진 시간이 그리 길지 않습니다."

알렉산드라가 옆으로 고개를 돌린 뒤, 벽에 걸린 시계를 바라보며 말했다.

"5분 안에는 말씀해 주셔야 합니다. 너무 오래 자리를 비우면 우리 두 사람 모두 의심을 받을 테니까요. 그러니 선택해 주세요. 저의 적이 되실 건지, 아니면 조력자가 되실 건지."

"하하하."

라키아스가 호쾌하게 웃음을 터뜨렸다. 어쩐지, 처음 봤을 때부터 느낌이 별로다 싶더니. 이런 본색을 감추고 있어 그런 것이었다. 그는 몸을 의자의 등받이에 기대 누운 뒤, 자신을 응시하는 알렉산드라를 물끄러미 쳐다보았다.

과연 이 여자와 손을 잡아야 할까, 말아야 할까.

그가 고민하는 동안에도 시간은 계속 흘렀고, 알렉산드라는 무표정한 얼굴로 벽에 있는 시계만 바라보았다. 그리고 마침내 34초를 남겨 두었을 때, 라키아스가 자리에서 일어섰다.

그는 갑자기 알렉산드라가 있는 쪽으로 성큼성큼 다가왔고, 알렉산드라는 그런 그를 보면서도 여전히 무표정을 유지했다. 알렉산드라가 자신의 앞에 선 라키아스를 올려다보며 입을 열었다.

"5분이 다 지났습니다, 오르누스 공작 전하."

"알고 있어."

그가 처음으로 반말을 했다. 알렉산드라가 눈썹을 찡그리려던 찰나, 라키아스가 곧바로 덧붙였다.

"내가 당신보다 나이가 많은 걸로 알고 있는데."

"당신……."

"그대가 이겼어, 알렉산드라 지오바나 잔 레예스."

라키아스가 알렉산드라에게 오른손을 내밀며 말했다.

"앞으로 잘 부탁하지."

알렉산드라는 라키아스가 내민 손을 물끄러미 바라보다가 곧 한쪽 입꼬리만 올려 미소 지었다. 그녀가 기쁜 표정을 굳이 숨기지 않으며 그의 손을 붙잡고 자리에서 일어났다.

"제가 드릴 말씀입니다, 라키아스."

"하."

라키아스가 당돌하다는 눈으로 알렉산드라를 쳐다보았지만, 알렉산드라는 조금의 위축하는 기색도 없이 당당하게 미소 지으며 그의 시선을 똑바로 받아쳤다. 결국 먼저 눈을 돌린 라키아스가 고개를 절레절레 저었다.

"그대 남편도 참 불쌍하군. 도대체 무슨 죄를 지었길래 이런 여자에게 원한을 산 건지."

"그건 지금 저 들으라고 하시는 말씀인가요?"

"들켜버렸군."

부정하려는 시도조차 하지 않으며, 라키아스가 천연덕스러운 얼굴로 어깨를 으쓱였다. 알렉산드라가 황당해진 얼굴로 그에게 뭐라 쏘아붙이려는데, 밖에서 시녀의 목소리가 들려왔다.

"황자비 전하, 황자 전하께서 드셨습니다."

그 한마디에, 알렉산드라가 처음으로 당황한 모습을 보였지만, 오히려 라키아스는 태연하게 굴었다. 그가 여유롭게 웃으며 놀란 알렉산드라의 어깨를 두어 번 정도 툭툭 친 다음, 그녀를 의자에 앉혔다. 라키아스는 자신도 자리로 돌아가 의자에 앉은 뒤에야 알렉산드라에게 눈짓을 보냈고, 그녀는 한참 전에 내려놓았던 찻잔을 다시 들어 올리며 입을 열었다.

"모시도록 해."

곧이어 문이 열리고 클레이오가 안으로 들어왔다. 그는 아무렇지 않게 걸어 들어오다가, 알렉산드라와 마주 본 채 차를 마시고 있는 라키아스를 발견하고선 저도 모르게 얼굴을 굳혔다. 그 변화를 목격한 라키아스가 속으로 웃으며 그를 반겨주었다.

"아, 오셨습니까, 전하."

"당숙님."

클레이오가 평소보다 냉랭해진 목소리로 물었다.

"여긴 어쩐 일이십니까."

"황자비 전하께서 제게 칵테일을 쏟으셨지 뭡니까. 괜찮다고 말씀드렸는데 극구 지엔궁까지 저를 데려오셨습니다. 덕분에 백작령으로 귀가할 때 기분은 좋겠군요."

"정말인가, 비?"

"네, 전하."

알렉산드라가 언제 놀란 표정을 지었냐는 듯, 평소의 온화한 모습으로 돌아와 대답했다.

"정말이에요, 전하. 제가 앞을 못 보고 가다 실수로 공작님께 실수를 저질렀거든요. 괜찮다고 하셨지만, 예의가 아닌 듯하여……. 혹시 불쾌하셨나요, 전하?"

"……아냐, 렉시. 그럴 리가."

클레이오는 그제야 조금 편안해진 얼굴로 라키아스를 쳐다보았다. 라키아스는 마치 '아무 일'도 없었던 사람 같은 표정을 짓고선-실제로도 클레이오가 의심할 만한 '아무 일'은 없었다-특유의 나른한 미소를 띤 얼굴로 클레이오에게 물었다.

"그러는 전하야말로 여긴 어쩐 일이신지……."

"황자비가 보이지 않아서요. 혹시 여기 있나 해서 와봤습니다."

"이런, 아내 사랑이 극진하시군요. 부럽습니다, 비전하."

그 말을 들은 알렉산드라가 말없이 미소만 지었고, 라키아스는 그런 그녀를 바라보다가 곧 자리에서 일어섰다. 돌아가는 꼴을 보아하니 그가 지금은 불청객인 모양이었다. 클레이오에게 쫓겨나기 전에 그가 먼저 자리를 뜨는 게 맞았다.

라키아스가 마지막으로 말했다.

"어쨌든 배려에 감사드립니다, 황자비 전하. 맛있는 차도 감사했습니다."

"입에 맞으셨다니 다행입니다. 모쪼록 조심히 가시지요."

"그러겠습니다. 황자 전하, 다음에 또 보시지요."

"……네, 당숙님. 물론이지요."

라키아스는 누가 봐도 떨떠름한 표정을 짓고 있는 클레이오를 살짝 접힌 눈으로 바라보다가, 미련 없는 발걸음으로 응접실을 떴다. 클레이오는 라키아스의 뒷모습이 사라지자마자 알렉산드라에게 다가왔는데, 어쩐지 걱정스러운 얼굴이었다.

"괜찮았어?"

"뭐가요?"

"당숙님 말이야."

"좋으신 분 같았어요."

알렉산드라는 천연덕스럽게 거짓말을 하며 클레이오의 의견을 물었다.

"전하께서는 아니셨나요?"

"나는 오늘 당숙님을 처음 뵈었어."

클레이오가 약간 심각해진 얼굴로 말을 시작했다.

"그런데 뭔가…… 떨떠름한 느낌을 받았다고 해야 하나. 하여튼 그랬어."

"그래요?"

"당신은 괜찮았어?"

"네."

알렉산드라는 거짓말을 반복했다.

아마 클레이오, 당신의 예감이 맞을 거야. 왜냐하면 나도 처음 그 남자를 봤을 때 똑같은 느낌을 받았거든. 하지만…….

"저는 괜찮았어요. 유머러스하시고, 말씀도 잘하셨거든요. 지혜로워 보이셨어요."

그건 찬탈당할 사람의 입장에서 봤을 때고. 이제 나는 더 이상 당신의 편이 아니니까.

"그래?"

"네."

세 번째…… 거짓말. 알렉산드라는 좀 더 뻔뻔하게 나가보기로 했다.

"당신 칭찬도 하시던걸요. 잘생기고 다정해 보인다고 하셨어요."

"그랬구나."

클레이오는 그 말까지 듣고 나서야 조금 안심한 표정으로 알렉산드라의 머리를 쓰다듬었다. 첫 번째 삶이었다면 당연히 기분 좋았을 그 행동이, 이제는 당하고 싶지 않아졌다. 알렉산드라는 불쾌감을 애써 참으며, 클레이오에게 물었다.

"정말로 나를 찾아서 여기까지 온 거예요?"

"응. 당신이 파티장에 없어서 걱정했거든. 지엔궁부터 와보길 잘했네."

"걱정시켜서 미안해요."

마음에도 없는 말을 나긋한 목소리로 속삭이며, 알렉산드라가 슬며시 말을 돌렸다.

"그런데 오늘은 몸이 안 좋은 것도 좀 맞고……. 이왕 지엔궁까지 온 거 조금 쉬어야 할 것 같아요."

"어디 아픈 거야, 렉시?"

"아뇨, 전하."

제길, 그 빌어먹을 렉시, 렉시, 렉시!

그에게 불리는 자신의 애칭이 이토록 저주스러웠던 적이 없었다. 알렉산드라는 더러운 기분을 애써 숨기기 위해 일부러 환하게 웃어 보였다. 그 불쾌함이 환한 미소로 인해 조금이라도 씻겨 내려갈 수 있도록.

"오늘이 황자비로서 맞이하는 첫번째 파티라…… 조금 긴장한 것 같아요. 조금 쉬면 좋겠는데……."

"그래, 그래. 무리하는 것보다는 훨씬 낫지. 다른 일은 걱정하지 말고, 침실에서 쉬도록 해. 아프면 절대 안 되니까. 알았지?"

"네, 전하."

생각하는 척하기는. 알렉산드라가 속으로 이를 바득 갈며 그를 지나쳐 문가까지 걸어갔다.

그때, 갑자기 그녀의 몸이 한 바퀴 빙글 돌더니 클레이오와 마주하는 구도가 되었다. 당황한 알렉산드라가 무슨 짓이냐고 소리칠 뻔한 것도 잠시, 클레이오가 그녀의 입술에 허락 없이 입을 맞추었다. 알렉산드라는 완전히 까무러칠 뻔한 기분이었지만, 곧 차분하게 그의 키스에 화답했다.

자신은 지금 그를 사랑하는 사람이었다. 여기서 클레이오를 뿌리친다면 그거야말로 완전히 웃긴 일이 되어버린다.

속으로 이를 악문 알렉산드라가 회귀 전의 기억을 되살려 최대한 다정한 느낌으로 클레이오에게 입을 맞추었다. 그러면서, 지금 연기를 하고 있는 중이라고 스스로에게 최면을 걸기 위해 애썼다. 대의를 위해서라면 이 정도 감내는 필요한 법이었다.

"아……."

"렉시."

그가 잠긴 목소리로 그녀를 불렀고, 알렉산드라는 멍한 눈으로 위를 올려다보았다. 클레이오가 유혹적인 눈동자로 그녀를 응시하고 있었다.

한때는 이 눈동자를 사랑한 적도 있었다. 이 눈동자를 완전히 제 것으로 만들고 싶어 했고, 이 눈동자가 오로지 저만 바라보기만을 바랐었다.

하지만 모든 것이 다 부질없는 꿈이었다는 걸 알게 된 순간, 그녀는 더 이상 클레이오의 아름다운 눈동자가 필요 없어졌다. 알렉산드라의 입가에 쓸쓸한 미소가 떠올랐지만, 클레이오는 그것을 설렘의 증표로 받아들였는지 그녀의 귓가에 대고 낮은 목소리로 속삭였다.

"마음 같아서는 지금 당장 그대를 데리고 침대로 가고 싶은데."

"……."

"그대 몸 상태를 생각하면 그럴 수가 없네."

알렉산드라가 헛웃음이 터져 나오려는 것을 겨우 견디며, 다정한 목소리로 말했다.

"우리 아직 시간 많아요, 전하."

"그대 말이 맞아. 우린 아직 시간이 많으니까……."

클레이오가 알렉산드라의 이마 위에 가볍게 키스를 남긴 후 중얼거렸다.

"이따가 밤에 찾아갈게."

"……네."

클레이오는 그 후에도 알렉산드라를 꼭 한 번 더 안아준 뒤에야 응접실을 떴다. 그의 모습이 완전히 사라지고 난 뒤 알렉산드라는 차가운 얼굴로 욕지거리를 중얼거렸고, 클레이오의 입술이 닿았던 부분을 손으로 벅벅 문지른 뒤에야 편안해진 얼굴이 되어 문을 열고 나갔다.

5

Poison

"네 처가 안 보이는구나."

토마스 2세의 말에 클레이오가 얼른 답했다.

"아, 몸이 좋지 않다고 해서 제가 먼저 지엔궁으로 보냈습니다."

"책임감 없긴. 그렇다고 해서 시부모의 결혼기념 파티를 이런 식으로 빠져나간단 말이야?"

타르실라 황후가 못마땅하다는 기색을 잔뜩 드러내자, 마음이 불편해진 클레이오가 곧바로 아내를 두둔했다.

"황자비가 황후 폐하께 드릴 선물을 고르느라 요즘 무리를 했습니다. 황후 폐하, 부디 너그러운 마음으로 이해해 주시지요."

말을 마친 클레이오가 슬쩍 황후가 입은 푸른빛의 드레스를 응시했다. 그 시선을 느낀 타르실라가 작게 헛기침을 하며 드레스를 내려다보았다. 그렇게 대답하면 아무리 그녀라도 할 말이 없어졌다.

"하긴, 파티장에 계있는 게 쉬운 속 일은 아니지. 황후, 너무 그렇게 못마땅하게 보지 말도록 해. 아직 어린 나이 아닌가."

"그냥 해본 소리입니다, 폐하. 몸이 아프면 쉬어야지요. 더군다나 저를 위한 선물을 고르다가 그렇게 된 것이라면요."

순식간에 말을 바꾼 타르실라가 이번에는 시선을 아들 제너스카가 있는 쪽으로 돌린 후 지나가는 말로 물었다.

"젠, 너도 이제 나이가 있는데 슬슬 결혼 생각해야지. 어때, 오늘 파티에서 마음에 드는 영애가 있었니?"

"저 아직 스물넷입니다, 어머니."

2황자 제너스카가 여유로워 보이는 얼굴로 약간 지겹다는 듯 답했다.

"형님께서 먼저 가셔야지요. 그게 순서 아닙니까."

"하지만 3황자도 너보다 일찍 결혼했는걸. 괜찮지요, 황비?"

"물론이죠, 황후 폐하."

빈첸시아 황비가 우아하게 웃으며 답했지만, 제너스카는 피식 웃으며 딴죽을 걸었다.

"그건 3황자비가 워낙 적극적인 성격이라 그런 거고요."

제너스카가 키득거리며 웃었다.

"전 그런 영애 별로입니다. 여자가 얌전하고 조용한 맛이 있어야지."

"형님."

"왜? 내가 뭐 틀린 말 했느냐?"

클레이오가 불쾌감을 숨기지 않으며 제너스카를 노려보았지만, 그는 아무것도 무서울 게 없다는 표정으로 끝까지 입가에 미소만 지을 뿐이었다. 갑자기 나빠진 분위기에 슬며시 토마스 2세의 눈치를 보던 빈첸시아가 얼른 상황을 수습했다.

"어쨌든 제가 좀 더 열심히 찾아보겠습니다. 저 때문에 괜히 2황자의 결혼이 늦어진 것 같아 마음이 좋지 않네요."

"폐하."

그때 가족들 사이로 누군가 끼어들었다. 클레이오는 그 상대가 당숙인 라키아스라는 사실을 알고 묘하게 얼굴이 굳어졌다. 아까 전의 일이 떠올랐던 탓이다.

첫인상이 나쁜 당숙과 아내가 같이 있었다는 사실이 자꾸 마음에 걸렸다. 머리로는 계속 아무 문제 될 게 없다고 말하고 있는데도 그랬다.

토마스 2세가 물었다.

"라키아스, 무슨 일이냐."

"이만 가봐야 할 것 같아 인사를 드리려 찾아뵈었는데…… 제가 방해가 된 것은 아닌지 모르겠군요."

"방해라니 그럴 리가. 너도 내 가족이지 않으냐."

그 말을 들은 라키아스가 저도 모르게 웃으며 답했다.

"감사합니다, 폐하."

"그런데 너무 일찍 가는구나. 궁 안에 네 쉴 곳 하나 없는 게 아닌데."

"중요하게 처리할 일이 밀려 있어서 말입니다. 아랫사람들을 고생시키지 않으려면 오늘 가봐야 할 듯합니다."

"그렇다면 어쩔 수 없지."

토마스 2세가 안타깝다는 얼굴로 덧붙였다.

"조심히 돌아가거라, 라키아스. 아까 했던 제안도 잘 생각해 보고. 모쪼록 빠르게 답을 주길 바란다."

"예, 폐하. 물론입니다."

예의 바르게 웃어 보인 라키아스는 토마스 2세를 포함한 그의 황후와 황비에게 정중히 허리를 굽혀 인사한 후에야 뒤를 돌았다.

그런 그의 뒷모습을 물끄러미 바라보던 황후가 그녀 특유의 못마땅하다는 표정을 지으며 말했다.

"폐하께서는 오르누스 공이 퍽 마음에 드시나 봅니다."

"어리고 능력 있는 사촌 동생을 싫어할 까닭이 없지. 라키아스 덕에 에르네브 쪽은 전혀 신경 쓸 필요가 없어. 그게 얼마나 기분 좋은 일인지는 황후도 잘 알 텐데?"

"속도 좋으십니다."

묘한 목소리로 중얼거린 타르실라가 곧이어 자리에서 일어났다. 그 모습을 본 빈첸시아가 의아한 표정으로 물었다.

"폐하, 어디 가십니까?"

"나도 오늘은 몸이 썩 좋지 않아서 일찍 들어가 볼 생각이야. 폐하, 그리해도 되겠습니까?"

"물론이오, 황후. 황후가 아프기라도 한다면 내궁 업무가 완전히 마비될 텐데, 그것처럼 곤란한 일도 없지."

"……그럼 이만 물러가 보겠습니다."

약간 싸늘한 목소리로 인사한 타르실라가 자리를 뜬 후에도 토마스 2세는 별로 아무렇지 않은 표정으로 또 다른 이야기를 시작했다. 그 자리에 누군가가 있든 없든, 대화는 원활하게 진행될 예정이었다.

황궁에서 젠스카야 백작령까지의 거리는 그리 멀지 않은 편이었다. 저녁 일찍 황궁에서 출발한 라키아스는 그날 자정이 조금 지난 시각에 백작성에 도착할 수 있었다.

케이토가 집무실에서 가득 쌓인 서류를 보다 라키아스가 온다는 시종의 말을 듣고선 그를 마중 나왔다.

"오셨습니까, 전하."

"시간이 몇 신데 아직까지 안 자고 있어."

라키아스의 핀잔 아닌 핀잔에 케이토가 황당해진 얼굴로 쏘아붙였다.

"전하, 다른 사람은 몰라도 전하께서 그런 말씀을 하시면 안 되지요. 제 책상 못 보셨지요? 서류가 쌓일 대로 쌓여서 책상 윗면이 안 보입니다!"

"나는 유능한 우리 케이토 경이 충분히 해낼 수 있으리라고 믿는데."

"맙소사! 제가 아무리 유능해도 그 정도 양은 며칠 밤을 새워야 한다고요."

굳이 자신이 유능하다는 말은 부정하지 않은 케이토가 짧게 한숨을 쉰 뒤 화제를 돌렸다.

"파티는 어떠셨습니까. 황궁은 거의 처음 가보는 것이지요?"

"기억도 안 나는 어릴 때 몇 번 갔다고는 하던데. 확실히 '처음'이라는 말이 어울릴 정도로 오랜만이긴 하지."

"뭐 특별한 일은 없으셨습니까?"

있었다, 특별한 일.

라키아스가 잠깐 생각하는 표정을 짓다가, 잠시 후에 한마디를 뱉었다.

"아주 특별한 일이 있었지."

"아주 특별한 일이요?"

"그래."

케이토는 어쩐지 불길한 느낌이 들었다. 라키아스가 언뜻 유쾌하고 별생각 없는 것처럼 보이긴 했지만, 그건 다 가면이었다.

실상은 누구보다도 감정 변화 없고 진중하기 그지없는 사람이었는데, 그런 그가 이런 표현을 쓴다는 건 '정말로 특별한' 일이 생겼다는 걸 의미했다.

케이토가 불안한 목소리로 라키아스에게 물었다.

"전하, 설마 무슨 사고라도 치고 오신 건 아니겠지요?"

"글쎄."

사고를 저쪽에서 친 건지, 이쪽에서 친 건지가 잘 가늠되지 않았다. 제안을 준 건 저쪽이었지만, 받아들인 건 이쪽이었으니까.

따지고 보면 양쪽 모두 사고를 친 셈인가. 라키아스가 잘 모르겠다는 어조로 답했다.

"모르겠는데."

"전하, 저 불안해서 죽을 것 같습니다."

"지금 하기에는 부적절한 이야기인 것 같군. 나도 생각을 좀 정리해야 할 것 같고. 무엇보다 너무 피곤해."

"도대체 무슨 이야기인데요!"

궁금해 미칠 지경이 되자, 케이토가 평소와는 달리 조급한 모습을 보였다. 그 모습을 다소 신기하게 바라보던 라키아스가 입을 열었다.

"원래 이렇게 성질이 급한 사람이었나, 그대가?"

"뭔가 느낌이 불길해서요. 전하께서 '특별하다'라는 형용사를 잘 안 쓰시잖습니까."

"하지만 정말 특별한 일이 있었거든."

라키아스가 빙긋 웃으며 케이토의 등을 두드린 뒤 말했다.

"자, 우리 좀 자고 내일 아침 일찍 맑은 정신으로 이야기해 보자고."

그리고 다음 날 아침, 케이토는 해가 뜨자마자 쏜살같이 라키아스의 집무실로 달려갔다. 결국 궁금증과 불안감이 뒤섞여 한숨도 자지 못한 그가 눈 밑에 짙은 다크서클을 단 채로 라키아스의 집무실 문을 거세게 두드렸다.

잠시 후에 라키아스가 직접 일어나 문을 열어주었다. 그러더니 문앞에 선 케이토의 모습을 보고선 알만하다는 목소리로 중얼거렸다.

"내가 이럴 줄 알았지."

"아시잖습니까. 저 다른 건 몰라도 궁금한 거랑 불안한 건 정말 못 참는 거. 그런데 그 두 개가 합쳐진 일이니 제가 기다릴 수가 있어야지요."

"그럴 줄 알고 새벽부터 모든 시종들을 물렸지. 들어오도록 해."

"시종까지 물릴 만한 일입니까?"

라키아스의 말에 케이토는 점점 더 불안해지기 시작했다. 하지만 정작 라키아스의 얼굴은 어제보다 더 평화로워 보였다.

케이토가 얼굴에서 찜찜한 기색을 지워내지 못한 채로 네모진 테이블 앞에 앉았다. 곧이어 그의 앞에 앉은 라키아스가 케이토에게 물었다.

"차라도 한잔 마시겠나?"

"괜찮습니다, 전하."

지금 차가 문제가 아니었다. 케이토가 초조한 목소리로 물었다.

"무슨 일입니까."

"어젯밤 하루 종일 생각했어. 어떻게 하면 어제 일을 가장 효과적으로 설명할 수 있을까……."

"……."

"결론부터 말하자면, 어제 동맹을 맺고 왔어."

"동맹이라니요?"

"이번에 3황자가 결혼했다는 소식은 경도 잘 알 거야. 그렇지?"

"물론이지요. 제가 말씀드린 소식이 아닙니까."

"그 3황자의 부인과 손을 잡기로 했어."

"……뭐라고요?"

케이토가 갑자기 싸해진 얼굴로 라키아스에게 물었다.

"전하, 제정신이십니까?"

"나도 어제 그녀에게서 손을 잡자는 말을 들었을 때, 가장 먼저 그런 생각이 들었지. 저 여자가 과연 제정신이 맞나, 하고."

"도대체 무슨 일이 있었던 겁니까?"

케이토가 경악한 얼굴로 라키아스를 채근했고, 그는 차분하게 어제의 일을 설명하기 시작했다. 칵테일을 쏟은 일부터, 지엔궁으로 가게 된 일, 3황자비가 자신들이 젠스카야 백작령을 차지하기 위해 꾸민 계획을 알고 있다는 것과, 남편에게 복수하기 위해 동맹을 맺자고 제안한 일까지.

모든 이야기를 들은 케이토는 어안이 벙벙해진 얼굴이 되어서는, 도무지 믿을 수 없다는 목소리로 라키아스에게 물었다.

"전하, 그것을 지금 저더러 믿으라는 것입니까?"

"못 믿겠지만 사실이야, 케이토 경."

라키아스가 어깨를 으쓱이며 답했고, 케이토는 황당한 표정으로 목소리를 높였다.

"전하, 그런 중요한 일을 왜 제게 상의도 없이……!"

"아, 이 말을 빠트렸군."

라키아스가 깜빡했다는 얼굴로 자신의 말을 보충했다.

"3황자비 그 여자가 마지막에 나한테 뭐라고 했는지 아나?"

"그걸 제가 어떻게 압니까."

여전히 황당한 표정을 유지하며, 케이토가 구시렁거렸다.

"협박이라도 했나 보지요."

"비슷해. 제가 내민 손을 거절하고 그 방을 나가면, 그때부터는 나를 적으로 간주하겠다더군. 제 속내를 알고 있는 이상 제거하지 않을 수가 없다면서 말이야."

"……미친 거 아닙니까?"

"나도 그런 줄 알았지."

라키아스가 다시 한번 어깨를 으쓱였다. 지금 케이토가 보이는 반응이 무리는 아니었다. 왜냐하면 그때 당시의 라키아스도 똑같이 생각했었기 때문에.

그가 덧붙였다.

"그런데 말하는 모습이 너무나도 당당했어. 그러면서 내가 3황자비를 알고 있는 것보다, 그녀가 훨씬 많이 나를 알고 있다고 자신하더군."

"어떻게요?"

케이토가 빈정거리는 투로 물었다.

"첩자라도 보냈답니까?"

"그런 느낌은 아니었어. 왜냐하면 나는 어제 그녀를 처음 봤고, 내 기억상으로는 지클린데의 영애도 나를 본 적이 없거든. 파티 때 봤다고 해도 아주 어릴 때일 텐데, 그런 걸 '잘 안다'고 말하지는 않지."

"도대체 뭡니까, 그분?"

"별로 마땅치 않아 하는 눈친데."

"본 적도 없고 말로만 들었는데, 소름 끼치지 않습니까. 우리가 의도적으로 젠스카야의 전대 백작이 파산하도록 유도했다는 걸 알고 있는 일이나, 전하께 감히 그런 제안을 했다는 것, 전부 다요. 도대체 왜 그런 여자와 손을 잡으신 겁니까? 정말로 그녀가 우릴 잘 알고, 우리가 그녀를 모른다면, 이건 완전히 우리가 손해예요. 그 여자를 어떻게 믿고 손을 잡습니까?"

"일단 좀 진정하지, 케이토 경."

라키아스가 약간 낮아진 목소리로 말하자, 케이토는 그제야 조금 차분해진 모습이 되어서는 다시 말을 이었다.

"어쨌든 나는 이미 그녀와 동맹을 맺기로 약속을 하고 나왔다. 이건 무를 수 없어. 저쪽도 내 속을 알고 있고, 우리도 그녀의 속을 알고 있으니 이제는 원치 않더라도 같이 손을 잡아야 해."

"제 계책이 허술했던 걸까요, 전하?"

케이토가 자괴감이 드는 목소리로 푸념하자, 라키아스는 고개를 저었다.

"그냥 그녀가 똑똑했던 것뿐이야. 황제나 황후, 혹은 황비가 눈치챘다면 분명 우릴 경계했을 거다. 다행히 아직 그런 움직임은 없으니까."

황후는 예외였다. 그녀는 굳이 아무 짓을 하지 않아도 그를 싫어했으니까.

"공동의 목표를 가지고 있고, 상대방도 어리석지 않아. 좋은 파트너가 될 거다."

"……."

"못마땅한 표정이군."

"이런 일은 좀 더 신중하셨어야 한다고 봅니다."

"고작 5분밖에 시간이 없었다고 내가 말했었던가?"

그 말을 들은 케이토가 '아주 독한 여자예요'라고 중얼거렸고, 라키아스는 피식 웃으며 대꾸했다.

"동감해."

한편, 알렉산드라는 지금 자신이 수프 안에 들어 있는 양송이를 씹고 있는 건지, 모래알을 씹고 있는 건지 도무지 분간이 가질 않았다. 회귀 전에도 숱하게 겪었던 일이었지만, 도무지 이 시간만큼은 편하게 있을 수가 없었다.

레예스의 초대 황제는 전장에서 위용을 날리는 용맹한 군주였지만, 가족에게는 상당히 다정하고 온화한 남자였다. 아내에게도 끔찍하게 잘해주었고, 금실도 좋아 슬하에 5남 3녀를 두었을 정도였다.

그는 제국의 안정을 위해 황가에서 먼저 모범을 보여야 한다고 생각했고, 후대의 황제들로 하여금 가족들과 함께 주기적으로 식사 시간을 가지라고 권장했다. 말이 '권장'이지 실상은 '강제'나 다름없었는데, 그가 이 내용을 성문화까지 했기 때문이었다.

이로 인해 황실 사람들은 대부분 보름에서 1달을 주기로 함께 식사하는 시간을 가져야만 했다. 문제는 대부분의 황실 구성원이 서로 사이가 좋지 않거나 혹은 형식적인 관계만 유지하는 상황이었기 때문에, 그 자리를 상당히 불편해한다는 점이었다.

그리고 '대부분의 황실 구성원'에는 당연히 토마스 2세의 가족들도 포함되었다.

"……."

정찬은 황후의 거처인 파사궁에서 파티 다음날 정오에 진행되었다. 총 7사람이 모여 앉아 있는 정찬실의 거대한 식탁은 전부 금으로 겉을 씌워 화려했고, 그 위에는 온갖 산해진미가 가득했다.

하지만 알렉산드라는 차라리 방 안에서 홀로 딱딱한 빵에 식은 수프를 먹는 것이 지금 이 상황보다는 몸도 마음도 편할 것이라고 생각했다. 물론 겉으로 내색은 하지 않았지만.

알렉산드라는 고개를 슬며시 들어 올려 맞은편에 앉은 클레이오를 쳐다보았다. 이 상황이 상당히 불편하다는 본심을 간신히 숨기고 있는 모습이 눈에 들어왔다. 그녀가 저도 모르게 한숨이 나오려는 것을 막으며 식기 시작하는 양송이 수프를 스푼으로 휘젓기 시작했다.

"3황자비."

그때 누군가가 알렉산드라를 호명했다. 생각 없이 양송이 수프를 젓던 알렉산드라가 얼른 고개를 들어 올려 저를 부른 사람을 찾았다.

"몸이 좀 안 좋다고 들었는데, 지금은 괜찮은 건가?"

토마스 2세였다. 그의 질문에 알렉산드라는 가볍게 미소 지으며 고개를 끄덕였다.

"걱정해 주신 덕에 괜찮습니다, 폐하. 걱정을 끼쳐드린 것 같아 송구합니다."

"아니다. 아직 어리니 무리할 필요는 없어. 나아졌다니 다행이구나."

"감사합니다, 폐하."

"3황자는 네게 잘 대해 주느냐?"

순간 알렉산드라는 이런 사적인 이야기를 왜 여러 사람들이 다 모여 있는 자리에서 하는 것인지 이해하지 못했다가, 곧 이 자리야말로 가장 사적일 수밖에 없는 자리라는 사실을 깨닫고선 속으로 헛웃음을 지었다.

그녀가 아무렇지 않게 대답했다.

"잘 대해 주신답니다, 폐하."

"다행이구나. 걱정을 좀 했는데, 기우였나 보군."

"신경 써주셔서 감사합니다."

알렉산드라의 말에 그제까지 가만히 있던 타르실라 황후가 몇

마디를 입 밖으로 내뱉었다.

"나를 생각해주는 마음은 고맙지만, 앞으로는 너무 무리하지 않았으면 해. 나를 위한 선물을 고르느라 몸이 안 좋아질 정도로 무리를 했다면, 받는 사람 입장에서는 아무리 좋은 선물이라도 마음이 불편하지 않겠나?"

"송구합니다, 폐하. 제 불찰입니다."

"어제도 말했지만, 선물은 고맙네. 정말 마음에 들었거든."

"마음에 드셨다니 다행이에요."

알렉산드라는 감정을 전혀 담지 않은 채 말하면서, 속으로는 이런 의미 없는 자리를 앞으로도 주기적으로 나와야 한다는 사실에 대해 엄청난 짜증을 느꼈다.

회귀 전 이런 자리를 수도 없이 버텼던 자신에게 새삼 감탄하며, 알렉산드라는 다시 입을 다문 후 고개를 숙였다. 지금 여기에서 할 말이 없었기 때문이었다.

회귀 전에도 신혼 때는 황좌에 대한 욕심이 별로 없었던 탓에 한동안 조용하게 지냈지만, 이번에는 이유가 조금 달랐다. 지금 당장 황후나 황비와 직접 싸울 수가 없었기 때문이었다.

그녀는 두 사람이 싸우기를 기다리거나, 혹은 부추겨야만 했다. 그리고 치열한 싸움 끝에 한 사람이 없어지고 나서야 그녀는 수면 위로 칼날을 드러낼 수 있는 것이다.

그러기 전까지는 가급적 몸을 사린 채 상황을 지켜봐야 했다. 자

칫하다간 가장 세력이 약한 자신과 클레이오가 후환을 제거한다
는 이유로 황후와 황비의 협공에 당할 수 있었으니까.

"참, 폐하. 드릴 말씀이 있습니다."

그때 타르실라가 다시 입을 열었고, 알렉산드라는 말없이 그녀
만 쳐다보았다. 타르실라가 빙긋 웃으며 토마스 2세에게 물어보
았다.

"3황자도 제 형들보다 먼저 장가를 들었는데, 2황자도 괜찮지
않겠습니까?"

"그게 무슨 뜻인가, 황후?"

"어제 파티장에서 괜찮은 영애 하나가 있기에 눈여겨 봤는데, 자
꾸 생각이 나서요. 누가 채 갈까 봐 두려울 정도로 마음에 들었답
니다."

"호오, 제국 안에 그런 영애가 있다고? 황후의 눈에 들 정도면 아
주 참한 영애인가 보군."

"그렇답니다, 폐하. 어제 우연히 말도 섞어 보았는데, 생각도 깊
고 행실도 바른 것이 2황자의 짝으로 딱 알맞았어요."

타르실라는 그렇게 말하면서 옆에 앉아 있는 빈첸시아 황비에
게 물었다.

"어떤가요, 황비? 당분간 1황자를 결혼시킬 계획이 없다면 우리
2황자가 먼저 화촉을 밝혀도 괜찮을는지……."

"황후."

그때 토마스 2세가 조용한 음성으로 타르실라를 불렀다. 그녀는 잠깐 멈칫했다가, 곧 아무렇지 않게 고개를 반대쪽으로 돌려 남편의 물음에 답했다.

"네, 폐하?"

"그렇게 좋은 영애라면 차라리 1황자에게 소개해주는 건 어떻겠소?"

"폐하, 그게 무슨 말씀이십니까."

"말한 그대로요, 황후. 그렇게 황후의 마음에 드는 영애라면 가문이나 인성은 이미 보증할 만한 수준이라는 것 아닌가. 1황자를 두고 2황자가 먼저 결혼식을 올리는 것도 법도에 어긋나니, 차라리 그 영애를 1황자와 이어주는 건 어떻겠소?"

"……폐하."

타르실라가 약간 싸늘해진 목소리로 토마스 2세를 불렀다.

"저는 그 아이가 2황자와 잘 어울린다고 생각해서 폐하께 말씀드린 것이지, 1황자를 염두에 두고 말씀드린 것이 아닙니다."

"1황자든 2황자든 모두 그대의 자식 아닌가. 그 아이가 누구에게 시집을 가든 그대에게는 영광스러운 일일 텐데?"

"폐하, 그런 말씀은……!"

"우웁!"

그때, 격해지려는 대화 속에 기이한 소리 하나가 끼어들었다.

모두가 말을 멈추고 소리가 난 쪽을 쳐다보았다. 빈첸시아 황비

가 금방이라도 쓰러질 듯한 눈을 한 채 오른쪽 손으로 입을 틀어
막고 있었다.

"황비 전하……?"

알렉산드라가 당황한 얼굴로 빈첸시아를 불렀지만, 그녀는 고
개조차 들어 올리지 못한 채 곧바로 무언가를 토해냈다.

붉디붉은 피였다. 빈첸시아의 왼쪽에 앉아 있던 타르실라가 그
모습을 보고 괴성을 질렀다.

"꺄아악!"

"당장 궁의를 불러!"

"어머니!"

조용했던 식사 시간이 갑자기 소란스러워졌다. 알렉산드라는
당황한 얼굴로 얼른 빈첸시아의 주위에서 물러났다.

그녀의 친아들인 1황자가 잔뜩 놀란 표정으로 빈첸시아에게 달려
갔고, 2황자는 조금 놀라긴 했겠지만 별생각은 없어 보였으며, 3황
자 클레이오는 알렉산드라와 마찬가지로 멍한 얼굴을 한 채 피를
토하는 빈첸시아를 쳐다만 볼 뿐이었다.

황제는 예상치 못한 상황에 당장 궁의를 데려오라고 시종들에
게 윽박질렀고, 타르실라는 이 순간조차 드레스를 더럽히는 게
싫었는지 빈첸시아에게서 가급적 멀리 떨어진 채로 상황을 관망
했다.

곧 궁의 서너 명이 도착해 계속해서 피를 토하고 있는 빈첸시아

를 진찰했다. 그들은 진찰을 마친 후 그네들끼리 무언가를 속닥거리다가, 곧 정체를 알 수 없는 약초를 절구로 찧어, 그 즙을 먹였다.

다행히 빈첸시아는 더 이상 피를 토하지 않았고, 시간이 좀 더흐른 뒤에는 편안한 모습으로 눈을 감고 있었다. 그 모습을 본 1황자 제레미가 걱정스러운 얼굴로 궁의에게 물었다.

"어머니는 괜찮으신 건가?"

"큰 고비는 넘기셨습니다, 1황자 전하."

"지금은 왜 눈을 감고 계신 거지? 혼절하신 건가?"

"지쳐 잠드신 것입니다, 1황자 전하. 위기는 넘기셨으니 너무 걱정하지 마십시오."

"도대체 이게 어떻게 된 일이지?"

그때, 가만히 있던 황제가 물었다. 황제의 물음에 가장 앞에 있던, 궁의들 중 우두머리로 보이는 사람이 머뭇거리는 얼굴로 뒤에 있던 다른 궁의들을 쳐다보았다. 그들의 얼굴에는 전부 주저하는 기색이 가득했다.

결국 잠시 후에 가장 앞에 있던 궁의가 천천히 입을 열어 충격적인 말을 꺼냈다.

"독을 드신 것 같습니다."

"……."

그 한마디에, 그 자리에 있던 모든 사람들의 표정이 얼어붙었다. 잠시 후, 황제가 분노한 목소리로 소리쳤다.

"독이라니!"

"진정하십시오, 폐하. 아직 확정된 것은 아무것도 없습니다."

"그렇다면 황비가 저렇게 된 데에 다른 이유가 또 있을 수 있다
는 말인가?"

"……."

궁의들은 대답하지 못했고, 토마스 2세는 이미 황비가 독에 당
했다고 기정사실화한 듯했다. 그때, 가만히 있던 1황자 제레미가
흐느끼는 듯한 목소리로 말했다.

"폐하, 제 어머니를 이렇게 만든 자를 반드시 찾아 주십시오."

"당연히 그래야지."

토마스 2세가 싸늘한 목소리로 대꾸했다.

"감히 레예스의 황비에게 이런 극악무도한 짓을 저지른 자를 살
려둘 수는 없지. 걱정 말거라, 제레미. 네 어미를 이렇게 만든 자를
반드시 찾아 엄벌에 처할 테니까."

"황은에 감사드립니다, 폐하."

제레미가 여전히 울음이 섞인 목소리로 답했고, 여전히 화가 난
표정을 지우지 못한 토마스 2세는 궁의들에게 황비를 잘 부탁한
다는 말만 남기고선 그대로 밖으로 나갔다.

남겨진 사람들은 전부 얼이 빠진 표정으로 다른 행동을 할 생각
도 못 한 채 가만히 서 있기만 했는데, 그때 타르실라 황후가 상황
을 정리하기 위해 밖에 있던 시녀들을 불렀다. 아까 호들갑을 떨었

던 얼굴은 어디로 갔는지, 남아 있는 것은 평소의 냉철하고 이성적인 모습뿐이었다.

그녀는 황비의 궁인 에인궁의 시녀들에게 황비를 처소로 옮기도록 지시한 다음, 파사궁의 시녀들에게는 황비가 토한 피로 엉망이 된 식탁을 포함한 정찬실 전체를 청소하라고 명령했다. 그런 후에야 그때까지도 멍하니 서 있던 세 황자들과 알렉산드라에게 메마른 목소리로 말했다.

"청소하는 데 방해가 되니 그만 처소로 돌아가 보는 게 좋겠다. 불미스러운 일이 생겨 매우 유감이군."

황후의 말에 1황자와 3황자 부부는 전부 돌아갔지만, 2황자 제너스카는 그 자리에 계속 남아 있었다. 그 모습을 본 타르실라가 의아한 목소리로 물었다.

"너는 왜 안 가니?"

"어머니세요?"

"……무슨 뜻이냐."

"어머니가 황비에게 독을 먹이셨냐고요."

"제너스카!"

타르실라가 분노한 목소리로 소리쳐 아들의 이름을 불렀다.

"내가 분명 말조심하라고 네게 몇 번이나 경고했을 텐데?"

"이곳에는 파사궁의 시녀들밖에 없는 걸요, 황후 폐하. 전부 어머니의 사람들이신데, 뭘 그렇게 두려워하십니까."

"벽에도 귀가 있는 법이다. 네 주둥이를 계속 그따위로 간수하다가는 언젠가 큰 화를 입을 거야."

으르렁거리는 듯한 목소리로 아들에게 경고한 타르실라가 곧바로 쏘아붙였다.

"그리고 내가 아니다."

"무슨 뜻이세요?"

"황비에게 독을 먹인 사람, 내가 아니라고."

"정말 어머니가 아니세요?"

"넌 도대체 나를 뭘로 보는 거야?"

타르실라가 불쾌한 얼굴로 아들을 쏘아보았지만, 제너스카는 끄떡도 하지 않은 채 어깨만 으쓱였다.

"저는 당연히 어머니가 그러신 줄 알았거든요. 어머니 말고 이 황궁에 그런 짓을 할 사람이 누가 있나요?"

"네 아버지도 계시고, 너, 3황자 부부도 있겠구나. 아주 많아."

"그중에 어머니가 가장 유력한 후보인 건 아시죠?"

제너스카가 살짝 인상을 찌푸리며 다시 한번 물었다.

"정말 어머니가 아니라는 말씀이세요?"

"정말 아니야, 제너스카. 내가 황비에게 그런 짓을 할 이유가 없잖니."

"미리 말씀드리는데, 저는 아니에요, 어머니."

"그럼 황제 폐하나 3황자 부부, 둘 중 하나겠구나."

냉소적으로 중얼거린 타르실라가 잠시 후 덧붙였다.

"누가 범인이든 충격적인 일이 되긴 하겠어."

"괜찮아, 렉시?"

지엔궁으로 돌아오면서, 클레이오가 걱정스러운 얼굴로 알렉산드라에게 물었다. 그녀는 약간 창백해진 얼굴로 약하게 고개를 끄덕였다. 클레이오는 그 모습을 안쓰럽게 바라보다가, 곧 심각한 얼굴로 중얼거렸다.

"도대체 누가 황비 전하께 그런 무서운 짓을 저지른 걸까?"

"……모르겠어요."

알렉산드라가 충격을 받은 눈을 한 채 고개를 가로저었다.

"정말, 정말로 모르겠어요."

황제 부부의 결혼기념일 파티 다음 날 황실 구성원과의 정찬이 있었던 것은 회귀 전과 같았다. 하지만…….

'그때는 이렇지 않았어.'

황비가 쓰러진 것은 예정에 없던 일이었다. 황비는 그날 정찬을 아주 훌륭하게 마친 뒤 무사히 자신의 에인궁으로 돌아갔다. 피를 토하고 쓰러진 게 아니라.

한마디로, 회귀 전과 회귀 후의 상황이 같은 듯 묘하게 다른 방향으로 흘러가고 있었다. 그 사실이 알렉산드라에게 엄청난 충격을 주었다.

바로 옆에서 빈첸시아 황비가 피를 토한 것보다 훨씬 더.

'도대체 왜 이렇게 된 거지?'

알렉산드라는 심지어는 이런 생각까지 들었다. 설마 지금 그녀가 살고 있는 이 세계가, 회귀 전의 세계가 아니라 완전히 다른 세계인 것은 아닐까?

하지만 그렇다고 하기에는 분명 지금까지 일어났던 일들은 전부 회귀 전과 동일했다. 오늘 황비가 쓰러진 일 한 가지만 회귀 전과 다른 것이다.

'도대체 뭐가 문제인 걸까?'

예고 없는 변화는 그녀에게 막대한 불안감을 안겨주었다. 그녀가 알고 있던, 기억하고 있던 모든 게 만약 앞으로도 계속 틀어져 버린다면? 일어날 거라 예상했던 상황이 전부 그녀를 비웃으며 비켜 나간다면? 초조함에 알렉산드라가 저도 모르게 손톱을 잘근잘근 씹었고, 그 모습을 보고 있던 클레이오는 그녀를 부드럽게 안아주며 귓가에 속삭였다.

"많이 불안한 거야?"

"……."

너무나 충격을 받았던 탓에, 알렉산드라는 이곳에 온 후 처음으로 클레이오가 자신을 안아주는 행위에 불쾌함을 느끼지 않았다.

그 불쾌감을 느낄 새조차 없을 정도로 그녀의 머릿속은 혼란스러웠다. 알렉산드라가 멍한 표정으로 그에게 말했다.

"너무 충격을 받아서 그런 것 같아요."

"일단 좀 쉬는 게 좋겠어."

아무래도 그러는 게 좋을 듯했다. 지금 상황에서는 정상적인 사고가 불가능할 것 같았으니까. 알렉산드라는 조금 머리를 식힌 다음 다시 생각해 보자고 생각하며 다시 걸음을 옮겼다.

황비가 중독된 독이 치사량을 넘기면 사망에까지 이를 수 있다는 사실이 밝혀지면서, 토마스 2세는 대대적인 조사가 필요하다고 결론 내렸다. 그러자면 조사를 총괄할 사람이 필요했는데, 누구에게 이 직책을 맡길지가 고민이었다.

토마스 2세가 가장 먼저 떠올린 사람은 내궁의 수장인 황후 타르실라였지만, 그녀가 황비를 독살하려 했을지도 모른다는 작은 의심이 그를 괴롭혔다.

그렇다고 해서 1황자에게 맡기자니 효율적이고 이성적인 조사가 불가능할지도 모른다는 걱정이 있었고, 2황자에게 맡기자니 황후에게 맡기는 것과 동일한 문제가 생겼다.

하지만 아무것도 모르는 3황자나 그 비에게 맡길 수도 없는 노릇이었다. 궁정귀족들 중 황후나 황비와 이해관계가 얽혀 있는 사람이 대부분이다 보니, 그런 사람들을 제외하자면 남은 사람들은 하급 귀족들이었는데, 이들에게 조사를 맡기자니 황실의 체면이 서지 않았다.

"폐하, 들어가도 되겠습니까?"

그때 밖에 있던 시종이 물어왔고, 토마스 2세는 피곤한 목소리로 들어와도 좋다고 답했다. 안으로 들어온 시종이 그에게 편지 하나를 내밀었는데, 못 보던 필체로 편지 겉면에 서명이 적혀 있었다. 그가 의아한 표정으로 시종에게 물었다.

"이게 무엇이지?"

"젠스카야 백작령에서 지내시고 계시는 오르누스 공작 전하께서 보내신 서신입니다, 폐하."

"라키아스가?"

그가 얼른 편지의 봉투를 뜯어보았고, 그 안에는 정갈한 서체로 쓰인 편지 한 장이 들어 있었다. 그것을 펼친 뒤 빠른 속도로 읽어 내려가던 황제가, 잠시 후 아까와는 비교할 수 없을 정도로 밝아진 목소리로 시종에게 지시했다.

"당장 오르누스 공작을 황성으로 불러들여라."

충분한 휴식을 취하고 나서야 알렉산드라는 어느 정도 이성이 회복됨을 느꼈다. 한층 냉정한 사고가 가능하게 되자, 알렉산드라는 차분히 지금까지 생각한 내용을 정리해 보았다.

일단 그녀는 회귀했다. 이것은 틀림없는 사실이었다. 어제 황비가 독에 당한 일이 회귀 전에 없던 일이라고는 하지만, 이틀 전 결혼기념일 파티가 있기 전까지는 회귀 전과 똑같은 방향으로 일이 진행되었으니까.

하지만 방금 말했듯, 회귀를 했음에도 회귀 전과 똑같이 일이 진행되고 있지 않다는 점 역시 사실이었다. 어제는 생각해내지 못했지만, 따지고 보면 그 원인이 그녀 자신에게 있을지도 모른다는 생각이 들었다. 먼저 운명에 손을 댄 사람이 알렉산드라였기 때문이었다.

원래라면 라키아스와의 만남이 있었던 날은 이틀 전이 아니었다. 라키아스와의 만남은 한참 뒤로 예정되어 있었다.

그런데 그녀가 억지로 그 운명을 바꾸어버렸다. 그래서 운명이 뒤죽박죽 엉망이 되어버린 것은 아닐까? 이것이 알렉산드라가 현재로서 생각할 수 있는 가장 적절한 가설이었다.

하지만 사실 따지고 보면 그녀의 회귀 자체가 운명을 거스르는 일이었다. 그녀는 미래에서 과거로 회귀했지만, 회귀 전의 그녀는 미래의 일에 대해 전혀 모르고 있었으니까.

즉, 회귀 전의 지금과 회귀 후의 지금이 다르다는 결론밖에는 나오지 않았다. 애당초 그녀가 회귀한 것부터가 회귀 전과 다른 점이었으니까.

그러니 어떤 사람의 과거나 성격 등은 달라지지 않았을지 모르지만, 앞으로 일어날 일은 충분히 달라질 수 있다는 의미였다. 알렉산드라가 한숨을 쉬었다.

'하긴, 애당초 오르누스 공작과 손을 잡은 것부터가 회귀 전과는 다른걸.'

이 사실은 알렉산드라에게 더 이상은 회귀 전의 기억에 기대어 안심할 수 없다는 점을 일깨워주었다. 완전히 새로운 삶이 시작된 것이다. 황후도, 황비도, 두 황자들도 전부 그녀가 다시 쓰러뜨려야 했다.

물론 이번 삶에서는 오르누스 공작과 함께 싸운다는 점이 이점으로 작용하긴 할 테지만, 어쨌든 클레이오에 대한 복수는 알렉산드라 혼자 오롯이 감당해 내야 할 일이었다.

오르누스 공작에게만 기대는 건 진정한, 의미 있는 복수가 아니었다. 남의 힘 빌려 복수하자고 군이 클레이오와 결혼해 황궁으로 들어온 것이 아니었으니까. 오르누스 공작의 역할은 보조적인 것에서 끝나야지, 주된 것이 되어서는 안 된다는 의미였다.

"황자비 전하."

그때, 엘로웬의 목소리가 밖에서 들려왔다. 알렉산드라는 생각을 멈춘 다음 물었다.

"무슨 일입니까, 엘로웬?"

"쿠키를 좀 구워 왔는데, 들어가도 될까요?"

"들어오세요."

문을 열자마자 쿠키 냄새가 진동을 했다. 정말로 갓 구웠는지 접시 위로 희미하게 김이 피어오르고 있었는데, 접시 위에는 쿠키뿐만 아니라 따뜻한 밀크티도 한 잔 올려져 있었다. 알렉산드라가 엷게 웃으며 물었다.

"갑자기 웬 쿠키인가요?"

"아까 조찬을 잘 못 드시는 것 같아서요. 입맛이 없으신가 해서 구워 봤습니다."

"아, 그랬군요."

아까 전까지도 생각이 많았기 때문에, 조찬도 드는 둥 마는 둥 하긴 했다. 그걸 면밀하게 살펴주고 챙겨준 게 고마워서, 알렉산드라의 입가에는 저절로 미소가 지어졌다. 가장 가까이에 있는 피스타치오가 박힌 쿠키를 집어 드는데, 엘로웬이 아무렇지 않게 입을 열었다.

"참, 폐하. 아까 제가 누구를 봤는지 아세요?"

"누구를 보셨나요?"

"오르누스 공작님이요."

엘로웬의 말에, 알렉산드라는 하마터면 들고 있던 쿠키를 떨어뜨릴 뻔했다. 하지만 이내 아무렇지 않은 척, 태연하게 물었다.

"오르누스 공작님께서요?"

"네. 이틀 전에 파티에도 오신 것 같았는데…… 이제 본격적으로 중앙 정계에 발을 들이실 건가 봐요."

"그럴 지도 모르죠. 그래서 젠스카야 백작령을 사들이신 건지도 모를 일이고."

마치 남의 일 이야기 하듯 말하던 알렉산드라가, 잠시 후에 궁금하다는 목소리로 물었다.

"그럼 지금 폐하를 알현하고 계시겠네요?"

"네. 폐하의 집무실 쪽으로 가시는 모습을 우연히 봤거든요."

"그렇구나……."

사실 이틀 전 그렇게 대화를 종료한 이후, 알렉산드라는 제대로 다시 그와 대화를 나눌 기회가 없었다. 그러기에는 상황이 너무나도 제한적이었기 때문이었다.

어쨌든 그녀는 3황자의 비가 된 지 얼마 되지 않았고, 특별한 이유 없이 시당숙을 만나는 건 조금 좋지 않은 의미로 비춰질 수 있었기 때문에, 연락을 하더라도 신중에 신중을 기할 수밖에 없었다.

알렉산드라는 그와의 대화를 오늘 한 번 더 시도해 봐야겠다고 생각한 후, 테이블에 있던 찻잔을 들어 올렸다.

라키아스는 토마스 2세의 부름을 받고 곧바로 마차를 달려 황궁까지 도착했다. 자신이 토마스 2세에게 편지를 보낸 시각이 그날 오전 8시 경이었는데, 토마스 2세는 편지를 받자마자 곧바로 자신을 불러들인 것이었다. 그것을 긍정적으로 받아들인 라키아스가 당당하지만 거만하지는 않은 표정으로 황제의 궁에 들어갔다.

"폐하, 오르누스 공작 전하 오셨습니다."

"어서 들이도록 해라."

곧이어 문이 열렸고, 라키아스는 정중하게 황제의 앞까지 걸어간 후 인사를 올렸다.

"제국의 위대한 태양, 황제 폐하를 뵙습니다. 레예스에 무한한 영광을."

"인사치레는 됐다, 라키아스. 오랜만이구나."

"2일 전에도 뵙지 않았습니까, 폐하."

"재미없기는."

토마스 2세가 낮게 웃은 다음 그를 응접용 테이블에 앉혔고, 곧이어 시녀가 따뜻한 레몬밤 차를 내왔다. 어제 케이토로부터 황궁에서 일어난 일에 대해 들은 라키아스는, 황제가 무슨 일로 자신을 찾았는지를 이미 알고 있었다.

때문에 그는 여유로운 표정으로 차를 마시며 토마스 2세가 입을 열기만을 천천히 기다렸다. 어차피 시간은 많았으니까.

"빠르게 긍정적인 대답을 들려줘서 고맙게 생각하고 있다. 이번 일로 내 주변에 믿을 만한 사람이 별로 없다는 걸 깨달았거든."

"폐하, 그게 무슨 말씀이십니까?"

라키아스가 도통 모르겠다는 표정을 지으며 물었다.

"'이번 일'이라니요. 황궁에 무슨 일이 있었습니까?"

"젠스카야 백작령까지는 소문이 닿지 않았나보구나. 어제 불미스러운 일이 있었다."

"불미스러운 일이라니요?"

"황비가 독에 당했어. 누군가가 그녀를 독살하려 한 것 같다."

"맙소사."

그가 마치 처음 듣는 사람 같은 얼굴을 하고선, 충격을 받은 목소리로 물었다.

"황비 전하께서는 무탈하십니까?"

"다행히 치사량은 넘지 않았어. 하지만 만약 조금만 더 독을 먹었다면 그녀는 지금 이 세상에 없을 거다."

"신께서 도우신 모양이로군요."

라키아스가 마음에도 없는 말을 중얼거리며, 토마스 2세에게 물었다.

"범인은 잡았습니까?"

"그게 문제다. 어제 그 일이 있고 먹었던 요리들과 정찬에 쓰인 식기들을 전부 조사했는데, 독이 일부에만 발라져 있던 건지 하나도 나오질 않았어. 요리를 만든 사람들과 음식을 날랐던 사람들, 테이블에 세팅을 한 사람들까지 전부 잡아들여 조사 중이지만 아직 이렇다 할 성과는 없구나."

"저런."

라키아스가 짐짓 안타까운 표정을 지으며 토마스 2세를 위로했다.

"마음이 많이 아프시겠습니다, 전하. 황비 전하께서 그리 되셨는데, 범인도 찾지 못하셨다니요."

"그러니 라키아스, 네가 좀 도와주지 않겠느냐?"

"무엇을 말씀이십니까?"

"아까 네가 보낸 서신을 받았다. 앞으로 궁중 회의에 참석하겠다고 하지 않았느냐."

"그랬습니다, 폐하."

라키아스가 부드럽게 미소 지으며 답했다.

"진지하게 고민해 봤는데, 황제 폐하께서 원하신다면 어디서든 일하는 것이 신하인 저의 소명인 듯해서요."

"그러니 네가 이번 독살 미수 사건의 조사를 총괄해 주지 않겠느냐?"

"제가 말씀이십니까?"

"그래. 너밖에 적당한 사람이 없는 것 같아서 말이다."

"하지만 황성에는 저보다 더 능력 있는 귀족들이 많은걸요. 지금

껏 검만 쓰던 제가 어떻게 처음부터 그런 큰일을 맡을 수 있겠습니까. 폐하, 저는 그럴 만한 능력이 없습니다."

"하지만 정말 너밖에 없다, 라키아스. 이 일을 공정하게 조사해 줄 사람이 너뿐이야. 황성의 다른 귀족들은 대부분 황후나 황비와 이해관계가 얽혀 있기 때문에…… 공정하게 조사하기가 어려울 거다."

"무슨 뜻입니까?"

라키아스가 괜히 모르는 척을 하며 묻자, 토마스 2세가 드물게 한숨을 쉬며 답했다.

"너도 알겠지만 지금 황태자가 정해지지 않은 상황에서 황후와 황비가 알게 모르게 서로를 견제하고 있다. 차기 황제와 관련된 일이니 당연히 중앙의 귀족들은 민감하게 반응할 수밖에 없지. 그러니 도박을 하는 거다. 황후에게 붙을 것인지, 아니면 황비에게 붙을 것인지."

"……."

라키아스는 이렇게 문제점을 잘 알고 있는 사람이 왜 지금까지도 후계자를 정하지 않는 건지 도무지 이해 가지 않았다. 딱 한 가지, 짐작 가는 게 있긴 했지만……. 별로 생각하고 싶지 않았다.

그가 저도 모르게 찡그리려는 미간을 곧게 펴며, 토마스 2세에게 물었다.

"누가 조사를 맡든 편파적으로 조사할 거라고 생각하시는 겁

192

니까?"

"나는 그렇게 생각하고 있다, 라키아스. 그나마 두 사람과 가장 관련이 없으면서도 어느 정도 신분이 높은 사람을 총괄로 임명해야 하는데, 그럴만한 사람이 너밖에 없어."

"……."

"라키아스, 이건 부탁이고, 만약 네가 거절한다면 명령이다. 모쪼록 네가 내 부탁에서 이 일을 맡아 주었으면 좋겠구나."

"부탁이든 명령이든 신하라면 주군의 명에 따르는 것이 도리이지요, 폐하."

라키아스가 매력적인 미소를 지으며 토마스 2세에게 말했다.

"염려 마십시오, 폐하. 제가 잘 할 수 있을지는 모르겠지만…… 최선을 다해 진범을 잡아내겠습니다."

"아주 믿음직스럽구나."

토마스 2세가 흡족한 얼굴로 웃으며 라키아스를 칭찬했다.

"돌아가신 내 숙부께서 보신다면 아주 흐뭇해하실 거다. 얼굴도 못 본 아들이 이렇게 잘 자라 주었으니 말이야."

황제의 말에 라키아스가 아련한 표정을 지으며 작게 중얼거렸다.

"아마 그러실 겁니다."

라키아스는 황제의 집무실에서 나온 후 곧바로 마차로 가지 않왔다. 이번 황비 독살 미수 사건의 특별 조사관으로 임명되었으니 당분간은 궁에서 기거하게 될 터였다.

그는 황제의 시종을 따라 당분간 머무르게 될 궁으로 가게 되었는데, 우연인지는 몰라도 지엔궁과 가까웠다. 라키아스는 속으로 일이 너무 잘 풀리고 있어 걱정스러울 정도라고 생각하며, 혼자 남은 방 안을 찬찬히 둘러보았다.

작았다.

'물론 객관적으로 봤을 때 작은 크기는 아니지.'

그의 침실도, 그의 집무실도, 그 둘을 합친 크기도 이 넓은 방보다는 작았다. 하지만 라키아스는 그곳에 있었을 때보다 지금 있는 곳의 크기를 더 작다고 느꼈다.

그건 상대적인 의미였다. 이 방도 결국은 아까 그가 있었던 황제의 집무실보다는 작았으니까. 라키아스가 아까의 미소가 믿겨지지 않을 만큼 싸늘한 표정을 지으며, 다시 방 밖으로 나갔다.

자신의 조력자를 만나러 갈 시간이었다.

6

All or Nothing

라키아스가 생각해 낸 핑계는 참으로 참신했다.

"황자비 전하."

아까 엘로웬이 가져다 준 피스타치오 쿠키를 먹으며 어떻게 하면 자연스럽게 라키아스를 만날 수 있을까 고민하던 알렉산드라는, 어쩐지 민망한 표정으로 들어오는 페넬로페를 쳐다보며 의아한 표정을 지었다.

"무슨 일이야, 페니?"

"저, 그게……."

자신의 물음에 답을 미루지 않던 페넬로페가 어쩐 일로 주저했고, 알렉산드라는 그 반응에 더욱 이상함을 느끼고선 그녀를 재촉했다.

"무슨 일인데 그래?"

"그게요……."

"레이디 페넬로페, 어서 전하께 고하지 않고 뭐하고 있습니까."

함께 들어왔던 드네리스가 페넬로페를 타박했다. 하지만 그 말을 듣고 나서도 페넬로페는 얼굴만 붉힐 뿐 말을 하지 못했다. 페넬로페의 이런 답답한 모습을 처음 보는 알렉산드라로서는 도대체 무슨 일인지가 심히 궁금해졌다.

"전하께서는 지금도 계속 말라 죽어가고 계시는데!"

"그게 무슨 말입니까, 드네리스?"

"오르누스 공작님께서 화장실이 급하시다면서 지엔궁을 찾으셨습니다. 궁이 처음이라 1시간 정도 길을 잃으셨다고 하시더군요."

"……."

알렉산드라는 그 말을 듣자마자 이것이 라키아스가 꾸민 계책임을 간파했으나, 순간 할 말이 없어져 입을 다물었다. 그러자 드네리스가 진지한 표정으로 알렉산드라에게 말했다.

"폐하, 얼른 인가를 내려주십시오, 공작 전하께서 화장실을 사용하셔도 괜찮겠습니까?"

"당연하지요……."

회귀 전에 비정한 여자라는 평을 많이 듣기는 했지만, 그때도 화장실을 가지고 사람을 농락할 만큼 매정하지는 않았다. 알렉산드

196

라가 짧게 한숨을 쉰 뒤 드네리스에게 말했다.

"지엔궁에 있는 가장 좋은 화장실로 공작님을 데려가세요, 드네리스."

그렇게 한 10분 정도가 지났을 때, 드네리스가 다시 알렉산드라가 있는 방으로 들어와 말했다.

"전하, 공작님께서 전하를 만나 뵙고 싶어 하시는데요."

"나를요?"

짐짓 놀란 척을 하며 묻자, 드네리스가 고개를 끄덕이며 답했다.

"네. 실례가 많으셨다고, 꼭 얼굴을 뵙고 감사와 사과의 말씀을 전하고 싶다고 하셨습니다."

"……."

회귀 전부터 생각한 거지만, 참 능구렁이 같은 남자야…….

알렉산드라가 어벙한 표정으로 고개를 끄덕였고, 곧이어 드네리스가 친절하게 라키아스를 데리고 알렉산드라의 방까지 데려왔다. 길눈이 어두우신 것 같아 지엔궁 안에서도 길을 잃으실까 봐 직접 모시고 왔다는 말을 빼먹지 않으며, 드네리스는 이따 돌아가실 때도 직접 모셔다 드리겠다는 말까지 덧붙였다.

드네리스가 나가고 마침내 두 사람만 남았을 때, 알렉산드라는 참지 못하고 낮게 웃음을 터뜨렸다.

"아하하하하."

"……웃지 않는 게 좋을 것 같은데."

"하지만 도무지 웃지 않고서는 배길 수 없는 상황이지 않습니까, 이건."

알렉산드라가 여전히 웃음을 주체하지 못하며 라키아스에게 물었다.

"그런 어이없는 아이디어는 도대체 어디에서 나오는 겁니까?"

"이 똑똑한 머리에서 나오지, 어디에서 나오겠어."

라키아스가 자부심 가득한 표정으로 왼쪽 손가락을 들어 올린 후, 자신의 머리를 톡톡 두드렸다.

그 모습을 본 알렉산드라가 헛웃음을 터뜨리며 비꼬듯 말했다.

"자신감 하나는 넘쳐나시는군요."

"그게 내 매력이라고 생각해서 말이야. 그리고……."

라키아스가 빙긋 웃은 다음 말을 맺었다.

"잘 모르는 것 같은데, 자신감이라면 그대도 상당히 넘치거든. 처음 만났을 때 일을 그새 잊어버린 건 아니겠지?"

"그 자신감에는 근거가 있었습니다."

"이 자신감에도 근거는 있어. 나는 머리가 좋거든."

"참 다행이네요."

조력자가 멍청이는 아니라서.

알렉산드라의 말에 라키아스가 대꾸했다.

"이봐, 황자비 전하. 내가 멍청이였으면 애당초 그쪽은 나를 선택하지 않았겠지."

그건 그랬다. 알렉산드라는 바보가 아니었으니까. 하지만 회귀 전의 그녀는 분명 바보였다. 조력자로 이 남자 대신 클레이오를 택했으니까.

그건 지금 생각해 봐도 살 떨리게 멍청한 짓이었다. 알렉산드라가 쓸쓸하게 웃었다.

"당신 말이 맞네요."

"그리고 내가 그대보다 똑똑한 것도 사실이야. 그대가 나를 어떻게 하면 만날 수 있을지 고민하는 사이에, 나는 행동했으니까."

"이번에는 저보다 똑똑하셨습니다. 그건 인정하죠."

알렉산드라는 갑자기 그런 생각이 들었다. 회귀 전에는 분명 그녀가 그를 꺾었지만, 그건 그녀의 능력이 상당히 좋아서가 아니라 그냥 이 남자가 당시에 운이 없었기 때문일지도 모르겠다고.

뭐, 운도 실력이라는 사실까지는 부정할 수 없었지만.

"그런데 정말 화장실이 급하셨어요?"

"그렇다고 치지."

"길눈도 어두우시고요?"

"그건 아니야. 하지만 아무리 나라도 초행길은 어렵지."

라키아스가 매혹적으로 입꼬리를 끌어 올리며 답했다.

"지엔궁에서 그리 멀지 않은 곳에 머무르게 된 게 다행이었지. 그게 아니었으면 일이 더 복잡해졌을 텐데……. 하여튼 이틀 전에 봤던 당신의 시녀가 마침 내 눈앞에서 지나가기에, 뒤따라서 여기까지 왔다가 길눈이 어두운 척하고 화장실 핑계를 댄 거지."

"차마 의심할 수 없는 핑계였네요. 그마저도 시간이 지나면 못 써먹게 되겠지만."

"내가 백치에 어린 애가 아닌 이상은 그렇지."

피식 웃은 라키아스가 곧바로 말을 이었다.

"그 후에는 다른 방법을 찾아봐야지. 이것 참, 무슨 부적절한 관계를 맺는 것도 아니고."

"부적절한 관계예요, 우리."

알렉산드라가 굳이 부정하지 않으며 빙긋 웃었다.

"결혼한 지 한 달을 조금 넘겼을 뿐인데 남편을 배신하려는 아내나, 그런 여자를 도와 황위를 차지하려는 당신이나."

어떻습니까. 진짜 부적절하지 않나요? 알렉산드라의 말에 라키아스가 작게 웃었다.

"그렇네. 이보다 더 부적절할 수는 없겠군. 간통보다 더 부적절해."

"간통까지 했다면 그건 치정이죠."

알렉산드라가 냉소를 머금은 얼굴로 대꾸한 다음, 화제를 돌렸다.

"그보다 앞으로 어떻게 연락할 것인지가 관건입니다, 라키아스. 지금처럼 핑계를 대는 건 일회적이에요. 지속적인 무언가가 필요합니다."

"일단 당분간은 황궁에서 지낼 예정이다. 당장은 그것부터 생각하도록 하지."

라키아스가 물었다.

"편지가 가장 일반적이지 않나?"

"전달 방식은요?"

"직접 전달이 가장 안전해. 아직 그대의 시녀들은 그대의 계획을 모를 것 같은데, 아닌가?"

"맞습니다, 라키아스. 당신 말이 맞아요."

알렉산드라가 부정하지 않으며 말을 이었다.

"지금 그걸 말하는 건 시기상조예요. 아직 지엔궁의 시녀들을 믿을 만큼 내가 이곳에 오래 머무른 것이 아니니까요."

"생각보다 신중하군."

"모르셨다는 게 더 신기합니다만."

"언제 밝힐 생각인 거지?"

"아직도 멀었습니다. 그들을 완전히 신뢰하기 전까지는 입도 벙긋하지 않을 생각이에요. 몇몇 사람을 제외하고서는 말입니다."

알렉산드라가 차분히 말을 이었다.

"아직 내 모든 걸 밝힐 만한 사람이 나타나지 않았어요."

"그게 나 아닌가?"

"여자입니다, 여자."

알렉산드라가 덧붙였다.

"내가 구해줄 아이인데, 아직 나타나지 않았습니다."

"……."

그 말을 들은 라키아스가 실눈을 뜨고 알렉산드라를 응시했다. 그 시선을 느낀 알렉산드라가 한쪽 눈을 치켜뜬 채 물었다.

"뭡니까."

"처음 만났을 때도 그렇고, 지금도 그렇고."

라키아스가 이해되지 않는다는 표정으로 고개를 갸웃거리며 말을 맺었다.

"이렇게 가끔씩 신처럼 느껴질 때가 있어."

"신이라니요?"

"모든 걸 다 알고 있는 듯한 말투, 그게 신처럼 느껴지는데. 그대는 아니라고 생각하나?"

"부정은 못 하겠습니다."

알렉산드라가 빙긋 웃으며 말했다.

"내가 나의 신이니까요."

"혹시 미래라도 보는 건가?"

"그럴 수 있다면 얼마나 좋았겠습니까."

그럴 수 있었더라면, 그 남자와 결혼하지 않았을 텐데. 더 좋은 남자를 찾아, 더 좋은 남자를 만나, 더 좋은 남자와 결혼해 더 행복하게 살 수 있었을 텐데. 이런 회귀 따위 필요 없이, 이런 복수 따위 하지 않고. 그냥, 남들처럼 행복하게.

알렉산드라가 씁쓸하게 웃었다.

"미래를 볼 수 있다면 후회가 남는 선택도 하지 않았을 것이고, 후회할 일도 저지르지 않았을 것이고."

"……."

"정말 좋았겠네요. 지금 미래를 볼 수 없다는 사실이 원통하게 느껴질 정도로."

"미래를 볼 수 있다면 후회할 선택은 안 했겠지만, 대신 인생이 미치도록 재미없었겠지."

라키아스가 묘한 얼굴로 알렉산드라를 바라보며 말을 이었다.

"신이 인간에게 미래를 보는 능력을 선물하지 않은 것은 다 이유가 있어서야."

"라키아스, 당신이 정말로 불행한 일을 겪은 적이 있다면, 미래를 보는 능력이 간절할 겁니다. 절실할 거예요. 그로 인해 인생이 수도사처럼 재미없어진다 하더라도 상관없었을 거란 말씀입니다."

"……."

"알아들으시겠습니까?"

"이야기가 주제에서 많이 벗어난 것 같은데."

라키아스가 속을 알 수 없는 얼굴로 입을 열었다.

"그대는 신 같기도 하지만, 이렇게 인생을 다 산 늙은이 같을 때도 있어. 뭐랄까, 기억을 잃지 않고 환생한 사람 같아."

"……."

"내가 당신에 대해 모르니 함부로 말할 수는 없지만, 이봐 황자비 전하, 그대 나에 대해 너무 아는 척을 하고 있다고 생각하지 않나?"

"무슨 뜻입니까."

"말 그대로야. 내가 '정말로 불행한 일'을 겪은 적이 없다고 어떻게 자신하지?"

"……."

"불행의 크기는 각자마다 다르지. 그대가 내 불행을 알게 된다면 별것 아니라고 생각할 수도 있겠지만, 적어도 내게는 살이 벗겨지고 뼈가 깎여 나가는 고통이다. 반대로 그대는 그대의 고통을 '정말로 불행하다'고 평가할 수 있겠지만, 내가 봤을 때는 그게 아닐 수도 있지."

라키아스가 아까보다 가라앉은 얼굴로 알렉산드라에게 말했다.

"그러니 그대의 고통이 아무리 불행하다고 해도, 남의 고통을 함부로 재단하는 버릇은 고치도록 해. 그리 좋지 못한 버릇이니까."

"……참고할게요."

알렉산드라가 라키아스의 얼굴을 빤히 바라보며 작은 목소리로 대꾸했고, 라키아스는 그런 그녀를 물끄러미 쳐다보다가 잠시 후에 다시 입을 열었다.

"이야기가 많이 샜군."

"……."

"어쨌든 편지는 도서관을 이용해서 전달하는 걸로 하지."

"R열 9번째 책장 위에서 6번 째 칸."

알렉산드라가 조용한 목소리로 말을 시작했다.

"거기에 보면 분홍색 책 한 권이 있습니다. 그곳에서 분홍색 책 한 권은 그거 하나뿐이니까, 찾기 쉬우실 겁니다."

"책 제목이 뭔데?"

"〈안나 마리아의 슬픔〉"

"……책 제목이 독특하군."

"그래서 더…… 찾기 쉬우실 겁니다."

"지엔궁에 온 지 한 달 조금 넘은 걸로 알고 있는데."

라키아스가 알렉산드라의 눈을 빤히 바라보며 말을 이었다.

"어떻게 그렇게 잘 알지?"

"그 책만 읽었거든요. 한 달 동안."

정확히는 6년 동안, 그 책만 읽었다. 알렉산드라가 슬프게 웃으며 덧붙였다.

"지겨울 정도로 많이 읽었습니다."

"언젠가 읽어봐야겠군. 고귀하신 황자비 전하께서 질리도록 읽으신 책이라니."

그가 묘한 미소를 지으며 알렉산드라에게 말했다.

"매주 월요일 오후 3시. 그때 도서관에 방문하겠다."

"그럼 저는 매주 화요일 오후 3시에 답장을 놓겠습니다."

"좋아."

만족스러운 미소를 지은 라키아스가 왼쪽 다리를 꼬아 오른쪽 다리 위로 올려놓았다. 그 모습을 유심히 살펴보던 알렉산드라가 아무렇지도 않게 다른 화제를 꺼냈다.

"황제 폐하께서 부르셨다고 들었습니다."

"이번 황비 독살 미수 사건을 조사해 달라고 하시더군."

"하긴."

알렉산드라가 피식 웃으며 덧붙였다.

"당신밖에 없었을 겁니다, 라키아스. 모든 궁정 귀족들이 황후, 혹은 황비에게 발 하나씩은 올리고 있으니까요. 아직 때묻지 않았으면서도 보증된 사람을 찾자니 당신뿐이었겠죠."

"정확해. 폐하께서 나를 신임하신 이유지."

"신임에는 결과가 따라야 합니다, 라키아스. 잘 해낼 수 있겠습니까?"

"그건 그대가 도와주어야지. 나는 아직까지는 이곳 사람이 아니지 않나."

라키아스가 물었다.

"그날 정확히 무슨 일이 있었지?"

"아실지 모르겠지만, 황가에서는 초대 황제의 유언 때문에 황실 구성원들이 주기적으로 모여 함께 식사를 합니다. 어제가 그날이었고, 모두가 파사궁에 모여 정찬을 들었지요. 그리고 저는 황비 전하의 바로 옆에 앉아 있었습니다."

알렉산드라가 어제의 일을 회상하며 라키아스에게 말했다.

"이런저런 이야기를 나누던 도중 갑자기 황비 전하께서 피를 토하며 쓰러지셨고, 궁의가 달려와 진찰을 하더니 독에 당하신 것 같다고 했습니다. 황제 폐하께서는 격노하신 얼굴로 방을 나가셨고, 황후 폐하께서는 에인궁의 시녀들에게 황비 전하를 침소까지 옮기라고 말씀하신 뒤, 파사궁 시녀들에게는 난장판이 된 정찬실을 치우라고 말씀……."

"잠깐."

라키아스가 낮아진 목소리로 알렉산드라의 말을 끊었다. 그녀는 자신의 말이 끊겼다는 불쾌감을 느낄 새도 없이, 라키아스를 의아한 얼굴로 쳐다보았다.

"왜 그러십니까, 라키아스."

"질문할 게 있어서."

"하시지요."

"그대는 누구를 선택할 거지?"

"무슨 말씀이십니까?"

"말 그대로야. 황후와 황비, 누구를 선택할 거냐고."

라키아스가 덤덤한 목소리로 말을 이었다.

"그 둘 중 한 명을 골로 보내 버리지는 않더라도, 타격은 줄 수 있어. 하지만 원래 공격은 집중해서 하는 법이지. 나누어서 하면 효과가 떨어지잖아? 3황자를 황위로 올리려면 한 사람과는 손을 잡고 나머지 한 사람은 공격해야 해. 그래서 그 한 사람이 제거되면, 그다음에 손을 잡았던 사람과 싸우는 거지. 두 사람을 한꺼번에 보내 버리는 건, 지금 당신의 세력으로는 불가능해."

"……."

그녀의 생각과 명확하게 일치하는 라키아스의 말에, 알렉산드라는 순간 등골에 소름이 끼치는 것을 느꼈다. 알렉산드라는 순간 아무 말도 하지 못하고 멍하니 라키아스만 쳐다보았다.

"누구와 손을 잡고 싶나? 타르실라 황후? 아니면 빈첸시아 황비?"

"왜 제게 물으십니까?"

"그래야 결정할 수 있잖아. 일단 누굴 좀 더 오래 살려둘지를."

"그러니까, 왜 제게만 물으시는지를 묻는 겁니다. 당신도 의견이 있을 텐데요."

"그게 뭐가 중요하지?"

매혹적으로 웃은 라키아스가 중저음의 목소리로 대꾸했다.

"당신이 내 조력자인데."

알렉산드라가 순간 할 말을 잃고 라키아스를 쳐다보았지만, 그는 여전히 태연한 얼굴로 알렉산드라에게서 시선을 떼지 않았다. 알렉산드라가 물었다.

"저도 궁금한 게 있는데, 한 가지 물어봐도 되겠습니까."

"그렇게 하지."

"제가 누구를 선택해도 상관없는 겁니까?"

"그렇다니까."

"······좋아요."

알렉산드라가 결정을 내린 듯 엷게 미소 지었다.

"작은 적부터 천천히 없애 나가도록 하지요."

"황후를 살려두겠다고?"

"저는 황후를 잘 알고 있습니다. 어차피 이번 일로는 크게 타격 못 받아요."

알렉산드라는 회귀 전에 그녀가 했던 일을 반복해 볼 생각이었다. 답습을 좋아하는 것은 아니었지만, 굳이 모험적인 시도를 해볼 필요도 없었으니까. 이건 놀이가 아니라 전쟁이다.

"황후의 신임을 얻어 황비를 제거할 겁니다. 어차피 황후로서도 황비는 골칫거리예요. 장자 계승의 원칙이 적용된다면 다음 대 황위는 높은 확률로 1황자의 차지가 될 테니까요. 물론 폐하께서 그 원칙을 적용하시느냐 안 적용하시느냐가 관건이겠지만······ 어쨌든 불안한 싹은 잘라버리는 게 황후로서는 마음 편하겠지요."

"동의하는 바다."

라키아스가 어쩐지 만족스러운 표정으로 고개를 끄덕이자, 그 모습을 지켜보고 있던 알렉산드라가 물었다.

"어째 마음에 들어 하는 투인데. 아닙니까?"

"그래. 마음에 들어."

"애당초 답은 정해져 있었던 모양이로군요."

알렉산드라가 한쪽 눈썹을 치켜 올린 후 물었다.

"전하께서는 특별히 이유가 있습니까?"

"원래 가장 맛있는 디저트를 마지막에 먹는 습관이 있어서."

"틀린 말씀은 아닙니다. 확실히 맛없는 것부터 먹어야 가장 마지막에 누릴 기쁨이 극대화되는 법이죠."

알렉산드라가 곧바로 물었다.

"제 말을 끊으면서까지 그걸 물어본 이유가 무엇입니까, 라키아스."

"대답에 따라 이야기의 초점이 달라질 테니까."

빙긋 웃은 라키아스가 알렉산드라에게 말했다.

"정찬실을 황후가 시녀를 시켜 청소했다고 했지? 그 과정에서 황후의 개입이 전혀 없었을 거라고 아무도 장담할 수 없다."

"……."

"그렇지 않나?"

"옳은 말씀입니다. 하지만…… 황후가 고작 그런 덫에 빠질 정도로 허술한 사람이 아니에요. 임기응변도 뛰어난 여자고요."

"맞아. 그래서 우리 둘 다 인정하지 않았나. 황후가 고작 이런 일로 큰 타격을 받지는 않을 거라고."

라키아스가 수긍했고, 알렉산드라는 날카로운 시선으로 타르실라를 꿰뚫어 봤다.

"개국공신인 코울리즈 가문에서 태어나 황후까지 된 여자입니다. 모략과 암투에 능하고, 머리도 좋지요. 하지만 세상에 단점 없는 사람이 어디 있겠습니까."

"무슨 뜻이지?"

"출신 성분이 워낙 고귀한 탓에 자신감이 지나치고, 과시욕이 크며, 자만하는 경향이 있어요. 아닌 척하지만 아부에도 약합니다."

"……그걸 어떻게 다 안다고 자신하지?"

"말했잖습니까."

알렉산드라가 낮은 목소리로 대꾸했다.

"내가 나의 신이라고. 얄팍하지만, 그 정도는 알고 있습니다."

"……확실히."

라키아스가 입을 열었다.

"황후에게 그런 면이 있다는 건 부정할 수 없어. 워낙 귀하게 자라온 탓에 그녀에게 싫은 말을 하는 이가 드물었을 테지."

"네."

알렉산드라가 덤덤한 목소리로 집어냈다.

"그리고 그게 그 여자를 옥죌 수 있는 유일한 칼날입니다."

"잘할 수 있겠나?"

"'잘할 수 있겠'느냐고요?"

알렉산드라가 한쪽 눈썹을 치켜 올리며 약간 날이 선 듯한 목소리로 말했다.

"라키아스, 이미 알고 있겠지만, 그대는 나의 조력자입니다."

"그런데?"

"조력자는 '도와주는' 사람이지, '주도하는' 사람은 아닙니다. 라키아스, 당신의 도움을 받고 있긴 하지만, 이 복수는 엄연히 내 것이에요. 당신은 나를 도와주기만 하면 될 뿐입니다. 내게서 복수할 권리를 앗아가지 마세요."

"흐음……."

라키아스가 묘한 얼굴로 무언가를 생각하는 듯한 표정을 짓자, 그 모습을 본 알렉산드라가 라키아스에게 물었다.

"왜 그런 얼굴을 하시는 거죠?"

"그대에게 중요한 걸 하나 말하지 않았다는 걸 지금 깨달았어."

"뭡니까."

"그리고 그걸 지금 말해줘야 하는지에 대해 생각했지."

그 말에 알렉산드라가 약간 기분이 나빠진 표정으로 대꾸했다.

"우린 조력잡니다. 적이 아니에요."

"하지만 그대의 말대로라면 내 개인적인 복수는 내게 행할 권리가 있는 거지."

그 말에 라키아스가 아까 자신이 '복수를 빼앗지 말라'고 했던 말에 빈정이 상했음을 깨달은 알렉산드라가 살짝 미간을 좁혔다.

좀생이 같으니라고. 그렇게 안 봤는데 말이야.

그녀가 담담한 목소리로 그에게 약속했다.

"오는 게 있으면 가는 게 있어야지요. '조력'에서 멈출 자신 있습니다, 난."

"그래?"

라키아스는 문득 이런 생각이 들었다. 12년 동안 품고 있었던 지독한 복수심과 진득한 악의를 '조력자'라는 이 여자에게 털어놓는다면, 내 마음은 조금이나마 더 편해질 수 있을 것인가. 나의 복수는 좀 더 완성된 형태로 행해질 수 있을 것인가. '조력'에서 멈출 자신이 있다는 이 여자가, 내 복수의 불완전한 면을 채워줄 수 있을 것인가.

하지만 이 모든 고민을 차치하고서라도, 누굴 증오하는지 정도는 말해줄 수 있는 것이었다. 그녀 역시 자세한 사정은 아직 말하지 않았지만, 남편을 증오한다는 사실 정도는 말하지 않았나. 그가 느릿하게 알렉산드라가 있는 쪽으로 시선을 두었다가, 잠시 후 천천히 입을 열었다.

"내가 왜 당신과 손을 잡은 줄 아나?"

"황제가 되고 싶어서, 아닙니까."

"맞아. 황제가 되고 싶어서."

라키아스가 고개를 끄덕이며 대꾸한 다음 곧바로 다른 질문을 던졌다. 누가 들을까 걱정했는지 아까보다 한참은 낮은 목소리였다.

"왜 내가 황제가 되고 싶어 하는지도, 아나?"

"인간이 권력을 탐하는 데 이유가 있습니까. 본디 더 높은 곳으로 올라가고자 하는 사람의 욕망에서 이유를 찾을 수는 없지요."

"설령 그렇다고 하더라도 표면적인 이유 정도는 있다."

"무슨 뜻입니까."

"나는 황제와 황후를 증오해."

라키아스가 아무렇지 않은 목소리로 한마디를 뱉었고 알렉산드라는 의외의 전개에 잠깐 당황했다. 그러는 사이, 라키아스가 다시 입을 열었다.

"그 두 사람을 증오해. 그래서 황제가 되려는 거야."

"이유…… 물어봐도 되겠습니까."

"그렇다면 그대도 말해주어야 하지 않을까?"

라키아스가 날카롭게 짚어냈다.

"남편을 증오하는 이유 말이야. 사실 우리 둘 다 이해하기 어려울 테지. 나는 당신이 왜 사랑해야 마땅할 남편을 증오하는지 도무지 이해할 수 없어. 당신은 3황자와 연애결혼을 했고, 심지어 청혼은 당신이 했다지. 거기에 지금은 신혼 기간이고."

"……"

"당신도 내가 이해되지 않을 테지. 왜 앞에서는 하하 호호 웃으며 그들을 대하면서, 뒤로는 칼을 갈며 가장 완벽한 복수를 꿈꾸고 있는지."

"그 이야기를 나누기에 적어도 지금은 적당하지 않네요."

알렉산드라가 약간 떨리는 목소리로 답했다.

"시간이 너무 지체되었어요. 시기상으로도 너무 이르고……."

"나도 그렇게 생각해. 하지만 뭐, 이렇게 점차 쌓아나가는 거지."

"뭘요?"

"신뢰."

라키아스의 말에 알렉산드라가 헛웃음을 터뜨렸다.

"날 믿지 못하나요, 당신?"

"난 나도 안 믿어."

능글거리는 미소로 대답한 라키아스가 똑같은 질문을 했다.

"당신은?"

"난 믿죠."

"어째서?"

라키아스가 의외라는 듯 물었다.

"안 믿을 줄 알았거든. 조력자이긴 해도, 완전히는 신뢰하지 못하는 줄 알았어. 그래서 3황자를 증오하는 이유도 가르쳐주지 않는 줄 알았지."

"그건 신뢰와는 또 다른 문제입니다. 내 품위, 그리고 자존심과도 관련된 문제죠. 그래서 시간이 필요하다고 한 겁니다."

"흐음."

여전히 라키아스는 모르겠다는 표정을 짓고 있었다. 그가 곧바로 물었다.

"왜 나를 신뢰한다는 거지?"

"8할 정도는 신뢰합니다. 당신이 당신을 황제로 만들어준다는 나를 배신할 정도로 교활한 악인은 아니라고 생각했어요."

"어디서 나온 자신감이지? 내가 당신을 단물만 빼먹고 죽일 수도 있잖아."

"그걸 방지하기 위해 먼저 황후가 되려는 겁니다."

"폐후가 되면 당신도 죽을걸."

"그러니 '반정을 주도한' 폐후가 되어야지요."

알렉산드라가 서늘하게 웃으며 라키아스에게 말했다.

"내가 아는 당신이라면, 나를 배신하지 않아요."

"……."

"아닙니까?"

"맞아."

라키아스가 간단한 말로 수긍했다.

"단순히 당신에 대한 호의나 호감, 그런 것 때문은 아닐 테지. 다만 시간을 함께 들여 일을 준비하다 보면 자연스럽게 서로에 대해 많이 알게 될 거야. 내가 당신을 배신하면, 당신이 나에 대한 약점을 폭로하지 않을까? 나는 그걸 우려하고 있어."

"맞습니다. 우린 잃을 게 많은 사람들이니까."

알렉산드라가 한숨을 쉰 뒤 덧붙였다.

"그런 계산적인 이유 때문에라도 나는 당신을 배신할 수 없습니다. 당신도 그건 마찬가지겠지만."

"그러니 쓸데없는 의심은 서로 하지 말기로 하자고. 어차피 공동의 목표를 가진 사람들 아닌가."

"동감해요. 무엇보다……."

알렉산드라가 라키아스의 두 눈을 빤히 쳐다보며 말을 맺었다.

"정말로 나를 '단물만 빼먹고 죽일' 거라면, 당신은 그런 말을 하지 않습니다."

"……무슨 뜻이지."

"내가 아는 당신은 상대에게 경고를 날리고 공격할 만큼 친절하지 않다는 뜻입니다."

그것도, 맞았다.

라키아스는 친절하지 않다. 애당초 알렉산드라를 배신할 이유도 없었다. 앞서 말한 이유와 더불어, 지클린데 후작의 권력도 무시할 수 없었기 때문이었다.

라키아스가 빙긋 웃으며 말했다.

"우린 참 바람직한 사이군. 서로를 이렇게 믿고 있는 조력자들이라니."

"나 안 믿는다면서요."

"8할 정도는 신뢰해."

아까 자신이 했던 말을 그대로 따라 하는 라키아스를 흘겨보며, 알렉산드라가 말했다.

"어쨌든 그런 생각이라면 아까 당신이 했던 말도 이해가 됩니다."

"아까 했던, 무슨 말?"

"가장 맛있는 디저트를 마지막에 먹는다는 말, 말입니다."

알렉산드라가 라키아스의 두 눈을 똑바로 바라보며 말했다.

"황후부터 처리하면 확실히 당신은 김이 새겠네요. 그런 사정이 있으면 처음부터 말을 하지 그랬습니까."

"당신 선택도 존중하고 싶었어."

생각해 주는 척하기는. 알렉산드라가 피식 웃어 버렸다.

"어쨌든 담소는 이만 하기로 하죠. 시간이 너무 지체되었습니다."

벌써 1시간을 조금 넘기고 말았다. 지금 당장 누군가가 들어와 왜 이렇게 오래 있는 거냐고 두 사람을 의심해도 할 말이 없었다.

그나마 다행인 건, 두 사람 모두에게 명분이 있다는 것. 알렉산드라가 말했다.

"모쪼록 황비 전하를 죽이려 한 극악무도한 자를 하루빨리 찾아

주십시오, 오르누스 공작님."

알렉산드라의 말에 라키아스가 입꼬리를 왼쪽으로 끌어올리며 웃었다.

"당신의 뜻대로 하겠습니다, 황자비 전하."

라키아스가 오르누스의 공작으로서 이번 황비 독살 미수 사건의 조사 총괄을 맡게 되었다는 소식이 알려졌을 때, 그 누구도 토마스 2세의 결정에 반기를 들지 못했다.

그네들도 알고 있었던 탓이다. 기실 라키아스를 제외한 궁정귀족들은 이미 황후나 황비와 어느 정도 관련이 있는 상황이었다. 그 점을 고려했을 때 토마스 2세의 판단은 훌륭했다고 모두가 입을 모아 말했다.

'능력이 없어 황가에 폐를 끼칠까 두렵다'던 라키아스의 말은 거짓임이 드러났다. 라키아스는 본래에도 일 처리에 있어 거침이 없는 자였다.

그가 가장 먼저 한 일은 황비를 시해하려 시도했을 법한 사람들의 리스트를 만드는 것이었다. 태반이 황후 쪽 사람들이었고, 아직은 아니었지만 곧 황후도 그 리스트에 이름을 올릴 예정이었다.

잔챙이들을 깔끔하게 제거해놔야 가장 큰 놈을 사력을 다해 압박할 수 있었다. 무엇보다 황후에게 벌써부터 앞일을 생각할 시간을 주어서는 안 되었으니까. 그녀는 최대한 이 일의 전말을 늦게 알아야만 했다.

자신과 연관이 있는 귀족들로 수사망이 좁혀지면서, 타르실라는 그제야 상황이 자신에게 불리하게 돌아가고 있다는 사실을 깨달았다. 애당초 적대 관계 - 머리채를 붙잡고 싸운 것은 아니었지만, 적대관계라는 것쯤은 궁 안의 모두가 다 알았다 - 의 황비가 독살당할 뻔한 상황에서 가장 유력하게 의심받을 사람은 황후였다. 그녀 이외에는 빈첸시아 황비를 죽일 사람이 없다고 모두가 기정사실화하고 있었으니까.

하지만 그녀를 반쯤은 안심하게 만드는 건 그녀의 우호 세력들이 조사를 받은 후 대부분 혐의를 벗었다는 사실이었다. 하지만 언제 일이 이상하게 흘러갈지 모른다는 불안감이 타르실라를 괴롭혔다.

그럼에도 타르실라가 조사 기간 동안 버틸 수 있었던 것은, 정말로 자신이 빈첸시아를 독살하려 하지 않았다는 사실 하나 때문이었다. 그녀는 황비를 죽이려 하지 않았다. 아니, 죽이려고 했어도 그렇게 어리석은 방법은 쓰지 않았을 것이다.

독살이라니. 그것도 황실 구성원 모두가 모인 자리에서!

자신이라면 좀 더 은밀한 방법을 썼을 것이다. 그런 티 나는 방법 말고.

하지만 소문이 어디서부터 퍼진 건지, 궁 안에서는 점점 타르실라를 살인 미수범으로 몰아가는 기류가 형성되고 있었다. 그야말로 완전히 증거 없는 헛소문이었지만, 사람들은 생각보다 진실에 관심이 없었다. 그저 황후가 질투에 눈이 멀어 황비를 독살하려 했다는 재미있는 이야기에 더 눈길을 줄 뿐.

결국 라키아스는 '공정하고 성역 없는 수사를 위해' 황후궁까지 찾기에 이르렀다. 그가 조사관들을 데리고 파사궁에 당도했을 때, 타르실라는 상당히 피곤해 보이는 표정으로 라키아스와 마주했다.

그녀가 날카로운 목소리로 물었다.

"감히 여기가 어디라고 떼거리로 몰려오는 거지, 오르누스 공?"

"불쾌하셨다면 송구합니다, 황후 폐하."

라키아스가 유감이라는 표정으로 타르실라에게 말했다.

"하지만 저는 그저 폐하의 종일 뿐이라서요. '공정하게' '성역 없이' 조사를 진행하라는 황제 폐하의 명이 있었습니다."

"감히 날 황비를 독살하려 한 극악무도한 여자로 몰려고 하는 것이냐?"

"폐하. 송구하지만, 이유가 충분합니다."

라키아스가 감정이 실리지 않은 목소리로 말했다.

"황비 전하께서 파사궁 정찬실에서 피를 토하고 쓰러지신 이후에, 황제 폐하께서는 자리를 뜨셨고, 황후 폐하께서는 청소와 정리를 이유로 다른 황자들과 3황자비 전하까지 전부 물리셨다지요."

"그런데?"

"그리고 정찬실은 유일하게 남은 증거였습니다. 황비 전하께서 드신 음식, 사용하신 식기, 전부 다요."

라키아스의 말에 타르실라는 순간 등골에 소름이 끼쳐오는 것을 느꼈다.

아뿔싸!

그저 빨리 더러운 것을 치우고 싶다는 생각이 앞서 거기까지는 생각하지 못했다. 하지만 타르실라는 당황한 기색을 조금도 드러내지 않은 채 오히려 당당하게 나가기로 마음 먹었다. 어차피 상황이 이렇게 되어버린 이상, 이판사판이다.

"그래서?"

"그 증거를 조작하셨을 가능성을 열어두고 조사하고 있습니다, 폐하."

"내가?"

"네."

"좋아, 오르누스 공."

타르실라가 라키아스를 노려보며 말했다.

"무슨 말을 하고 있는지 알 것 같군. 하지만 그 이유 하나로, 내 실수 하나로 나를 범인으로 몰아가는 건 너무 무례하고 경우 없는 일이라고 생각하지 않나? 다른 사람도 아니고, 이 제국의 달이자,

만민의 어머니인 나를 말이야!"

"저 또한 그것은 무리라고 생각하고 있었습니다, 폐하. 노여움을 푸시지요."

라키아스가 속으로 짓궂은 미소를 지으며 타르실라에게 말했다.

"간단히 둘러보겠습니다, 폐하. 모쪼록 이해해 주셨으면 좋겠는데요."

"……"

타르실라는 라키아스를 노려보면서도 고개를 끄덕였다. 여기서 그녀가 아무리 황후의 권위를 주창한들, 황제의 명을 받은 라키아스를 막을 방법은 없었다. 오히려 불필요한 의심만 사게될지 몰랐기 때문에 가급적 몸을 사리는 게 좋을 것이다.

타르실라는 문가에 붙어 조사관들이 자신의 방을 샅샅이 뒤지는 광경을 아주 못마땅하다는 얼굴로 바라보았다. 한참 후에 결과가 나왔다.

"전하, 아무것도 나오지 않았습니다."

조사관들의 보고에 타르실라는 그제야 만족스러운 미소를 지었다. 당연히 그래야지. 그녀가 매서운 눈으로 라키아스를 바라보며 쏘아붙였다.

"이제 속이 시원하나?"

"폐하께서 이상한 누명을 쓰지 않게 되셨으니 저로서는 매우 기쁘다고 할 수 있겠습니다."

라키아스가 굳이 말을 길게 늘이며 빙긋 웃었다. 타르실라는 그런 그를 가소롭다는 눈으로 노려보다가, 이내 성가시다는 얼굴로 손을 휘휘 저었다.

"끝났으면 이만 가보도록 하지. 매우 피곤하군."

"물론이지요, 폐하."

라키아스가 정중하게 허리를 굽혀 인사한 후 곧바로 조사관들과 자리를 떴고, 타르실라는 그들이 나가자마자 시녀를 시켜 문이 떨어져 나갈 정도로 세게 닫았다. 명백한 푸대접에 라키아스가 저도 모르게 웃음을 터뜨렸다.

그 표정이며 태도가 확실히 일을 저지른 자의 것은 아니었다. 그것만으로 황후가 황비를 독살하려 했는지 아닌지 판별하는 것은 위험한 일이었으나, 적어도 라키아스는 그렇다고 확신했다. 그걸 판별할 안목 정도는 갖추고 있다고 자부했으니까.

'뭐, 진위가 어떻든 상관없었지만.'

그가 미소를 지었다. 일이 뜻대로 흘러가고 있을 때만 드물게 짓는 미소였다.

타르실라는 간만에 테라스에 앉아 말린 장미차를 마시고 있었다. 연하게 느껴지는 장미향이 기분을 좋게 만들어준 덕분에, 그녀는 간만에 편안한 마음으로 휴식을 취할 수 있었다.

순식간에 차 한 잔을 말끔히 비운 타르실라가 시녀에게 한 잔을 더 부탁하려는데, 갑자기 파사궁의 시녀장인 엘리너가 들어왔다.

엘리너는 자신이 부르기 전까지는 단 한 번도 먼저 이런 무례를 저지른 적이 없었다. 그 말은, 무슨 큰일이 생겼다는 의미였다. 타르실라가 순식간에 온화했던 표정을 굳히고선 엘리너를 향해 물었다.

"무슨 일이냐."

"폐하, 큰일 났습니다."

"무슨 큰일."

"증인이 나왔습니다."

"무슨 증인 말이냐."

계속 말끝을 잡아 물어야 할 상황이 오자, 타르실라가 마침내 화를 내며 명령했다.

"엘리너, 도대체 무슨 일이 일어난 건지 똑바로 말하도록 해라. 무슨 일이냐."

"정찬 때 시중을 들었던 파사궁의 시녀 하나가 자백을 했다 합니다. 폐하께서……."

거기까지 말한 엘리너가 괴로운 표정으로 입술을 질끈 깨물고선 힘겹게 말을 맺었다.

"폐하께서 황비 전하를 독살하기 위해 황비 전하의 접시에만 독을 발라 놓았다고, 그리 자백했습니다."

"하!"

타르실라가 황당한 숨을 터뜨린 후, 상황에 어울리지 않게 미소 지었다. 이제야 판이 어떻게 굴러가는지 가닥이 잡히는 기분이다. 타르실라가 분노한 표정으로 중얼거렸다.

"빈첸시아, 이 요망한 것이!"

파사궁의 시녀를 사주하고, 스스로 독을 먹은 것이다. 그녀에게 결벽증이 있는 것을 알고 있으니, 식탁에까지 피를 토하면 질색하고 치울 것이라고 생각했겠지.

발칙한 것! 빈첸시아가 다시 한번 분노에 찬 욕지거리를 토해 냈다.

"폐하, 어쩌면 좋습니까. 일이 너무 좋지 않게 돌아가고 있어요."

"제길."

타르실라는 결백했다. 그녀의 이름과 가문, 아들 제너스카까지 전부 걸고 맹세할 수 있었다.

하지만 황궁 안에서 진실이 먹히지 않는다는 건 누구보다 타르실라가 잘 알고 있었다. 그녀가 누구보다도 자주 사용했던 수법이었으니까.

타르실라가 까득 이를 갈며 엘리너에게 물었다.

"그래서 지금 상황은 어떻지?"

"황궁이 발칵 뒤집어졌습니다. 곧 오르누스 공작님께서 조사관들을 끌고 이곳으로 올 거예요. 폐하, 대책을……!"

"……황후 폐하."

그때 바깥에서 시녀의 목소리가 들렸다. 타르실라는 아직 아무도 들어오지 않은 닫힌 문을 노려보다가, 곧 낮은 목소리로 물었다.

"무슨 일인가."

"오르누스 공께서 오셨습니다."

정확히는 오르누스 공작과 그 떨거지 조사관들일 것이다. 타르실라가 인상을 쓴 표정으로 입을 열었다.

"들이도록 해."

곧 문이 열리고 라키아스가 들어왔다. 밖에는 수많은 조사관들을 남겨둔 채 오로지 그 혼자만 방 안으로 들어왔는데, 당연히 그를 향한 타르실라의 시선이 고울 리가 없었다.

타르실라가 상당히 날이 선 목소리로 라키아스에게 물었다.

"내가 이 모든 일을 계획했다고 주장하는 사람이 나타났다지?"

"이미 알고 계시다니 유감입니다, 폐하."

라키아스가 평소의 웃음기를 완전히 지워낸 얼굴로 타르실라에게 말했다.

"황제 폐하께서 상당히 진노하셨습니다. 조사가 끝나야 알겠지만, 현재로서는 폐하께 아주 불리한 상황입니다."

"그 정도는 말해주지 않아도 알고 있다. 나는 바보가 아니니까."

여전히 날 선 목소리로 쏘아붙인 타르실라가 라키아스에게 물었다.

"그래서 나를 구금이라도 하겠다는 건가, 공?"

"아무리 그래도 개국공신 코울리즈 가문 출신의 지엄하신 황후 폐하께 그리 함부로 대할 수 있겠습니까. 황제 폐하께서는 그럴 깜냥이 못되십니다."

그건 그랬다. 토마스 2세와의 관계에서, 적어도 후계자 문제만 제외하면 늘 우위에 있던 것은 타르실라였으니까.

타르실라가 물었다.

"그럼 여기까지 온 이유가 뭐야."

"구금은 아니지만, 연금을 시키라는 폐하의 명이 있으셨습니다."

"연금이라."

타르실라가 코웃음을 쳤다. 감내할 수 있는 수준의 형벌이었으나 중요한 것은 그 벌의 경중 따위가 아니었다.

어떤 벌을 내리든 타르실라의 자존심은 이미 상할 대로 상하게 되어 버렸으니까. 공녀 출신의 고고한 황후 타르실라에게 자존심은 목숨과도 같은 것이었다.

"기사들이 파사궁 전반에 배치될 것입니다. 불편하셔도 조금만 참으시지요."

"……."

타르실라는 아무 대답도 하지 않았다. 이미 이 고귀한 여인의 자존심은 이미 긁힌 대로 긁혀진 것이 분명했다.

연금을 당한 타르실라는 멍청하게 가만히 앉아 있지만은 않았다. 그녀는 현재의 위기를 타개하기 위해 생각하고, 생각하고, 또 생각했다.

이 자리에 서기까지 그녀가 얼마나 무수한 피를 흘리고, 타인의 피를 자신의 손에 묻혔던가. 그깟 황비 따위가 설치해 놓은 덫에 재수 없이 걸리긴 했지만, 뜻대로 죽어줄 생각은 조금도 없었다.

어느 순간, 식사도 거른 채 생각을 거듭하던 타르실라의 입가에 한 줄기 미소가 피어올랐다. 앉아 있던 카우치에서 주저 없이 일어난 그녀가 성큼성큼 문가로 걸어갔다.

끼이이익.

기괴한 소리와 함께 문이 열렸고, 실로 오랜만에 밖으로 나온 그녀를 본 엘리너의 얼굴에 기쁨이 스쳐 지나갔다.

"황후 폐하. 식사를……."

충성스러운 파사궁의 시녀장이 타르실라에게 식사부터 권했지만, 타르실라는 손을 들어 엘리너의 말을 막은 후 그녀의 이름을 불렀다.

"엘리너."

"네."

엘리너가 얼른 대답했다.

"네, 폐하."

"3황자비를 이곳으로 불러와."

타르실라가 낮은 목소리로 명령했고, 엘리너는 난감한 표정으로 문 앞을 지키고 있던 기사를 흘끔거렸다. 하지만 곧 충성스러운 목소리로 주인의 명에 답했다.

"그리 하겠습니다, 폐하."

알렉산드라는 파사궁에서 자신을 찾는다는 전갈을 받았다. 황비 독살 미수부터 황후의 연금까지. 이 모든 게 회귀 전에는 없었던 일이다.

역시, 그녀가 운명에 개입함에 따라 일이 꼬이고 있다는 가정이 점점 사실로 드러나고 있는 것이다. 알렉산드라는 새로운 운명도 잘 개척할 수 있을 것이라고 스스로를 다독이면서, 파사궁에 가기 위한 단장을 시작했다.

황후는 자신보다 돋보이는 사람이 있는 것을 상당히 싫어하는 사람이었다. 그것도 모르고 타르실라 주변의 다른 영애들은 황후

230

에게 잘 보이기 위해 엄청나게 화려한 드레스를 입고 타르실라의
과시용 인형이 되는 것을 자처했다.

하지만 그게 오히려 역효과를 가져온다는 걸 그녀들은 아직 잘
모르는 듯했다. 하긴 알렉산드라 자신도 회귀 전 그 사실을 알게
된 건 지금처럼 이른 시기가 아니었으니까.

알렉산드라는 황후가 무슨 드레스를 입고 있던 자신이 묻힐 수
있는 색을 택했다. 그러면서 예의 없다는 평도 듣지 않을 수 있는
색. 백색이었다. 정확히는 진주색에 가까운 백색 드레스를 선택한
알렉산드라가 새하얀 진주 목걸이 하나만 목에 건 후 지엔궁을 나
섰다.

황후가 자신을 부른 이유는 뻔했다. 지금 그녀는 위기 상태였고,
위기를 타개하기 위해서는 그녀를 도울 사람이 필요했으므로.

그리고 현재 상황에서 타르실라를 도울 만한 사람은 3황자인
클레이오나, 혹은 자신뿐이었다. 자신들이야말로 라키아스와 함
께 이 상황에서 완벽하게 중립을 지킬 수 있는 사람이었으니까. 물
론 실제로는 그렇지 않았지만, 적어도 대외적으로는 그렇게 비춰
졌다.

마침내 파사궁까지 도착했을 때, 알렉산드라는 궁 곳곳에 깔려
있는 기사들을 보고선 속으로 기함했다. 원래라면 지금쯤 눈을 떴
어야 할 황비가 아직까지 깨어나지 않았고, 이로 인해 토마스 2세
가 진노했다는 말은 엘로웬에게 전해 들었지만, 그래도 명문가 출

신 황후인 타르실라에게 이런 대접까지 할 줄은 생각도 못 했다.

"황후 폐하, 황자비 전하께서 오셨습니다."

"들도록 해라."

타르실라 황후는 꾀꼬리 같은 목소리를 지니고 있었는데, 때문에 가끔씩 목소리를 낮출 일이 생겨도 그리 무섭게만 들리지는 않았다. 물론 그 속에 들어 있는 살기나 분노를 느낀다면 또 다른 이야기가 될 테지만.

"만민의 어머니, 내궁의 주인, 제국의 달이신 지고하신 황후 폐하를 뵙습니다. 레예스와 파사궁에 광영이 깃들길."

평소보다 말을 길게 늘여 예를 차린 알렉산드라가 우아하게 인사했고, 타르실라는 그런 알렉산드라를 아래위로 훑어보다가 그녀의 얼굴을 빤히 쳐다보았다. 사람을 아래위로 쳐다보는 행동은 타르실라의 버릇이었다. 그리 좋지 않은.

알렉산드라는 기분이 나빠졌지만, 굳이 내색은 않은 채로 타르실라에게 말을 걸었다.

"부르셨다는 말씀을 듣고 바로 달려왔습니다."

타르실라는 정찬 때 봤을 때보다 말라 보였다. 연금 이후 물 한 모금도 입에 대지 않았다고 들었는데, 그 소문이 사실인 듯했다. 타르실라가 메마른 목소리로 말했다.

"일단 앉거라. 손님을 계속 세워둘 수는 없지."

"은혜에 감사드립니다."

예의 바르게 대답한 알렉산드라가 방의 응접용 테이블에 앉았다. 타르실라는 그런 알렉산드라를 빤히 쳐다보다가, 곧 그 자신도 테이블에 앉았다. 시녀에게 다르질링 티 두 잔과 라즈베리 쿠키를 가져오라고 명령한 타르실라가 곧바로 본론으로 들어갔다.

"지금 내 상황이 어떤지는 알고 있을 거다."

"……예, 폐하."

예상한 대로 굴러가는 상황에 알렉산드라는 속으로만 웃었다. 타르실라가 담담한 목소리로 말을 이었다.

"네가 믿을지는 모르겠지만, 나는 결백하다. 난 결코 그런 천박한 짓을 저지르지 않아."

타르실라의 말을 들은 알렉산드라는 하마터면 헛웃음을 터뜨릴 뻔했다. 그녀는 미래에 자신이 어떤 '천박한 짓'을 저지르게 될지 아직 잘 모르는 듯했다. 아니면 남에게는 천박한 짓이 자기에게만큼은 고결한 짓이 된다거나.

"내가 황비를 제거할 이유는 그 어디에도 없어. 난 이미 이 제국의 위대한 달이고, 친정 가문은 제국에서 손꼽히는 명문가다. 그런 내가 뭐가 아쉬워서?"

"저 또한 그렇게 생각합니다, 폐하."

말없이 듣고만 있던 알렉산드라가 조용히 한마디를 내뱉었다. 입가에는 잔잔한 미소를 띤 채였다.

"모든 것을 다 가지신 폐하께서 그런 잔학무도한 짓을 저지르실

이유가 없지요."

"3황자가 복이 많구나. 이렇게 똑똑한 아이를 비로 맞아들이다니."

"칭찬 감사합니다."

생긋 웃은 알렉산드라는 이윽고 타르실라가 원할 만한 이야기를 꺼냈다.

"제가 폐하를 위해 할 수 있는 일이 있겠습니까."

알렉산드라의 말에 타르실라는 곧바로 대답하지 않았다. 그녀는 다만 알렉산드라를 빤히 쳐다보다가, 한참이 지나서야 입을 열었다.

"네가 나를 위해 내 결백을 증언해 준다면, 나는 아마 무리 없이 혐의를 벗을 것이다."

"증언이 필요하십니까."

"허나 이건 알아 두어야 해."

타르실라가 아까와는 또 다른 낮은 목소리로 알렉산드라에게 일러주었다.

"네가 만약 나를 위해 증언한다면, 넌 황비와는 완전히 척을 지게 되는 것이다."

"어째서요?"

짐짓 모르는 척을 하고 묻자, 타르실라의 얼굴에 답답하다는 듯한 기색이 스쳐 지나갔다. 그걸 보고도 모른 척하던 알렉산드라가 잠시 후에야 눈치챈 표정으로 물었다.

"설마……."

"네가 생각하는 그게 맞아. 나는 황비가 자작극을 벌였다고 생각한다."

"맙소사."

알렉산드라가 충격받은 표정을 지었고, 타르실라는 그 모습을 흘긋 보았다가 잠시 후 아무렇지 않게 말을 이었다.

"그러니 만약 네가 나를 위해 증언한다면 너는 둘 중 한 명의 편이 되어야만 하는 거야."

"폐하……."

"선택하려무나, 3황자비. 내 편에 설 것인지, 아니면 황비의 편에 설 것인지."

타르실라의 태도는 도무지 부탁하는 사람의 태도라고는 보기 어려울 정도로 고압적이었다. 실로 황당하기 그지없는 상황이었지만, 알렉산드라는 굳이 내색하지 않은 채 대답했다.

"이미 제가 이곳에 온 것부터가, 폐하의 편에 서겠다는 뜻 아니겠습니까."

"……."

"저는 결심을 마쳤습니다, 폐하."

알렉산드라는 그렇게 말하며 엷은 미소를 지어 보였고, 타르실라는 빙긋 웃으며 만족감을 드러내 보였다.

타르실라가 말했다.

"네가 할 일은 간단하다. 나를 제외하고 황비의 바로 옆에 앉았던 사람은 너뿐이야. 내가 황비를 독살하려 했다고 자백한 파사궁의 시녀가 누구인지는 나도 모르겠으나, 그게 누구든 중요치 않다. 너는 그냥 정찬 때 그 애의 얼굴을 본 적이 없고, 황비가 피를 토하고 쓰러진 후에도 정찬실에서 본 적이 없다고 말하기만 하면 돼."

"네, 폐하. 그렇게 하겠습니다."

"아마 빠른 시일 내에 이 일과 관련해서 재판이 열릴 거다. 그때 증언하면 모든 일이 잘 해결될 거야. 이 일만 잘 마무리된다면 네게 큰 상을 내려주마."

하지만 그 말을 들은 알렉산드라는 고개를 저은 다음 이렇게 말했다.

"제가 증언함으로써 폐하께 조금이나마 도움이 된다면, 저는 그것만으로 족합니다."

"내 사람에게 욕심이 없다는 건 좋은 일이지만, 이 황궁에서 살아가려면 어느 정도의 욕심은 필요하지. 그리 바람직한 답변은 아니구나."

"저도 욕심은 있습니다, 폐하. 다만 이 일이 제가 상을 받아야 할 정도인지는 잘 모르겠습니다. 저는 정말로 폐하께서 누명을 벗으시는 것만으로 만족합니다. 또 지금 당장 받고 싶은 상도 없고요."

"흐음……."

타르실라가 알렉산드라를 빤히 바라보다가, 무슨 생각을 하는 건지 모를 표정을 지었다. 잠시 후에 그녀가 다시 입을 열었다.

"어쨌든 나를 위해 일해 준 자에게는 그에 상응하는 보답을 내려야 하는 법이지. 그게 내 원칙이다. 지금 특별히 원하는 게 없다면 상은 일단 보류해 두겠다. 혹은 내가 적당한 걸 찾아서 내리거나."

"뜻대로 하시지요, 폐하."

"이만 물러가 봐도 좋아. 연금된 처지에 널 너무 오래 잡고 있으면 분명 의심을 살 테니까."

"네, 폐하. 그럼 이만 물러가 보겠습니다."

마지막까지 예의 바르게 구는 것을 잊지 않은 알렉산드라가 천천히 타르실라의 방에서 나갔다. 그녀는 끝까지 순해 보이는 표정을 잃지 않았고, 파사궁에서 멀리 떨어진 곳까지 걸어간 후에야 만족스러운 미소를 입에 걸며 중얼거렸다.

'일이 걱정될 정도로 잘 풀려가고 있군.'

황비가 정말로 자작극을 벌였는지, 아니면 제삼자가 황비를 독살하려 했는지는 그녀도 몰랐고, 솔직히 말해 관심도 없었다.

중요한 건 아무도 황후에게 죄를 뒤집어씌울 수 있는 결정적인 증거를 마련해 놓지 않았다는 점이었다.

라키아스는 황후와 손을 잡겠다는 알렉산드라의 말을 듣고 난 후 파사궁에 간자로 심어 놓은 시녀에게 거짓 자백을 하라고 지시했다.

결국 혐의를 벗기 위해 방법을 찾던 타르실라 황후는 가장 중립적인 상황에 놓인 알렉산드라를 이 일에 끌어들였다.

이 일로 알렉산드라는 손쉽게 타르실라의 신임을 얻게 된 것이다. 원래 사람은 자신이 가장 곤경에 빠져 있을 때 도움의 손길을 내민 자에게 특히 마음이 약해지는 법이다.

'확실히 대단한 남자야.'

생각의 축이 순식간에 라키아스에게로 옮겨갔다. 파사궁에 심어둔 간자가 있다는 말을 들었을 때, 솔직히 알렉산드라는 놀라지 않을 수 없었다.

물론 파사궁의 시녀 전부를 황후의 사람으로 채워 넣는 건 그 인원을 고려했을 때 불가능한 일이었지만, 그렇다고 하더라도 라키아스의 간자가 있다는 사실을 타르실라가 지금까지 모르고 있었다는 게 놀라울 따름이었다.

'설마 지엔궁에도 간자가 있는 건 아니겠지.'

알렉산드라는 그 또한 알 수 없다고 생각하며 어느새 심각해진 표정으로 걸음을 옮겼다.

그때, 멀리서 익숙한 인영이 보였다.

알렉산드라는 순간 멈칫했다가, 곧 아무렇지 않게 그가 있는 쪽까지 걸어가 인사했다.

"2황자 전하를 뵙습니다."

방금 만나고 온 이의 아들이자, 모든 것. 2황자 제너스카였다. 알
렉산드라는 제너스카를 보자마자 기분이 불쾌해졌으나, 특별히
내색하진 않았다.

"이런, 우리 제수씨 아니십니까."

"네, 도련님."

적당한 말로 응수한 알렉산드라가 그에게 먼저 물었다.

"어딜 다녀오시는 길이세요?"

"도서관에요. 간만에 책을 읽고 싶어서 말입니다."

제너스카가 특유의 유쾌한 웃음소리를 내며 옆구리에 낀 책을
들어 알렉산드라에게 보여주었다. 책의 겉면에는 〈사람을 죽이는
500가지 방법〉이라고 적혀 있었다.

'취향 한번 참.'

알렉산드라가 속내를 숨기며 어색하게 웃었고, 그 모습을 물끄
러미 바라보던 제너스카가 곧이어 자신과 똑같은 질문을 했다.

"그러는 황자비 전하께서는 어디를 다녀오시는 길이신지."

"아."

알렉산드라는 이제 임시적으로 같은 편에 서게 된 여자의 아들
을 응시하며, 사실대로 답해주었다.

"황후 폐하를 만나 뵙고 오는 길입니다."

그 말을 들은 제너스카가 잠깐 멈칫했다가, 곧 아무렇지 않게 대
꾸했다.

"하지만 어머니는 지금 파사궁에 연금되셨는걸요."

"그것까지는 저도 잘 모르겠습니다. 제가 비교적 이 일과 연관 없는 사람이라 그런 것인지는 몰라도, 그리 엄격하게 출입을 제한 하진 않더군요. 전하께서는 황후 폐하를 만나 뵈셨습니까?"

"마침 이따 방문할 생각이었습니다. 그런데 파사궁에는 무슨 일로 가셨는지……."

"황후 폐하께서 저를 먼저 부르셨습니다."

"어머니가요?"

제너스카가 퍽 놀라는 모습을 보이며 물었다.

"무슨 일로 부르셨나요?"

"결백을 호소하시면서 그분을 위해 증언을 해달라고 말씀하셨습니다."

"아, 결백은 정찬 당일에도 제게 믿어 달라 하시더군요. 전 어머니가 그렇게 억울하다는 표정을 짓는 걸 처음 보았습니다."

말을 마친 제너스카가 키득키득 웃었고, 그 모습을 본 알렉산드라는 소름이 끼쳤다. 도무지 웃을 상황이 아닌데 웃는다는 건 도대체 어떤 사고를 해야만 가능한 일일까.

알렉산드라가 저도 모르게 마른침을 삼킨 다음 말했다.

"저도 폐하의 결백을 믿습니다. 그래서 얼마 후 열릴 재판에서 폐하를 도와드릴 생각이고요."

"괜찮겠습니까?"

"무엇을 말씀하십니까?"

"이번에 어머니 편에 서서 증언하시게 되면 황비와는 완전히 척을 지게 되실 텐데요."

"그 말씀도 하셨습니다, 폐하께서."

"그걸 감수하고 증언을 하시겠다고?"

제너스카가 어쩐지 비웃는 듯한 표정을 지으며 알렉산드라에게 충고 아닌 충고를 했다.

"제가 비전하였더라면 그냥 가만히 이 모든 상황을 관망했을 겁니다. 괜히 진흙탕 싸움에 끼어드는 까닭을 이해할 수 없네요."

"이미 황후 폐하께서 저를 부르신 이상 불가능한 일입니다, 전하."

알렉산드라가 이미 알고 있다는 얼굴로 제너스카에게 말했다.

"제 선택에 후회는 없습니다. 적어도 억울한 사람이 생기는 건 안 될 말이지요."

"착한 것인지, 아니면 착한 척하는 것인지 도통 모르겠군요."

묘한 얼굴로 중얼거린 제너스카가 곧바로 화제를 돌렸다.

"그보다 오늘 유독 아름다우시네요. 물론 평소에도 아름다우셨지만…… 새 신부 같으십니다."

"전하, 결혼한 지 한 달을 조금 넘긴 이에게 하실 말씀은 아니신 듯합니다."

정중하게 그의 무례를 지적했지만, 돌아오는 건 제너스카의 의미 없는 유쾌함이었다.

"농담입니다, 농담. 이것 참, 비전하 앞에서는 농도 함부로 꺼내지 못하겠군요."

알렉산드라는 텅 빈 얼굴을 가만히 움직여 미소만 지었다.

그녀는 회귀 전에도, 회귀한 지금도 제너스카를 싫어했다. 허허실실이 어울리는 남자가 바로 그였다.

겉으로는 유쾌하고 넉살 좋은 얼굴로 웃지만, 뒤로는 누구보다도 잔인하게 상대의 목을 가격하는 남자. 회귀 전에도 한 번 당한 기억이 있었다. 물론 그 뒤에 기십 배로 갚아 주었지만.

"그러는 황자 전하께서도 날이 갈수록 수려해지시는군요. 황성의 영애들이 전하를 보며 애를 좀 태우겠습니다."

알렉산드라가 화제를 돌렸다. 사실 여기서 그를 좀 더 놀려주고 싶었지만, 그건 바람직하지 못한 행동이었다.

이미 황후를 '좀 더 오래 살려둘 자'로 낙점한 상황에서 좋지 못한 대처였기 때문이었다. 알렉산드라가 덧붙여 말했다.

"1황자 전하께서 아직 미혼이시라 고민도 많으실 테고요."

"저는 좋습니다, 비전하. 오히려 형님이 가급적 늦게 결혼하시면 좋겠는걸요."

"그렇습니까."

"한 여자에게 종속당해 사는 것만큼 괴로운 일이 없지요. 어째서 황족이라는 이유만으로 결혼이란 형벌을 받아야 하는지."

그게 싫으면 당장이라도 그 자리를 내려놓고 황궁을 떠나는 게 어때?

알렉산드라는 이 말이 목 끝까지 올라왔지만, 간신히 참았다. 이 남자는 회귀 전에도 이런 태도로 그녀를 헷갈리게 만들었다.

정찬 때의 대화에 의하면, 황후는 2황자와 결혼시키고 싶은 영애를 이미 내정해 두고 있었다. 모두의 앞에서는 결혼기념일 파티 때 처음 봤다고 말했지만, 그게 거짓말이라는 건 황후도, 황제도, 황비도, 거기 있던 모두가 알았다.

다만 대놓고 추진하는 전략적 결혼은 보기에 그리 좋지 않으니 타르실라 황후가 '결혼기념 파티에서 처음 봤다'고 거짓말한 것이었다. 실제로는 이미 몇 년 전부터 결혼 계획을 가지고 있었을 가능성이 컸다.

어쨌든 중요한 사실은 회귀 전 제너스카 2황자가 1황자와는 달리 결혼하지 않고 죽었다는 것이다. 그렇지만 이미 운명이 바뀌기 시작한 이상, 그 또한 확신할 수 없는 일이었다. 2황자가 기혼으로 죽을지, 미혼으로 죽을지는.

알렉산드라가 말했다.

"평생을 종속당하며 사셔도 후회 없을 만한 분을 황후 폐하께서 찾으신 모양이지요. 너무 걱정하지 않으셔도 될 듯한데요."

"비전하도 참. 어머니를 그렇게 모르십니까? 어머니는 그런 이유로 아들의 짝을 고르실 분이 아닙니다."

"황후 폐하를 그리 나쁘게 말씀하지 마세요."

알렉산드라가 얼굴에 그늘을 드리우며 황후를 두둔했다. 제너스카 황자는 회귀 전에도 이런 식으로 자신의 어머니를 까 내리며 알렉산드라가 안심하도록 만들었는데, 지금 생각해 보면 그건 반은 진심이고 반은 속임수였다.

확실한 건, 이 제너스카 2황자가 어수룩하고 소심한 1황자보다는 상대하기 까다로웠다. 약간 잔인한 속성이 있기도 했고.

모자가 동시에 만만치 않군. 알렉산드라가 속으로 한숨을 쉬며 말을 맺었다.

"어쨌든 전하를 세상 누구보다 사랑하시니까요."

"아까 증언을 해주시겠다는 것도 그렇고, 전하께서 제 어머니를 그리 좋아하시는 줄은 몰랐습니다."

"당연하지요, 전하."

알렉산드라가 짐짓 놀란 표정으로 말을 이었다.

"제국 만민의 어머니이시지요. 황제 폐하를 가장 지척에서 모시는 분이며, 황자 전하를 이렇게 멋진 사내로 길러내신 훌륭한 분이 아니십니까. 능력이 있으셔서 내궁이 이처럼 평온하고, 그로 말미암아 제국이 안정을 찾을 수 있는 것이지요."

"이리 과분할 정도로 칭찬을 해주시다니."

제너스카가 비소를 지으며 꼬집었다.

"갑자기 제 어머니의 눈에 들기 위해 발악하는 자들이 떠오르는

군요."

"그런가요?"

"아, 물론 비전하께서 그렇다는 의미는 아닙니다."

"당연하지요, 전하."

알렉산드라가 조금의 당황도 내보이지 않은 채 가만히 미소 지으며 답했다.

"제가 무슨 이득이 있어 황후 폐하께 알랑방귀를 뀌겠습니까. 저는 그저 황후 폐하에 대한 순수한 애정과 경외로 그리 말씀드린 것뿐입니다. 증언을 하려는 것 또한 그 마음에서 기인했고요."

"어머니는 그런 자들을 가장 좋아하시지요. 앞으로 뭘 하시려는지는 모르겠으나, 전략을 잘 세우셨습니다."

"서운하네요. 저를 그런 식으로밖에 보지 않으셨다는 사실에 조금 충격을 받는 중입니다."

"전하, 정말 우리의 손을 잡으실 생각이신 겁니까?"

제너스카가 갑자기 화제를 중심으로 틀었고, 알렉산드라는 특별한 고민 없이 설핏 미소 지으며 답했다.

"누가 뭐래도 내궁의 안주인이자 제국의 어머니는 황후 폐하시지요. 그걸 부정할 수는 없습니다."

알렉산드라가 희미한 미소를 유지하며 말을 이었다.

"아시는지는 모르겠으나 저는, 그리고 제 남편은 소요에 휘말리는 것을 원치 않습니다. 그저 파란 속에서 희생양이 되지 않기를,

이 목숨 하나 온전히 건진 채 오래 살아가기만을 원할 뿐이지요."

"그렇습니까."

"저는 그저 그 가능성을 볼 뿐이랍니다."

알렉산드라는 묘한 말을 남긴 채 제너스카에게 허리를 굽힘으로써 먼저 대화를 끊었다.

"이만 가보아야겠습니다. 너무 늦으면 제 시녀들이 걱정을 해서요."

"그래요, 전하. 얼른 가보시지요."

"감사합니다, 황자 전하. 그럼 나중에 또 뵙지요."

알렉산드라는 정중하게 묵례를 한 후 지엔궁 쪽으로 다시 걸음을 옮겼다.

하지만 그와 달리 제너스카는 곧바로 발을 떼지 않았다. 그는 고개를 알렉산드라가 있는 쪽으로 돌린 후 그녀가 사라질 때까지 알렉산드라를 응시했다.

제너스카는 그녀가 완전히 시야에서 사라진 후에야 입가에 묘한 미소를 띤 채로 몸을 돌렸다.

지엔궁으로 돌아간 알렉산드라가 찾은 곳은 놀랍게도 자신의 방이 아니었다. 세상에서 가장 증오하는 남자가 있는 곳, 바로 클레이오의 서재였다.

어쨌든 그녀는 분명 남편과의 상의 없이 독단적으로 행동했고, 그러니 보고라도 제대로 해야 했다. 알렉산드라가 남편을 미워하든, 미워하지 않든, 이번 일은 그녀가 잘못한 게 맞았다. 아무런 대화도 나누지 않은 채 일방적으로 어느 편에 설지를 결정해 버린 것이었으니까.

알렉산드라가 차분한 목소리로 시종장 벤체스에게 물었다.

"전하께서는 안에 계시나요?"

"네, 전하. 방금 전까지 제국사 수업을 받으셨고, 지금은 독서 중이십니다."

"시간을 잘 맞춰 와 다행이네요. 전하께 제가 왔다고 고해 주세요."

벤체스가 정중한 미소를 지어 보인 뒤 낮은 목소리로 말했다.

"3황자 전하, 비전하께서 오셨습니다."

"비가?"

안쪽에서 클레이오의 목소리가 들렸다. 알렉산드라는 무덤덤한 감정 상태를 유지하며 그가 안으로 들어오라고 말하기만을 기다렸다.

"어서 모시도록 해."

목소리는 그녀를 퍽 반가워하는 것처럼 들렸다. 알렉산드라는 그 목소리에 이유 없는 죄책감이 들었으나, 곧 그 마음을 털어버린 뒤 서재 안으로 들어섰다.

방 안에는 오래된 종이에서 나는 냄새가 가득했다. 그녀가 가장 좋아하는 냄새였고, 그래서 회귀 전에는 클레이오와 이곳에서 주로 시간을 보내곤 했다. 물론 지금은 해당 사항 없는 말이었지만.

알렉산드라가 희미하게 웃으며 그에게 인사했다.

"전하, 저 왔어요."

"렉시."

클레이오가 읽던 책을 바로 덮고선 자리에서 벌떡 일어났다. 그는 누가 보아도 기쁘다는 표정을 지은 채 그녀가 있는 쪽으로 달려오듯 다가온 후, 알렉산드라를 덥석 끌어안았다.

그 순간, 알렉산드라의 표정이 굳어졌고, 그녀는 확실히 깨달아야만 했다.

'아, 나는 더 이상 이 남자를 사랑할 수 없어.'

설령 앞으로 할 일에 대해 죄책감은 들지언정, 사랑은 할 수 없겠다는 것이 알렉산드라의 결론이었다. 이미 그에게 줄 마음은 전부 회귀 전에 줘버렸고, 이제 클레이오에 대해 알렉산드라가 가질 수 있는 감정은 증오, 혐오, 복수심, 혹은 죄책감, 그런 것들뿐이었다.

그에 대한 마음 그 어디에도 사랑 같은 고결한 감정이 끼어들 자리는 없었다. 그걸 깨달은 알렉산드라가 착잡한 미소를 지었다. 설명할 수 없을 정도로 기분이 묘했다.

"렉시, 왜 그래?"

그녀의 상태를 눈치챈 클레이오가 걱정스럽게 물어왔지만, 알렉산드라는 아무렇지 않게 선을 그으며 대답할 뿐이었다.

"저는 괜찮아요, 전하."

여전히 증오하는 남편에게 아름다운 미소를 지어 보이며, 알렉산드라가 서둘러 방문의 목적을 밝혔다. 빨리 이 자리를 뜨고 싶었다.

"드릴 말씀도 있고 해서 와봤어요. 차 한잔 마시면서 이야기할까요?"

알렉산드라는 오늘 파사궁에서 있었던 일을 전부 클레이오에게 말해주었다. 황후가 자신을 부른 일부터 자신이 한 선택까지 모두다. 그리고 알렉산드라가 하는 말을 들으면 들을수록, 클레이오의 표정은 점점 심각해지기 시작했다.

마침내 알렉산드라가 이야기를 모두 끝냈을 때, 클레이오가 질문했다.

"왜 황후 폐하와 황비 전하 중에 황후 폐하를 선택한 거야?"

"특별한 이유는 없었어요, 전하."

알렉산드라가 조용한 목소리로 답했다.

"저를 먼저 부르신 분이 황후 폐하셨고, 그 자리에서 그분께 반기를 들기가 어려웠어요."

"하지만 당신같이 똑똑한 사람이 그 이유 하나만으로 황후 폐하의 편에 서기로 결심했다고는 생각하지 않아."

"물론 다른 이유도 있긴 했죠. 어쨌든 개국공신인 코울리즈 가문의 적녀이시니, 적자 계승의 원칙이 있다고는 해도 황제 폐하께서 황후 폐하와 그 친정가의 눈치를 보지 않으실 수는 없으실 거예요."

"하지만 황비 전하의 출신도 한미한 건 아니야. 이가렐 가문의 공녀셨고, 모친께서는 이국의 왕녀셨지. 물론 순혈주의 강한 제국에서는 오히려 그게 흠으로 작용하긴 하지만……."

"전하의 말씀이 옳아요."

알렉산드라가 한숨을 내쉰 다음 말했다.

"사실 저도 잘 모르겠어요. 제가 제대로 된 선택을 한 건지……. 좀 더 고민해보고 전하와도 상의를 거쳐서 결정했어야 하는 일인데, 독단적으로 결정해버려 죄송해요."

"죄송하다니. 부부 사이에 그런 말이 어디 있어."

클레이오가 따뜻하게 웃으며 알렉산드라를 다독여주었다.

"난 당신이 분명 우리에게 가장 좋은 선택을 했을 거라고 믿어. 앞으로도 당신의 뜻을 따르고 존중할 테니까, 너무 신경 쓰지 마."

"고마워요, 전하."

알렉산드라가 약간 목이 멘 목소리로 말했다. 그녀가 황후의 손을 잡기로 결정한 이유 중, 클레이오에게 말한 것은 극히 일부분에 지나지 않았다. 그 사실에 묘한 죄책감을 느끼던 알렉산드라가 잠시 후 흠칫 놀라며 속으로 고개를 세게 저었다.

'렉시, 네가 지금 제정신이 아닌 게 틀림없구나.'

무엇 때문에 지금 이 자리에 서 있는지를 생각해.

누구에 대한 증오로 다시 되돌아왔는지를 생각해.

누구에게 복수하기 위해 회귀했는지를 생각해.

'다 이 남자 때문이잖아.'

알렉산드라가 많은 감정이 담겨 있는 눈을 들어 클레이오를 쳐다보았다. 자신과 친정의 희생을 배반하고, 외도로 부부간 신의를 깨뜨리고, 결국은 자신의 목숨까지 앗아가 버린 이 남자.

이 모든 일의 원흉.

알렉산드라가 가만히 자리에서 일어선 다음 클레이오가 있는 쪽으로 걸어갔다. 그녀가 한쪽 무릎을 꿇고 앉아 그를 지그시 바라보다가, 이윽고 천천히 그의 뺨을 쓸기 시작했다.

성적 의도가 다분한 그 행동에, 클레이오가 알렉산드라를 묘한 눈으로 바라보다가 곧 그녀의 얼굴을 감싸 쥐고선 입을 맞추기 시작했다. 알렉산드라와 클레이오의 숨이 점차 하나로 겹쳐졌다.

"하아……."

"아, 전하……."

입을 맞추며 상대를 탐하고, 동시에 탐해지며, 알렉산드라는 다시금 역겨움과 불쾌감을 느꼈다.

그래, 바로 이것이었다. 그녀가 마땅히 그에게 가져야 할 감정.

이제는 원수가 되어버린 남자에게 품는 죄책감이란 얼마나 어리석은지. 알렉산드라는 잠시나마 그런 감정을 품었던 자신을 책망하며 천천히 클레이오에게서 떨어졌다. 의도적으로 얼굴을 붉힌 그녀가 작은 목소리로 어수룩하게 속삭였다.

"저, 저는 이만 가볼게요."

그 말만 남기고서, 알렉산드라는 도망치듯 그 자리를 나와버렸다. 혼자 남겨진 클레이오만 멍한 표정으로 알렉산드라가 있던 자리를 응시했다.

분명 타르실라 황후는 현재 연금 상태였지만, 그렇다고 해서 기사들이 특별히 파사궁으로 출입하는 사람을 막는 것도 아니었다.

2황자 제너스카는 그 사실이 참 우습다고 생각하며 어머니가 있는 방 안으로 들어갔다.

"좀 괜찮으십니까?"

"네 눈에는 지금 내가 괜찮아 보이느냐?"

타르실라가 날 선 목소리로 물었다가, 잠시 후에 약간 누그러진 태도로 말했다.

"그래도 아들이라고 와 보기는 와 보는구나."

"의외로 외부와의 접촉이 자유로운데요. 이거, 연금 맞습니까?"

"네 아버지는 내게 감히 그런 걸 할 위인이 못 된다."

코웃음을 친 타르실라가 반복해서 중얼거렸다.

"감히 내게 그런 짓을 할 수 있을 리가 없지……."

"의외로 부황께서 어머니께 쩔쩔매신단 말입니다. 외가의 권력 말고 제가 모르는 무언가가 또 있는 겁니까?"

"너만 모르는 거 아니다. 대부분의 사람들이 몰라. 그러니 너도 굳이 알 필요는 없을 거다."

"평소 같았으면 대번에 말씀해주셨을 거면서. 의외네요."

"그렇게 함부로 입 밖에 낼 주제가 아니거든. 폐하의 관 뚜껑을 닫고 나면 모를까. 지금은 아니다."

그만큼 어마어마한 비밀이라는 거다. 제너스카는 도대체 그게 뭔지 상당히 궁금해졌지만, 어머니가 이렇게 나온다면 듣는 걸 포기하는 게 좋았다. 절대 말씀하실 생각이 없으시다는 거니까. 그리고 상황을 보니 부황에게 여쭤본다 해도 대답해주시지는 않을 터였다.

하긴, 그런 이야기라면 창피해서라도 입을 다무시겠지.

"3황자비를 불러들이셨다고 들었습니다."

제너스카의 말에 타르실라가 퍽 놀란 표정이 되어 물었다.

"어떻게 알았니?"

"아까 전에 만났거든요. 3황자비가 지엔궁으로 돌아가는 길에요."

"증언을 부탁했다. 그리고 선택하라고 했지. 나와 빈첸시아, 둘 중 하나를."

"그리고 황자비는 어머니를 선택했고요?"

"그래."

"황자비를 믿으십니까?"

"그게 중요하니?"

타르실라가 아무렇지 않게 웃으며 말했다.

"내가 그 애를 믿든 말든 그건 중요한 게 아니야. 마찬가지로 그 애가 날 따르든 말든 그건 중요한 게 아니지. 중요한 건 마음이 아니라 겉으로 보이는 거다. 그 애가 설령 날 죽이고 싶다고 생각한 대도 겉으로는 충성하면, 그걸로 된 거야."

"위험한 생각이시네요. 그러다 배신당하면 어쩌시려고."

"어차피 모든 사람에게서 충성을 끌어낸다는 건 불가능해. 사랑이 아니라 두려움으로 사람을 휘어잡아야 한다, 제너스카. 배신하려는 사람은 티를 내게 되어 있어. 앞에서가 아니면 뒤에서라도. 그때 보이는 걸 잡아내면 되는 거다. 아무리 나라도 그 사람 속까지 아는 건 불가능하니까."

"그래서 어머니가 보시기에 3황자비는 어떤데요?"

"겉으로는 웃고 있는데, 속이 무표정해."

타르실라가 간단하게 평을 내렸다.

"분명 그 나잇대에 비해 감정을 잘 숨기고 머리도 비상하지만, 연륜은 무시할 수 없는 법인데, 무슨 생각을 하고 있는 건지는 도통 모르겠어."

"그럼 위험한 거 아닌가요?"

"일은 맡기되 중요한 일은 맡기지 않으면 괜찮다. 사실 이번 일도 '중요한' 일은 아니야. 만약 3황자비가 나를 위해 증언하지 않는다 해도 방법은 있으니까."

"무슨 방법이요?"

"증인을 제거하는 거지."

"맙소사."

제너스카가 깔깔 웃었다. 어머니다웠다.

"누구 아이디어인가요?"

"나와 네 외조부의 공통된 의견이다. 거슬리면 죽여야지."

알다시피 나는 성격이 급하고, 내 앞을 방해하는 건 가만히 볼 수가 없어서.

싱긋 웃으며 덧붙이는 타르실라를 보며, 제너스카는 저도 모르게 고개를 모로 저었다. 이런 여자의 배를 빌려 태어나게 된 건 행운 중에서도 행운이다. 만약 1황자로 태어났으면 어머니 같은 여자를 적으로 두어야 한다는 거니까.

"재판은 언제인가요?"

"안 그래도 아까 엘레너가 전해주었다. 내일모레라고 하더구나."

"빠르군요."

"지체할 필요가 없으니까."

타르실라가 빙긋 웃으며 아들에게 말했다.

"걱정 말거라, 젠. 모든 일은 우리의 뜻대로 흘러갈 거야."

여전히 빈첸시아 황비는 혼수상태에 빠져 있었고, 그런 그녀의 곁을 1황자 제레미는 지극 정성으로 지켰다.

그는 빈첸시아가 궁의들이 말했던 시간보다 훨씬 오래 눈을 뜨지 못하고 있는 상황에 대해 상당한 불안함을 느꼈다.

'하긴, 차라리 재판이 끝나고 일어나시는 게 어머니께는 유리하려나.'

제레미가 말없이 차가운 어머니의 손을 움켜쥐었다. 혹시 잘못되실지도 모른다는 생각은 하지 않았다. 어머니는 강한 여자였으니까.

그가 말없이 빈첸시아를 응시했고, 잠시 후에 시종 하나가 조용히 그에게로 다가왔다. 시종은 목소리를 거의 죽인 채로 제레미에게 말했다.

"1황자 전하, 재판에 참관하시려면 지금 출발하셔야 합니다."

"알았다."

짤막하게 대꾸한 제레미는 마지막으로 어머니의 빈첸시아의 손등에 입을 맞춘 다음에야 자리에서 일어났다.

그때, 차가운 손이 제레미의 손목을 움켜잡았다.

갑작스럽게 일어난 일에 제레미가 화들짝 놀란 것도 잠시, 이어지는 광경에 그의 입속에서 당황스러운 소리가 튀어나왔다.

"아……!"

빈첸시아가 눈을 뜬 것이다. 제레미가 환한 미소를 지으며 얼른 그녀에게로 허리를 굽혔다. 그가 떨리는 목소리로 그녀를 불렀다.

"어머니!"

눈을 뜬 빈첸시아는 한동안 정신을 차리지 못했는지 멍한 표정을 짓다가, 잠시 시간이 흐르고 나서야 천천히 입을 열어 아들의 이름을 입에 담았다.

"제……레미?"

"네, 어머니."

제레미가 감격한 얼굴로 얼른 답했다.

"접니다. 어머니 아들 제레미요."

"시간이…… 얼마나……."

"어머니가 쓰러지신 후 열흘 정도 지났습니다."

대답을 마친 그는 잠시 후에 머뭇거리다 덧붙였다.

"타르실라 황후가 사흘 정도 연금되었다가 오늘 재판을 받습니다. 파사궁의 시녀가 그녀가 범인이라고 자백했거든요."

"파사궁의 시녀가 자백을…… 했다고?"

상당히 놀란 목소리로 빈첸시아가 물었고, 제레미는 가만히 고개만 끄덕였다. 빈첸시아가 충격받은 표정으로 중얼거렸다.

"그럴 리가……."

"시시비비는 재판에서 가려질 겁니다, 어머니. 제가 지금 다녀올 테니, 어머니는 좀 더 쉬고 계세요."

제레미는 시종에게 어머니를 부탁한다는 말만 남기고 서둘러 방에서 나갔다. 침대 위에 혼자 남은 빈첸시아는 여전히 충격에 사로잡힌 표정으로 가만히 누워 있을 뿐이었다.

황후 타르실라의 죄를 가리기 위한 재판은 중앙궁 동편의 워렐궁에서 열렸다. 알렉산드라 역시 남편 클레이오와 워렐궁으로 동행했는데, 그녀가 도착했을 때는 이미 많은 궁정귀족들과 황족들이 모여 있었다.

왼쪽에는 타르실라가 앉아 있었는데, 알렉산드라가 지금까지 본 것 중 가장 차가운 표정을 짓고 있었다. 한눈에 봐도 지금 이 상황에 엄청난 짜증을 느끼는 것이 분명해 보였다.

알렉산드라는 클레이오와 함께 재판장 뒤쪽에 자리를 잡고 앉았다. 아직 재판이 시작되기 전이었기 때문인지 황제는 보이지 않는 상태였다.

"황후 폐하께서 정말로 황비 전하를 독살하려 하신 걸까?"

"그분이 뭐가 아쉬우셔서?"

"1황자의 생모지 않나. 황비만 없으면 2황자가 황태자가 될 거라고 생각했겠지."

"이 사람, 말조심하게. 저기 황후 폐하께서도 계신데 들으시면 어쩌려고. 아직 아무것도 밝혀진 게 없어."

"파사궁 시녀에게서 자백이 나왔다는데, 그럼 이미 끝난 것 아닌가?"

사건의 전말을 모르는 귀족들은 각자 자신들이 들은 것만 가지고 생각을 쏟아냈다. 알렉산드라는 그들의 말에 조용히 귀만 기울이다가, 어느 순간부터 틀린 정보들이 마구 귓속에서 범람하자 결국 귀를 닫아버렸다. 괜히 정신만 피로해진 기분이다.

"모두 일어나십시오. 제국의 위대한 태양, 황제 폐하께서 드십니다!"

시종의 말에 모두가 자리에서 일어났고, 알렉산드라 역시 예외는 아니었다. 잠시 후 평소에는 잘 입지 않는 붉은 제복을 입은 토마스 2세가 재판장 안으로 들어왔다. 그는 앞쪽에 놓인 금빛 황좌에 앉은 다음, 무슨 생각을 하는 건지 모를 얼굴로 천천히 입을 열었다.

"다들 알다시피 지난 정기 정찬 때 빈첸시아 황비가 독을 먹고 현재 혼수상태에 빠져 있다. 오르누스 대공이 총괄을 맡아 공정하고 면밀하게 조사를 시행했고, 얼마지 않아 파사궁의 시녀로부터 자백이 나왔지."

토마스 2세의 목소리는 지독하리만치 낮고 건조했다.

"황후 타르실라가 황비가 사용할 접시에 독을 따로 발라 두었다고 하더군. 알다시피 정찬이 파사궁의 정찬실에서 진행된 데다, 자백한 이가 파사궁의 시녀라는 점을 미루어볼 때 혐의를 피할 수 없었고, 근 사흘 정도 황후는 파사궁에 연금되었다. 여기까지 모르는 사람은 아마 이곳에 없을 테지."

토마스 2세가 무표정한 얼굴로 라키아스를 쳐다보며 말했다.

"그다음부터는 네가 진행하거라, 라키아스."

"감사합니다, 폐하."

가볍게 묵례한 라키아스가 고개를 들어 올린 후 메마른 목소리로 말했다.

"그 후로도 조사를 진행하였으나 특별히 나온 바가 없었고, 그래서 현재로서 황후 폐하의 혐의를 입증할 수 있는 증거는 오직 그 시녀밖에는 없는 상황입니다."

"오르누스 공, 그렇다면 그 시녀 아이를 불러 자백을 직접 들어봐야 하지 않겠소?"

빈첸시아의 아버지인 이가렐 공작이었다. 올해로 칠순을 맞은 그는 백발이 성성한 나이임에도 여전히 정정한 모습으로 정계를 호령하는 사람들 중 하나였다. 이가렐 공작을 응시하던 라키아스가 엷게 미소 지으며 답했다.

"물론입니다, 이가렐 공작 전하. 응당 그 시녀의 자백은 모두가 들을 수 있는 장소에서 들어야 함이 마땅하지요. 막말로 제가 있지도 않은 자백을 있다고 할 수도 있는 노릇이니까요."

라키아스가 조사관 한 명에게 신호를 주었고, 곧 수수한 외모의 시녀 하나가 기사들에게 양옆을 붙들려 앞으로 나왔다. 얼굴이 앳되어 보이는 것이 그리 나이를 많이 먹은 것은 아닌 듯했다.

그녀는 약간 겁에 질린 얼굴이면서도 어쩐지 결연한 표정을 짓고 있었는데, 지금 이 자리가 많이 떨리는 것 같았다. 하지만 라키아스는 그런 그녀의 상태를 무시하고선 곧바로 물었다.

"네 이름이 무엇이냐."

"아, 아들린이라고 합니다."

"좋다, 아들린."

라키아스가 빙긋 웃은 다음 아들린에게 물었다.

"어디에서 몇 년 정도 일했지?"

"파, 파사궁에서 2년 정도 일했습니다, 전하."

"그래."

만족스럽게 웃은 라키아스가 또 다른 질문을 했다.

"황후 폐하를 곁에서 모신 적은 있고?"

"멀리서 본 게 다일 뿐, 제게 직접 무언가를 하명하신 적은 없으십니다."

"그랬구나."

그 직후, 시답잖은 정보를 물어보며 의미 없이 고개를 주억거리던 라키아스가 마침내 아들린에게 요구했다.

"그때 내게 했던 자백을 이곳에서 다시 한번 해줄 수 있겠느냐?"

"네……."

아들린은 떨리는 목소리로 자백을 시작했다.

"우연히 황후 폐하께서 시녀장이신 카셰 후작부인께 말씀하시는 것을 들었습니다. 이, 이따가 주방에서 음식이 들어올 텐데, 그 중 황비 전하의 요리가 담긴 접시에 독을 발라 놓으라고……. 마침 제가 황비 전하께 음식을 가져다드리게 되었는데…… 차마 용기가 없어 황비 전하께 말씀드리지 못했습니다."

아들린은 급기야 눈물을 보이며 흐느끼는 소리를 냈고, 재판장 안에는 그녀의 울음소리만 들려왔다. 아무도 함부로 나서서 입을 열 생각을 하지 못했고, 타르실라는 아들린을 죽일 듯 노려보며 이 상황에 엄청난 불쾌감을 드러냈다. 만약 시선으로도 사람을 죽일 수 있다면 사람 너덧은 거뜬히 죽일 수 있을 것 같은 눈이었다.

"저 애가 파사궁에서 일하는 시녀가 확실하긴 한 거요, 공작?"

타르실라 황후의 오라비인 코울리즈 공작이 마뜩잖은 목소리로 물었다. 타르실라 황후가 부리는 시녀는 대부분 오라비인 코울리즈 공작이 보내주고 있었는데, 그의 누이동생이 워낙 의심이 많은 탓에 본래 궁 안에 있던 시녀를 믿지 못했기 때문이었다.

즉, 지금 상황은 코울리즈 공작 자신이 여동생의 시녀로 적의 간자를 뽑아 보내주었다는 사실을 방증하고 있었다. 그런 그를 물끄러미 바라보던 라키아스가 웃음기 없는 얼굴로 말했다.

"이미 파사궁의 시녀들에게 다 물어보았고, 확인했습니다."

"정찬 때 같이 음식을 날랐던 시녀들도 있을 것 아니오?"

"당연히 있겠지요."

라키아스가 무덤덤한 표정으로 말했다.

"하지만 그렇다고 하더라도 그 시녀들의 증언은 채택될 수 없습니다, 코울리즈 공작 전하."

"어째서 그렇소?"

"이유는 간단합니다. 모시는 주인에 대한 충정으로 거짓을 고할지, 사실을 고할지는 아무도 장담할 수 없기 때문이지요."

"저 발칙한 계집이 거짓을 고하고 있다는 생각은 하지 않으시오, 공작?"

"전하, 저라고 해서 왜 그 생각을 안 해봤겠습니까."

라키아스가 진정하라는 듯 차분한 목소리로 말했다.

"하지만 곧 그 생각을 거두었습니다."

"어째서?"

"조사를 해보니 파사궁에서 일하는 시녀들은 하녀들까지도 전부 코울리즈 공의 감사를 거친 뒤에야 비로소 자격을 얻는다더군요. 그렇다면 코울리즈 공께서 누이를 위해 뽑으신 저 시녀가 황후 폐하를 거짓으로 음해하려 한다는 사실 외에는 추측할 수 있는 것이 없잖습니까?"

"……."

라키아스의 말은 구구절절 사실이었고, 코울리즈 공작은 더 이상 어떤 말도 꺼낼 수 없었다. 그가 낭패라는 표정으로 타르실라를 응시했다.

그러나 타르실라는 여전히 가라앉은 눈으로 앞만 응시하고 있을 뿐이었다. 마치 일이 어떻게 되어도 상관없다는 투처럼 보여서, 코울리즈 공작은 순간 가슴이 서늘해졌다. 여동생이 혹시 모든 걸 포기한 건 아닌가 하는 쓸데없는 의심마저 들었다.

"그렇다면 폐하, 증인까지 나온 마당에 황후 폐하의 죄는 명백하지 않습니까?"

라키아스가 일체 감정이 실리지 않은 얼굴로 토마스 2세를 바라보았고, 그는 무언가를 생각하는 듯한 표정을 지었다.

아마 그도 이제는 어쩔 수 없을 것이다. 이번 독살 미수와 타르실라의 연관성을 끊어낼 수 있는 고리가 전부 사라졌으니까. 이미 정찬 때 황비의 음식을 날랐던 '진짜' 시녀는 쥐도 새도 모르게 사라진 지 오래였다.

"그럼……."

토마스 2세가 마침내 입을 열려는 사이, 누군가가 큰 목소리로 소리쳤다.

"황제 폐하."

뜻밖의 목소리에 그 자리에 있던 모두가 놀랐다. 물론 라키아스, 클레이오, 타르실라, 이 세 사람을 제외한 '모두'였다.

"드릴 말씀이 있습니다."

알렉산드라가 잔뜩 긴장한 표정으로 자리에서 일어섰다. 황제가 자신을 응시하는 것이 느껴졌고, 시선을 두지는 않았지만, 아마타르실라 역시 자신을 쳐다보고 있을 터였다.

그녀는 살짝 고개를 돌려 자신을 바라보는 라키아스에게 슬쩍 시선을 주었다가, 잠시 후 떨리는 목소리로 입을 열었다.

"황후 폐하께서는 이번 일과 관련이 없으십니다."

"3황자비 전하께서는 무슨 근거로 그런 말씀을 하시는지요."

라키아스가 아까와 같은 감정 없는 목소리로 물었고, 알렉산드라는 순간 연극의 주인공이 된 것 같아 우습다는 생각이 들었다. 하지만 곧 그런 잡생각도 모조리 지워내 버린 채, 진지한 음성으로 말했다.

"제가 황비 전하의 왼쪽에 앉았습니다. 폐하, 저 시녀는 황비 전하께 음식을 나른 이가 아닙니다. 제가 분명히 보았습니다."

"그렇다면."

토마스 2세가 날카로운 목소리로 알렉산드라에게 물었다.

"지금 저 아들린이라는 시녀가 거짓말을 하고 있다는 것인가?"

"저는 그렇다고 확신합니다."

"3황자비, 너는 지금 네가 한 말에 대해 책임질 수 있어야 할 것이다. 내 말이 무슨 뜻인지 알고 있느냐?"

"물론입니다, 황제 폐하."

알렉산드라가 또박또박 말을 이었다.

"저는 황후 폐하께서 황비 전하를 독살하실 만한 이유가 전혀 없다고 보고 있습니다. 이미 제국에서 가장 고귀한 여인이십니다. 황후 폐하께서 무엇이 아쉬우셔서 황비 전하께 그런 짓을 저지르시겠습니까?"

알렉산드라의 말에 뒤쪽에 앉아 있던 귀족들이 수긍하는 빛을 띠며 저들끼리 수군거렸다. 알렉산드라는 적을 위해 증언하고 있는 이 상황이 참 우습다고 생각하면서도 꿋꿋이 증언을 마쳤다.

"명확한 물증이 없는 상황에서 함부로 황후 폐하를 진범으로 단정 짓는 것은 위험하다고 생각됩니다, 폐하."

"명확한 물증이 왜 없습니까?"

그때, 뒤쪽에서 날카로운 목소리가 들렸다. 누군가가 천천히 재판장 앞쪽으로 걸어 들어오고 있었다.

모두의 시선이 자연스레 뒤쪽으로 집중되었고, 목소리의 주인이 누군지 깨달은 사람들은 저들끼리 또 신나게 수군거리기 시작했다.

"황비 전하 아닌가? 아직 혼수상태라고 들었는데……."

"지금 깨어나신 거라고?"

"아직 몸도 성치 않으신 것 아냐?"

토마스 2세가 앞쪽으로 걸어오는 빈첸시아를 보며 조용히 그녀를 불렀다.

"황비."

"폐하, 늦었습니다."

우아하게 허리를 굽히며 인사한 빈첸시아가 덧붙였다.

"제가 마땅히 참관을 해야 했는데, 죄송합니다."

"몸은 괜찮은 것인가?"

"폐하의 은혜 덕에 괜찮습니다."

형식적인 인사를 마친 빈첸시아가 곧바로 진술했다.

"폐하, 제게 음식을 날랐던 여인은 저 시녀가 맞습니다."

"황비, 그 말이 사실인가?"

"그렇습니다, 폐하. 제가 틀림없이 보았습니다."

황비는 거짓말을 하고 있었다. 실제로 그녀에게 음식을 날랐던 이는 이미 죽었으니까.

그럼에도 불구하고 저런 거짓말을 하는 이유는 빤했다. 그래야만 자기에게 유리하기 때문이다. 진실이 어쨌든 황비로서는 황후에게 타격을 입히는 게 좋았으니까.

"저 아들린이라는 시녀가 제게 음식을 날랐습니다. 주황빛이 도는 머리카락이 특이해 기억하고 있는걸요."

"황비, 그대 또한 그 말에 책임을 져야 할 것이오."

"물론입니다, 폐하."

이판사판이었다. 빈첸시아는 손해 볼 게 없었다. 어차피 피해자는 자신이었고, 그러니 토마스 2세의 마음 추도 그녀 쪽으로 좀 더 기울어졌을 것이다. 빈첸시아는 자신의 판단이 옳으리라고 확신했다.

"허면 폐하."

알렉산드라가 다시금 끼어들었다.

"저와 황비 전하의 진술이 다르니, 둘 중 한 사람은 거짓말을 하고 있다는 것이 아닙니까."

"말이 그렇게 되는군."

"진위를 확인해야 할 필요가 있다고 생각합니다."

"좋은 방법이라도 있는가?"

"네, 폐하."

알렉산드라가 명확한 발음으로 말을 이어나갔다.

"아들린이라는 시녀가 정말로 요리를 날랐다면, 자신이 나른 요리의 이름 정도는 알고 있을 것이 아닙니까? 한 가지라도 기억해 내야 할 것입니다."

"그렇겠지."

"허니 물어보시지요. 대답을 한다면 제가 거짓말을 한 것이 되는 게 아니겠습니까."

"좋은 생각이군."

토마스 2세가 고개를 끄덕이자, 라키아스가 기다렸다는 듯 곧바로 질문했다.

"아들린, 기억나는 요리가 하나라도 있느냐?"

"……."

라키아스의 물음에 아들린이 아무 말도 못 한 채 입술만 지그시 깨물었다.

대답할 수 있을 리가 없었다. 애당초 아들린은 라키아스의 사주를 받은 자였고, 그가 내민 대본에 이런 내용은 없었기 때문이었다. 대본에 없는 내용은 말하지 말라는 게 라키아스의 명령이었다.

그리고 실제로도, 아들린은 그날 정찬 때 나온 요리들을 기억하지 못했다. 애당초 요리를 나르지 않았기 때문에.

아들린이 부들부들 몸만 떨다가, 결국 잠시 후에 바닥에 납작무릎을 꿇고 엎드렸다.

"사, 살려 주십시오, 황제 폐하!"

그러니까, 저 시녀의 말이 거짓임이 드러난 것이다.

빈첸시아의 안색이 새파래졌고, 그 모습을 보고 있던 타르실라는 소리 죽여 웃었다.

토마스 2세가 싸늘하게 가라앉은 표정으로 방금 깨어난 황비를 응시했다가, 잠시 후 아들린이 있는 쪽으로 다시 고개를 돌렸다.

"지금 당장 목이 잘리고 싶은 게 아니라면 무슨 일이 일어난 건지 상세히 말하거라."

"그, 그것이……."

아들린은 주저하는 척하며 황비를 바라보았다. 당연히 황비는 황당해했다. 왜냐하면 두 사람은 서로 초면이기 때문이었다. 하지만 사실 그런 사실은 중요하지 않았다.

중요한 건, 아까 전 두 사람의 말이 일치했다는 것, 거짓말인지 진실인지도 모를 말 하나뿐이었다.

"황비 전하께서 절 사주하셨습니다. 스스로 독을 먹을 테니, 모든 죄를 황후 폐하께 뒤집어씌우라고…… 폐하, 허나 저도 협박 때문에 그리한 것일 뿐, 원해서 한 일이 아니었습니다. 제발 자비를 베풀어 주십시오!"

결국 아들린은 엉엉 울기 시작했고, 빈첸시아는 황당해 죽을 것 같았다. 그녀가 얼른 악을 질렀다.

"폐하, 억울합니다. 저는 저 여인을 본 적도 없습니다."

"하지만 황비, 그대는 분명 아까 저 여인이 요리를 날랐다고 하지 않았소? 그럼 '본 적도 없는 것'은 아닐 텐데."

"제가, 제가 사주한 적이 없다는 뜻입니다, 폐하. 제가 무슨 영화를 바라자고 그런 짓을……."

"이 자리가 그렇게 탐이 났나?"

그때까지 조용히 있던 타르실라가 끼어들었다. 그녀는 비뚜름한 미소를 입가에 건 채 빈첸시아를 쳐다보며, 조용히 분노를 터뜨렸다.

"이 자리가 그렇게 탐났느냐고 묻고 있질 않습니까, 지금!"

이제 타르실라는 완전히 확신했을 것이다. 빈첸시아가 시녀를 사주하고 스스로 독을 먹었다고.

뒤는 몰라도 앞은 완전히 틀렸지만, 상관없었다. 지금 상황에서 모두에게 중요한 건 진실이 아니었으니까.

"자리에 눈이 멀어 스스로 독까지 먹다니. 아주 대단하십니다, 그려."

"폐하, 아닙니다. 제가 그런 게 아니에요."

빈첸시아가 필사적으로 애원했다.

"제가 잘못 본 것입니다. 아시잖습니까. 독을 먹어 판단력이 잠시 흐려졌나 봅니다. 전 저 여인을 본 적도 없고, 그런 얼토당토않은 짓을 한 적도 없습니다."

"말이 자꾸 바뀌는데, 이런 식이면 나도 더 이상 황비를 신뢰할 수 없소."

"폐하, 저 빈첸시아입니다. 폐하의 여인이에요. 그런 저를 못 믿으십니까?"

"믿음이 가게 행동해야 폐하께서도 믿으실 것 아닌가."

타르실라가 비꼬듯 한마디를 툭 던지자, 마침내 빈첸시아는 오열하기 직전의 표정이 되었다. 그녀가 흐느끼며 말했다.

"폐하, 저는 억울합니다. 정말 아무 짓도 저지르지 않았어요……."

"가증스럽게 내게 죄를 뒤집어 씌워놓고, 도대체 무슨 헛소리를 지껄이는 거야?"

타르실라가 분노를 터뜨리며 토마스 2세에게 소리쳤다.

"폐하, 감히 황후를 무고하려 한 죄는 어찌 다스려야 하는 것입니까!"

"폐하, 저는 정말 잘못이 없습니다. 폐하……."

그때, 횡설수설하던 빈첸시아가 픽 옆으로 쓰러졌고, 그런 그녀에게 가장 먼저 달려 나온 이는 그녀의 친아들인 1황자 제레미였다.

그가 다급하게 빈첸시아에게 다가가 그녀를 부축해 안았다.

"어머니, 정신 차려 보십시오, 어머니!"

그가 애타게 빈첸시아를 부르다가, 결국 안 되겠다고 생각했는지 주변의 시종들에게 울분에 찬 목소리로 소리쳤다.

"당장 궁의를 부르지 않고 무얼 하느냐!"

"예, 예. 황자 전하."

"황비 전하께서 쓰러지셨다. 궁의를 불러라!"

조용했던 재판장은 금세 아수라장이 되었다. 알렉산드라는 뜻하지 않은 소란에 슬쩍 미간을 좁혔고, 타르실라는 만약 황제가 없었더라면 빈첸시아에게 침이라도 뱉을 표정으로 쓰러진 황비를 노려보았다. 그리고 라카이스는 그들에게서 약간 떨어진 곳에 서서는, 이 모든 상황을 관망하듯 지켜보았다.

결국 토마스 2세가 한숨을 쉬며 말했다.

"오늘 재판은 여기서 마무리하는 것으로 하지. 추후 판결은 따로 공표하겠다."

그는 피곤한 표정으로 자리에서 일어선 다음, 재판장을 떠버렸다. 복잡하고 정신없는 일을 싫어하는 토마스 2세의 특성상 무리가 있는 행동도 아니었다.

곧 궁의들이 들어와 쓰러진 황비를 진찰했고, 그 광경을 지켜볼 이유가 없던 귀족들은 전부 재판장에서 빠져나갔다. 그런 귀족들을 멍하니 보고 있던 알렉산드라를, 옆에 있던 클레이오가 잡아끌었다.

"렉시, 우리도 이만 가는 게 좋겠어."

알렉산드라는 그제야 정신을 차리고 앞쪽을 바라보았다. 라키아스가 묘한 미소를 지은 채로 자신을 바라보고 있었다. 그녀는 그 미소를 보자마자 곧바로 고개를 돌린 뒤, 클레이오의 손을 잡고 다른 귀족들과 함께 재판장을 빠져나갔다.

7

Impact

재판이 흐지부지 마무리된 이후 토마스 2세가 가장 먼저 한 일은 타르실라의 연금형을 거두는 일이었다.

토마스 2세는 잘못된 판단으로 타르실라가 입은 정신적 피해를 보상한다는 명목 하에 그녀의 오라비인 코울리즈 공작에게 영지를 하사했다. 이번 일로 단단히 분노한 타르실라를 위로하기 위함이었다.

그는 또한 시녀 아들린의 처분을 타르실라에게 맡겼는데, 당연히 그녀가 가장 먼저 한 일은 이 모든 일의 원흉인 아들린의 목을 직접 단칼에 베어 버리는 것이었다.

타르실라가 아들린이 빈첸시아의 사주를 받아 거짓 자백을 했다는 것으로 알고 있는 것과 달리 진실은 라키아스가 아들린을 사주했다는 것이었으나, 아들린은 목이 잘리는 순간까지도 입을 다물었다.

이미 라키아스로부터 이번 일에 대한 충분한 보상 - 죽을 때까지 남겨진 가족이 돈 걱정 없이 지내는 것 - 을 받았기에, 더는 목숨이 아깝지 않다 여겼기 때문이리라.

어쨌든 이번 일로 타르실라 황후와 빈첸시아 황비의 사이는 돌이킬 수 없으리라는 것이 자명해졌다.

빈첸시아 황비는 독으로 인한 후유증으로 정상적인 판단이 어려웠을 수 있다는 궁의의 판정을 받았다. 덕분에 재판장에서의 위증은 면죄부를 받게 되었으나, 그녀가 정말로 아들린을 사주했는지는 끝까지 명확하게 밝혀지지 않았다.

진실은 아무래도 상관없다는 듯 타르실라가 아들린을 신문하는 대신 베어버렸고, 빈첸시아 황비가 자신의 자리를 걸고서까지 그녀를 사주하고 스스로 독을 먹은 적이 없다고 말했기 때문이었다.

물론 빈첸시아의 말을 믿는 사람은 없었다. 타르실라가 감히 황후를 무고한 죄인을 잡아 들여야 한다고 난리를 쳤지만, 빈첸시아는 계속 아들린을 본 적조차 없다며 항변했다.

결국 일이 시끄러워지는 것을 원치 않았던 토마스 2세가 적당히 타르실라를 구슬렀고, 이번 일로 황가의 위신이 떨어질 대로 떨어진 것을 마뜩찮게 여긴 타르실라는 하는 수 없이 그냥 일을 덮자는 그의 제안을 받아들였다. 하지만 토마스 2세와 빈첸시아 황비 모두 이번 일로 타르실라에게 빚을 지게 되었다는 사실만큼은 분명했다.

한편 알렉산드라는 이번 일로 타르실라 황후의 엄청난 신임을 얻게 되었는데, 그건 알렉산드라와 라키아스 모두 바라 마지않던 일이었다.

타르실라는 연금형이 풀리자마자 곧바로 알렉산드라를 파사궁으로 불러들였다. 지난번과는 달리 기사들이 없는 파사궁의 내부를 둘러보며, 알렉산드라는 타르실라가 안에 있을 방 앞으로 갔다.

시녀장인 엘리너가 가장 먼저 그녀를 환대해 주었다.

"3황자비 전하, 오셨습니까."

"카셰 후작부인, 오랜만입니다."

미소로 응수한 알렉산드라가 엘리너에게 물었다.

"황후 폐하께서 이 안에 계신 건가요?"

"기다리고 계십니다, 전하."

엘리너가 밝은 목소리로 타르실라에게 고했다.

"폐하, 3황자비 전하께서 오셨습니다."

"들이도록 해라."

지난번과 다름없는 당당한 목소리가 들려왔다. 타르실라는 늘 그랬다. 어떤 상황이 닥쳐도 절대 그 고고함을 잊지 않는 여인.

회귀 전, 최후를 맞기 직전에도 그랬으니 아마 그 고고함은 천성인 듯했다.

"어서 앉으려무나, 황자비."

"제국의 위대한 달, 황후 폐하를 뵙습니다. 레예스와 파사궁에 무한한 영광을."

예를 차리기도 전에 타르실라는 자리를 권했다. 그녀가 현재 알렉산드라를 몹시 기껍게 여기고 있다는 증거였기 때문에, 알렉산드라는 당연히 기분이 좋아졌다.

알렉산드라는 무난한 말로 먼저 이야기를 시작했다.

"폐하께서 연금을 풀어 주셨다지요. 몸은 좀 괜찮으십니까."

"괜찮지 않을 게 뭐 있겠나. 연금이라고 해봐야 특별히 달라진 것도 없었는데."

빙긋 웃은 타르실라가 곧바로 알렉산드라를 칭찬했다.

"이번 일에 대해서는 정말로 고맙게 생각하고 있어."

그 말을 들은 알렉산드라는 순간 헛웃음을 터뜨릴 뻔했다. 과연 그 시녀를 사주한 것이 자신의 의지였다는 사실을 알면 타르실라는 어떻게 반응할까? 당장이라도 물어보고 싶었지만, 당연히 그럴 수는 없었다.

그녀는 속내를 숨긴 채 그저 엷게 미소만 지어 보였다.

"제가 한 일이 뭐가 있겠습니까, 폐하. 저는 그저 불의를 참지 못하고 진실을 밝힌 것뿐인걸요."

"그래서 내가 내리는 상도 안 받겠다는 건가?"

"제가 옳다고 생각한 대로 행동했을 뿐입니다, 폐하. 굳이 폐하께서 제게 부탁하지 않으셨다 하더라도 저는 아마 그 자리에서 똑같이 행동했을 겁니다."

"말 한마디 한마디를 아주 내 마음에 쏙 들게 하는구나."

타르실라가 흡족한 미소를 지으며 앞에 앉은 알렉산드라를 쳐다보았다. 이미 미리 준비해둔 다과를 들고 있는 알렉산드라를 응시하며, 타르실라는 문득 아깝다는 생각이 들었다.

'저런 아이라면 차라리 젠과 짝지어 주어도 좋았을 텐데.'

왜 저 똑똑한 아이는 하필이면 3황자를 골랐느냐는 말이다. 후작의 적통이니 출신 성분이 2황자비가 되기에 부족함이 있는 것도 아니다. 충분히 2황자비로 들일 수 있었는데…….

타르실라가 아까워 죽겠다는 얼굴로 입을 열었다.

"넌 3황자의 어디가 좋았느냐."

뜻밖의 질문에 알렉산드라가 마시고 있던 찻잔을 입술에서 뗀 뒤, 타르실라를 쳐다보았다.

질문의 의도를 이해하지 못한 알렉산드라가 멍한 표정으로 물었다.

"……네?"

"말 그대로다. 네가 3황자에게 먼저 반해 청혼까지 했다고 들었어. 사교계 영애들과 귀부인들에게 유명한 이야깃거리라지."

"아……."

"3황자의 어디가 그리 좋아 먼저 청혼까지 한 것이냐고 묻고 싶었다. 이전부터도 궁금했어."

"……."

알렉산드라는 순간 표정이 굳어지려는 것을 간신히 참아 넘겼다. 회귀 전의 그녀가 타르실라에게 이런 질문을 받았다면, 아마 날이 새도록 이유를 댔을 것이다.

'나의' 클레이오는 무엇보다 성격이 좋고, 다정하며, 잘생겼고, 머리도 좋은 데다, 검술도 훌륭하고…….

온갖 하잘것없는 이야기까지 해가며 그를 칭찬했을 것이다. 회귀한 지금은 더 이상 그럴 수 없다는 게 문제라면 문제였지만.

알렉산드라가 감정이 담기지 않은 이유를 댔다.

"제게 참 다정하시고, 성품이 따뜻하신 분이십니다. 그 모습에 반해 제가 청혼까지 하게 되었지요."

알렉산드라는 말의 진정성을 살리기 위해 얼굴까지 붉혔다. 그 모습을 본 타르실라가 묘한 표정으로 말했다.

"정말 3황자를 사랑하는가 보구나."

"부부란 그런 것이 아니겠습니까, 폐하. 누구보다 서로 아끼고 사랑해야지요."

"황궁에 어울리는 듯하면서도, 이렇게 말하는 걸 보면 누구보다도 어울리지 않아. 특이하구나."

"황후 폐하께서는 황제 폐하와 어찌 결혼하셨는데요?"

"나 말이냐?"

질문을 받은 타르실라가 쿡쿡 웃었다.

"차라리 지금의 폐하를 사랑하느냐고 물어보지. 방금 그 질문은 너무 빤하구나."

"빤하다니요?"

"황태자의 결혼은 정략혼일 수밖에 없어. 상대의 가문이 좋지 않은 이상 진심으로 좋아하는 사람과 결혼하는 것은 불가능하다. 그런데 신기하게 황족이란 것들은 꼭 높은 신분의 영애들에게는 관심을 두지 않고, 낮고 천한 여인네들에게로만 눈을 돌리더구나. 이상한 족속들이지. 정신 빠진 것들."

"지금의 폐하를 사랑하지 않으시나요?"

"나는 폐하를 사랑한단다, 3황자비. 황후는 응당 황제를 사랑해야지."

하지만 그렇게 말하는 타르실라의 얼굴에는 일체의 낭만적인 감정이 서려 있지 않았다. 거짓말이 확실하다고 생각하면서, 알렉산드라는 슬며시 화제를 돌렸다.

"그보다 황비 전하께서 정말 그런 짓을 저지르실 줄은 몰랐어요."

빈첸시아가 정말로 자작극을 벌이고 타르실라를 음해했는지는 아직 확실히 밝혀지지 않은 사실이었으나, 이미 사교계에서는 빈첸시아가 모든 일을 꾸몄다는 것으로 기정사실화하고 있었다. 타르실라는 빈첸시아의 이야기가 나오자마자 가감 없이 얼굴을 찌푸렸다.

"단단히 머리가 돈 게 틀림없어. 사실 나도 정말로 황비가 이런 짓을 저지를 줄은 몰랐다."

"배신감이 크시겠습니다."

"글쎄. 그렇다고 해서 배신감이라고 이름 붙일 정도인지는 모르겠구나. 어차피 서로 신뢰하지 않은 사이였는데. 배신이라는 건 신의가 있는 사이에서나 쓸 수 있는 말이지.

어쨌든 확실한 건, 이제 나와 황비는 돌이킬 수 없는 사이가 되어 버렸다는 거야. 뭐, 그쪽에서 먼저 자초한 일이니 나는 할 말이 없구나."

말을 마친 타르실라가 가만히 앉아 있는 알렉산드라를 흘긋 바라보았다가, 잠시 후에 물었다.

"그보다 정말 원하는 것이 없는 거냐? 이런 일은 처음이라 당황스럽군."

"그때도 말씀드렸지만, 아직 없습니다, 폐하."

"원한다면 네 아비에게 영지나 작위를 내릴 수도 있어. 그런 건 어떻겠느냐."

"아버지는 지금 영지도 관리하기 힘들다고 투덜거리시는 분이십니다, 폐하. 괜찮습니다."

"맙소사, 정말 이런 경우는 처음이군."

타르실라가 난감한 듯 웃다가 잠시 후에 어깨를 으쓱였다.

"그래, 그럼. 그때 말한 대로 좀 뒤로 미루자꾸나. 무슨 일이든 내 도움이 필요한 게 있다면 말하거라. 언제든 도울 테니까."

"말씀만으로도 든든합니다, 폐하."

알렉산드라가 빙긋 미소 지었다. 가장 앞에 있는 산 하나는 넘은 기분이었다.

빈첸시아는 그날 이후 에인궁 밖으로 단 한 발자국도 걸음하지 않았다. 아니, '못했다'는 표현이 더 적절할 것이다.

궁의 모두가 감히 황비를 두고 수군거렸다. 빈첸시아의 시녀들이 함부로 입을 놀리는 자들에게 가만두지 않겠다고 엄포를 주긴 했지만, 이런 유의 소문은 그 정도의 공포로 잠재울 수 있는 것이 아니었다.

황제가 헛소문을 퍼뜨리고 다닐 시 엄벌에 처하겠다는 명령을 내린다든가 하면 또 모르겠지만, 당연하게도 황제가 그럴 일은 없었다.

토마스 2세가 빈첸시아를 위해 해줄 수 있는 건 날뛰는 타르실라를 잠재운 것까지가 최선이었다. 그녀도 그걸 잘 알았기에 감히 아무 말 하지 못했던 것이다.

"황비 전하, 제레미 황자님께서 오셨습니다."

세상 모두가 그녀에게 손가락질해도 오로지 단 한 사람, 아들 제레미만은 그녀의 편일 터였다. 빈첸시아가 힘없이 아들을 들이라고 명했고, 곧 걱정스러운 표정의 제레미가 빈첸시아의 침실로 들어왔다. 제레미가 어머니를 불렀다.

"어머니."

"제레미, 잘 지냈니?"

빈첸시아가 엷은 미소를 띤 얼굴로 아들을 맞아들였고, 제레미는 여전히 걱정스러운 기색을 지워내지 못한 채 빈첸시아의 곁으로 다가왔다. 그가 앙상한 빈첸시아의 손을 맞잡으며 물었다.

"저야 당연히……. 그보다 어머니는 좀 괜찮으세요?"

"난 괜찮아."

그렇게 말했지만 실은 괜찮지 않다는 걸, 누구보다 제레미가 잘 알고 있었다. 그가 마른침을 삼킨 다음 어머니에게 말했다.

"그래도…… 이번 일로 최악의 상황까지는 가지 않을 것 같아요."

제레미가 말하는 '최악의 상황'은 당연히 폐비였다. 그건 정말로 최악의 상황이었는데, 만약 빈첸시아가 폐비가 되면 그 아들인 제레미 역시 어머니의 신분에 영향을 받아 폐황자가 될지도 모르는 것이다.

물론 그건 아주 특수한 경우니 논외로 친다고 하더라도, 제레미가 황태자가 되는 일이 아주 요원해진다는 것 정도는 분명한 일이었다.

그리고 빈첸시아가 가장 우려하는 일이기도 했다.

"걱정 말거라, 제레미. 어미가 되어 자식의 앞길에 꽃잎은 뿌려주지 못할망정 재를 뿌릴 수야 없지. 만약 그런 일이 생긴다고 해도 난 절대 네 앞길에 방해가 되지 않도록 할 거다."

"어머니, 왜 그런 말씀을 하세요."

제레미가 안타까운 목소리로 말했다.

"전 어머니를 믿어요. 어머니는 절대 그러실 분이 아니세요."

"아니야, 제레미."

빈첸시아가 고개를 저었다.

"너는 나를 몰라."

"어머니……?"

"내가 스스로 독을 먹었다."

"어, 어머니."

뜻하지 않게 진실과 마주하게 된 제레미가 크게 당황하는 모습을 보였고, 빈첸시아는 그런 아들의 모습을 물끄러미 바라보다가 잠시 후 입을 열었다.

"물론 죽은 아들린은 정말 몰라. 처음 본다. 시녀를 사주한 건 내가 아니야."

독을 먹은 건 자의로 행한 일이었지만, 시녀를 사주한 건 아니었다. 애당초 이 일을 그렇게까지 크게 끌고 갈 수 있을 거라고 기대하지 않았으니까.

그녀가 원했던 건 당장의 곤경을 피하는 것이었고, 고작 이런 일 하나로 황후를 끌어내리는 게 가능하다는 생각도 들지 않았다.

물론 내심 이 자작극으로 황후에게 타격이 간다면 더없이 좋겠다고 생각도 했지만, 지금 황후의 권력으로 봤을 때 그게 어렵다는 것 정도는 알고 있었다. 적어도 이런 일 몇 개는 쌓여야 가능한 일이었다.

그런데 일이 이상하게 흘러간 것이다. 웬 처음 보는 시녀가 갑자기 황후가 자신에게 독을 먹였다고 자백을 하지 않나…….

그래서 그 기회를 이용해보자 생각하고 덤벼든 것뿐인데, 일이 이렇게 틀어진 것이었다.

빈첸시아가 괴로운 얼굴로 입술을 꾹 깨물었다. 자신의 어리석음에 눈물이 나왔다. 좀 더 신중하게 행동했어야 했는데.

"어머니, 정말로…….."

제레미는 믿을 수가 없었다. 정말로 어머니가 스스로 독을 드신 거였다니! 그가 충격을 받은 얼굴로 빈첸시아에게 물었다.

"왜, 왜 그러신 겁니까, 도대체…….."

"2황자의 결혼을 막을 명분이 필요했다. 동시에 네 결혼을 좀 더 늦출 계기도 필요했지. 만약 2황자가 결혼하게 된다면, 그때는 정말로 황태자 자리가 요원해진다."

"어머니, 제가 부황의 장자입니다. 저 말고 누가 황태자가 되겠어요?"

"그건 네가 황제 폐하를, 그리고 황후를 몰라서 하는 소리야. 네 아버지가 황후 그 여자에게 얼마나 쩔쩔매는지 넌 짐작도 못 할 거다."

물론 그 이유는 빈첸시아도 몰랐다. 하지만 한 가지는 확실했다. 타르실라가 황제의 즉위 초부터 계속해서 부부 관계의, 그리고 군신 관계의 우위권을 잡아 왔다는 것. 그 이유를 아직까지도 몰라 답답하긴 했지만.

"내가 황후가 되고 난 후에 널 결혼시키려고 했다. 그래야 좀 더 좋은 가문의 영애를 비로 들일 수 있을 테니까."

"어머니, 황후 폐하께서는 결코 호락호락한 분이 아니십니다. 잘 아시지 않습니까."

"걱정 말렴, 제레미. 난 자신 있단다."

빈첸시아가 표독스러운 얼굴로 아들에게 말했다.

"이번에 날 살려둔 걸 후회하게 될 거야."

지엔궁으로 돌아온 알렉산드라는 드네리스로부터 뜻밖의 이야기를 전해 들었다.

"누가…… 와 계시다고요?"

"오르누스 공작 전하께서 응접실에서 기다리고 계십니다."

"여긴 어쩐 일로 오셨다고 하던가요?"

"지난번 재판 때 했던 증언과 관련해서 들으실 게 있다고 하셨습니다. 표정이 심각해 보이셨어요."

심각해 보이긴 무슨. 공연한 의심을 피하려고 일부러 그런 표정을 지어 보인 게 틀림없었다.

하여튼 핑계 대는 것 하나는 일색인 남자라고 생각하며, 알렉산드라는 응접실로 걸음을 옮겼다.

"전하, 3황비 전하께서 도착하셨습니다."

응접실 앞에서 말을 마친 엘로웬이 문을 열자, 알렉산드라의 시야로 우아하게 다리를 꼬고 앉아 차를 마시고 있는 라키아스가 들어왔다.

라키아스는 그녀에게 시선을 한 번 준 뒤 천천히 자리에서 일어나 알렉산드라에게 인사했다.

"오랜만에 뵙습니다, 황자비 전하."

"오랜만입니까, 우리?"

알렉산드라가 우아하게 라키아스가 앉아 있던 테이블로 가 앉았다. 곧 페넬로페가 그녀 몫의 다과를 가져다주었고, 라키아스는 중요한 이야기라 누가 들으면 곤란하니 주변을 물려달라는 부탁을 했다. 알렉산드라는 기꺼이 그의 부탁을 들어주었다.

모두가 물러가고 마침내 둘만 남았을 때, 알렉산드라는 미소로 서문을 열었다.

"일이 이렇게 잘 끝날 줄은 몰랐는데 말입니다."

"내 일 처리가 마음에 들었다니 다행이군."

"생각보다 유능해서 놀랐습니다."

회귀 전에도 그 능력을 알아보긴 했지만, 이 정도일 줄이야. 내심 놀란 알렉산드라가 찻잔을 들어 올리며 말했다.

"타르실라 황후에게 방금 다녀오는 길이에요."

"그 이야기는 시녀들에게 들었다."

라키아스가 빙긋 웃으며 덧붙였다.

"황후의 신임을 이렇게 빨리 얻은 것 역시 그대의 능력이야."

"합이 잘 맞아 다행이군요."

그게 야합이라는 게 문제라면 문제였지만. 속으로 중얼거린 알렉산드라가 라키아스에게 물었다.

"그 시녀는 어떻게 되었습니까?"

알렉산드라의 물음에 라키아스는 당연하다는 듯 답했다.

"죽었겠지, 당연히."

"아들린이라는 시녀, 어떻게 구슬렸길래 목숨까지 내바치게 만든 거죠?"

"그것도 나는 능력이라고 생각하는데, 가족을 빌미로 권유했어.

평생 돈 걱정 없이 살게 해주겠다고 약속했지."

"약속, 지킬 생각입니까?"

"안 지키면 내가 너무 파렴치한 같잖아."

라키아스가 피식 웃으며 앞에 놓인 쿠키를 집어 들었다.

"걱정 마. 내 돈으로 지불할 테니."

"그런 걸 말하는 건 아니었는데. 뭐, 어쨌든 알겠습니다."

"앞으로의 계획은?"

라키아스의 물음에 알렉산드라가 그를 빤히 쳐다보자, 그가 한쪽 눈썹을 찡그린 뒤 물었다.

"설마 생각 안 해놨나?"

"구체화하지는 않았습니다."

알렉산드라가 조용한 목소리로 덧붙였다.

"조급하게 생각하지 말아요, 라키아스. 어차피 지금 당장 내가 할 수 있는 일은 상당히 제한적입니다. 알잖아요? 우린 좀 더 시간이 필요하다는 걸."

"뭐라고 하려는 건 아니었는데, 그렇게 들렸다면 미안하군. 다만 앞으로 어떻게 하려는지가 궁금했을 뿐이야."

"별것 없습니다. 일단 황후가 날 믿게 만들어야겠고, 그녀와 힘을 합쳐 황비와 2황자를 제거해야겠죠. 그리고 결정적인 순간에 배신할 테고요."

"나는?"

"해야 할 일 정도는 스스로 찾으세요. 애도 아니고, 시시콜콜 알려줘야 합니까?"

알렉산드라가 단호하게 말하자, 라키아스가 저도 모르게 웃음을 터뜨렸다. 그 모습을 본 알렉산드라가 그를 흘겨보며 물었다.

"뭡니까?"

"아니, 그냥 웃겨서. 불쾌했다면 미안하군."

그가 얼른 웃음을 갈무리하며 덧붙였다.

"알았어. 내가 눈치껏 행동하도록 하지."

"특별한 도움이 필요할 땐 말씀드리도록 할 테니 너무 걱정하지 않으셔도 됩니다. 그보다, 진짜 왜 웃은 겁니까?"

"신선하잖아."

라키아스가 빙긋 웃으며 알렉산드라에게 말했다.

"보통 이런 상황이면 내 적극적인 도움을 구하기 마련인데."

"저번에 말씀드렸던 걸 잊어버리신 모양인데, 내 복수는 엄연히 내 것입니다. 나도 당신 복수를 빼앗을 생각 없고요."

거기까지 말한 알렉산드라가 순간 멈칫했다가, 잠시 후에 물었다.

"그런데…… 괜찮은 겁니까?"

"무엇이?"

"황후 말입니다. 이번 일, 좋은 기회가 될 수 있었어요. 다른 사람도 아니고 황비를 독살하려 했으니, 분명 큰 타격을 줄 수 있었을 텐데…… 어쩌면 폐후로 만들 수 있었을지도 모르고요."

"그럴만한 사안이었지. 하지만 지금은 아니야."

라키아스가 고개를 저으며 말하자, 알렉산드라가 의아한 목소리로 물었다.

"무슨 뜻입니까?"

"황후의 폐위를 결정하는 주체가 누구라고 생각하나?"

"당연히 황제 폐하시지요."

그 당연한 걸 갑자기 왜 묻느냐는 목소리에, 라키아스가 묘한 미소를 띤 채로 물었다.

"만약 황제가 황후를 폐위시키는 걸 원치 않는다면?"

"그게 무슨……."

"말 그대로야. 만약 황제가 황후의 폐위를 원치 않는다면, 모든 게 다 쓸모없는 일이 되어 버려."

"황제 폐하께서 황후 폐하를 그렇게 사랑하신다는 의미입니까?"

"그럴 리가. 그럴 양반이었더라면 1황자는 마땅히 황후 소생이어야 했지만, 지금 그런가?"

1황자는 빈첸시아 황비 소생이었다. 알렉산드라가 고개를 저었다.

"사랑과는 다른 문제야. 어쨌든 황제는 황후에게 약할 수밖에 없다. 더 이상 두 사람의 관계에서 황후가 우위에 서지 않을 때까지 기다려야 해."

"무슨 말을 하는 건지 잘 모르겠어요."

"아직까지는."

그가 씁쓸하게 웃으며 대꾸했다.

"몰라도 돼. 아직 그것까지 알기에는 너무 시기가 이르군."

"중요한 이야기인가 봅니다."

"내 복수의 시발점과 마찬가지지."

그렇다면 중요한 이야기였다. 알렉산드라는 호기심을 잠시 잠재워두기로 했다. 자신도 아직 라키아스에게 '복수의 시발점'을 말해주지 않았는데, 그에게 먼저 말하라고 요구하는 건 욕심이었으니까.

다만 라키아스는 이 말까지는 해주었다.

"아마 이번에 우리가 황후 편에 굳이 서지 않았더라도, 황후는 무사했을 거야."

"그런 투로 말하긴 하더군요. 믿는 구석이 있는 모양이지요."

"첫째가 그녀의 가문이고, 둘째가 그녀의 남편이지. 그 정도면 충분한 뒷배니까. 어쨌든 당신은 이번에 선택을 잘한 거야. 황비와는 완전히 척을 지게 되긴 했지만, 명분이 충분했으니 그녀도 대놓고 적대적으로 나오지는 못하겠지."

더군다나 황비는 지금 그럴만한 상황이 되지 못했다. 알렉산드라가 살포시 미소 지었고, 라키아스는 그런 그녀를 물끄러미 바라보다가 잠시 후에 다시 입을 열었다.

"……이만 가봐야겠어."

하긴, 너무 오래 있는 것도 보기에 좋지 않았다. 알렉산드라가 미소를 잃지 않은 채 그를 배웅했다.

"그게 좋겠네요. 조심히 가세요."

"……참."

라키아스가 몸을 돌려 나가려던 차에, 무언가 깜빡했다는 듯 다시 입을 열었다.

"아마 특별한 일이 없는 한은 조만간 젠스카야 백작령으로 다시 내려갈 것 같은데."

"그렇겠네요."

조사 총괄로서의 의무는 다했으니, 더 이상 궁에 머무를 이유가 없었다. 알렉산드라가 말했다.

"급한 일은 서신을 주세요. 그게 신경 쓰이시면 매주 월요일 도서관으로 가겠습니다."

"가급적 후자를 이용하지. 앞의 건 너무 꼬리가 밟히기 쉬워서 말이야."

이를 드러내며 시원하게 웃은 라키아스가 알렉산드라를 돌아보며 인사했다.

"그럼, 다시 만날 때까지 몸조심하지."

"당신도요."

알렉산드라도 싱긋 웃으며 라키아스를 배웅했다. 아마 당분간
은 볼 일이 없을 터였다.

며칠 후, 타르실라 황후는 파사궁의 후원에서 티파티를 개최한
다는 초대장을 돌렸다. 가장 먼저 초대장을 받은 이는 모두의 예
상대로 3황자비 알렉산드라였고, 가장 마지막에 초대장을 받은
이는 빈첸시아 황비였는데, 이것도 황후가 고심 끝에 겨우 보냈다
는 소문이 돌았다.

"정말 가시는 건가요, 전하?"

티파티 당일, 페넬로페의 물음에 귀고리를 고르고 있던 알렉산
드라가 당연하다는 듯 고개를 끄덕였다.

"이제 막 폐하와 친해지기 시작했는데, 당연히 가야지."

대답을 마친 알렉산드라가 잠시 후에 물었다.

"왜 그래, 페니? 내가 폐하의 티파티에 가는 게 마땅찮아?"

"당연히 그런 건 아니지만…… 혹시 빈첸시아 황비 전하께서 그
때 일로 전하께 해코지라도 하면 어떻게 해요."

페넬로페의 걱정스러운 말에 알렉산드라가 저도 모르게 웃음을
터뜨렸다. 그 모습에 페넬로페가 붉어진 얼굴로 알렉산드라에게
한 소리를 했다.

"웃지 마세요, 전하. 저는 정말로 전하께 무슨 일이 생길까 봐 걱정이 된다고요."

"황비는 절대 그럴 수 없어, 페니. 걱정하지 마."

황후라면 모를까, 빈첸시아는 절대 그럴 수 없다. 적어도 면전에서 그럴 만큼 패기 있는 여자는 아니다. 뒤에서 해코지했다면 진즉 했을 것이고. 알렉산드라가 그녀를 안심시켰다.

"지금까지 해코지하고도 남을 시간이었는데 아무 일도 없었잖아. 그리고 전하께서는 결코 모두가 보는 앞에서 나를 망신 주지 않으실 거야."

안 그래도 '착한 황비'의 가면이 벗겨져 곤란할 땐데, 제 손으로 무덤을 팔 리가. 이런 시기에, 더구나 황후와 우호적인 영애와 귀부인이 모였을 게 뻔한 자리에서 그럴 리는 더더욱 없을 터였다.

알렉산드라는 티파티에 하고 갈 귀걸이와 목걸이로 다이아몬드가 박힌 것을 골랐고, 시녀들이 조심스럽게 착용을 도와주었다.

티파티는 파사궁의 후원에서 개최되었는데, 화려한 꽃을 유달리 좋아하는 황후 때문에 파사궁의 후원에는 사시사철 화려한 원색 꽃들이 가득했다. 대부분 장미나 페튜니아, 사루비아 같은 붉은색 계열의 꽃이 주를 이루고 있어 매우 아름다웠다.

알렉산드라는 정해진 시간에서 조금 일찍 후원에 도착했다. 네댓 명 정도의 귀부인이 이미 도착해 다과를 들고 있었고, 알렉산드라는 그들을 향해 우아한 미소를 지으며 다가갔다.

그녀를 가장 먼저 발견한 귀부인 하나가 환대하는 목소리를 냈다.

"어머, 3황자비 전하."

알렉산드라는 사교계에 출입하는 것을 즐기는 성품은 아니었다. 하지만 귀족 사회의 이슈 등에 뒤처지지 않기 위해 의무적으로라도 참여하도록 버릇 들였고, 덕분에 사교계에 드나드는 대부분의 사람들을 웬만하면 알고 있는 편이었다.

알렉산드라가 환하게 웃으며 화답했다.

"안녕하세요, 상생 후작부인. 오랜만에 뵙는 것 같습니다."

"지난번 황후 폐하의 결혼기념 파티 때 한 번 뵈었어야 했는데, 그러질 못했네요."

"아마 저를 못 보셨을 확률이 높답니다. 몸이 안 좋아서 일찍 들어갔었거든요."

"어머, 그러셨구나. 지금은 괜찮으시죠?"

"물론이지요!"

알렉산드라가 사교계 특유의 높은 웃음소리를 냈고, 상생 후작부인은 또 다른 질문을 했다.

"오늘 폐하의 초대를 받고 오신 건가요? 드레스에 악세서리가 너무 잘 어울리네요. 다이아몬드인가요?"

"그렇답니다, 부인. 폐하께서 영광스럽게도 제게 첫 번째 초대장을 내려 주셨지 뭐예요."

알렉산드라는 그렇게 답하면서 손으로 '1'이라고 적힌 은색 종이의 초대장을 약하게 흔들어 보였다. 그런 알렉산드라의 모습에 상생 후작부인이 빙긋 웃으며 말했다.

"잘 선택한 것입니다, 비전하. 확실히 황비보다는 우리 황후 폐하의 손을 잡는 것이 이득이시죠."

상생 후작부인은 대표적인 황후 지지 귀족이었다. 알렉산드라가 엷게 웃으며 그녀에게 말했다.

"저도 그렇게 생각해요."

티파티는 타르실라 황후가 가장 늦게 후원에 도착하며 시작되었다. 결국 초대장을 받았다는 황비는 참석하지 않았는데, 사실 당연한 일이었다. 방 밖으로 한 발자국도 나오지 않고 칩거 생활을 하고 있다는데, 이런 곳까지 올 수 있을 리가 없었다. 귀부인과 영애들은 곧 빈첸시아 황비의 존재를 잊고 즐겁게 담소를 나누기 시작했다.

화제는 대부분 귀족들의 가십이었다. 말 그대로 사생활에 대한 내용이 주를 이루었는데, 그 특성상 그리 바람직하거나 권장할 만한 내용은 아니었다.

좀 더 직설적으로 말하자면 천박함에 가까운 이야기였다. 그럼에도 그들은 남의 뒷이야기가 세상에서 가장 재미있다는 사람처럼 깔깔거리며 한마디씩 자신이 알고 있는 사실을 보탰다. 물론 그 말의 진위는 검증할 수 없었지만.

그러다, 갑자기 화제가 알렉산드라 쪽으로 옮겨갔다.

"그보다 이번에 황후 폐하를 위해 증언을 해주시다니요. 저는 정말 놀랐답니다."

한 귀부인의 말에 알렉산드라가 태연하게 응수했다.

"놀라실 일이 무엇이 있나요. 저는 그저 한 개인의 양심을 따른 것뿐이랍니다. 황후 폐하께서 그런 치졸한 일을 저지르실 분이 아니시라는 건 누구보다 제가 잘 알고 있어요. 올바른 일을 위해 입을 여는 것은 결코 손해가 아니라고 배웠습니다."

"어쩜! 말씀도 잘하세요."

"그래도 황후 폐하께 도움을 드렸는데, 무슨 상이라도 받지 않으셨나요?"

"아뇨."

알렉산드라가 엷게 미소 띤 얼굴로 말했다.

"당연한 일에 물질적인 대가를 바라는 건 어리석은 일이랍니다. 하지만 워낙 강조해서 거듭 말씀하시기에, 소원을 뒤로 미루기는 했습니다."

"저 같으면 단박에 소원을 들어 달라 했을 거예요."

"황후 폐하께서도 언제라도 소원이 생긴다면 꼭 말해 달라고 말씀하시긴 했습니다."

"정말 욕심이 없으세요? 정말 황궁에서 보기 드문 분이시군요."

"귀부인들 중에서도 드물지."

가만히 있던 타르실라가 끼어들었고, 분위기는 잠깐 경직되었다.

그러다가 어린 영애 한 명의 발랄한 목소리가 끼어들어 화제는 얼른 바뀌었다.

"그보다 황비 전하께서는 오지 않으셨네요."

"오시겠습니까."

귀부인 하나가 조소를 날리며 대꾸했다.

"감히 스스로 독을 먹고 시녀까지 사주했다 다 발각이 되었으니, 저라도 여기 못 옵니다. 황후 폐하께 무슨 염치로요! 조사단을 꾸리는 데 든 인력이며 시간이며, 비용이며…… 솔직히 그런 것들까지 전부 청구하고 싶은 마음이에요. 제가 만약 황후 폐하였더라면 응당 그렇게 했을 겁니다."

"맞습니다. 솔직히 너무 많은 것들이 소요되었어요. 결국 자작극으로 끝날 거면 도대체 왜 그런 난리를 떨었는지."

"제 남편도 글쎄 조사를 받았답니다. 나 원 참, 살다 살다 별꼴을 다 봐요. 그런 모욕은 단언컨대 처음이었습니다."

타르실라는 귀부인들이 빈첸시아를 험담하는 것을 멈출 생각이 없어 보였다. 그녀가 빈첸시아 황비와 성격적으로 달랐기 때문이었다.

만약 빈첸시아였다면 거기서 '가엾은 폐하를 험담하지 마세요.

분명 우리가 모르는 무슨 사정이 있을 겁니다'라고 말하며 가식적
인 미소를 지었겠지만, 타르실라는 애당초 그런 평판이나 이미지
에 별로 신경을 쓰는 사람도 아니었고, 무엇보다 귀부인들이 적을
신나게 험담하는 것을 막음으로써 굳이 그들의 불평을 살 생각도
없었다.

그녀는 그저 우아하게 자리에 앉아 여전히 김이 피어오르는 찻
잔을 감싸 쥔 채 차의 향만 음미하고 있을 뿐이었다. 물론 그 음미
하는 대상에는 빈첸시아에 대한 험담도 포함되어 있을 테지만.

"폐하."

그때, 파사궁의 시녀 하나가 다급한 발걸음으로 타르실라에게
다가왔다. 타르실라는 손에 감싸 쥔 찻잔을 놓지 않은 채 귀만 쫑
긋거려 시녀가 귓속말로 고하는 이야기를 들었다.

잠시 후에, 그녀의 입가에 한 줄기 미소가 피어올랐다.

"그걸 무슨 내게 보고까지 하느냐. 황비께서 오셨으면 응당 이
안으로 모시지 않고."

"하지만 시간이 너무……."

"시간이 뭐가 중요하겠느냐. 어차피 토론도 아니고 고작 여인네
들 이야기일 뿐인데 시간이 중요한 것도 아니고. 얼른 한 사람 몫
의 다과를 더 내 오기나 하려무나."

"네, 폐하."

시녀가 정중하게 물러났고, 귀부인 하나가 냉큼 타르실라에게

물었다.

"황비 전하께서 오셨답니까?"

타르실라는 말없이 고개만 끄덕였고, 그 반응에 몇몇 귀부인들이 작게 탄성을 내질렀다.

그때, 나긋한 목소리 하나가 그들 사이에 끼어들었다.

"늦었습니다, 폐하."

보랏빛이 도는 드레스를 입은 빈첸시아 황비가 후원의 입구에 서 있었다. 그녀는 잠깐 걸음을 멈추었다가, 멈추었다는 표현이 무색할 만큼 짧은 시간이 흐른 뒤에 다시 걷기 시작했다.

빈첸시아는 단 한 걸음도 우아함을 포기하지 않으려는 사람처럼 절도 있게 걸어 타르실라의 앞까지 와서는, 선물이라고 추정되는 상자 하나를 내밀었다.

"보잘것없지만, 준비해 보았습니다, 폐하."

"……고맙네."

하지만 타르실라는 빈첸시아가 내민 선물을 보지도 않은 채 곧바로 상자를 시녀에게 건네주었다.

빈첸시아가 충분히 무안함을 느낄 법한 상황이었고, 타르실라 역시 그렇게 되기를 바랐지만, 그녀는 조금의 민망함도 찾아볼 수 없는 표정으로 빙긋 웃은 다음 빈자리에 가 앉았다.

몇몇 귀부인들이 대놓고 혀를 차는 소리가 들렸지만, 그마저도 빈첸시아는 무시했다. 충분히 역정을 내고 황비로서의 위엄을 보일 수 있는 상황이었는데도.

정신력 하나는 참 대단한 여자라고 생각하며, 알렉산드라는 멍한 표정으로 앞에 놓인 마카롱만 잘게 부쉈다.

빈첸시아 황비가 등장한 이후, 티파티에 참석한 귀부인과 영애들은 화제를 가급적 그녀가 불편해하거나 모를 법한 주제로 잡으려 작정한 사람들처럼 굴었다.

몇 개월 전 타르실라 황후가 자신과 친분이 있는 사람들에게만 초대장을 나누어 주었던 티파티에서 일어난 일이라든가, 혹은 황후에 대한 칭찬 같은 이야기 말이다. 알렉산드라는 그런 행동이 지나치게 유치하다는 느낌을 지울 수 없었지만, 입을 다문 채 가만히 듣기만 했다.

그러다 어느 순간 우연히 빈첸시아와 눈이 마주쳤는데, 그녀는 평소와 다름없이 그저 입꼬리를 끌어올려 웃기만 했다. 그 모습을 본 알렉산드라는 저도 모르게 소름이 끼쳤다.

대략 두 시간 정도가 흐른 뒤에야 티파티는 끝이 났고, 그 자리에 참석한 모두가 후원에서 빠져나갔다.

느긋한 마음으로 마지막까지 남은 알렉산드라는 타르실라 황후에게 초대해주어 고맙다는 말을 하기 위해 천천히 입술을 열었다. 하지만 그 안에서 목소리가 나오기까지는 조금 더 기다려야 했는데, 그 전에 먼저 타르실라가 입을 열었기 때문이었다.

알렉산드라가 아닌 다른 사람을 향해서.

"솔직히 조금 놀랐어. 그대가 참석해줄 줄은 몰랐거든."

타르실라 황후가 비뚜름한 미소를 지어 보이며 빈첸시아에게 비꼬듯 말했지만, 빈첸시아는 조금의 동요도 보이지 않는 차분한 얼굴로 대꾸할 뿐이었다.

"폐하께서 초대장을 보내셨는데, 특별한 일도 없이 불참하는 것은 예의가 아니라고 판단했습니다."

"예의?"

타르실라가 어이없다는 목소리로 중얼거렸다.

"예의, 예의라……."

그녀는 잠시 후 표독스럽게 빈첸시아를 노려보며 으르렁거리는 목소리로 물었다.

"그대가 내게 예의를 운운할 자격이 되는가?"

"무슨 뜻인지 저는 모르겠습니다."

"당연히 모르겠지. 황비에게 양심이라는 것이 티끌만큼이라도 남아 있었다면 그런 우스운 짓거리는 벌이지 않았을 테니 말이야."

"……."

"그렇게 이 자리가 탐이 났나? 1황자를 낳았으니 이 황후의 관만 쓰면 네 아들이 황태자가, 황제가 될 줄 알았어? 그랬느냐는 말이다."

타르실라가 분노한 목소리로 자신의 머리 위에 씌워진 황후의 관을 손가락으로 쿡쿡 찔렀다가, 잠시 후에는 빈첸시아 황비가 쓴 황비의 관을 쿡쿡 찌르기 시작했다. 빈첸시아의 머리 위에 올려져 있던 티아라가 점차 흐트러지기 시작했다.

"단순히 황후의 자리가 탐나서 그런 건 아닐 테지? 내가 그대라면, 그리고 내가 알고 있는 그대라면 고작 그런 짓 따위로 나를 폐위시키려 했을 것 같지는 않거든. 물론 황족 시해 미수는 중죄이니 타격은 받았겠지만, 그게 날 폐후로 만들 정도는 아니잖아."

"……."

빈첸시아는 말없이 타르실라를 노려보았지만, 타르실라는 눈 하나 깜짝하지 않고 날 선 목소리로 빈첸시아를 압박해 나갔다.

"좀 더 사소해 보이지만, 그대에게는 중요한 이유가 있는 거야. 그렇지? 뭐가 있을까? 우리 같이 한 번 생각해 보는 건 어때?"

"폐하, 무슨 말씀을 하시는지 잘 모르겠습니다."

"빈첸시아, 내가 모를 줄 알았나?"

타르실라가 헛웃음을 터뜨린 뒤 빈첸시아를 노려보았고, 그런 타르실라의 눈가에는 어느새 약간의 피곤함과 짜증이 묻어나 있었다.

그녀는 빠른 속도로, 그러나 명확한 발음으로 빈첸시아에게 말했다.

"내가 정찬에서 말을 꺼내기도 전에, 제너스카와 빅시어스 영애의 결혼을 추진하고 있다는 걸 이미 알고 있었지? 지금 상황에서 젠이 명문가의 여식과 결혼까지 하게 된다면 그대의 아들이 황태자가 되는 건 영영 요원해지리라 판단했겠지. 안 그런가?"

"……."

"더구나 내가 지속해서 1황자의 결혼을 빌미로 압박하니 스트레스도 받았을 거고. 그대는 황후가 되어 그대의 아들을 좀 더 좋은 가문의 영애와 결혼시키고 싶었을 테니 말이야. 안 그래? 그러니 그런 천박하고 발칙한 짓거리를 꾸민 거겠지."

차가운 미소를 입에 건 타르실라가 마지막 결정타를 날렸다.

"라우페즈의 핏줄들은 다 그런가 보지? 그 왕가도 볼 만하겠군. 안 봐도 뻔해."

"전하……."

빈첸시아가 입술을 꾹 깨물며 애써 분노를 참아냈다. 그녀는 애써 입술을 움직여 최대한 자신을 보호하기 위해 애썼다.

"무슨 말씀을 하시는지 잘 모르겠습니다. 정찬 때의 일, 분명 저는 모른다고 입장을 밝혔는데요."

"이봐, 빈첸시아. 우리 좀 솔직해지자고. 그 역겨운 가면은 좀 벗겨 내고 말이야."

타르실라가 아까보다는 훨씬 가라앉은 목소리로 빈첸시아를 비난했다.

"그대가 모르쇠로 일관한다고 있던 일이 없어지는 게 아니야. 이번 일은 내가 황가의 위신이 더 떨어질까 두려워 그냥 덮지만, 두번째부터는 봐주지 않아. 알고 있겠지만, 나는 성격도 급하고 걸리

적거리는 건 최대한 빨리 없애 버리는 성격이라."

타르실라가 싸늘한 목소리로 빈첸시아의 귓가에 대고 속삭였다.

"그러니 다음부터는 조심하도록 해. 얌전히 살아. 괜히 이상한 짓 꾸몄다가 네 외가의 이름에 먹칠하지 말고 말이야."

타르실라는 그 말만 남기고선 미련 없다는 듯한 태도로 후원에서 나가버렸다. 본의 아니게 알렉산드라와 빈첸시아 두 사람만이 남았고, 알렉산드라는 이 묘한 상황을 어서 벗어나는 게 이로우리라고 판단하고는 서둘러 걸음을 옮겼다.

그때, 뒤쪽에서 건조한 목소리가 들려왔다.

"어땠습니까, 3황자비. 구경은 즐거우셨나요?"

"구경이라니요?"

알렉산드라가 속으로 낭패라고 생각하며 물었다. 빈첸시아는 담담한 얼굴을 하고 있었지만, 눈빛 하나만큼은 아주 사나워 보였다. 이미 가면은 벗어 던지기로 작정한 모양이었다.

"내가 황후 폐하께 능욕당하는 모습을 보지 않으셨습니까."

"능욕이라니요, 전하. 그런 말씀은……."

"하지도 않은 일로 이런 꼴을 당하다니. 그리 증언해 마음이 시원하십니까?"

"전하, 말씀드렸는지 모르겠으나 저는 제 양심에 따라 행동한 것뿐입니다. 저는 전하께 음식을 날랐다는 그 시녀를 본 적이 없어요, 제가 사실을 고한 것이 그리도 잘못된 행동입니까?"

"……."

"말씀해 주십시오, 전하. 만약 제가 황궁의 생리를 모르고 날뛴 것이라면, 차후에는 제 행동을 교정하겠습니다."

"……하."

빈첸시아가 헛웃음을 터뜨린 후, 알렉산드라의 곁으로 다가왔다. 그런 다음 이제껏 알렉산드라가 들었던 그녀의 목소리 중 가장 낮은 음성으로 알렉산드라의 귓가에 대고 속삭였다.

"눈 막고 3년, 귀 막고 3년, 입 막고 3년입니다, 비. 그러고도 18년을 더 숨죽인 채로 살았어요."

이 여자는 진정으로 자신이 그런 식으로 타르실라를 속였다고 생각하고 있는 것일까. 글쎄, 그러기에는 타르실라 황후가 지나치게 똑똑했다.

어쩌면 이 여자의 목표는 가장 최상위에 있는 타르실라가 아니라, 그 아래에 있는 모든 이였을지도 모른다. 그렇다면 어느 정도 목표를 이룬 셈이었지만, 이제는 그것마저 물거품이 되어버렸다.

단 한 순간의 실수로.

'그때 입만 놀리지 않고 에인궁에 처박혀 있었어도 지금 이 꼴은 안 났을 텐데.'

안타깝습니다, 황비 전하.

알렉산드라는 빈첸시아에게 이렇게 말해주고 싶었지만, 그럴 수는 없었다. 이미 증오를 사 버린 상황에 기름을 부어 넣을 수는 없었으니까.

그녀는 쓸데없이 원한 살 만한 행동을 가급적 피하자는 것을 신조로 여기고 사는 사람이었다. 때문에 알렉산드라는 그저 말없이 빈첸시아의 말을 듣고만 있었다.

"그렇게 이 살벌한 궁에서 버텨온 것입니다. 그런데 비께서 다 망치셨어요."

누차 말하지만, 그건 알렉산드라의 잘못이 아니었다. 물론 약간의 원인 제공은 했지만, 어쨌든 함부로 거짓을 진술한 이는 빈첸시아였다. 도가 넘는 책임 회피에 구역질이 났지만, 그녀는 끝까지 입을 다물기로 했다.

"완벽하게 황후의 편에 선 것으로 알겠습니다."

"이미 그렇게 믿기로 작정하신 이상, 제가 무슨 말씀을 드려도 저에 대한 평가를 재고하시진 않을 것 같군요."

알렉산드라는 다만 이렇게 말하며 천천히 빈첸시아가 있는 쪽으로 고개를 돌렸다. 정면에서 보니 자신을 바라보는 시선이 얼마나 더 날카로웠는지 새삼 실감 났다.

"그러니 저는 아무 말씀도 드리지 않겠습니다."

"……"

"파사궁에서 에인궁까지 거리가 멀지요. 모쪼록 조심히 돌아가시길 바랍니다."

알렉산드라는 빈첸시아에게 그렇게만 말하고선 망설임 없이 후원을 빠져나갔다. 어차피 타르실라든 빈첸시아든 두 사람 모두 영악한 건 마찬가지다. 두 사람 모두 비슷한 출신 성분을 가졌고, 비슷한 시간을 황궁에서 살았다.

그러니 선택할 수 있는 건 둘 중 누구를 먼저 죽이고, 누구를 나중에 죽일 것이냐. 누구의 운이 좀 더 좋을 것이고, 누구의 운이 좀 더 나쁠 것이냐. 이런 것들뿐이었다. 그리고 이것을 결정하는 사람은 전적으로 알렉산드라, 그녀 자신이 되어야만 했고.

그녀가 무심한 표정으로 느릿하게 계속 걸었다. 어차피 누구의 편을 들었든 한 명을 먼저 죽이기로 결정한 이상, 저 독기 서린 말을 듣게 될 것은 자명한 일이었다.

타르실라 황후가 여전히 화가 난 얼굴로 향한 곳은 토마스 2세의 중앙궁이었다.

타르실라는 황후의 위치에 있었음에도 중앙궁에 가는 일이 드물었는데, 남편과의 사이가 썩 좋다고는 말할 수 없기 때문이었다. 분명 황제는 황후에게 쩔쩔맸지만, 그렇다고 해서 그게 둘 사이가 좋은 것까지 보장하는 건 아니었다.

"황제 폐하 계시는가."

타르실라가 낮은 목소리로 집무실 앞에 있던 중앙궁의 시종장 로지크에게 묻자, 그가 정중하게 답했다.

"물론입니다, 황후 폐하. 오셨다 고할까요?"

타르실라는 말없이 고개를 끄덕였고, 로지크는 그녀의 허락이 떨어지자마자 얼른 입을 열었다.

"황제 폐하, 황후 폐하께서 드셨습니다."

"……황후가?"

안쪽에서 의외라는 목소리가 들려왔고, 타르실라는 그 목소리에도 태연함을 유지했다. 이윽고, 다시 한번 안쪽에서 목소리가 들려왔다.

"모시도록 해."

"들어가시지요."

문이 열리며 안쪽이 드러났다. 타르실라는 무표정한 얼굴로 집무실 안까지 들어갔다. 집무실에 남은 사람은 오로지 그와 자신뿐. 그러니 굳이 가면을 쓸 필요도 없었다. 그렇게 생각하던 타르실라는, 그래도 최소한의 예의는 지키는 게 맞다고 판단했는지 입꼬리만 살짝 올려 싱긋 미소 짓는 모양을 취했다.

그녀가 그에게 인사했다.

"제국의 태양, 황제 폐하를 뵙습니다."

"그대가 먼저 여기까지 와서 나를 찾을 줄이야."

토마스 2세가 퍽 놀랍다는 목소리로 말했다.

"분명 무슨 일이 있는 게로군. 그렇지?"

"확실히 눈치는 아주 빠르십니다, 폐하."

타르실라가 가식적으로 웃으며 황제가 자리를 권하기도 전에 응접용 테이블에 앉았다. 그녀가 아무리 황후라 해도 무례한 행동임이 분명했으나, 토마스 2세는 굳이 지적하지 않았다. 그는 시종에게 다과를 부탁한 뒤 따라서 테이블에 앉을 뿐이었다.

"그래서, 도대체 무슨 일이지?"

"일전에 말씀드린 젠의 결혼을 추진하려고 합니다."

"상대는?"

"……빅시어스 영애요."

이토록 관심이 없을 줄이야. 타르실라가 영 마뜩잖은 얼굴로 토마스 2세를 응시했다. 정찬 때 이야기를 꺼냈으니 충분히 뒤로 조사를 해볼 법도 한데, 이 남자는 하지 않은 것이다. 그만큼 자신과 2황자에게 관심이 없다는 뜻이었다. 그나마 위안이 되는 건 그 무관심이 황비에게도 적용된다는 것, 그것 하나뿐이었다.

타르실라가 속으로 한숨을 쉬었다.

"폐하의 재가가 필요합니다. 어쨌든 부모시잖습니까."

"내 재가가 굳이 필요한 일인지도 모르겠군. 언제는 그대가 내 허락을 받고 행동했나?"

"……비꼬시는 겁니까?"

"그럴 리가, 내 고귀한 황후께 감히 그럴 수는 없지."

토마스 2세가 비릿하게 웃은 다음 덧붙였다.

"그저 사실을 말한 것뿐인데 비꼬았다 하면 나로서는 서운하고 당황스러운 일이야."

"그럼 허하신 것으로 알겠습니다."

"1황자를 결혼시키고 나서 2황자도 결혼시킬 생각 아니었나? 황가의 명예를 그리 중시하더니, 다 거짓이었어?"

"그러려고 했었습니다."

타르실라가 싸늘하게 답했다.

"정찬 전까지는요. 제가 여기서 어떻게 더 참을 수 있겠습니까? 감히 그런 발칙한 짓거리로 황후의 위신을 깎아내리고 이 자리를 차지하려 하는 게 명명백백해진 상황에서요."

"……."

"이 황후의 관, 어찌 쓰게 되었는지는 폐하께서 누구보다도 잘 아실 것 아닙니까."

타르실라가 빙긋 웃으며 자리에서 일어난 뒤, 인사도 하지 않은 채 바로 집무실을 나섰다. 차는 아직 조금도 줄어들지 않은 채였다.

토마스 2세는 그녀가 손도 대지 않은 찻잔을 느릿하게 들어 올린 다음, 한입에 털어 넣었다.

8

Blue Moon

황후나 황태자비와 달리 황자비를 뽑는 일은 그 절차가 그리 엄격하지 않았다. 제너스카는 아직 2황자의 몸이었고, 때문에 그 생모인 타르실라 황후가 원하는 영애를 2황자비로 들여도 그리 잡음이 나올 일은 없었다.

타르실라가 빅시어스 가문의 차녀를 2황자비로 들이겠다 공표했을 때, 알렉산드라와 빈첸시아 모두가 달가워하지 않아 했다. 물론 알렉산드라는 겉으로는 황후에게 잘하신 선택이라고 추켜세웠지만, 그 말을 듣는 순간 가슴이 선득해질 수밖에 없었다.

빅시어스 가문의 가주는 내로라하는 부호였는데, 동쪽 해상의 상권과 무역권을 전부 손아귀에 넣고 흔드는 위치에 있었기 때문이었다. 때문에 연간 벌어들이는 수입이 어마어마했으며, 만약 타르실라가 그런 집안과 사돈을 맺는다면 1황자가 더 어마어마한 집안과 결혼하지 않는 이상, 후계 갈등에서 제너스카가 우위를 차지할 수밖에 없었다.

문제는 근래에 일어난 일로 빈첸시아 황비의 평판이 유래 없이 추락한 데다, 그녀에게 타국 왕녀의 피가 섞였다는 점 또한 마이너스로 작용하고 있다는 점이었다. 때문에 지금 상황은 타르실라에게는 아주 유리했고, 빈첸시아에게는 아주 불리했다.

2황자와 빅시어스 가문과의 혼담은 당연히 알렉산드라에게도 아주 불리한 일이 될 수밖에 없었다. 만약 황후가 빅시어스 가문과 혼약을 맺게 된다면 빈첸시아 황비를 성공적으로 없애게 된다고 하더라도, 그 때 즈음에 황후는 이미 알렉산드라가 감히 건드릴 수조차 없을 정도로 세력을 크게 확장했을 가능성이 크기 때문이었다.

물론 그렇다고 해서 불가능한 일이 되리라고는 생각지 않았지만, 회귀 전의 경험으로 미루어볼 때 그 배우자까지 한꺼번에 정리하는 건 꽤나 힘들고 까다로운 일이었다.

그녀는 가급적 쉽게 일을 해결하고 싶었다.

그러니 둘 중의 하나였다. 빅시어스 가문 쪽에서 결혼을 진행할 수 없는 사유가 생기든가, 혹은 황후 쪽에서 결혼을 진행할 수 없는 사유가 생기든가.

한참 동안 고민하던 알렉산드라의 머릿속으로 일전에 티파티에서 들었던 정보 하나가 떠올랐다.

'빅시어스 후작부인이 지금 투병 중이라고 했지……?'

아무나 황족이 될 수 있는 것은 아니었고, 나름의 조건이 필요
했다.

첫째, 아무리 신분이 낮아도 남작가 출신은 되어야 하며, 둘째,
반드시 양친이 살아 계실 것, 그리고 마지막으로 셋째, 사생아가
아닌 적통일 것. 그리고 이때 '양친'의 조건은 자신을 낳아 주신 친
부모여야만 했다. 언뜻 까다로워 보이는 이 조건들은 모두 황가의
품위와 위신을 지킨다는 명목 하에 만들어진 규정이었는데, 이 중
한 가지라도 충족하지 못한다면 황족이 될 수 없었다.

'만약 빅시어스 후작부인이 조만간 죽는다면…….'

그렇게 된다면 혼담 자체가 무효가 되는 것이었고, 그 가문에서
황족은 그 다음대로 내려가지 않는 이상은 나기 어려웠다. 아니면
빅시어스 후작이 재취를 한 후 거기에서 딸을 보든지.

어느 쪽이든 그녀가 황위를 다툴 동안 황가와의 혼담을 진행할
수 없는 것은 동일했다.

'죽여, 버릴까.'

그 편이 가장 간단하긴 했다. 사람을 매수해 후작부인이 복용하
는 약재에 독을 섞는 것이다.

투병 생활로 인해 몸이 약해졌을 가능성이 컸고, 그렇다면 미량
의 독만 넣어도 효과를 볼 것은 자명한 일이었다.

하지만…….

'꺼림칙해.'

알렉산드라가 깊게 한숨을 내쉬었다. 회귀 전이라면 주저 없이 할 일을 그녀는 망설이고 있었다.

이유는 모르겠지만 이상하게 내키지가 않았다. 만약 반대 입장이었더라면, 자신의 어미가 독살당했다는 사실을 알게 되었을 때 상대에게 엄청나게 증오를 품을 것 같다는 생각이 들었다.

단순히 집안의 뜻에 따라 2황자비로 간택된 것뿐인데, 권력 싸움에 끼어들었다는 이유 하나만으로 병든 어미가 죄 없이 독살당한다?

'이건 아닌 것 같군.'

알렉산드라는 결국 고개를 저었다. 회귀 후 지나치게 감성적이 된 것이라고는 생각하지 않았다. 나름의 이유도 있었다.

아무리 복수할 때 두 개의 무덤을 파 놓고 시작하라지만, 이유 없이 타인에게 원한을 사는 건 별로 좋은 방법이 아니었다. 회귀 전에 샀던 원한은 어쩔 수 없다손 치더라도, 회귀 후에는 그러지 않는 게 신상에 이로웠다.

알렉산드라는 결국 다른 방법을 찾아보기로 결심했다.

"흐음……."

라키아스는 시종이 가져다준 편지를 읽고 있었다. 매주 화요일마다 황궁 도서관에서 시종이 가지고 오는 편지. 〈안나 마리아의 슬픔〉 사이에 끼여져 있는 편지였다.

우측 하단에 유려하게 적힌 알렉산드라의 서명이 보였다. 그는 한 번 더 편지를 읽어본 다음, 그것을 망설임 없이 책상 앞에 있는 촛대로 가져갔다. 검은 재를 조금 남긴 채로 편지가 불살라졌다.

"생각했던 것보다 잔인하지는 않은 것 같군."

"누가요?"

그때, 케이토가 불쑥 물어왔다. 당연히 방 안에 혼자 있는 줄만 알았던 라키아스가 깜짝 놀란 표정을 지으며 중얼거렸다.

"깜짝이야……. 도대체 언제 들어온 거야?"

"깜짝 놀라신 분 치고는 반응이 별로네요. 아까 전에 편지 읽고 계셨을 때부터 옆에 있었는데, 눈치 못 채셨나 봐요."

케이토가 복잡한 표정으로 라키아스를 쳐다보며 물었다.

"그렇게 집중하셨어요?"

"한 번 읽고 태워버려야 하니까."

그는 그 증거라도 되는 듯 손에 묻은 재를 케이토에게 보여주었다. 케이토는 라키아스의 손바닥 위에 있는 재를 빤히 쳐다보다가 읊조리듯 말했다.

"미소도 지으셨던 것 같은데."

"누가?"

"전하가요."

"내가?"

"네."

케이토가 덧붙였다.

"미소 짓는 건 정말 오랜만에 봐요."

"단단히 잘못 알고 있군, 케이토. 난 잘 웃는 사람이야."

"그런 거 말고요."

케이토가 고개를 저으며 라키아스의 말을 정정했다.

"진심이 담긴 미소요. 전하의 웃음은 늘 가식적이죠."

"맙소사, 그렇게 심하게 말할 줄이야."

"사실이잖아요?"

그건 그렇지, 하고 라키아스가 피식 웃은 다음 중얼거렸다.

웃음이란 가면과도 같은 것이어서, 굳이 진심이 담기지 않아도 상대를 속일 수만 있다면 아무래도 괜찮았다.

"재미있는 여자야."

"뭐가요?"

"용맹하고, 강단 있고, 고집 세고……."

"마지막 건 좀 욕 같은데요."

"칭찬이야. 고집이 없다는 건 자기 주관이 없다는 거지."

"사람이 유연할 줄도 알아야지요."

"그런 거랑은 다른 문제야. 옳다고 생각하는 일이나, 반드시 해야 한다고 생각하는 일은 흔들림 없이 밀고 나가지. 그런 사람은 드물어."

"저는요?"

"그러니까 내 곁에 두고 있는 거지."

칭찬에 기분이 좋아진 케이토가 씩 웃은 다음, 잠시 후에 물었다.

"무슨 내용인가요?"

"황후가 2황자를 결혼시킬 모양이야."

"상대는요?"

"빅시어스 가문."

"맙소사."

케이토가 고개를 절레절레 저었다.

"막아야겠네요. 무슨 계책이라도 내셨답니까, 3황자비 전하께서는?"

"투병 중인 빅시어스 후작부인을 살해하는 걸 1안으로 생각했는데, 괜한 원한을 사는 건 지양하고 싶다면서 다른 방법을 찾아보겠다는군."

"뭐…… 아주 틀린 말은 아니네요. 일부러 적을 만드는 건 현명한 일이 아니죠."

조용히 읊조린 케이토가 잠시 생각하는 표정을 짓다가 라키아스에게 물었다.

"그럼 방법은 한 가지밖에 없지 않나요?"

"맞아."

라키아스가 짧게 긍정했다.

"빅시어스 가문이 아니라, 황후 쪽에 하자를 만들어야지. 결혼을 진행할 수 없는."

"그게 과제겠네요. 황가는 흠 잡힐 거리가 거의 없으니까."

"걱정하지 않아도 돼, 케이토 경. 왜 없겠어?"

라키아스의 말에 케이토가 두 눈을 동그랗게 뜬 채 물었다.

"설마 벌써 계책을 생각해 내신 건가요?"

"그럴 리가."

라키아스가 씩 웃으며 케이토에게 말했다.

"나는 경처럼 머리 좋은 책사가 아니라고. 이제부터 고민해 봐야지."

복수할 권리를 빼앗지 않으면서, 조력자로서의 역할을 다하는 방법을.

'역시 빅시어스 가 쪽에서 먼저 결혼을 취소하자는 말이 나오게끔 하는 게 좋겠어.'

320

그러기 위해서는 황후 쪽에 결혼 취소를 요구할 만한 결함이 있어야 했다. 빅시어스가도 바보가 아닌 이상 황후의 사돈이 되는 기회를 쉽게 놓치려 하지 않을 것이고, 무엇보다 황가와의 혼약을 취소한다는 건 웬만한, 모든 사람이 수긍할 만한 명분 없이는 불가능한 일이었다. 자칫 황실 모독죄로 처벌받을 수도 있었기 때문이었다.

의심을 피하기 위해서라도 이편이 나았다. 어떤 부정적인 결과가 나와도 황후는 자신이 아니라 빈첸시아 황비를 흑막으로 생각할 것이다.

상식적으로 그게 당연했다. 자신을 위해 증언한 사람과 무고하려 했던 사람 중 누가 더 의심스러운지는 자명한 일이었으니까.

더구나 후자의 경우 그녀를 무고하려다 역풍까지 맞아 사교계에서의 평판이 나락으로 떨어졌다. 동기도 충분했고, 타르실라 황후는 이미 빈첸시아가 충분히 그런 음모를 꾸밀 수 있다는 사실까지 알고 있는 상태였다.

완벽했다.

'하지만 어떻게 흠결을 만드느냐가 문제인데…….'

"……렉시?"

그때, 중저음의 목소리가 알렉산드라의 상념을 깨웠다. 그녀가 멍한 표정으로 앞에서 차를 마시고 있던 클레이오를 쳐다보았다. 그가 걱정스러운 표정으로 그녀를 바라보고 있었다.

"얼굴이 어두운데. 무슨 걱정이라도 있는 거야?"

"아……."

알렉산드라는 순간 어떤 표정을 지어야 할지 당황하다가, 저도 모르게 고개를 저어버렸다. '무슨 걱정'이 있긴 했지만, 그걸 이 남자에게 말할 필요는 없었다. 알렉산드라가 아무렇지 않게 답했다.

"아뇨, 전하."

그러다 알렉산드라는 참 황당하다는 생각이 들었다. 그녀가 이런 고민을 하고 있는 것도 결국 다 눈앞에 있는 이 남자 탓이다.

모든 걱정의 원흉인 남자가 그녀에게 무슨 걱정이 있느냐고 물어보다니. 어불성설이다.

알렉산드라가 덧붙였다.

"아무 일도요. 다만 요즘 좀 피곤해서 그래요."

"하긴. 그럴 만도 해."

클레이오가 심각한 얼굴로 수긍했다.

"요즘 별별 일을 다 겪었지. 황후 폐하의 일도 그렇고…… 좀 지쳐 보이긴 했어."

"전하의 말마따나 요즘 별별 일을 다 겪긴 했지요."

"역시."

클레이오가 갑자기 결연한 표정을 지었고, 그 모습을 본 알렉산드라는 내심 불안해졌다. 왜 저런 표정을 짓는 건지 알 수가 없었다.

알렉산드라가 왜 그러냐고 묻기도 전에, 클레이오가 먼저 입을 열었다.

"재충전이 필요하겠어."

"재충전이라뇨?"

당장 황후에게 씌울 흠결을 생각해 내기에도 시급한 상황이다. 이런 상황에 재충전은 얼어 죽을.

알렉산드라가 저도 모르게 황당한 표정을 지었지만, 클레이오는 아랑곳하지 않고 그녀를 향해 미소를 지어 보였다.

"렉시, 오늘 시간 되나?"

"이건 미친 짓이에요, 전하."

알렉산드라가 경악한 표정으로 클레이오를 말렸다.

"황제 폐하나 황후 폐하께서 아시면 가만있지 않으실 거예요."

"쉿."

클레이오가 당황한 얼굴을 하고 있는 알렉산드라의 입술에 자신의 두 번째 손가락을 가져다 댄 후 작게 속삭였다.

"몰래 하면 괜찮아, 렉시."

"그래도……."

"갑갑하지 않아? 그간 계속 황궁에만 갇혀 있었잖아."

클레이오가 제안한 것은 몰래 황궁 밖에 다녀오는 것이었다. 물론 알렉산드라는 반대했지만, 클레이오는 계속 괜찮다고 말하며 알렉산드라를 안심시켰다.

하지만 알렉산드라는 이 남자와 황궁 밖으로 나간다는 행동 자체를 이해하지 못했다. 황궁 안에서 같이 지내는 것도 끔찍해 죽겠는데!

알렉산드라가 연신 거절했다.

"우리만 혼나는 게 아니라 지엔궁 전체가 벌을 받을 거예요. 그들은 무슨 죄입니까."

"그러니 그들도 모르게 다녀오자는 거지."

클레이오가 씩 웃으며 대꾸했다.

아무것도 모르는 소년 같은 웃음이었다. 한때는 저 미소를 싱그럽다고 생각했고, 아름다운 것으로 여겨 설레했지만, 지금은 더 이상 아니었다. 알렉산드라는 저도 모르게 차가운 표정이 나가려는 것을 간신히 막은 채, 차분하게 말했다.

"정말 무리예요, 전하. 전하의 안전도 걱정되고요."

"그대 한 몸 정도는 지킬 수 있어."

"전하, 그래도……!"

"쉿."

클레이오가 다시 한번 그녀의 입술에 자신의 검지를 갖다 대며 말했다.

"한 번 정도는 괜찮잖아, 응?"

"……"

순간, 알렉산드라는 절대 이 철없는 남자를 당해내지 못할 것이라는 직감이 들었다. 저도 모르게 지그시 입술을 깨물던 그녀가, 잠시 후에 한숨을 내쉬며 말했다.

"무슨 일이 생겨도 저는 몰라요."

"당연하지, 렉시."

그가 그녀의 볼에 작게 키스를 했고, 난데없는 애정표현에 알렉산드라의 몸은 경직되었다. 하지만 눈치채지 못한 건지, 클레이오는 여전히 다정한 목소리로 그녀의 귓가에 속삭였다.

"무슨 일이 생겨도, 내가 다 책임질게."

결국 알렉산드라는 호위 하나 없이 클레이오와 황궁 밖으로 나오게 되었다. 이 과정은 의외로 어렵지 않았는데, 클레이오가 오직 황족들만 아는 비밀통로를 이용했기 때문이었다. 회귀 전 황후가 되어서야 알렉산드라가 그 존재를 알게 되었던 비밀통로였다.

두 사람은 시종과 시녀의 옷을 훔쳐 입은 후 평범한 부부처럼 위장해 거리를 돌아다녔다. 도처에서 사람들이 시끄럽게 떠드는 소리가 들렸고, 물건을 사고파는 사람들이 가격을 흥정하는 소리도 들렸다. 이런 소시민적이고 일상적인 광경을 접하는 일이 상당히 드물었던 알렉산드라로서는 꽤나 신기하고 새로운 광경이었다.

'정말 오래간만이긴 하네.'

회귀 전에는 황자비로 입궁하며 황궁 밖으로 나갈 기회를 전부 차단당했고, 그건 지금도 마찬가지였다. 황족의 부인이 함부로 출궁하는 것은 혹시 모를 불상사 - 다른 사내와 통정을 한다든가 - 를 대비하여 엄격하게 제한하고 있었기 때문이었다.

이와 반대로 클레이오와 같은 남자 황족의 경우에는 그 제한이 비교적 느슨했다. 다소 불공평한 일이기는 했지만.

"렉시, 저쪽으로 한번 가볼까?"

약간 들뜬 것 같은 표정으로 이곳저곳을 구경하고 있는데, 클레이오가 물어왔다. 알렉산드라는 그런 클레이오의 얼굴을 물끄러미 바라보다가 하는 수 없이 고개를 끄덕였다.

그때, 차가운 그녀의 손에 따뜻한 무언가가 느껴졌다.

"아……."

클레이오가 그녀의 손을 잡은 것이다.

놀란 알렉산드라가 저도 모르게 클레이오를 쳐다보았지만, 그는 빙긋 미소 지으며 알렉산드라의 눈만 응시할 뿐이었다.

그 눈빛에서 그녀는 클레이오가 자신의 손을 놓을 생각이 조금도 없음을 깨닫고 작게 한숨을 쉬었다. 너무 작아서 자신조차 제대로 듣지 못했을 그런 한숨.

클레이오가 다정한 목소리로 그녀에게 속삭였다.

"갈까, 렉시?"

알렉산드라는 억지로 입꼬리를 끌어당겨 웃은 뒤, 억지로 고개를 끄덕였다.

처음에는 걱정스러운 얼굴만 하고 있던 알렉산드라는 시간이 지날수록 점차 황궁 밖 세상에 흥미를 느끼기 시작했다.

물론 거리에서 파는 장신구 같은 것들이 평생을 화려한 보석에 둘러 싸여 지낸 알렉산드라에게 특별한 감흥을 준 것은 아니었으나, 그것들은 또 그것 나름대로의 멋을 가지고 있었다.

"렉시."

그때, 클레이오가 알렉산드라를 멈춰 세웠다. 그녀가 의아한 표정으로 그에게 물었다.

"왜 그러십니까?"

"잠깐만 이리 와봐."

그가 그녀에게 손짓했고, 알렉산드라는 별말 없이 그가 말하는 곳까지 걸음을 옮겼다. 그러다 잡다한 악세사리를 파는 가판대 앞에서 신중하게 무언가를 고르는 클레이오를 보고, 알렉산드라가 크게 당황한 목소리로 그를 말렸다.

"전 괜찮아요."

"마음에 드는 게 없으면, 내가 골라주려고."

알렉산드라의 만류에도 클레이오는 가판대 앞을 떠나지 않았다. 계속 제지하기에도 주인의 눈치가 보여서, 알렉산드라는 하는 수 없이 그 자리에 서 있기만 했다. 잠시 후에, 클레이오가 고른 것은 그 흔한 목걸이나 반지가 아니었다.

"단검은 왜요?"

"그대는 칼을 쓸 줄 모르잖아."

알렉산드라가 고개를 끄덕였다. 귀족 집안의 영애로 태어나 칼을 쓸 줄 안다는 건 그리 일반적인 일이 아니었다.

대부분의 귀족들은 딸에게 호위 기사를 붙여주면 붙여주었지, 검을 잡도록 두지는 않았기 때문이었다. 알렉산드라도 몸을 움직이는 것을 그리 좋아하는 편이 아니었던지라, 검보다는 책이나 자수바늘을 주로 잡는 삶을 살아왔다.

클레이오가 그녀의 손에 장미 모양의 장식이 세공되어 있는 금속제 단검을 쥐어주며 말했다.

"물론 그런 일은 없을 거고, 또 없어야겠지만, 혹시라도 무슨 일이 생긴다면 이걸 이용하도록 해."

상당히 추상적인 말이어서 알렉산드라는 클레이오가 무슨 말을 하고 싶어 하는 건지 도통 이해할 수 없었다. 그가 말한 '혹시라도 생길 무슨 일'은 무엇을 이름이며, '이용한다'는 건 어쩌라는 의미

일까?

알렉산드라는 그의 말이 구체적으로 무슨 뜻인지를 클레이오에게 묻고 싶었지만, 입 밖으로 내지는 않았다. 얄팍한 호기심을 위해 그와 굳이 한 번 더 말을 섞는 것을 더 원치 않아 했기 때문이었다.

때문에 알렉산드라는 단검을 만지작거리다 품 안에 집어넣은 뒤, 설핏 미소 지으며 감사를 표하는 것으로 대화를 마무리했다.

"고마워요."

"고맙긴."

클레이오가 포근하게 웃으며 알렉산드라에게 물었다.

"이제 한번 저쪽으로 가볼까?"

"계속 있어도 괜찮은 거예요?"

"궁문이 닫히기 전까지는 아직 시간이 남았어."

클레이오가 그녀의 귓가에 대고 작게 속삭였고, 알렉산드라는 순간 소름이 돋는 것을 느끼며 어색하게 웃었다.

이런 유의 접촉은 질색이었다. 제일 불쾌한 건 그 말조차 감히 그의 앞에서는 꺼낼 수 없다는 사실이었지만.

"그럼 다행이고요. 저쪽에는 뭐가……."

그때, 고개를 두리번거리던 알렉산드라의 눈에 익숙한 누군가가 포착되었다. 한참을 그곳만 응시하던 그녀가 멍한 목소리로 중얼거렸다.

"설마……."

"응?"

클레이오가 옆에서 물어왔지만, 지금의 알렉산드라에게는 그것조차 들리지 않았다. 알렉산드라가 그 후로도 계속 한 곳만 응시하자 이상함을 느낀 클레이오도 알렉산드라와 같은 방향을 응시했지만, 그의 눈에는 특별한 것이 보이지 않았다.

그가 이상함을 느끼고선 물었다.

"렉시, 왜 그래?"

"전하."

알렉산드라가 작은 목소리로 그에게 말했다.

"저 잠시만 어딜 좀 다녀올게요."

"레, 렉시."

당황한 클레이오가 얼른 그녀에게 물었다.

"도대체 어디를 다녀오겠다는 거야? 혼자 다니는 건 위험해."

"잠시, 정말로 잠시면 됩니다, 전하."

어딘가에 홀린 듯한 목소리로 클레이오에게 말한 알렉산드라가 한 마디를 덧붙였다.

"시장 중앙에 광장 하나가 있는 것으로 알고 있어요. 그곳에서 기다려 주실 수 있으세요?"

"렉시, 도대체 어딜……."

"죄송해요, 전하. 나중에 다 설명 드릴게요."

알렉산드라는 다급한 목소리로 그 말만 남긴 채 어딘가를 향해 달려가기 시작했다. 한동안 얼빠진 표정으로 멍하니 서 있던 클레이오가 뒤늦게 알렉산드라를 뒤쫓았지만, 그녀는 이미 수많은 인파에 가려 사라진 후였다.

'분명 제너스카였어.'

알렉산드라가 발견한 사람은 다름 아닌 2황자 제너스카였다. 황궁에 있어야 할 제너스카가 도대체 왜 황궁 밖으로 나온 것일까?

물론 저나 클레이오처럼 황궁 생활에 지친 마음에 휴식을 주기 위해 나온 것일 수도 있었겠지만, 알렉산드라의 생각은 달랐다.

'그때도 그랬지, 저 인간은.'

알렉산드라는 눈으로 제너스카를 쫓으며 거리를 계속 달렸고, 마침내 그가 어딘가로 들어갔을 때가 되어서야 황당한 얼굴로 걸음을 멈출 수 있었다.

이럴 줄 알았지, 내가.

알렉산드라가 숨을 헐떡이며 붉은 등이 걸린 골목 앞에서 중얼거렸다.

"……또 여기야?"

제너스카가 들어간 곳은 홍등가였다. 알렉산드라가 황당한 표정으로 고개를 저었다.

회귀 전에도 제너스카의 문란함은 유명했다. 다만 황자들의 얼굴이 외부에 알려져 있지 않은 데다, 제너스카 역시 조심해야 한다는 생각은 들었는지 늘 웃돈을 얹어주며 가장 값비싼 독방을 요구했기 때문에 '제국의 2황자가 홍등가를 들락날락거린다' 같은 저급한 말은 제국민들 사이에서는 물론이고 사교계에서도 잘 알려지지 않았을 뿐이었다.

하지만 무엇보다도 타르실라 황후가 홍등가를 관리하는 마담에게 입단속을 제대로 시키라고 협박한 것이 이 사실이 밖으로 새나가지 않는 가장 큰 이유였다.

그리고 그 사실은 제너스카 역시 알고 있었다. 알고 있으면서도 저런 짓을 하는 것이다. 뻔뻔스럽게도.

알렉산드라는 처음으로 저런 아들을 둔 타르실라가 불쌍해졌다. 지금 생각해보면 아마 이 황실 대대로 그런 피가 이어져 내려오고 있는 게 분명했다.

시부인 토마스 2세도 황후가 눈감아 주고 있다 뿐이지 여성 편력이 어마어마했고, 클레이오 역시 지금은 아니지만 회귀 전, 황제가 된 후 거듭된 외도로 그녀의 가슴에 대못을 박았다.

2황자 제너스카는 말할 것도 없었는데, 방금 그녀가 본 바와 같이 상당히 성적으로 자유분방한 사람이었다. 아니, 문란하다는 표현이 더 적합하겠다.

그나마 정상인 사람은 1황자 제레미 하나뿐이었는데, 그는 아직까지도 정상이었고, 알렉산드라가 알기로는 죽을 때까지 아내만 바라보았던 유일한 남자였다.

"나한테 들키다니, 운이 없네."

알렉산드라가 빙긋 웃으며 그녀의 길고 붉은 머리카락을 끈을 이용해 하나로 묶었다. 마지막으로 입고 있던 로브의 모자를 깊숙이 쓴 그녀가 천천히 홍등가 안쪽으로 발을 내딛었다.

자신이 이곳에 왔다는 건 제너스카가 결코 알아서는 안 되었다. 그녀는 가급적 모두의 눈에 띄지 말자고 다짐하며 붉은 등이 걸린 거리를 걸었다.

사방이 붉은 불빛으로 가득해 확실히 야한 분위기가 났다. 대부분 남자들이었고, 아마 화대를 지불할 능력이 되는 귀족들일 가능성이 컸다.

알렉산드라는 그들 중 하나라도 자신을 알아보는 것을 걱정하고 최대한 로브로 몸을 꽁꽁 싸맸다. 그나마 다행이라면, 붉은 머리를 가진 사람은 제국 내에 흔했고, 홍등가 내에서는 더 흔했다는 점이었다. 붉은 불빛 아래 흔들리는 붉은 머리카락을 좋아하는 이상한 성벽을 가진 남자들이 많았기 때문이었다.

'역겨워.'

알렉산드라는 거리를 지나다니는 남자들을 바라보자 금방이라도 구역질이 나올 것만 같았다. 몸 속 깊은 곳에서 토기가 쏠려왔다. 회귀 전의 기억이 새록새록 떠오르며 그녀를 괴롭혔다.

클레이오도 이런 곳을 드나들었을까. 그 생각을 하니 그에 대한 증오가 더 깊어졌다.

그녀가 어떻게 하면 그를 황제로 올릴 수 있을까 고민하던 그 순간에도 그는 이런 곳을 드나들며 출신도 모를 천한 여자와 침대에서 뒹굴었을까.

무슨 방법을 써야 정적들을 제거할 수 있을지 고민하던 순간에도 다른 여자와 시시덕대며 저를 비웃고 있었을까.

그런 생각을 하자 알렉산드라의 속은 더욱 울렁거리기 시작했다. 그녀가 지금 이곳에 있는 것조차 그와 함께 시간을 보내다 그렇게 되었다는 사실이 그녀의 속을 긁었다.

알렉산드라는 어느새 충혈된 눈을 한 채 매서운 얼굴로 걷고 있었다. 그녀가 제거하려던 정적에는 라키아스, 그 남자도 포함이었다.

남편을 위해 죽어야만 했던 남자. 그녀의 욕망을 위해 제거되어야만 했던 유능하고 똑똑한 남자.

그 하찮은, 벌레만도 못한 남편이라는 작자 때문에!

알렉산드라가 증오 깊은 눈으로 앞을 노려보며 제너스카를 찾았다. 반드시 그를 찾아야 했다. 황후는 결코 자신의 흠결을 드러내 보이지 않을 사람이고, 설령 있다 해도 쉽게 찾지 못하게 꽁꽁 감추어 놓는 노련한 여자였다.

하지만 그녀의 아들은 그녀가 아니었고, 그녀보다 잔인할지언정 영리하지는 못했다. 영리했더라면 애당초 이런 곳을 드나들지 말아야 했으니까. 그러니 그녀의 흠결이 되어줄 만한 존재는 제너스카, 그녀의 아들밖에는 없었다.

그때, 그녀의 시야에 제너스카 특유의 검은색 머리카락이 눈에 들어왔다.

찾았다.

알렉산드라가 눈을 번뜩였다.

"아이, 도련님. 왜 이렇게 오랜만에 오셨어요."

제너스카의 정체를 모르는 여자는 늘 그를 '도련님'이라고 불렀다. 사실 그뿐 아니라 이곳을 드나드는 모든 남자들이 그렇게 불리었다.

그들은 자신의 하룻밤 유희에 불과한 여자들에게 자신의 신상에 대해 알릴 생각이 전혀 없었기 때문이었다. 만에 하나 이 여자들이 재수 없게 아이라도 가진다면 신상을 알고 있는 경우에는 그들의 집 앞까지 찾아와 아이를 배었노라고, 그러니 정부가 되게 해 달라고 떼를 쓸 게 뻔했으니까. 세상에 그것처럼 귀찮은 일은 없었다.

여자들도 이곳을 찾는 남자들이 자신들을 그저 하룻밤 유희거리 정도로밖에는 보지 않는다는 사실을 잘 알고 있었고, 때문에 아이를 갖는 것은 서로에게 금기로 여겨졌다.

이 금기를 잘 지키기 위해 홍등가에서는 암묵적인 규칙이 통용되고 있었는데, 그것은 바로 안에다 파정하지 않는 것이었다.

하지만 개중에는 꼭 안에다 파정하길 원하는 남자들이 있었는데, 그 경우에는 위험수당이라고 해서 화대가 더 올라갔다. 그리고 제국의 황자인 제너스카에게 돈을 더 내는 것은 전혀 거리낄 것 없는 일이었기 때문에, 그는 늘 위험부담을 무릅쓰고 화대를 더 지불하는 쪽을 택했다.

알렉산드라는 최대한 들키지 않기 위해 다른 사람의 눈을 피해 구석진 곳에 숨어 있었다. 제너스카가 있는 방이 홍등가 내에서 가장 좋은 방이라고는 해도, 홍등가는 결국 홍등가였다.

귓가에 들려오는 적나라한 소리들을 하나도 빠짐없이 전부 들으며, 알렉산드라는 금방이라도 토할 것 같다는 생각을 했지만, 꾹 참고 주변을 경계하며 방 안의 소리에 귀를 기울였다.

"아…… 도련님. 안에다가는……."

"화대를 더 올려주잖아, 응? 그걸로는 부족해?"

"하지만 저번부터 계속 안에다 하셨잖아요……. 이번에도 그러
시면…… 불안해요."

"걱정 마, 제길. 애새끼 밸 일 없으니까 입 닥치고 소리나 질러."

입 닥치고 소리를 어떻게 지르냐, 이 멍청아.

알렉산드라가 혐오스러운 표정으로 보이지도 않는 제너스카를
노려보았다. 그녀는 들을 것은 다 들었다는 듯 쪼그리고 앉았던
곳에서 일어나 다리를 폈다.

한시라도 빨리 이 구역질 나는 곳을 벗어나고 싶었다. 그러는 동
안에도 남녀의 적나라한 소리는 계속해서 들려왔다.

알렉산드라가 좀 더 걸음을 빨리했다.

"거기."

그때, 낯선 여자의 목소리가 들렸다. 알렉산드라는 흠칫 놀랐으
나, 무시하고 다시 발걸음을 옮겼다. 여자의 목소리가 계속 이어
졌다.

"이 안에서 로브를 쓰는 여자는 없는데. 넌 누구지?"

직감적으로 저 여자가 이곳의 마담이라는 판단이 들었다. 저 여
자에게 모습을 들키면 황후의 귀에 들어가는 것도 순식간이다. 그
럼 지금까지 그녀가 해왔던 모든 노력이 한순간에 물거품이 되는
것이다.

약삭빠른 황후는 자신이 그녀에게 속았음을 알고 길길이 날뛰

며 황비와 함께 그녀를 공격할 게 뻔했다. 후환을 남겨두지 않기 위해 클레이오와 함께 완전히 제거할 것이다. 결코 그래서는 안 되었다.

알렉산드라는 빠른 걸음으로 걷다가, 어느 순간 있는 힘껏 달리기 시작했다.

"저 여자를 잡아!"

마담이 큰 소리로 소리쳤고, 곧 뒤쪽에서 누군가가 큰 소리로 뒤쫓아 오는 소리가 들렸다.

여기서 걸리면 정말로 모든 게 다 끝난다. 그 생각을 하니 가슴이 선득해졌다.

내가 어떻게 회귀해서 여기까지 왔는데!

절대 여기서 끝낼 수는 없었다. 알렉산드라는 체력이 그리 강한 편이 아니었기 때문에 조금만 달려도 금방 지쳐 했지만, 적어도 지금 이 순간만큼은 아니었다.

그녀는 터질 것 같은 심장을 무시하며 제발 이 홍등가만 벗어나자고 스스로에게 계속 되뇌었다.

제발, 제발, 제발, 제발!

"악!"

하지만 그녀의 바람은 이루어지지 못했다. 한 남자가 그녀를 억세게 뒤에서 끌어안은 것이다. 근육질의 덩치 큰 남자가 기분 나쁜 웃음소리를 내며 말했다.

"잡았다, 이년! 감히 어딜 빠져나가려고."

알렉산드라는 뒤쪽에서 발걸음 소리가 더 크게 들려오는 것을 느끼고 남자의 손아귀에서 빠져나가기 위해 발버둥을 쳤다.

하지만 성인 여자가 성인 남자에게 붙잡힌 상태에서 빠져나오는 것은 거의 불가능에 가까운 일이었다.

뒤쪽에서 들려오는 발소리가 더욱 커졌고, 결국 패닉 상태에 이른 알렉산드라는 가지고 있던 단검을 이용해 남자의 목덜미에 찔러 넣었다.

"커헉!"

남자가 비명과 함께 알렉산드라를 붙잡고 있던 손을 놓았고, 알렉산드라는 출혈을 악화시키기 위해 남자의 목에 박혀 있던 단검을 거칠게 빼냈다.

남자가 마침내 주저앉아 끅끅거리는 소리가 들렸지만, 알렉산드라는 뒤도 돌아보지 못하고 뛰는 데에만 집중했다. 단검 끝에서 질척한 피가 묻어나와 그녀의 손을 적시기 시작했다. 더없이 불쾌한 느낌이었지만, 지금은 그 느낌을 인지하는 것조차 사치스러운 일이었다.

"거기 안 서!"

뒤쪽에서 달려오는 발소리가 계속해서 들려왔다. 알렉산드라는 이를 악물고 점점 끝이 보이는 홍등가 바깥을 향해 달려갔다.

저 인파 속에만 섞인다면 아무도 그녀를 찾을 수 없다. 알렉산드라는 그 생각만 하며 계속 뛰었다.

　마침내 알렉산드라는 자신을 뒤쫓는 이들보다 더 빠르게 홍등
가 바깥으로 나왔고, 동시에 재빨리 로브를 벗어 아무 데나 던져버
렸다.

　이걸 계속 입고 있으면 들킬 가능성이 컸다. 다른 쪽에서 욕지
거리를 중얼거리며 그녀를 찾는 목소리가 들려왔지만, 알렉산드
라는 차분하게 자신과는 아무런 상관이 없는 척 그 자리를 빠져나
왔다.

　알렉산드라는 터덜터덜 걷기 시작했다. 나올 때는 석양이 지고
있던 초저녁이었지만, 어느새 거리는 완전히 밤이 되어 있었다.

　그녀는 어둠에 가려 잘 보이지도 않는 그녀의 왼쪽 손을 바라보
았다. 칼을 쥐었던 손이라 그런지 피가 잔뜩 묻어 있었다.

　대부분의 사람들이 오른손잡이였지만, 알렉산드라만은 달랐다.
그녀는 왼손잡이로 태어났고, 그 사실을 철저히 숨겨야 했다. 당시
제국 내에서 왼손잡이들은 악마의 피를 물려받았다고 여겨졌고,
그들이 제국을 수렁에 빠뜨릴 것이라고 사람들이 굳게 믿고 있었
기 때문이었다.

　만약 왼손잡이인 것이 들통나게 된다면 그 즉시 사형에 처해졌

다. 제국을 악마로부터 구원하기 위해서라나 어쩐다나.

알렉산드라는 그것처럼 헛소리도 없다고 생각했다. 그녀는 왼손잡이이긴 했지만, 회귀 전에서조차 제국을 수렁에 빠뜨릴 만한 행동은 일절 하지 않았다. 과도한 사치를 했던 것도 아니었고, 빼어난 미모로 황제의 눈을 가려 그가 국정 운영을 소홀하게 만든 것도 아니었으니까.

알렉산드라는 다만 남들과는 달리 왼손을 오른손처럼 사용할 줄 알았을 뿐이었고, 그걸 잘못된 것이라고 생각한 적은 단 한 번도 없었다. 생김새가 각자 다르듯, 개개인의 특징이라고만 생각했다.

하지만 왼손잡이들의 처형을 실제로, 여러 번 목격했던 그녀의 부모님은 달랐다. 아무리 귀족이라고 해도 처형을 피할 수 있는 것은 아니었고, 하나뿐인 딸을 왼손잡이라는 이유 하나만으로 죽음으로 몰아넣을 수는 없는 노릇이었다.

결국 알렉산드라는 부모님의 엄격한 훈련 아래 오른손을 왼손처럼 쓸 수 있는 방법을 익혔고, 사교계에 데뷔하기 전, '완전한 오른손잡이'처럼 행동할 수 있게 되었다. 그녀의 능숙한 오른손 사용에 아무도 그녀를 왼손잡이라고 생각하지 못했다.

하지만 아무도 보지 않을 때나 급할 때는 아무래도 왼손이 더 편하게 느껴져 무의식적으로 사용하곤 했는데, 아까 칼을 쓸 때에도 마찬가지였다.

생사의 기로에서 왼손, 오른손을 따질 겨를이 없었던 것이다. 알 렉산드라가 피 묻은 왼손을 저도 모르게 오른손을 이용해 닦아냈 다. 이제는 그녀의 오른손도 더러워져 있었다.

그녀는 클레이오와 만나기로 약속했던 시장의 중앙 광장으로 가기 전, 그녀가 저질렀던 일을 숨기기 위해 분수대로 가 피가 묻 은 양손을 씻어냈다. 하지만 피 냄새는 여전히 지워지지 않는 듯 그녀를 괴롭혔다.

꼭 검을 써야만 사람을 죽일 수 있는 건 아니었다. 독으로도 충 분히 사람을 죽일 수 있었다.

어떤 식으로 죽이든, 살인이 처음은 아니었다. 회귀 전에도 숱하 게 사람을 죽였다. 하지만 성품이 잔인해서 죽인다거나, 혹은 유희 를 위해 죽이는 것은 아니었다.

그녀는 늘 자기 자신을 지키기 위해, 그리고 사랑하는 사람들의 안위를 위해 사람을 죽였다. 남이 나를 죽이기 전에, 내가 먼저 남 을 죽였다.

죽임당하는 것보다는 죽이는 것이 낫지 않은가?

그러니 그녀는 떳떳한 것이다.

여기까지 생각하던 알렉산드라는 순간 저도 모르게 헛웃음을 터뜨렸다.

'사람을 죽이는 데 이유가 중요한가? 죽였다는 사실이 중요한 거지.'

어쨌든 그녀는 살인자다.

그 사실은 변하지 않는다. 하지만 그녀만 사람을 죽였나? 황후도 사람을 숱하게 죽였다. 그녀 역시 살인자였다. 황비도, 황제도, 라키아스도 사람을 죽였다.

그게 직접적으로 손에 피를 묻히는 방식이든, 아니면 간접적으로 죽이는 방식이든. 결국 황궁의 모두가 살인자다. 그러니 그녀가 살인을 저질렀다 해서 그녀 혼자만 유별나게 잘못한 것은 아닐 것이다.

알렉산드라는 그렇게 합리화하면서도, 저도 모르게 입술을 질끈 깨물었다. 아무리 합리화를 해봐도, 그녀가 역겨운 살인자라는 사실은 변하지 않는다. 그게 진실이었다.

그럼에도 불구하고, 살인을 그만둘 마음은 없었다. 아무리 역겹다고 하더라도, 피살자보다는 살인자가 백 배, 천 배 나았으니까.

클레이오는 입술이 바짝바짝 타들어 가는 것을 매 순간 순간마다 느끼며 알렉산드라를 기다렸다. 그녀는 중앙 광장에서 만나자는 말만 남기고선 사라져 버리더니, 한 시간이 지나도록 나타나지 않고 있는 것이었다.

혹시 무슨 일이 생긴 것은 아닐까.

무슨 나쁜 일을 당하고 있는 것은 아닐까.

온갖 좋지 않은 생각이 클레이오의 머릿속을 지배했지만, 그렇다고 해서 그가 할 수 있는 일이 있는 것도 아니었다. 자칫하다가는 알렉산드라와 길이 엇갈릴지도 모른다는 생각 때문이었다.

결국 그가 할 수 있는 일은 중앙 광장에 마련된 벤치에 앉아 타들어 가는 마음으로 알렉산드라를 기다리는 것뿐이었다.

그는 초조하게 알렉산드라가 나타날 법한 골목을 눈으로 기웃거리며 그녀를 기다렸지만, 거리가 어두워진 이후에도 그녀는 코빼기조차 비추지 않았다.

결국 불안감을 참다못한 클레이오가 자리에서 일어나는 순간, 그의 두 눈에 멀리서 터덜터덜 걸어오는 알렉산드라가 보였다. 그가 얼른 자리에서 튀어나가 그녀에게로 달려갔다.

"렉시!"

알렉산드라는 멀리서 자신을 소리쳐 부르는 소리에 멍한 눈을 들어 올렸다. 멀리서 그녀가 그토록 증오하던 남편이 보였는데, 너무 지쳐서 솔직히 무슨 표정을 지어야 할지도 감이 잘 오지 않았다.

하지만 그녀는 곧 정신을 차리고선, 클레이오를 향해 희미하게 웃어 보였다.

고작 사람 하나 죽인 일로 이렇게 벌벌 떨어서야.

알렉산드라가 한심하다고 생각하며 자신을 비웃었다. 앞으로 얼마나 더 많은 사람을 죽여야 할지, 얼마나 더 많은 피를 이 왼손과 오른손에 묻혀야 할지 감도 잡히지 않는데, 이깟 일 한 번 오랜만에 겪었다고 무너질 수는 없었다.

알렉산드라가 아무렇지 않게 클레이오에게로 달려갔다.

"전하."

알렉산드라가 작은 목소리로 속삭이듯 그를 불렀고, 클레이오는 천만다행이라는 얼굴로 그녀를 덥석 끌어안았다.

"렉시, 무사해서 정말…… 정말 다행이야."

지나가는 사람들이 모두 두 사람을 쳐다보았지만, 클레이오는 전혀 개의치 않은 채 계속해서 알렉산드라를 끌어안았다.

알렉산드라는 슬며시 그의 품에서 빠져나오기 위해 몸을 빼냈지만, 그가 꼭 붙잡고 놓아주지 않아 결국 실패로 돌아갔다.

그녀가 결국 체념한 표정으로 클레이오에게 말했다.

"죄송해요, 전하. 많이 걱정하셨죠?"

"당연하지. 도대체 어디 있었던 거야……. 걱정했잖아."

목소리에서 걱정과 안도가 담뿍 묻어져 나왔지만, 알렉산드라는 그 진심 어린 목소리를 듣고서도 별로 기쁘다는 생각이 들지 않았다.

"어디 다친 건 아니지?"

"네."

알렉산드라가 싱긋 웃으며 답했다. 다치지는 않았다. 다만 남을 다치…… 아니, 죽게 했을 뿐.

'아마 죽었겠지. 목을 찔렀는데.'

심지어 박혀 있던 단검까지 빼냈으니 출혈이 심해 죽었을 것이다. 거기다 그 남자가 혹시 자신의 얼굴을 봤을지도 모른다는 생각이 들자, 알렉산드라는 죽이길 잘했다고 생각하며 속으로 안도의 한숨을 흘렸다.

그때, 클레이오가 물어왔다.

"도대체 어딜 다녀왔던 건지, 말해줄 수 있어?"

"아……."

클레이오의 질문에 알렉산드라는 순간 당황했지만, 이윽고 아무렇지 않게 거짓말을 술술 내뱉었다.

"제가 어렸을 때 후작저에 있던 시녀 아이를 봤어요. 결혼을 하면서 후작저를 나갔죠. 너무 반가워서 달려간 건데, 다른 사람이었더라고요."

"정말…… 그게 전부야?"

"네."

알렉산드라가 부러 우울한 목소리로 답했고, 그런 그녀를 빤히 바라보던 클레이오는 곧 알았다는 듯 고개를 끄덕였다. 그가 위로하는 듯한 목소리로 그녀에게 말했다.

"속상했겠다. 찾던 사람이 아니어서."

"속상했어요."

알렉산드라가 짧은 한숨을 쉬며 클레이오에게 안긴 채로 눈을 감았다.

별로, 속상하진 않았다. 후회도 없었다.

하지만 만약 그 남자를 찌르지 않고 그들에게 잡혔더라면 훨씬 더, 속상하고 후회했을 것이다. 그래서 그녀는 괜찮았다.

"이만 돌아가면 안 될까요? 피곤해요."

"잠깐만."

그가 부드러운 목소리로 그녀에게 말했다.

"보여줄 게 있어."

"보여줄 거라뇨?"

알렉산드라가 의아한 목소리로 물었지만, 클레이오는 그저 빙긋 웃기만 하다가 슬며시 그녀의 손을 잡고 그가 지금까지 앉아 있던 벤치로 걸어갔다.

알렉산드라는 영문도 모르고 클레이오가 가는 방향으로 따라 걸어갔다. 벤치에 알렉산드라를 앉힌 클레이오가 곧바로 그녀의 옆에 앉은 뒤 몸을 살짝 뒤로 눕혔다.

알렉산드라가 그런 클레이오를 빤히 바라보자, 클레이오가 그녀를 바라보며 살짝 이를 드러낸 채로 웃었다.

"렉시, 당신도 따라 해봐."

"……."

별로 그럴 기분이 아니었지만, 굳이 기분이 나쁘다는 티를 내고 싶지 않아 알렉산드라는 순순히 몸을 뒤로 눕혔다.

그러자 밤하늘이 온전히 그녀의 시야 안에 들어왔다. 하늘에 별이 쏟아질 듯 박혀 있었다.

알렉산드라는 문득 어릴 때와는 달리 황궁에 들어가고부터는 하늘을 바라본 적이 한 번도 없다는 사실을 깨닫고선 묘한 기분에 사로잡혔다.

그러니까 하늘을, 그것도 밤하늘을 바라보는 것은 실로 오랜만의 일이었다. 아름답게 빛나는 별을 가만히 응시하던 알렉산드라가 저도 모르게 중얼거렸다.

"아름답네요."

"그렇지?"

옆에서 클레이오의 잔잔한 목소리가 들렸다. 알렉산드라가 그에게로 시선을 돌리지 않은 채 여전히 위만 바라보았다.

정말로 별이 많았다.

"황궁에서는 이런 별을 본 적이 없어요."

알렉산드라의 말에, 클레이오가 아니라는 듯 대꾸했다.

"본 적이 없는 게 아니라, 보려고 하지 않은 거야. 나도 이렇게 가끔 황궁 밖에 나와서나 하늘을 보지, 지엔궁 안에서는 하늘을 본 적이 없거든."

"……."

그건 알렉산드라도 마찬가지였다. 그녀가 조용히 물었다.

"이걸 보여주려고 궁 밖으로 데리고 나오신 거, 맞죠?"

"응."

클레이오가 짧게 긍정하며 덧붙였다.

"돌아가신 어머니께서 늘 어린 내게 말씀해 주셨거든. 힘이 들때는 하늘을 보라고."

"왜요? 그럼 힘든 게 사라지기라도 하나요?"

"아니. 그건 아니지."

클레이오가 낮은 소리로 웃은 다음 답했다.

"하지만 그 순간만큼은 기분이 좋아지고, 가끔은 머리를 복잡하게 만들던 문제들이 해결될 때도 있다고 하셨어."

"……."

확실히 기분은 나아지네, 하고 알렉산드라가 속으로만 중얼거렸다. 새까만 밤하늘에 가득한 별들만 바라보고 있자니, 아까 들었던 온갖 상념들이 무색해질 만큼 평온한 기분이 들었다.

한참 동안 서로 말없이 하늘만 바라보고 있는데, 갑자기 알렉산드라가 재채기를 하기 시작했다. 그 소리를 듣고 당황한 클레이오가 얼른 자리에서 일어나 알렉산드라를 향해 물었다.

"렉시, 괜찮아?"

"아…… 괜찮아요."

하지만 말과는 달리 알렉산드라가 작게 헛기침까지 두어 번 하자, 표정이 급속도로 어두워진 클레이오가 그녀에게 자신이 입고 있던 겉옷을 얼른 둘러주었다.

알렉산드라가 당황하며 그에게 거절의 뜻을 밝혔다.

"괜찮아요, 전하."

"괜찮지 않아. 감기라도 걸리면 어쩌려고."

단호한 얼굴과는 다르게 목소리는 한없이 부드러웠다. 알렉산드라가 다시 한번 괜찮다고 말하려는데, 자신을 물끄러미 바라보던 클레이오가 갑자기 그녀가 있는 쪽으로 허리를 숙여 알렉산드라의 볼을 살짝 핥듯 키스했다.

당황한 알렉산드라가 뭐라고 말하기 위해 입을 열자, 클레이오는 그 틈을 놓치지 않고 그녀에게 입을 맞추었다. 알렉산드라의 잔뜩 커진 눈이 클레이오를 향했지만, 클레이오의 눈은 이미 감겨 더이상 그녀를 보고 있지 않았다.

"렉시……."

클레이오가 더없이 달콤한 목소리로 알렉산드라를 불렀다. 하지만 너무 지쳐 있기 때문인지, 아니면 아무리 그가 노력해도 그녀의 마음은 이미 떠나버렸기 때문인지, 알렉산드라는 그의 부름에 답할 수 없었다.

그저 이따금씩 숨을 헐떡이며 클레이오와 입 맞출 뿐이었다.

"폐하, 급히 서신이 도착했습니다."

잠자리에 들 준비를 하고 있던 타르실라는 엘리너의 조심스러운 목소리에 잠이 싹 달아나는 기분이 들었다. 이 늦은 시간에 서신을 보낼 사람은 타르실라가 알기로 딱 한 사람밖에 없었기 때문이었다.

그녀는 싸늘한 표정으로 말없이 손을 내밀었고, 곧 엘리너가 떨리는 표정으로 타르실라에게 붉은색 봉투를 건네주었다.

홍등가를 상징하는 붉은색.

타르실라는 이미 그 봉투를 본 순간부터 이 편지가 마담 파르테아로부터 왔다는 사실을 알아차리고선, 분노가 섞인 한숨을 쉬었다. 그 모습에 옆에 있던 엘리너가 저도 모르게 움찔거렸다.

"……."

거칠게 봉투의 겉면을 뜯어 안에 들어 있던 붉은색 편지를 다 읽을 때까지, 타르실라는 단 한마디도 하지 않았다. 그 정적이 엘리너를 숨 막히게 했다.

아무리 산전수전 다 겪은 그녀라고 해도 타르실라가 분노했을 때 뿜어내는 그 특유의 분위기까지 견디는 건 어려웠다. 그건 마치 맹수의 앞에 발가벗겨진 채 서 있는 기분이었으니까.

아마 타르실라 황후의 분노를 온전히 다 받아낼 수 있는 사람은 그녀의 아들인 2황자 제너스카뿐일 거라고 엘리너는 생각했다.

"이런 멍청한……!"

편지를 다 읽은 타르실라에게서 가장 먼저 나온 한마디였다. 엘리너가 조심스럽게 타르실라에게 물었다.

"폐하, 도대체 무슨 일입니까."

그 편지가 마담 파르테아로부터 온 편지라는 것쯤은 엘리너도 알고 있었다. 귀족들은 홍등가를 상징하는 붉은색을 천박하다며 거의 사용하지 않았기 때문이었다. 그것은 지금 타르실라가 읽은 것이 홍등가에서 보내진 편지라는 사실을 반증했다.

"2황자 전하께서 또 홍등가에 가셨답니까?"

마담 파르테아는 철저하게 타르실라의 편에 서 있는 여자였다. 아무리 2황자가 훗날 황제가 된다고 치더라도, 타르실라 황후가 살아 있는 한 제너스카는 영원히 꼭두각시일 수밖에 없다는 것이 파르테아의 판단이었다. 그리고 특별한 일이 없는 한, 파르테아의 판단은 아마 사실이 될 터였다.

그녀는 황성에서 가장 큰 홍등가의 주인인 만큼 제너스카가 홍등가를 방문했다는 사실을 가장 먼저 입수할 수 있었고, 그 사실을 알게 되면 시간이 얼마나 이르든, 늦든 개의치 않고 타르실라에게 서신을 보냈다. 당신의 2황자가 지금 여기에 있노라고. 물론 협박을 위한 것이 아니라, 타르실라가 사전에 파르테아에게 지시한 내용이었다.

그녀는 아들이 홍등가에 가서 매춘부와 질펀하게 놀아나든 뭘 하든, 그 자체에는 별 상관을 하지 않았다. 그 사실 자체로 분노하는 일도 거의 없었다.

다만 타르실라가 걱정하는 것은 그로 인해 생길 문제였다. 레예스 제국은 황성에도 홍등가가 있을 만큼 매춘이 성행하고 있었지만, 엄연히 불법으로 취급되었기 때문이었다.

만약 2황자가 지금처럼 홍등가를 제집 드나들 듯 드나들면 꼬리는 언젠가 밟힐 수밖에 없었다. 그렇게 되면 황제로서의 자질을 의심받게 될 것이다.

물론 영웅은 호색이고 황궁 안 대부분의 여자는 황제의 여자라지만, 그건 어디까지나 즉위 후에 성립되는 이야기이지, 즉위 전 황자 시절에까지 적용되는 너그러운 이야기가 아니었다. 문란한 사생활은 충분히 문제가 될 만한 소지가 있었다.

다시 마담 파르테아의 이야기로 돌아오자면, 그녀로서는 군이 다음 황제가 즉위하는 먼 미래까지 내다볼 필요도 없이 타르실라의 비호를 받는 게 유리한 상황이었다. 어쨌든 그녀 덕분에 황성에서 파르테아의 홍등가는 관료들에게까지 인기를 끌고 있었으니까. 서로 공생하는 셈이었다.

"그게 중요한 게 아니야."

타르실라가 이를 빠드득 갈며 말했다.

"로브를 쓴 여자가 황자가 있던 방 앞에서 서성거리고 있었다고 하는구나."

"네?"

엘리너가 깜짝 놀라며 물었다.

"하지만…… 어떻게요? 전하께서 거기 계시다는 걸 어떻게 알 았다는 말입니까."

"그것까지야 나도 모르지. 여하튼 수상해 붙잡으려는 걸, 그곳 직원까지 죽이고 탈주했다는구나."

"하지만 여자라고 하셨잖습니까."

"그런 상황이라면 성별 관계없이 누구나 살인할 수 있어. 잡히면 당장 죽을 판인데 살인이 아니라 무엇이라도 못할까?"

타르실라가 비소를 지으며 편지를 촛불 위로 가져가자, 붉은색 편지가 재를 남기며 사라졌다. 몇 번 손을 털어 손바닥에 붙은 재 를 없앤 타르실라가 건조한 목소리로 말했다.

"어쨌든 중요한 건 황자가 홍등가에 출입한다는 사실을 누군가 가 알아버렸다는 거다."

"역시…… 황비의 짓일까요?"

"그럴 가능성이 커."

타르실라가 이를 부득 갈며 중얼거렸다.

"한 번 당했으니 나도 한 번 당해봐라, 이거겠지."

그 망신을 당했으면 가만히 숨죽이고 있을 것이지 감히 이런 발 칙한 짓거리를 해? 누가 잡종 아니랄까 봐.

타르실라가 경멸조로 중얼거린 다음 엘리너에게 명령했다.

"에인궁에 우리 쪽 시녀들을 더 붙여. 그쪽에서 먼저 이렇게 나

354

온다면, 우리도 가만히 있을 수야 없지. 일거수일투족을 감시해서 사소한 행동 하나하나까지 전부 다 고하도록 해라."

"네, 폐하."

"그리고……."

거기까지 말하던 타르실라가 인상을 찌푸렸다. 이런 짓까지는 하고 싶지 않았는데, 어쩔 수 없었다.

타르실라가 말을 이었다.

"젠에게도 사람을 붙여둬라. 주변에 수상쩍은 사람이 있다면 내 재가 없이도 바로 처리하라고 일러두고."

"알겠습니다, 폐하."

길게 한숨을 내쉰 타르실라가 잠시 후 깜빡했다는 듯 덧붙였다.

"그리고 제너스카가 돌아오는 즉시 내 방으로 불러들여."

클레이오는 환궁 후 목욕을 마치자마자 알렉산드라의 방을 찾았지만, 그녀는 피곤하다는 핑계를 대며 곧바로 잠에 들기를 원했다. 결국 클레이오는 아무 일도 없을 것이라는 조건을 걸고서야 그녀의 옆자리를 허락받았다.

하지만 그날 밤, 클레이오는 쉽게 잠을 이루지 못했다. 예상에 없던 외출로 매우 피곤한 상태였으나, 이상하게도 잠만은 오지 않았다.

계속 몸을 뒤척이던 그가 결국 한숨을 쉰 뒤 제 옆에서 잠든 알렉산드라의 얼굴을 바라보았다. 그녀의 새하얀 얼굴이 그보다 더 새하얀 달빛에 반사되어 백옥처럼 빛나고 있었다. 하지만 클레이오의 얼굴은 이상하게도 어두운 빛을 띠고 있었다.

그는 아까 자신이 보았던 것을 다시 한번 되새겨 보았다. 그녀의 얼굴 옆에 묻어 있던 붉은 것은 분명 혈흔이었다.

처음에는 당연히 그럴 리가 없다고 생각했다. 평화로운 시장 거리에서 무슨 험한 일이 있어 얼굴에 피까지 묻을 수 있다는 말인가.

하지만 확인 차 그녀의 볼에 키스했을 때, 클레이오는 그것이 혈흔이라는 사실을 인정해야만 했다.

'분명 어릴 적에 헤어진 시녀를 찾으러 갔다고 했지.'

그럴 수 있었다. 하지만 어릴 적에 헤어진 시녀를 찾다가 피를 묻혀온다는 건 '그럴 수 없는' 일이었다.

알렉산드라가 자신에게 무언가를 숨기고 있는 것이 분명했다. 그는 계속해서 불면에 시달리자 두어 번 정도 몸을 더 뒤척이다가, 결국 알렉산드라를 깨우지 않기 위해 조심스럽게 움직여 그녀의 방에서 나갔다. 최대한 문 역시 소리 없이 닫은 클레이오가 시종장인 벤체스에게 명령했다.

"벤체스."

"네, 전하."

"내 비께서 요즘 무얼 하고 다니시는지 알아봐."

혹시 위험한 일에 연루된 건 아닌지 조사가 필요했다. 그리고 만약 이 불길한 느낌이 사실이라면……

'구해내야 해.'

그녀를 구할 사람은 자신뿐이었다.

9

Love Child

제너스카는 그날 밤늦게까지도 환궁하지 않았다. 결국 그가 타르실라를 찾은 것은 그다음 날 아침이 되어서였는데, 타르실라는 그때까지 잠을 한숨도 자지 않았다.

엘리너가 걱정스러운 표정으로 '제너스카가 도착하면 반드시 말씀드릴 테니 조금이라도 주무시라'고 간청했지만, 타르실라는 꿋꿋이 버티며 그날 밤새 자신이 좋아하는 책 한 권을 읽었다. 제국에 몇 안 되는 자녀 교육 관련 지침서였다.

"폐하."

바깥에서 엘리너의 목소리가 들린 것은 그다음 날 아침 11시경이 되어서였다. 참고로 그녀는 그 시간까지 조찬조차 들지 않았다.

타르실라가 밤을 새웠음에도 여전히 날카로운 눈을 한 채 책장을 덮었다. 책은 딱 한 장을 남겨두고 다 읽지 못했다.

"2황자 전하 드셨습니다."

"……들이도록 해."

목소리에서 숨길 수 없는 분노가 묻어났다. 잠시 후 문이 열렸고, 의외로 말쑥한 차림의 제너스카가 모습을 드러냈다.

그는 마치 간밤에 아무 일도 없었던 사람처럼 태연하게 어머니의 앞까지 다가와 인사를 건넸다.

"어머니, 간밤 편안하셨습니까."

"뻔뻔스럽긴."

타르실라가 곧바로 아들을 비난했다.

"네가 정녕 미친 게지? 그런 거야."

"또 왜 그러십니까, 어머니."

제너스카가 약간의 피곤함이 묻어나는 표정으로 시치미를 뗐고, 타르실라는 그런 아들을 원망스러운 눈으로 쳐다보았다.

제 아버지의 뺀질거림과 자신의 영악함을 고대로 물려받은 녀석은, 가끔 보면 자신의 왕년을 보는 것 같은 착각을 불러일으켰다. 그게 좋은 일인지 나쁜 일인지는 잘 모르겠지만.

"어젯밤에 어디에 있었니?"

"마담 파르테아가 아무 말도 안 하던가요?"

그는 이미 파르테아가 타르실라에게 자신의 동태를 일러바치고 있다는 사실을 알고 있었다. 그럼에도 불구하고 굳이 신경 쓰지 않았던 것은 그게 그리 흠결이 될 만한 행동인지 인지하지 못했기 때문이었다. 부황 역시 밤마다 침대에 들이는 여자가 바뀌는데, 그 아들인 저는 왜 안 되는지 도무지 이해할 수 없었다.

더군다나 자신의 어머니는 제국의 단 하나뿐인 황후였고, 외가는 개국공신인 코울리즈 가문이었다. 타국의 피가 섞인 잡종의 아들 – 1황자 제레미 – 과는 차원이 다른 혈통이니, 황제의 자리는 마땅히 제 것이었다.

그런 자신이 미리 부황처럼 행동해 보겠다는데 뭐가 문제란 말인가?

제너스카는 영리한 것인지 아니면 어리석은 것인지 모를 생각으로 타르실라에게 말했다.

"홍등가에 있었습니다. 지금까지요."

"그걸 어미 앞에서 자랑스레 말할 수 있는 놈은 세상에 너 하나뿐일 거다."

"그게 나쁜 일인가요? 영웅은 호색이라던데."

"네가 황녀와 구르든 창녀와 구르든 나는 아무런 상관이 없다. 애만 낳아오지 않으면 말이지."

타르실라가 비소를 지으며 독설을 퍼부었다.

"내가 걱정하는 건 단 하나야. 나와는 달리 다른 사람들은 네 행동을 안 좋게 볼 거라는 거. 황족으로서의 품위가 있고, 더더군다나 너는 차기 황제를 노리는 사람이야. 마땅히 그에 걸맞은 생활을 해야지. 이 말을 이해할 수 없다면 넌 운 좋게 황제가 된다 해도 금방 쫓겨나거나 허수아비가 될 게 빤하니 그냥 제레미더러 황위를 잇게 하는 게 낫겠구나."

물론, 진심이 1할 정도밖에 섞여 있지 않은.

설령 아들이 그 모양 그 꼴이라고 하더라도 빈첸시아 황비의 아들인 제레미에게 황위를 잇게 할 생각은 조금도 없었다. 제너스카는 이런 어머니의 마음을 이미 꿰뚫어 보고 있는지 상황에 맞지 않게 씩 웃어 보였다.

"전 충분히 조심하고 있다고 생각하는데요, 어머니. 어머니 또한 제 평판을 위해 백방으로 노력하고 계시지 않습니까. 이 생활만 3년째인데 아무도 눈치채지 못했어요."

"그러니 이제는 더더욱 조심해야지. 꼬리가 길면 밟히는 법이니까."

타르실라가 차가운 목소리로 어제의 일을 말해주었다.

"게다가 어제는 누가 네 방 앞을 서성이기까지 했다고 전해 들었다."

"누가요?"

"내가 어떻게 알겠니. 그걸 알면 이미 제거해 버렸을 거다."

타르실라가 짜증스럽게 대꾸했다.

"파르테아의 말로는 체구나 키로 미루어봤을 때 여자 같다고 하더라. 홍등가를 지키는 사내에게 잡히기까지 했는데 목에 칼을 꽂고 도망갔다는구나."

"대단하네요."

"감탄이 나오니?"

타르실라가 제너스카를 매섭게 노려보자, 그제야 그는 꼬리를 내렸다. 잠깐 침묵하던 타르실라가 이내 말을 이었다.

"어떻게든 잡아 없애야지. 하여튼 네 뒤를 캐는 사람들이 많은 것 같으니 조심하라는 소리다."

"황비 쪽에서 그랬을까요?"

"동기는 그쪽이 가장 확실하지. 더군다나…… 아니다. 설마 네가 그렇게까지 멍청하지는 않았겠지."

그래도 설마, 내 아들인데.

타르실라가 갑자기 말을 그만두자, 호기심이 동한 제너스카가 캐물었다.

"뭔데요?"

"차마 내 입으로 말하기는 남세스럽구나. 도대체 내가 뭘 먹고 이런 걸 낳았는지. 전부터 말했지만 남자가 아랫도리 간수를 잘못하면 한 번에 망하는 법이다. 제발 황위에 오르기 전까지는 묶든지 잠그든지 둘 중 하나는 해 버리렴."

"살벌하시긴."

"진심이야. 이제 붉은색만 봐도 지긋지긋하구나. 내가 화병이 나 얼른 죽으라고 기도라도 하는 거냐?"

"무슨 그런 무서운 말씀을. 마담 파르테아에게 내린 명을 거두시면 되지요."

"그럼 아마 오만가지 잔걱정 때문에 더 일찍 죽을 거야."

어깨를 으쓱거리며 말하는 제너스카를 대놓고 흘겨보던 타르실라가 마지막으로 결론을 내렸다.

"어쨌든 당분간은 조심하거라. 빅시어스 가문과 혼사가 성사되기 전까지는 이상한 소문이 나면 안 되니까. 알았니?"

"네, 어머니."

제너스카가 알겠다는 듯 고개를 끄덕였지만, 타르실라는 어째 아들의 약속이 영 못미더운 듯한 얼굴이었다.

하긴, 그간의 행실을 미루어보면 믿는 것이 더 신기한 일이긴 했다.

귀족인 신부 쪽에서 황족인 신랑 쪽에 먼저 혼담을 파기하자고 말을 꺼낼 수 있는 일이 뭐가 있을까.

알렉산드라는 어제 클레이오와 거리를 걸으면서까지 그 생각을 반복했지만, 마땅한 답이 나오지 않았다.

절대 그럴 일이 없을 것만 같았다. 상식적으로 어떤 어리석은 귀족이 황족, 그것도 황후의 친자와의 결혼을 먼저 파기하자고 말을 꺼낸단 말인가. 그녀라도 그런 짓은 못할 것만 같았다.

'내가 너무 어렵게 생각하는 걸까?'

알렉산드라가 고민하는 표정으로 책상 위를 톡톡 두드렸다. 마땅한 묘안이 떠오르지 않으니 답답했다.

그녀가 저도 모르게 한숨을 쉬자, 알렉산드라를 걱정스럽게 지켜보던 드네리스가 그녀에게 물었다.

"황자비 전하, 고민이 있으신 것 같습니다."

"드네리스."

알렉산드라가 고개를 돌려 드네리스를 응시했다. 그녀는 예의 바르지만 온화한 얼굴로 알렉산드라를 향해 미소 지은 얼굴을 했는데, 그 모습이 알 수 없는 위안을 주었다.

"내가 고민할 만한 일이 뭐가 있겠습니까. 특별히 하는 일도 없는데요."

"고민은 누구에게나 있는 것이랍니다, 전하. 굳이 전하께서 중요한 직책을 맡지 않으신다 해도 근심은 가질 수 있는 것이지요."

"……한 가지 있긴 합니다."

"말씀해 보세요, 전하."

드네리스가 재촉하지 않으며 알렉산드라를 부드럽게 얼렀고, 알렉산드라는 잠시 고민하다가 그녀에게 물었다.

"드네리스, 그대는 아직 미혼이지만 언젠가는 결혼을 하겠지요?"

"황자비 전하께서 좋은 혼처를 구해주실 것으로 믿고 있습니다."

빙긋 웃으며 농담을 던진 드네리스가 곧바로 물었다.

"그런데 갑자기 그건 왜 물으세요?"

"딸을 낳는다고 칩시다."

알렉산드라가 가정했다.

"그 딸이 다 자라서 결혼할 나이가 되었어요."

드네리스는 알렉산드라가 왜 갑자기 이런 말을 하는 건지 도통 이해할 수 없었지만, 그냥 가만히 고개를 주억거리며 알렉산드라의 말에 귀를 기울이기로 했다. 그녀가 추임새를 넣었다.

"네, 전하."

"어떤 남자에게 가장 시집보내기 싫으십니까?"

"시집보내기 싫은 남자요?"

질문을 받은 드네리스가 아리송한 표정을 지었다. 단 한 번도 생각해 보지 않았던 문제다. 물론 드네리스가 지금 결혼적령기이긴 했지만, 그건 그녀의 이야기이지 자신의 딸 이야기는 아니었으니까.

드네리스는 간단하게 알렉산드라의 질문을 자신의 문제로 치환해서 대입해보기로 했다. 어떤 남자에게 가장 시집가고 싶지 않을까? 잠시 고민하던 드네리스가 솔직하게 말했다.

"폭력적이고 가족에게 손찌검하는 남자는 최악입니다."

"당연하지요."

"도벽이 있거나 도박을 좋아하는 것도 싫고요."

"당연합니다."

알렉산드라가 계속 추임새를 넣자, 신이 난 드네리스가 계속 말을 쏟아냈다.

"지나치게 수전노인 사람도 싫습니다. 아, 바람기가 많은 남자도 싫어요."

"그렇다면 드네리스."

알렉산드라가 묘한 미소를 띤 얼굴로 물었다.

"혼외자가 있는 사위는 어떠세요?"

"혼외자요?"

드네리스가 끔찍하다는 표정을 지으며 고개를 저었다. 그건 취향의 수준을 넘어선 문제다.

남편은 사랑하지 않아도 어떻게든 참고 살 수 있지만, 혼외자가 있다는 건 그녀의 자녀가 물려받을 재산이 줄어들 수 있다는 것을 의미했으며, 심한 경우에는 그 혼외자를 자신의 밑으로 들여 친자식처럼 대해야 했다.

레예스 제국에서는 의외로 그런 경우가 흔했으며, 대부분의 귀부인들은 가정을 지킨다는 명목 하에 그 고통을 감내해야만 했다. 가장 최악의 시나리오는 그 혼외자가 자녀를 밀어내고 남편의 후계자이자 차기 가주가 되는 것이었다.

"결혼도 하기 전에 이미 아이를 본 겁니다. 그것도 천하디천한 여자에게서요."

"최악이군요, 전하. 저라면 절대 결혼시키지 않을 겁니다. 시작부터 어긋난 결혼이잖아요."

"맞아요."

알렉산드라가 고개를 끄덕이며 수긍했다.

"시작부터 어긋난 결혼이죠. 그런 건 차라리 시작하지 않는 게 나아요."

"대단히도 잘 찔렀군."

분명 그 체구는 여자였는데 말이지. 마담 파르테아가 못마땅한 얼굴로 죽은 남자의 시체를 흘긋 쳐다보았다.

아무리 비위가 좋은 그녀라고 해도 죽은 지 하루가 지난 사체를 아무렇지 않게 볼 정도는 아니었다.

파르테아는 고개를 얼른 돌려 버린 다음 제 곁에 서 있던 남자에게 물었다.

"특별한 게 있나?"

"특별한 거라면……."

"이놈을 찌른 여자를 추정할 수 있는 단서, 그런 게 있느냐고."

마담 파르테아도 잘 알고 있었다. 죽은 사람의 몸에서 그런 걸 어떻게 찾아낼 수 있겠는가.

하지만 불가능하다는 걸 알면서도 그녀는 찾아내야만 했다. 안 그러면 얼마 후에 이 사체처럼 되는 건 자신일 테니까. 일에 차질을 빚었다는 사실을 알면 타르실라 황후는 그녀를 가만두지 않을 것이다. 어쩌면 이보다 더 잔인하게 그녀를 제거할지도 모른다.

"어제 검시관이 왔다 갔는데, 자상이 좀 특이하긴 하답니다."

"뭔 소리야. 칼에 찔렸는데 그게 특별할 게 있어?"

"알다시피 사람은 오른손잡이지요."

"그런데?"

"상처가 오른손을 이용해서는 절대 낼 수 없는 상처랍니다."

그 말을 들은 파르테아가 눈을 번뜩이며 중얼거렸다.

"그 말은……."

"네."

남자가 기묘한 미소를 지으며 말했다.

"왼손잡입니다, 그 여자."

"왼손잡이?"

타르실라가 마담 파르테아가 보낸 서신을 읽으며 중얼거렸다.

왼손을 쓰는 사람이 있다는 건 타르실라 역시 알고 있는 사실이었다. 왼손잡이들은 처형을 숱하게 목격한 적이 있었으니까. 그녀가 비뚜름한 미소를 지으며 중얼거렸다.

"빈첸시아, 참 멍청하기도 하지. 이왕 보낼 거면 좀 특징 없는 아이로 보낼 것이지, 왼손잡이가 뭐람?"

"하지만 폐하, 그런 사람이 있다면 진즉 처형을 당했을 텐데요."

"엘리너, 하나만 알고 둘은 모르는구나. 그걸 잘 숨겼을 수도 있지."

타르실라가 편지를 촛불에 태우며 덧붙였다.

"왼손을 쓴다는 건 이 제국 내에서 금기시되는 일이야. 죽고 싶지 않으면 죽도록 노력했겠지. 일반인처럼 오른손을 쓸 수 있게끔 말이야."

"그럼 구별이 어렵지 않나요?"

"아니지, 아니지."

타르실라가 손을 두어 번 정도 턴 뒤 명확한 발음으로 말했다.

"간단한 일이야. 왼손잡이들은 양손을 쓸 수 있지만, 오른손잡이들은 오른손밖에 못 쓰거든."

이번 일에는 라키아스의 도움이 반드시 필요했다. 궁 안의 일은 알렉산드라가 해결하는 것이 가능했지만, 궁 밖에서 해야 할 일은 그녀가 직접 움직이기에는 아직 너무 위험했고, 그런 일을 시킬 정도로 믿음직스러운 사람도 없었다.

타르실라 황후가 이쪽을 주시하고 있을지, 그렇지 않을지도 확실히 알 수 없는 데다가, 지난번 사건으로 빈첸시아 황비 역시 이쪽에 앙심을 품고 꼬투리를 잡기 위해 혈안이 되어 있을지 모를 일이다.

결국 알렉산드라가 택한 방법은 편지밖에는 없었다. 그녀는 자신의 계획을 상세하게 편지에 기술한 후, 마지막에는 계획에 허점이 있지는 않은지 보아 달라는 말을 남겼다.

단 한 번도 자신의 계획이 불완전하다는 생각은 하지 않았지만, 사람 일이란 본디 모르는 것인 데다, 이왕 조력하는 사이에 이 정도 부탁은 하는 것이 옳다는 생각도 들었기 때문이었다.

알렉산드라는 도서관에 가기 위해 자리에서 일어났다. 바깥의 온도를 고려하여 숄 하나 정도를 두른 그녀가 드네리스와 함께 읽고 싶은 책이 있다는 핑계를 대고 도서관까지 걸었다.

이 일을 알고 있는, 그녀가 완전히 신임하는 충성스러운 시녀가 하나라도 있다면 이런 일까지는 굳이 하지 않아도 되었겠지만, 유감스럽게도 알렉산드라가 신임할 수 있는 '완벽하게 충성스러운' 하녀는 아직 그녀의 곁에 없었다.

'마레타.'

저의 말을 진리처럼 떠받들며 자신을 따르던 한 시녀를 기억한다. 자신을 위해서라면 목숨조차 내바치는 것이 아깝지 않다고 말하며 자신을 진심으로 사랑해주었던, 어쩌면 클레이오보다 자신을 더 사랑했던 여자.

칠흑 같은 검은 머리카락에 황금 같은 눈동자를 가지고 있던, 저보다 한 살 많은 시녀는 늘 저를 성녀처럼 떠받들고는 했다.

알렉산드라는 가급적 빨리 그녀와 재회하기를 희망했다. 만약 마레타를 다시 만나기만 한다면 굳이 라키아스를 통하지 않고서라도 계획한 일을 실행할 수 있을 터였다.

물론 그런 계산 없이도 그녀는 마레타를 만나고 싶어 했다. 그녀가 몹시도 아꼈던 시녀였으니까.

원래라면 마레타와의 만남은 라키아스를 만나기 이전이 되어야만 했으나, 시간의 흐름이 어그러진 지금은 언제쯤 그녀와 만나게 될지 알 수조차 없었다.

알렉산드라는 그 생각을 하자 심히 우울해지는 것을 느꼈다. 마레타 같은 시녀를 다시 만날 수 있을까. 만약 그녀를 다시 보지 못한다면 그녀는 몹시 슬플 것만 같았다.

"황자비 전하 오셨습니까."

알렉산드라를 알아본 도서관의 사서가 그녀에게 정중하게 인사했고, 알렉산드라는 온화한 미소를 지어 보이며 'R열 9번째 책장 위에서 6번째 칸'을 찾아 걸었다. 드네리스에게는 굳이 따라오지 않아도 좋다는 명령을 이미 내린 뒤였다.

자신이 월요일에 편지를 보내면, 라키아스가 화요일에 답문을 보내는 식으로 규칙을 바꾸는 게 좋겠다는 생각을 하며 알렉산드라는 마침내 R열까지 도착했다.

그녀는 속으로 9까지 세며 9번째 책장까지 걸어간 뒤, 위에서 6번째 칸이 있는 곳을 보기 위해 무릎을 쪼그렸다. 빛이 바랜 〈안나 마리아의 슬픔〉이 그곳에 있었다.

그녀가 회귀 전 가장 좋아했던 책. 물론 회귀 후에는 더 이상 읽지 않는 책이었지만.

알렉산드라가 〈안나 마리아의 슬픔〉을 펼치자, 편지 하나가 그곳에 있었다. 그녀는 일단 그 편지를 품 안에 넣은 다음, 자신이 가지고 온 편지를 책장 사이에 끼워 넣었다.

더 할 말이 있으면 내일 다시 방문하는 방법도 있었으니까. 알렉산드라가 그 위 칸에 있던 책 하나를 꺼내 곧바로 서가에서 나왔다.

"아……!"

순간, 놀란 소리를 낼 뻔한 알렉산드라가 얼른 왼쪽 손으로 입을 틀어막았다. 그 모습을 본 라키아스가 씩 웃으며 자신의 입술 위에 왼쪽 검지를 올려 조용히 하라는 신호를 보냈다.

늦지 않게 정신을 차린 알렉산드라가 라키아스를 얼른 서가 쪽으로 끌어당겨 몸을 숨겼다.

잠시 후, 숨을 고른 뒤에야 알렉산드라는 라키아스를 쳐다보았다. 머리카락 색과 비슷한 검 푸른색 제복을 입고 있었는데, 아마 궁정 회의에 참여하다 온 듯했다. 그녀가 속삭이며 물었다.

"어쩐 일입니까, 여긴."

"그건 내가 물어야 하는 것 아닌가? 고귀하신 황자비 전하께서 여긴 어쩐 일로 오셨는지?"

"비꼬는 겁니까?"

"그럴 리가."

쿡쿡 웃은 라키아스가 곧바로 질문했다.

"정말 어쩐 일이야? 오늘은 화요일도 아닌데."

오늘은 목요일이었다. 알렉산드라가 답했다.

"화요일에 오는 걸 잊었습니다. 이래저래 바빴거든요."

"저런. 그럼 내가 보낸 편지도 못 읽었겠군."

"지금 제 품 안에 있습니다. 이따 읽어보도록 하죠."

"그럼 지금 〈안나 마리아의 슬픔〉에는 아무것도 없는 건가?"

"제 서신이 있습니다. 여기서 말씀드릴 순 없고…… 직접 읽어보시죠."

그럼 저는 이만. 알렉산드라가 정중하게 인사한 후, 밖으로 나가기 위해 몸을 돌렸다. 그때 뒤쪽에서 무언가가 그녀를 잡아당겼고, 알렉산드라는 그 힘에 이끌려 자연스럽게 뒷걸음질 쳤다.

하마터면 넘어질 뻔했다고 생각하며, 그녀가 인상을 찌푸린 채 입을 열었다. 하지만 말을 뱉은 것은 상대가 더 빨랐다. 그가 속삭였다.

"할 말이 있어."

더운 숨이 알렉산드라의 귀 아래쪽과 어깨를 간지럽혔고, 그녀는 순간 당황한 눈으로 라키아스를 올려다보았다.

그는 평소처럼 웃고 있었다. 장난스러운 미소. 그 미소를 본 뒤에야 알렉산드라는 안도하며 물었다.

"서신에 쓰여 있는 게 다가 아니라는 건가요?"

"추가된 게 있어."

"그게 뭐죠?"

하지만 라키아스는 대답하지 않았다. 대신, 그는 얇은 편지 하나를 알렉산드라의 손에 쥐여주었다.

그녀와는 달리 라키아스의 손은 따뜻했고, 순간적인 온기와 함께 그녀의 오른손에 편지가 들렸다. 라키아스가 답했다.

"여기서 말하긴 좀 그렇고…… 읽어보는 게 좋겠군."

"알겠습니다. 그럼 정말로 안녕히 계세요."

한 번 고개를 끄덕인 알렉산드라가 이번에야말로 정말 서가 바깥까지 나갔다. 라키아스는 알렉산드라가 자신에게서 벗어난 뒤에야 슬며시 서가 바깥을 살펴보았다.

시녀로 보이는 이와 다정하게 밖으로 나가는 알렉산드라의 뒷모습이 보였다. 라키아스의 입가에 저도 모르게 미소가 피어올랐다.

　라키아스가 보낸 편지 2장의 내용은 다음과 같았다. 첫 번째 편지, 그러니까 본래 〈안나 마리아의 슬픔〉 속에 끼워져 있던 편지는 빅시어스가 쪽에서 먼저 결혼을 취소할 수 있는 사유를 만들어 낼 거리를 찾아본다는 내용이었다.

　즉 황후 쪽에서 결혼을 취소당할 사유를 만들어 보겠다는 의미였는데, 알렉산드라는 그 첫 번째 편지를 읽고 난 후 미소 짓지 않을 수 없었다. 내심 그가 자신의 생각에 반대하면 어쩌나 고민했는데, 고민거리가 완전히 사라졌다.

　두 번째 편지, 즉 아까 라키아스가 그녀에게 쥐여주었던 편지의 내용은 알렉산드라도 모르고 있던 내용이었다. 빅시어스 가문에 관한 정보가 담겨 있었는데, 요약하자면 이랬다.

　빅시어스 후작이 과거 그의 아버지가 낳은 사생아에게 가주 자리를 빼앗길 뻔한 적이 있었는데, 그때의 경험이 트라우마가 되었는지 다른 귀족들과는 달리 정부 한 명도 두지 않고 살고 있다고. 그 때문에 자식들은 당연히 전부 정처 소생이라는 내용이었다.

　알렉산드라의 입가에 걸려 있던 미소가 더욱 짙어졌다.

　이야기가 이렇게 되면 알렉산드라가 세운 계획은 성공할 수밖에 없었다. 혼외자라면 지긋지긋해 한다는 빅시어스 후작이 제 사랑하는 딸을 혼외자가 있는 남자에게 시집보낼 리 없었으니까.

라키아스가 마차를 타고 도착하자 언제나 그렇듯 케이토가 그를 배웅 나온 모습이 보였다. 마차에서 내린 그가 자신이 있는 쪽으로 달려오는 케이토에게 싫지 않은 표정으로 핀잔을 주었다.

"명색이 내 책사라는 사람이 그렇게 한가한가? 내가 그렇게 일을 적게 주지는 않았을 텐데?"

"오셨을 때 배웅 나올 시간 정도는 있거든요. 기껏 생각해서 나오는 사람에게 하실 말씀이 고작 그것뿐입니까?"

케이토가 부루퉁한 얼굴로 불평 어린 말을 내뱉자, 라키아스가 작게 키득거린 다음 물었다.

"뭐 특별한 일은 없었나?"

"없었습니다."

대충 대답한 케이토가 곧바로 말을 정정했다.

"아, 아니다. 죄송합니다, 전하. 하나가 있었군요."

"뭐지?"

"지금 에르네브 쪽 군량미가 다 떨어져 간다고 아까 리오넬 경으로부터 서신이 왔는데, 어떻게 하죠?"

"젠스카야랑 오르누스 쪽 산곡량 비교해서 더 풍족한 곳이 곧바로 보내주도록 조치해. 내가 알기로 젠스카야 쪽 산곡량이 오르누

376

스보다 좀 더 많던데. 아닌가?"

"맞습니다, 전하. 그럼 그렇게 조치하겠습니다."

보고를 마친 케이토가 잠시 후 화제를 다른 쪽으로 돌렸다.

"3황자비 전하께서는 별말씀 없으십니까?"

라키아스는 말 대신 행동으로 대답했다. 그가 아까 〈안나 마리아의 슬픔〉을 펼쳐 가져왔던 얇은 편지를 들어 올리자, 케이토가 얼떨떨한 목소리로 중얼거렸다.

"그분도 참 부지런하시네요."

"똑똑한데 부지런한 건 금상첨화지."

"무슨 내용입니까?"

그는 아까 마차 안에서 편지의 내용을 미리 읽은 바 있었다. 그 때문에 그는 직접 말로 설명하는 대신 편지를 케이토에게 넘겨주었다.

케이토가 빠르게 편지를 읽어 내려가다가, 잠시 후에 놀랍다는 표정으로 중얼거렸다.

"저희와 비슷한 생각을 하셨네요."

알렉산드라의 계획은 이랬다. 평소 사생활이 문란한 제너스카의 행보를 봤을 때, 당장 어디에선가 혼외자식이 나타나도 별 이상할 게 없는 상황이었다.

그러니 어디선가 제너스카를 쏙 빼닮은, 검은 머리카락에 붉은 눈을 가진 아이를 데려와 제너스카의 핏줄이라고 속이는 것이다.

기왕이면 작위 계승이 가능한 남자아이로.

혼외자에 민감한 후작이니 아마 진위 여부를 판단하는 것보다는 그런 상황까지 발생할 정도로 제너스카의 여성 편력이 화려하다는 사실에 더 집중할 터였다. 아무리 돈과 명예가 좋다고 해도 딸을 그런 남자에게 시집보낼 수는 없을 것 아닌가.

게다가 결혼 전 혼외자는 결혼 취소 사유가 될 정도로 중대한 과실이었으니 아무리 황가라고 해도 그 상황에서 큰 소리를 내기는 어려울 터였다. 라키아스가 피식 웃으며 중얼거렸다.

"똑똑한 여자지."

"손잡길 잘한 것 같습니다. 아주 영특하신 것 같아요."

"미친 여자 같다고 길길이 날뛸 때는 언제고."

"아, 언제 적 이야기를 하시는 겁니까!"

부끄러웠는지 케이토가 금세 붉어진 얼굴로 항변했고, 라키아스는 그를 진정시키기 위해 농담이라는 듯 웃어 보였다. 잠시 후에 다시 원래의 얼굴색으로 돌아온 케이토가 라키아스에게 물었다.

"만약 흑발에 적안을 가진 사내애를 찾으면, 전하께서 황제 폐하께 직접 고하실 생각이십니까?"

"악역 하나 정도는 필요해. 그리고 그게 조력자의 역할이지. 3황자비가 직접 할 수는 없어."

현재 타르실라 황후의 신임을 받고 있는 상황에서 그건 자살 행위나 다름없었다. 그리고 어쩌면 이렇게 하는 것이 자신과 그녀 사

378

이의 부정적인 연결고리를 다른 사람에게 인지시키도록 도울지도 몰랐다.

무엇보다, 황위를 직접 탐낸다는 것보다는 황비와 손을 잡고 1황자를 지지하는 이미지를 만드는 게 반역을 계획 중인 라키아스로서는 더 이로운 일이었다.

"가급적 우리 영지에 있는 아이로 찾아봐. 고아면 더 좋고."

어쨌든 이제 그가 할 일은 이제 검은 머리에 붉은 눈을 가진 사내아이를 찾아내는 것이었다.

"……그럼 또 다른 안건은 없나?"

광활하다는 표현이 적합할 정도로 넓은 홀 안에서, 토마스 2세가 지친 표정으로 좌중을 둘러보며 물었다. 조용한 것을 보니 이만 회의를 끝내도 될 듯했다.

그는 피곤한 음성으로 이만 회의를 파하겠다고 말한 뒤, 그 자신도 중앙궁으로 복귀하기 위해 황좌에서 몸을 일으켰다.

"폐하."

그때, 누군가 토마스 2세를 불렀다. 익숙한 목소리에 출구로 나가려던 토마스 2세가 다시 몸을 돌려 자신에게 말을 건 이를 응시했다. 그가 의아한 목소리로 물었다.

"라키아스, 어째서 가지 않고 남아 있느냐."

황제의 물음에 라키아스가 엷게 웃으며 답했다.

"폐하께 드릴 말씀이 있어서 그랬습니다."

"중요한 이야기인가 보구나. 중앙궁으로 찾아오지 않고."

"이왕 뵌 김에 말씀드리는 게 좋을 듯해서요."

라키아스의 말에 토마스 2세는 그를 빤히 쳐다보다가, 곧 알았다는 듯 황좌 쪽으로 걸음을 돌렸다. 황좌에 다시 앉은 그가 라키아스를 바라보며 물었다.

"이제 말해보려무나, 라키아스. 도대체 무슨 일이냐."

"제너스카 황자님과 관련된 일입니다."

둘째 아들과 관련이 있다는 말에도 토마스 2세는 그리 관심이 없는 듯한 표정이었다. 이상한 일은 아니었는데, 그는 평소에도 친아들이 맞는지 의심이 갈 정도로 세 황자들에게 무관심한 모습을 보였기 때문이었다. 라키아스가 차분한 목소리로 말을 계속했다.

"그분께 혼외자식이 있습니다."

"……뭐라고?"

하지만 이런 이야기는 아무리 자식들에게 무감정한 토마스 2세라도 반응하지 않을 수 없는 이야기였다. 혼외자라니. 더구나 빅시어스 가문과의 혼담까지 오고 가는 이 시점에서.

토마스 2세가 인상을 찡그렸다. 지난번 빈첸시아 황비의 일로 황가의 위신이 이미 한 번 떨어진 바 있었는데, 이번에는 그보다 더 규모가 큰 일이었다.

토마스 2세가 심각한 목소리로 물었다.

"상세히 설명해 봐라."

"젠스카야에 있은 지 얼마 되지 않아 한 여자가 저를 간절히 만나보고 싶어 한다기에 만나봤는데, 만삭의 상태였습니다. 그 여자의 말로는……."

라키아스가 눈을 번뜩이며 말했다.

"자신이 제너스카 황자님의 아이를 가졌다고 말하더군요."

"……그래서?"

"저는 믿을 수 없었지요. 아직 미혼이신 황자님께서 아이를 가지실 일이 뭐가 있겠습니까. 그런데 그 여자의 말로는 전하께서……."

라키아스는 여기까지 말한 후, 얼굴을 붉히며 말을 끊었다. 그 때문에 애가 타는 것은 토마스 2세였다.

그가 라키아스를 재촉했다.

"제너스카가 뭐 어쨌다는 말이냐?"

"감히 폐하 앞에서 꺼내도 되는 단어인지 가늠이 잘……."

"괜찮으니 어서 말해 보거라. 2황자가 뭐 어쨌다고?"

"홍등가에 그리 자주 출입하신다고 합니다."

"……."

라키아스의 말에 토마스 2세의 얼굴이 더욱 찌푸려졌다. 그가 탐탁찮은 목소리로 '그 자식이 결국……' 하고 중얼거렸지만, 소리가 너무 작아 라키아스는 듣지 못했다.

"그 여자는 홍등가 출신이라고 하더군요. 1년이 조금 되기 전에 전하의 아이를 임신한 사실을 알았고, 그래서 죽을 각오를 하고 홍등가에서 탈출했다고 합니다. 그래서 오게 된 게 바로……."

"젠스카야라는 것이냐?"

"네, 폐하."

"그런데 그 여자가 왜 하필 너를 찾아갔지? 2황자를 찾아가도 될 일 아니냐."

"안 그래도 그 여자에게 왜 2황자가 아니라 저를 찾아왔느냐고 물었더니, 제너스카 황자님이라면 배 속의 아이를 죽일 게 분명하다면서 자기를 지켜달라고 애원을 하더군요. 저라면 황실의 씨를 어떻게든 지켜줄 것으로 판단했답니다. 어쨌든 황가의 핏줄을 잉태했다는 여인을 죽일 수도 없어서, 제 비호 아래 두었습니다."

"그럼 그 여자는 어디에 있지?"

"죽었습니다."

라키아스가 조금의 애도도 느껴지지 않는 얼굴로 말을 이었다.

"난산 끝에 죽었지요. 다행인지는 모르겠지만, 아이는 무사합니다."

"라키아스, 매춘부의 아들이 황가의 피라는 증거는 없다. 다른 놈의 씨를 가져다 제너스카의 씨라고 속였다면 어찌할 것이야?"

"저라고 그 의심을 안 했을 리가요. 저 또한 그렇게 생각했습니다, 폐하."

라키아스가 무표정한 얼굴로 토마스 2세에게 말했다.

"하지만 갓 태어난 아이의 얼굴을 보는 순간 그 여자의 말을 믿을 수가 없겠더군요."

"무슨 뜻이냐."

"그 여자가 낳은 아이가 흑발에 적안을 가지고 있습니다, 폐하. 제너스카 황자 전하의 어릴 적과 닮았는지는 제가 그분을 어릴 적 보지 못해 잘 모르겠지만…… 어쨌든 그게 흔한 일은 아니니까요. 갓난아기를 어떻게 할 수도 없어서, 지금은 백작성의 시녀들이 돌보고 있습니다."

"라키아스."

토마스 2세가 짧게 한숨을 쉰 다음, 아들뻘 되는 사촌의 얼굴을 응시했다. 라키아스는 무슨 생각을 하는 건지 모를 표정을 짓고 있었다.

그가 잠시 후에 물었다.

"내게 이런 말을 하는 까닭이 무엇이냐."

"폐하, 무슨 말씀을 하시고자 하는지 잘 모르겠습니다만."

"내가 아는 똑똑한 너라면, 그 여자가 그런 말을 했을 때 단칼에 그 여자를 베었을 것이다. 그 아이도 함께."

"……."

"네 말마따나 아직 미혼인 2황자의 발목을 잡을 아이다. 굳이 그 존재를 수면 위로 드러내어 내게 말하는 까닭이 무엇이냐."

"어쨌든 황실의 핏줄이기 때문이지요."

"천한 여자의 태에서 났는데도?"

"앞일은 모릅니다, 폐하. 5세기 전, 제국의 이름을 동방에까지 알리신 크로아티우스 대제 역시 누구보다도 천한 매춘부의 태에서 나지 않으셨습니까."

"그 여자의 아들이 대제의 그릇이라도 된다는 말이더냐."

"미래는 아무도 모르니까요, 폐하. 저는 그저 제국의 미래와 안위만을 생각할 뿐입니다. 만약 그 여자의 아들이 차기 황제가 되실 분을 도와 제국을 융성하게 하는 데 크게 이바지한다면, 그처럼 좋은 일이 없지 않겠습니까."

"……나는 네가 그렇게까지 레예스를 생각하는지는 몰랐는데 말이다."

"조상들께서 한평생을 바쳐 일구신 조국입니다. 생각하지 않을 수 없지요."

라키아스가 빙긋 웃으며 말을 이었다.

"2황자 전하의 앞길을 막을 생각은 전혀 없습니다, 폐하. 다만 황실의 핏줄이 정말로 맞다면, 그 대우는 해주어야 하지 않을까 해서요. 물론 판단은 전적으로 폐하의 몫입니다."

"그 여자가 죽었다는 게 안타깝구나. 일이 더 복잡하게 되었으니 말이야."

"저도 그 문제 때문에 어떻게든 살려 내려 애썼는데…… 일이 뜻대로 되지 않았습니다."

"신의 뜻인가 보지."

묘한 목소리로 중얼거린 토마스 2세가 곧바로 질문했다.

"이 이야기를 아는 사람이 누가 있느냐."

"아직은 저와 폐하, 그리고 젠스카야 백작성의 일부 시종과 시녀들만 알고 있습니다."

그 다음 순간, 라키아스가 눈을 번뜩이며 말했다.

"허나 완벽한 비밀은 없는 법이지요. 폐하, 언젠가는 모든 사실이 밝혀질 겁니다."

"……일단은 알았다."

토마스 2세가 고개를 끄덕인 다음 라키아스에게 말했다.

"이 사실은 절대적으로 비밀에 부쳐져야 한다, 라키아스. 만약이 사실이 퍼지게 되면 황가의 위신은 걷잡을 수 없이 추락해버려. 내 말 알겠느냐?"

"걱정 마십시오, 폐하. 저 또한 누구보다도 레예스와…… 이 황실을 사랑하니까요. 아랫것들의 입단속도 철저히 시켜두고 있으니 아마 새어 나갈 염려는 없을 겁니다. 무엇보다, 설령 그런 소문이 돈들 확인할 방법이 없지 않습니까?"

라키아스가 조용한 목소리로 읊조렸다.

"어차피 그 아이는 제 손에 있는 걸요. 아무도 소문의 진위를 확인할 수 없을 겁니다."

"……그래."

바로 그때, 문 쪽에서 덜컹거리는 소리가 들렸다. 토마스 2세가 당황한 얼굴로 문가를 바라보았고, 그건 라키아스 역시 마찬가지였다. 그가 심각한 얼굴로 걸어가 있는 힘껏 문을 열었다.

당연히, 아무도 없었다.

라키아스가 낭패라는 얼굴로 토마스 2세를 응시하며 말했다.

"폐하, 궁 안에 쥐새끼가 있는 것 같습니다."

타르실라는 토마스 2세가 자신을 찾는다는 말에 의아한 표정으로 중앙궁에 갔다.

황제가 자신을 찾는 경우는 거의 없다고 봐도 무방했다. 할 말이 있으면 항상 시종이나 시녀를 통해서 전달되었기 때문이었다.

극히 이례적인 일에 타르실라는 가슴이 뛴다거나 하는 낭만적인 생각 대신 불안감이 먼저 들었다. 원래 사람이 안 하던 행동을 하면 괜스레 불안해지는 법이었으니까.

"황제 폐하, 황후 폐하께서 오셨습니다."

시종의 말이 끝난 후, 한참 후가 지나서야 안에서 '모시거라'라는 말이 들려왔다. 곧이어 시종들이 문을 열어주었고, 타르실라는 입고 있던 붉은색 드레스를 질질 끌며 토마스 2세의 방 안에 들어갔다. 토마스 2세는 등을 진 채 창가를 바라보고 있었다.

타르실라가 예를 차려 인사했다.

"제국의 태양을 뵙습니다. 어쩐 일로 부르셨는지요."

"……."

하지만 그는 대답이 없었다. 이런 일은 처음이었기 때문에, 타르실라는 저도 모르게 한쪽 눈썹을 찡그렸다. 그녀가 다시 한 번 그를 불렀다.

"폐하?"

하지만 여전히 대답은 없었다. 마침내 성격 급한 타르실라의 인내심이 바닥났고, 그녀는 화가 난 얼굴로 성큼성큼 토마스 2세가 있는 곳까지 걸어간 후 다시 입을 열었다.

"폐하, 사람을 부르시고 이리 무시하시는 것은 도대체 어느 황실의 예법……."

하지만 타르실라는 차마 말을 끝맺을 수 없었다. 그 순간 토마스 2세가 뒤를 돌아 그녀를 쳐다보았기 때문이었다.

아니, 거기까지는 별 문제가 되지 않았다. 문제는 뒤를 돈 토마스 2세의 얼굴이 평소와는 달리 아주 무시무시하다는 사실에 있었다.

타르실라는 본능적으로 무슨 문제가 발생했음을 깨닫고선 머리를 굴렸다. 딱 한 가지, 마음에 걸리는 게 있었다.

하지만 그녀의 입장에서 생각했을 때는 그리 큰 문제도 아니었다. 타르실라가 선수를 치기 위해 입을 열었지만, 말을 뱉은 것은 토마스 2세가 더 먼저였다.

"타르실라."

이것 역시 실로 오랜만이었다. 토마스 2세가 타르실라를 부를 때의 호칭은 늘 '황후'였으니까. 그 호칭에서 존중의 의미가 퇴색된 게 꽤 오래 전이라는 사실은 타르실라도 잘 알고 있었다.

그녀가 약간 인상을 찌푸리며 토마스 2세를 바라보았다.

"말씀하시지요, 폐하."

"그대도 알고 있을 거야. 나는 가급적 그대를 지키려 노력한다는 걸. 어쨌든 그대는 내가 지금 이 왕관의 무게를 버틸 수 있도록 도와준 일등 공신이니까."

"낯간지럽게 옛 이야기는 왜 꺼내십니까."

타르실라가 그리 기껍지는 않은 표정을 한 채 화제를 돌리려 했지만, 토마스 2세는 그럴 생각이 별로 없어 보였다.

그가 계속 이야기했다.

"무슨 잘못을 해도 가급적 덮어주었어. 지난번 황비의 일 때도 마찬가지였다. 만약 정말로 그대가 황비를 독살하려 했다고 해도, 나는 무슨 핑계를 대서라도 그대를 비호했을 거야. 그건 당신이 내 첫 부인이고, 내가 당신에게 분명 빚진 게 있기 때문이지. 자의로

388

진 빚은 아니었지만."

"갑자기 이런 이야기를 꺼내시는 이유가 무엇입니까, 폐하."

"내가 그대를 비호할 수 없는 일이 생긴 것 같아, 타르실라."

"그게 도대체…… 설마 제너스카 이야기입니까."

타르실라가 마뜩잖은 표정으로 입을 열었다.

"그 이야기라면 폐하께서 과민하신 거라는 생각밖에 들지 않는
군요. 그 아이가 홍등가에 간 건 사실이지만, 그게 전붑니다. 가서
애를 낳아온 것도 아니고……."

"그대, 하나만 알고 둘은 모르는군."

토마스 2세가 짧게 한숨을 쉬며 타르실라에게 말했다.

"일부만 알고 있어. 정말로 그렇다고 생각하나?"

"……그게 무슨 말씀이십니까. 설마 그 애가 밖에서 사생아라도
낳아왔다, 이 말씀이에요?"

"그래!"

토마스 2세가 언성을 높였다.

"도대체 아들 관리를 어떻게 하는 거지? 홍등가까지는 그렇다
쳐도, 혼외자를 만들어 오다니!"

"……그럴 리가요."

타르실라가 보기 드물게 새파래진 얼굴로 토마스 2세에게 항변
했다.

"그럴 리가 없습니다, 폐하. 젠이 그렇게까지 생각이 없을 리가

없어요."

"그럼 지금 그대는 오르누스 공이 거짓말을 하고 있다는 건가?"

"그건 또 무슨 말씀이십니까."

"내가 이 일을 어떻게 알게 되었는 줄 아나? 오르누스 공이 그러더군. 자기 성 안에 제너스카의 혼외자가 있다고."

"뭐라고요?"

"죽은 생모가 2황자에게 갔다간 자기는 물론이고 아이까지 잃을 것 같아서 오르누스 공에게 몸을 의탁했다는군. 아주 미칠 노릇이야."

"폐하, 오르누스 공이 거짓말을 하고 있는지도 모릅니다. 더구나 홍등가 여자라면 온갖 남자들이 씨를 뿌리고 다녔을 텐데 그런 천한 여자가 낳은 아이가 제너스카의 씨라고 어떻게 단정하십니까?"

"머리는 흑발에 눈이 적색이라고 하던데, 그런 남자가 제국 안에 흔한가? 무엇보다 라키아스가 무슨 이유로 그런 거짓말을 해?"

"폐하, 왜 갑자기 안 하던 행동을 하세요? 언제부터 오르누스 공을 그렇게 믿으셨습니까!"

어느 순간부터는 타르실라의 목소리도 커지기 시작해서, 자칫하다간 이 부끄러운 일을 중앙궁의 모든 사람들이 다 알게 될지도 모르는 상황이었다. 하지만 성격이 불같은 타르실라가 흥분한 도중에 그런 것까지 인지하고 있을 리 없었다.

"그가 누구인지 벌써 잊으셨어요? 제게 진 빚을 운운하시면서, 오르누스 공을 입에 담으시다니! 뻔뻔하신 건지, 속이 없으신 건지 도무지 모르겠군요."

"그 애와는 무관한 일이야!"

"무관하다니요, 폐하! 어떻게 그게 오르누스 공과 무관한 일이 됩니까!"

황당한 표정으로 소리를 지른 타르실라가, 곧 지나치게 흥분했다는 사실을 인지하고서는 입을 다물었다.

미친 게 틀림없다.

할 말이 있고 안 할 말이 있는 건데 지금 해서는 안 되는 이야기 두 가지를 너무나도 크게 입 밖에 냈다. 이건 절대 그녀답지 않다고 생각하며, 타르실라가 아까와는 딴판인, 떨리는 목소리로 다시 입을 열었다.

"그 사생아는 어디에 있습니까. 제너스카의 갓난애 시절을 제가 기억하고 있어요. 보면 알 겁니다. 그 애가 정말로 제너스카의 씨인지, 아닌지."

"오르누스 공이 퍽이나 보여주겠군. 안 그래도 그대 모자가 그 혼외자를 죽일까 봐 경계하는 게 눈에 선했어."

"그래서 폐하께서는 그냥 그대로 두셨습니까? 지금 제너스카가 어떤 상황인지는 아세요?"

"왜 모르겠나? 결혼도 안 했는데 혼외자를 낳은 게 밝혀져서 망신이란 망신은 다 당할 상황이지. 세상에 이런 망신이 어디에 있어?"

"비밀로 해야 합니다, 폐하. 지금 빅시어스 가문과 혼담이 오가는 상황에서! 아들의 발목을 잡을 생각이세요?"

"언제까지 비밀로 할 수 있을 것 같나, 타르실라. 세상에 영원한 비밀은 없어."

"누가 영원까지 바란답니까? 영원까지는 바라지도 않습니다. 그저 잠시 이 순간만 넘기자는 이야기예요."

"참 지독하군."

토마스 2세가 경멸 어린 시선으로 타르실라를 바라보며 중얼거렸다.

"나도 내 아들이 망신당하는 걸, 아니 다 떠나서 황실의 위신이 추락하는 걸 바라지 않아. 하지만 그대, 누구보다도 잘 알지 않나? 궁은 작은 소문도 바람처럼 빨리 퍼져 나가는 곳이라는 걸. 아까, 그리고 지금 이야기가 오간 이상 이제 이 이야기는 더 이상 비밀이 될 수 없어."

"……."

"우리가 언쟁한 내용을 바깥 것들이 못 들었을 거라고 생각하나?"

"폐하!"

"이번 일은 도무지 넘어가기가 어렵군. 하지만 너무 걱정하지는 않아도 돼. 아무렴 빅시어스 가문이 그 대단한 코울리즈 가문을 무시하고 혼담을 깨기야 하겠나?"

위로하는 척 말했지만, 그 말 속에 뼈가 있다는 걸 타르실라가 모를 리 없었다.

그녀는 토마스 2세를 말없이 노려보다가, 한참 후에 한 마디를 내뱉었다.

"도와주지 않으실 거면 방해라도 하지 마세요, 폐하."

타르실라가 그 말만 남기고선 휙 돌아섰고, 그녀의 화난 발걸음 소리는 토마스 2세의 귓가에 적나라하게 스쳐지나갔다.

잠시 후, 문이 닫히는 소리에 토마스 2세의 긴 한숨이 묻혔다.

토마스 2세의 예상은 맞아 떨어졌다.

궁정회의가 열리는 에스티 홀에서 말이 새어 나간 건지, 그도 아니면 토마스 2세와 타르실라가 목소리를 높일 때 말이 새어 나간 건지는 모르겠으나, 제너스카가 홍등가의 여자에게서 혼외자를 낳았다는 소문은 암암리에 사교계를 타고 번져나갔다.

물론 귀족들이 함부로 떠들지는 못했는데, 왜냐하면 소문의 주인공인 제너스카 황자가 유력한 차기 황제 후보인 데다 그의 뒤에는 타르실라 황후와 개국공신 코울리즈 가문이 있었기 때문이었다.

그 셋이 합쳐져 제국 내 권력의 축을 이루는 핵심적인 주체로 자리 잡았기 때문에, 아무리 떠들기 좋아하는 이들이라도 함부로 말을 내뱉지는 못했다.

그러나 그 사실과는 별개로 소문은 계속 퍼지고 퍼져, 마침내는 제국민들까지 이 괴상망측한 소문을 알고 수군거릴 정도였다.

거기에는 워낙 고고하게 위세를 떨치던 타르실라 황후와 코울리즈 가문의 존재도 한몫했는데, 세상 고고한 척하던 그들도 결국 알고 보니 질 낮고 저급한 귀족 혹은 시정잡배들과 별반 다를 바 없다는 심리가 사람들 사이에 작용한 것이었다.

그것은 닿을 수 없을 정도로 높이 있던 존재를 깎아내림으로써 얻게 되는 묘한 우월감이었고, 이는 평민, 귀족 가릴 것 없이 모든 사람들에게 적용되었다.

하지만 그 시끄러운 와중에도 타르실라는 변함없는 우아함을 지키기 위해 노력했다.

마치 세간에 떠도는 모든 소문이 그녀와는 무관한 것처럼 꼿꼿하게 굴었다. 많은 귀부인들과 자리를 가지며 사교계와 내궁의 일에 대해 이야기를 나누었고, 황후로서의 본분을 훌륭히 다해냈다.

타르실라는 어차피 사람들이 관심 가지는 건 진실이 아니라 자극이라는 사실을 잘 알고 있었다. 그러니 소문이 사그라질 때까지 기다리기만 하면 되는 것이다.

이미 한 번 비슷한 일을 겪어본 적 있는 그녀로서는 이런 일조차 그리 커다란 위기로 느껴지지 않았다. 과거, 이보다 더 큰일을 지금 같은 식으로 넘겼기 때문에 그처럼 태연한 것인지도 모르겠다.

타르실라는 그 자신만만함을 바탕으로 오랜만에 티파티까지 주최하기로 결심했다.

평소보다 2배 정도 많은 초대장이 만들어졌는데, 이는 정말 드문 일이었다. 타르실라가 낯설거나 친분이 깊지 않은 이들과 이야기하는 것을 별로 원치 않아 했기 때문이었고, 좀 더 노골적인 이유로는 '급'이 맞지 않는 영애, 혹은 귀부인과 이야기하는 걸 불쾌하게 여겼기 때문이었다. 워낙 고귀한 집안에서 태어난 탓에 지나친 순혈주의에 물들어 버린 결과였다.

물론, 초대장은 어김없이 빈첸시아 황비에게도 전해졌다.

"……."

빈첸시아는 조소하는 듯한 얼굴로 파사궁의 시녀가 가져다준 은색의 초대장을 응시했다. 그때 티파티에서 그런 수모를 안겨다 주어 놓고 또 초대장을 가져다주다니, 아무래도 제정신이 아닌 것이 틀림없었다.

빈첸시아는 타르실라의 그 무한한 자신감에 놀라워하면서, 결국 이번 파티에도 참석하기로 마음먹었다. 빈첸시아의 의중을 알게 된 제레미가 피곤해 보이는 표정으로 말했다.

"어머니, 굳이 가셔야겠습니까? 이번에는 그때와 상황도 다른 것을요."

"그러니 더더욱 가야지, 제레미. 이 어미는 타르실라의 일그러진 얼굴이 너무나도 보고 싶구나."

"하지만 아직 빅시어스 가에서 혼담을 깨겠다는 말도 없는 걸요."

"네가 몰라서 그래, 제레미."

빈첸시아가 두고 보라는 듯 자신만만한 미소를 지어 보였다.

"빅시어스 후작이 얼마나 그런 쪽으로 민감한데. 아마 때를 노리고 있는 걸 거다."

10

Disengagement

라키아스의 편지를 읽고 있던 알렉산드라는 우측 하단에 유려하게 적혀 있는 라키아스의 서명까지 확인하고서는 촛불에 편지의 귀퉁이를 가져다 댔다. 편지가 타들어 가는 것을 물끄러미 바라보며, 알렉산드라는 멍한 표정으로 생각했다.

'대단한 남자긴 해.'

젠스카야는 물론이고 주변의 모든 지역을 뒤져 검은색 머리카락에 붉은 눈동자를 가진 아기 하나를 찾아냈는데, 마침 어미가 죽기까지 했다는 게 라키아스의 설명이었다.

사실 어미가 정말 죽었는지, 아니면 라키아스가 자신을 배려하여 그런 거짓말을 한 것인지는 알렉산드라도 가늠할 수 없었다. 그때 보냈던, 괜한 사람을 죽여 원한을 사고 싶지 않다는 내용의 편지로 눈치 빠른 라키아스는 아마 유추했을 것이다.

그녀가 살인을 별로 좋아하지 않는다는 걸. 꼭 필요할 때만 사람을 죽인다는 걸.

하긴, 제너스카처럼 잔인한 성품이 아니라면 아마 대부분의 사람들이 살인을 꺼려할 터였다.

라키아스 그 남자는 어떨지 모르겠다. 워낙 알 수 없는 남자였으니까. 손은 잡고 있는데, 손등만 보여줄 뿐, 바닥은 보여주지 않는 것 같달까. 물론 그건 알렉산드라도 마찬가지였으니 아마 피차 그렇게 생각할지도 몰랐다.

"아⋯⋯!"

상념이 너무 길었던 탓일까. 알렉산드라가 저도 모르게 비명을 지르며 불에서 손을 뗐다. 종이가 다 타들어 가는지도 모르고 촛불에 손을 데고 있었다.

그때, 바깥에서 그녀의 비명을 듣고 페넬로페가 들어왔다.

"전하, 무슨 일이세요?"

"아, 페넬로페."

괜히 부끄러워진 알렉산드라가 아무렇지 않게 말했다.

"별일 아니야. 초에 손을 조금 뎄어."

"전하, 그걸 그렇게 태연하게 말씀하시다니! 당장 궁의를 불러올게요."

"난 정말 괜찮⋯⋯."

"누가 다쳤다고?"

그때 누군가가 두 사람 사이로 끼어들었다. 문가에서 클레이오를 발견한 알렉산드라가 저도 모르게 자리에서 일어났다.

"전하?"

"렉시."

그가 다정하게 그녀의 이름을 부르며 알렉산드라에게로 다가갔다. 페넬로페가 그 틈을 타 궁의를 부르러 갔고, 결국 둘만 남겨진 상황이 되었다.

알렉산드라는 이 상황이 별로 기껍지 않았지만, 그렇다고 해서 일부러 자신의 방까지 찾아온 남편을 문전박대할 수도 없는 노릇이었다.

알렉산드라가 억지로 웃으며 물었다.

"여기까지는 어쩐 일이세요, 전하?"

"오랜만에 오찬이나 같이 들까 해서."

"아……."

그러고 보니 곧 점심이었다. 입맛이 없어 아침을 걸렀기 때문인지 점심때가 된 줄도 모르고 있었다. 알렉산드라가 또다시 멍한 표정을 짓고 있는데, 클레이오가 그녀가 있는 쪽으로 더 가까이 다가와 알렉산드라의 손을 덥석 잡았다. 갑작스러운 신체 접촉에 알렉산드라가 깜짝 놀란 표정으로 중얼거렸다.

"전하……?"

"렉시."

그는 어쩐지 화난 목소리였다.

"손이 왜 그래?"

아까 데였던 곳이었다. 알렉산드라가 별일 아니라는 듯 고개를 저었다.

"다른 생각을 하다가 초에 손을 데었어요."

"……촛불에?"

"네."

알렉산드라는 아무렇지 않은 음성으로 말했지만, 정작 클레이오의 얼굴은 심각했고, 무언가를 생각하는 듯했다.

그는 무언가를 더 물어보려는 듯 입술을 달싹거렸지만, 결국 음절 한마디 만들어 내지 못한 채 닫혔다.

클레이오가 입을 연 것은 좀 더 시간이 흐른 후였다.

"얼른 치료를 받는 게 좋겠어. 흉 질지도 몰라."

"이 정도로는 괜찮아요."

"말 들어, 렉시. 가끔 그대는…… 너무 자기 몸을 소중히 하지 않는 것 같아서 걱정이야."

"……."

그 말을 들은 알렉산드라가 저도 모르게 고개를 위로 올려 클레이오를 쳐다보았다.

지금 이 남자는 자신의 몸을 걱정해주고 있었다. 하지만 왜? 당신은 어차피 황제가 되면 나를 버릴 것이 아닌가?

나 대신 다른 여자를 안고, 나 대신 다른 여자를 사랑하고, 나 대신 다른 사람을 바라볼 것이 아닌가?

어차피 배신할 거면서, 이때는 왜 이렇게 다정했니, 당신.

알렉산드라가 저도 모르게 눈물이 차오르려는 눈을 들어 말렸다. 울고 싶지 않았다. 이 남자는, 이때는 분명 다정했던 이 남자는, 이 순간 진심이든 아니든 달콤했던 이 남자는 또 어두워진 목소리로 한껏 미간을 좁히며 저를 걱정할 것이 분명했기 때문이었다.

그런 상황이 오는 것이 두려웠다. 이 남자를 다시 사랑하게 될 거라고는 조금도 생각하지 않았다. 마음을 조절하는 것은 인간이 할 수 있는 일이 아니라 배웠지만, 그래도 이 남자는 아니라고 확신했다. 그녀가 모든 기억을 잃는다면 다시 사랑할 수 있을지도 모르겠다.

하지만 이렇게 그 기억이 온전한데, 그가 자신을 폐위시키고 지었던 미소, 목을 자르라 명령할 때의 그 차가운 눈빛, 그 모든 게 다 생생한데, 어떻게 그와 다시 사랑에 빠질 수 있을까. 불가능했다.

차라리 이 남자를 배신하기 위해 손잡은 남자와 사랑에 빠진다면 또 모를까, 이 남자는 아니었다. 절대로.

"렉시."

그 사실을 상기하자, 알렉산드라는 이 모든 상황이 연극 같다는 느낌밖에는 들지 않았다. 달콤한 목소리로 저의 이름을 부르는 이 남자는 언젠가 자신을 배신할 파렴치한이고, 과거에 나누었던 사랑 따위는 안중에도 없다는 듯 보란 듯이 제 앞에서 다른 여자를 안는 호색한이다.

인간의 본성은 변하지 않는다. 사람의 천성을 바꾸는 것은 불가능하다. 때문에 알렉산드라는 결코 이 미소와 달콤함에 속지 않을 것이라고 다짐했다. 지금은 이렇게 다정하다 할지라도, 결국은 자신을 배신할 본질이었으니까.

아무리 노력해도 늑대가 양이 될 수는 없는 것처럼.

"네, 전하."

그러니 잠시 이 연극의 여주인공이 되어보자. 그를 진심으로 사랑하는 척해보자. 그의 시선에 같이 눈을 맞추어주고, 그의 밀어에 사랑한다고 화답해 주고, 그의 온기에 온기로 보답하자. 그리고 마지막 순간, 그를 배신하는 것이다.

연극이 끝난 후의 남주인공과 여주인공처럼, 다시 아무것도 아닌 사이가 되어.

"왜 그러세요?"

그게 네가 꿈꾸던 복수였잖아, 알렉산드라.

그 남자의 심장과 가장 가까운 사이가 되어 그 남자의 심장에 칼을 꽂는 것. 잠시 잊고 있었나 보구나.

다시 몇 번 말을 섞고, 시선을 섞다 보니 잊어버렸던 거야.

'어리석고 불쌍한 것.'

가차 없이 스스로를 비웃으며, 알렉산드라는 좀 더 성장한 배우가 되었다고 생각하기로 했다. 자신의 약점을 깨닫고 그것을 보완하여 성장의 밑거름으로 삼기로 했다. 알렉산드라가 억지로 미소 지었다.

"전하, 궁의를 모시고 왔습니다."

때마침 궁의가 도착했고, 덕분에 대화는 자연스럽게 끊겼다. 알렉산드라는 태연하게 침대 위에 앉아 궁의를 맞이했고, 그는 알렉산드라와 클레이오를 보며 정중하게 인사를 올렸다.

"3황자 전하와 3황자비 전하를 뵙습니다."

"내 비께서 촛불에 손을 데인 모양이야. 모쪼록 흉이 지지 않게 잘 치료해 주게."

알렉산드라가 할 말을 클레이오가 대신했고, 덕분에 알렉산드라는 그저 말없이 미소만 지은 채로 가만히 앉아 있을 수 있게 되었다.

알렉산드라가 치료를 받는 동안 아무도 입을 여는 사람이 없었고, 이따금씩 알렉산드라가 고통을 참지 못해 잇새로 신음을 흘리는 소리만 들릴 뿐이었다.

"다 되었습니다, 전하."

"약이 원래 이렇게 쓰라린 건가?"

알렉산드라가 약간 불쾌해진 목소리로 묻자, 궁의가 얼른 고개를 숙이며 답했다.

"죄송합니다, 전하. 약과는 상관없이 원래 화상을 치료하는 것이 가장 고통스럽습니다."

"좀 더 주의했어야 했는데."

알렉산드라가 조용히 중얼거렸고, 그 모습을 보던 클레이오가 걱정스럽게 물어왔다.

"많이 아픈 건가?"

"괜찮아요, 전하."

알렉산드라는 부러 웃어 보이며 답한 뒤 궁의를 물렸고, 그런 다음 페넬로페에게 두 사람분의 오찬을 부탁했다.

곧이어 주방에서 갖가지 요리들을 가져 왔고, 알렉산드라는 솔직히 말해 입맛이 없는 상태였지만, 먹는 척이라도 하기로 했다. 그렇지 않으면 그녀의 남편이 또 걱정스러운 표정을 지으며 '어디가 아픈 거야, 렉시?'라고 가증스럽게 물어올 게 분명했으니까.

"참, 이번에 황후 폐하께서 주최하시는 티파티에 참석한다면서?"

클레이오가 갑작스럽게 꺼낸 이야기에 알렉산드라는 태연하게 답했다.

"네, 전하."

"요즘 황후 폐하와 친하게 지내는 것 같아. 보기 좋네."

"그런가요?"

알렉산드라가 괜히 미소 지은 다음 덧붙였다.

"그때 황후 폐하를 위해 증언한 일로 저를 기껍게 보고 계시는 것 같아요. 좋은 일이죠."

"하지만 황비 전하와는 사이가 나빠졌잖아."

"그 부분은 유감스럽게 생각하고 있어요. 하지만 사실 거기서 폐하를 위해 증언하지 않는 건 다른 걸 다 떠나 양심을 속이는 일이었으니까."

알렉산드라가 클레이오를 바라보며 물었다.

"제가 잘못했다고 생각하세요?"

"그때도 말했지만, 난 늘 당신 편이야."

클레이오는 부드럽게 미소 지으며 그렇게 말했다. 순간 토기가 쏠렸으나, 알렉산드라는 아무 말 없이 그저 따라 웃기만 했다. 속으로는 아까 했던 다짐들을 계속 떠올리면서.

"그보다 요즘 항간에 떠도는 소문 때문에 황후 폐하의 속이 시끄러우실 것 같은데."

갑자기 전환된 화제는 익숙한 것이었다. 동시에, 그녀를 뜨끔하게 만든 것이기도 했다. 그 '항간에 떠도는 소문'이 그녀가 라키아스에게 한 부탁으로 삼시간에 퍼진 것이었기 때문에.

본디 황궁의 특성상 그 안에서는 비밀이란 것이 없다손 치더라도, 이번에는 소문이 퍼져나가는 속도가 너무 빨랐다.

그럴 수밖에 없었던 것이, 알렉산드라가 라키아스에게 제너스카의 혼외자와 관련된 소문을 최대한 많이 내달라고 부탁했기 때문이었다. 라키아스는 호사가들을 매수해 소문을 퍼뜨렸고, 결국 평소보다 소문이 퍼지는 시간이 기십 배는 단축되었다.

"전하께서도 그 망측한 소문을 들으셨나요?"

알렉산드라가 시치미를 떼며 묻자, 클레이오가 고개를 끄덕이며 답했다.

"안 들을 수가 없을 정도로 소문이 파다하던데. 내 시종이 말하기론 저자의 어린아이들조차 이미 제너스카 형님께 혼외자가 있다고 믿고 있다더군."

"소문이 퍼지는 속도가 너무 빨라요. 하필이면 결혼을 앞두고 계신 때에 이런 불미스러운 일이 생기다니……."

"내 말이. 자칫하면 결혼 취소 사유가 될 수 있는데 말이지."

클레이오가 미간을 좁히며 대꾸하자, 알렉산드라가 궁금하다는 표정으로 물었다.

"그보다, 정말 소문이 사실일까요?"

"나야 모르지."

짧은 한숨을 쉰 클레이오가 약간 충격적이라는 듯한 표정으로 말했다.

"형님이 홍등가에 드나들었다는 사실조차 믿기지 않는걸. 엄연히 불법이니까."

"비단 2황자 전하뿐이겠어요? 관료들도 그곳에 출입한다는 소문이 파다하던걸요."

"정신 빠진 일이지."

클레이오가 경멸하는 얼굴로 중얼거리자, 그 모습을 본 알렉산드라가 속으로 어처구니없다는 표정을 지었다. 이 남자는 자신이 미래에 무슨 짓을 저지를지에 대해 전혀 모르고 있는 게 분명했다.

알렉산드라가 못마땅함을 속으로 숨긴 채, 클레이오에게 차분히 말했다.

"여하튼 너무 신경 쓰지 않는 게 좋겠어요, 전하. 괜히 불똥이 튀면 곤란해지니까요."

"동감이야, 렉시. 관련 없는 일에는 신경 쓰지 않는 게 가장 좋지."

고개를 끄덕이며 응수한 알렉산드라가 머릿속으로 시간을 계산해 보았다. 과연 빅시어스 가문에서 먼저 결혼을 깨자고 말하는 시기가 언제일까?

그러다 알렉산드라는 이내 고개를 저었다. 결혼을 깨는 것이 중요한 것이지 언제 깨느냐는 그리 중요한 게 못 되었다. 시간에 쫓기는 쪽은 이쪽이 아니라 타르실라였으니까. 아직까지 시간은 그녀의 편이었다.

근래 타르실라의 기분은 최악으로 가라앉았다고 해도 과언이 아니었다. 토마스 2세와의 부부싸움 이후 정말로 소문이 벌떼처럼 퍼져나갔고, 아들의 평판은 이미 회복 불가능할 정도로 떨어졌다.

이제 중요한 건 정말로 제너스카에게 사생아가 있느냐, 없느냐가 아니었다. 이제 진실 따위는 아무래도 좋은 것이다. 이미 사람들의 머릿속에 제너스카 2황자는 '제국에서 불법으로 금하는 홍등가를 제집처럼 드나들다가 결국 혼외자가 있다는 소문까지 돌정도로 문란한 남자'로 낙인찍혀 버렸으니까.

물론 빈첸시아 황비처럼 살인미수를 했다는 의혹보다는 나았지만, 엄연히 상황이 달랐다. 빈첸시아는 황제의 여자, 황비였고, 제너스카는 훗날 황통을 이을 자격이 있는 황자였으니까.

지나치게 소문이 빨리 퍼져나가자, 타르실라는 이 소문이 자연적으로 퍼지게 된 것이 아님을 깨닫고선 더욱 길길이 화를 냈다. 도대체 어떤 상스러운 인간이 감히 코울리즈 가문과 자신의 황자를 농락한단 말인가?

머릿속으로는 딱 한 명밖에 동기를 가진 사람이 떠오르지 않았지만, 이번에는 정말로 증좌가 없었다. 설령 있다 해도 지난번 호되게 일을 치른 빈첸시아가 어수룩하게 일 진행을 할 리가 없었으니 찾기도 까다로울 터였다.

하지만 만약 빈첸시아가 아니라면 도대체 누구라는 걸까? 누군가 또 이런 짓을 할 사람이 있다는 말인가?

이래저래 쉽지 않다고 생각하며 타르실라가 깊은 한숨을 내쉬었다. 그녀는 오랜 불면으로 피곤한 표정을 지은 채 피로에 좋다며 엘리너가 가져다준 페퍼민트 차를 홀짝였다.

"폐하, 들어가도 되겠습니까."

엘리너의 목소리에 타르실라는 아무 말도 하지 않았지만, 엘리너는 그것을 침묵의 긍정으로 받아들인 것인지 잠시 후 문을 열고 들어왔다.

엘리너의 표정이 진지한 것으로 보아 또 무슨 일이 생긴 게 분명했다. 타르실라가 지끈거리는 머리를 무시하며 물었다.

"또 무슨 일이지."

"마담 파르테아가 편지를 보내왔습니다."

그러면서 엘리너는 일전의 붉은색 편지를 내밀었다. 저 증오스러운 붉은색. 타르실라가 속으로 몸서리를 치며 그것을 받아들었다.

그리 예쁘지 않은 모양으로 편지를 뜯어 내용을 읽던 타르실라의 표정이 점차 기이하게 변하기 시작했는데, 편지 안의 내용을 모르는 엘리너로서는 도대체 저 붉은색 편지지에 또 뭐라고 적혀 있기에 저런 표정을 지으시는 건지 걱정스러울 따름이었다.

한참 후에 타르실라가 편지지를 잡은 손을 떨어뜨리자, 엘리너가 조심스럽게 물었다.

"안 좋은 내용입니까, 폐하?"

"굳이 분류하자면 안 좋은 내용이야. 귀찮게 되었군."

깔끔한 음성으로 말한 타르실라가 편지의 내용을 요약해주었다.

"시신을 부검하고 그 여자를 본 사람이 있는지까지 알아봤는데 더 이상 알아낼 수 있는 사실이 없다는 내용이야. 결국, 이쪽에서 직접 그 왼손잡이 여자를 찾아내는 수밖에 없겠어."

"하지만 그걸 어떻게 시험해 볼 수 있겠습니까, 전하. 궁 안의 모든 시녀들에게 왼손으로 글씨를 써보라고 할 수도 없는 노릇이고, 그리고 그 여인이 궁 안의 여인인지도 확실치 않은걸요."

"차차 생각해봐야지. 급하게 볼 필요 없어."

타르실라가 싸늘한 표정으로 엘리너에게 말했다.

"어차피 그걸 알아낸다고 해도 우리가 직접적으로 결백을 밝히는 데 도움은 주지 못할 거다. 하지만 한 가지 정도는 확실히 해둘 수 있겠지."

"무엇을요?"

"나와 더 이상 한 하늘 아래서 살아갈 생각이 없다는 것."

마침내 편지가 다 타버렸고, 타르실라는 내친김에 입김을 불어 앞에 놓여 있던 촛불까지 꺼버렸다.

타르실라의 눈빛이 싸하게 가라앉았다.

"정말로 이 일의 배후에 황비가 있다면, 그때는 나도 최선을 다해 짓밟아 줄 생각이야."

어쩐 일인지 빅시어스 가문에서는 작금의 사태에 대해 이렇다 할 반응을 보여주지 않았다. 그 사실에 대해 타르실라 황후는 안도했으나 – 참고로 제너스카는 별생각이 없어 보였다 – 그것이 정말로 빅시어스 가문에서 현재 사태를 상관없어하기 때문인지, 아니면 벼르고 있는 것인지는 확실치 않았다.

타르실라는 결혼이 성사되기 전까지는 가급적 몸을 사리는 게 좋겠다고 판단하면서도, 속으로는 고작 후작가 따위의 눈치를 보고 있는 자신을 보며 엄청난 자괴감과 분노를 느꼈다.

어쨌든 살얼음판 같은 평화 속에 타르실라가 주최한 티파티 날짜가 점차 다가왔고, 마침내 그날이 되었다.

"화려하지 않게."

알렉산드라는 이번 티파티 때도 가급적 수수한 모습으로 등장할 생각이었다. 더구나 타르실라 황후의 기분이 좋지 않을 것이 분명한 이번 파티 때 화려한 모습으로 나대는 모습을 보인다면 별것 아닌 일로도 꼬투리를 잡힐 가능성이 컸다.

이럴 때일수록 몸을 사리는 것이 좋았다.

"루비 목걸이는 너무 화려하지 않나요?"

"하지만 전하, 오늘 입으신 드레스에는 붉은 보석이 잘 어울리는 걸요."

악세사리를 고르던 엘로웬이 난감한 표정으로 생각하다가, 잠시 후 해결책이 떠오른 듯 밝아진 얼굴로 물었다.

"전하, 카넬리안은 어떠세요?"

엘로웬이 보석함 구석에 있던 수수한 주홍빛의 카넬리안 목걸이를 꺼내 들자, 알렉산드라가 그것을 받아든 뒤 자신의 목에 대 보았다.

한동안 유심히 거울에 그 모습을 비춰보던 알렉산드라가 고개를 끄덕이며 긍정적인 반응을 보였고, 엘로웬은 약간 신이 난 표정으로 알렉산드라의 흰 목에 카넬리안 목걸이를 걸어주었다.

"오늘 티파티에는 평소에 오시는 분들보다 더 많은 귀부인들께서 참석하신다면서요?"

기존 티파티 멤버들이 그 현상을 반길 리 없었지만, 그들도 타르실라의 사정 정도는 알고 있었기 때문에 별말은 꺼내지 못했다. 잘못 신경을 건드렸다가 타르실라가 작금의 사태로 받은 스트레스를 전부 덤터기 쓸 수 있었기 때문이었다.

어쨌든 타르실라는 레예스의 황후였고, 코울리즈 가문의 공녀였으며, 2황자의 생모였기 때문에, 그녀와 어느 정도 친분이 있는 귀부인들은 함부로 그녀를 도발하거나 자극하는 것이 얼마나 위험천만한 일인지를 잘 알고 있었다.

"사람이 많으면 분란도 잘 일 텐데, 황후 폐하께서 큰 결심을 하셨네요."

"작금의 사태 때문이겠지요."

"입이 많으면 많을수록 골치 아픈 일이 생길 가능성도 많아질 텐데……. 걱정이네요."

"우리가 걱정할 필요는 없답니다, 엘로웬."

한마디로 모든 대화를 일축시킨 알렉산드라가 엘로웬에게 주의를 주었다.

"가급적 골치 아픈 일에는 끼어들지 않는 것이 좋아요. 입에 담지 않는 게 현명하고……."

"네, 전하. 알겠습니다."

엘로웬이 고개를 끄덕이며 고개를 숙였고, 알렉산드라는 그제야 편안하게 미소 지을 수 있었다.

원래라면 정시보다 일찍 도착했겠지만, 출발하기 직전 알렉산드라는 마음을 바꾸었다. 들러리를 자처하기로 한 상황에서 가장 좋은 선택지는 눈에 띄지 않는 것이다.

때문에 그녀는 정확히 정시가 되었을 때 파사궁의 후원에 도착했고, 예상했던 것보다 많은 인원이 이미 와 있었다. 알렉산드라가 설핏 웃으며 후원 중앙의 티 테이블로 다가가자, 그녀를 알아본 다른 영애와 귀부인들이 아는 척을 했다.

"3황자비 전하."

"전하, 오셨습니까."

대부분 타르실라 황후와 우호적인 관계를 취하고 있는 이들이었다. 언젠가는 적이 될 이들과 화기애애한 인사를 나누고 있다는 생각에 기분이 묘해졌으나, 겉으로는 아무렇지 않게 대화에 끼어들었다.

"제가 좀 늦었나요?"

"그럴 리가요, 전하. 정시에 오셨는걸요."

"별 이야기 하지 않았답니다. 이번에 르 알롱 부티크에서 새로 나온 드레스 컬렉션에 대해 이야기 중이었어요. 전하, 르 알롱 부티크는 아시죠?"

"물론이죠."

시시껄렁한 이야기를 나누다가 알렉산드라가 슬슬 지루함을 느낄 때 즈음, 갑자기 주변이 조용해졌다. 의아해진 알렉산드라가 주변을 두리번거리며 정적의 이유를 찾았고, 곧이어 그 이유를 발견했다.

"……오르누스 공작님?"

이 자리와 가장 어울리지 않는 남자가 후원의 입구에 서 있었다.

알렉산드라가 멍한 표정으로 라키아스를 응시했다. 그 역시 평소에도 자주 짓는 부드러운 미소를 입가에 건 채 알렉산드라를 바라보고 있었다.

그와 눈이 마주치고 3초 정도가 지났을 때, 이유 없이 부담을 느낀 알렉산드라가 저도 모르게 먼저 눈을 피했다.

"여자들의 모임에 공작님께서는 어쩐 일이신지."

귀부인 하나가 결코 싫지 않다는 얼굴로 묻자, 라키아스가 미소를 잃지 않은 얼굴로 입을 열었다.

"황후 폐하께 말씀드릴 일이 있어 찾아뵈었는데, 이곳에 계시다고 해서요. 이런 자리가 열리고 있는 줄은 몰랐군요."

"유감스럽게도 폐하께서는 아직 도착하지 않았답니다, 공. 급한 일이신가요?"

"급한 일은 아닙니다."

어느 귀부인의 질문에 라키아스가 부드러운 미소를 띤 얼굴로 말했다.

"하지만 계속 이곳에 있는 건 공연히 분위기를 망치게 될 것 같군요."

"어머, 그렇지 않아요, 공. 무슨 그런 섭섭한 말씀을……."

"맞아요. 무슨 일로 폐하를 뵈시려는지 모르겠지만, 공무와 연관된 일일 텐데, 돌아가시는 건 말이 안 되지요. 시녀에게 자리를 하나 더 마련해 놓으라고 할게요."

"아, 그래도 될까요?"

라키아스가 듣기 좋은 중저음의 음성으로 묻자, 그와 가장 지척에 있던 귀부인이 답했다.

"물론이죠! 자, 여기 앉으세요, 공."

그는 정말로 빈자리에 앉았고, 알렉산드라는 그 광경이 불편하게 느껴졌다. 알렉산드라가 말없이 차를 홀짝였고, 라키아스는 사교성 있는 얼굴로 주변의 귀부인들과 이야기를 나누었다.

"공, 젠스카야는 어떠세요?"

"에르네브에 비하면 아주 따뜻합니다."

"당연하지요! 오르누스를 두고 에르네브에 계실 적부터 이해가 되지 않았어요. 역시 국경 방어 때문인가요?"

"조금이라도 검을 쓰는 사람으로서 레예스에 보탬이 되어야 한다고 판단했습니다."

"어쩜. 애국심이 대단하세요!"

귀부인 하나가 탄성을 터뜨렸고, 에르네브에 있었던 것이 그런 순수한 목적 때문이 아님을 잘 알고 있던 알렉산드라는 순간 웃음을 터뜨릴 뻔했지만, 그것처럼 눈에 띄는 짓도 없을 것이기 때문에 간신히 참아 넘겼다.

"그런데 공께서는 결혼 생각은 없으신 건가요? 이제 스물여섯이신 것으로 아는데, 적은 나이는 아니잖아요."

"확실히 적은 나이는 아니지요."

"설마 결혼 계획이 없으시다거나……."

"그럼 돌아가신 제 양친께서 몹시 슬퍼하실 겁니다."

유려하게 대답을 이어나가던 라키아스가 문득 알렉산드라를 응시했다. 알렉산드라가 갑작스러운 시선을 눈치채지 못했을 리 없었다.

그녀는 괜히 그의 시선을 피하며 앞에 있는 마카롱에 손을 대기 시작했다. 몹시도 달았다.

"그럼 왜 아직까지 결혼을 안 하시는 건가요?"

"마음에 드는 영애가 없어서요."

"저런."

귀부인 하나가 안타까운 탄성을 터뜨렸다.

"유감스러운 일이네요. 하지만 전하, 결혼이라는 것이 마음으로만 진행할 수 있는 것은 아니잖아요?"

"지당하신 말씀입니다, 부인. 결혼이라 함은 본래 가문과 가문 간의 결합이지요. 저 또한 단순히 제 마음에 차는 영애가 없어 결혼을 미루는 것은 아닙니다."

"그 말씀은 마음에 드시는 가문의 영애가 없다는 뜻이신가요?"

"그런 것은 아닙니다. 전 다만 저와 결혼하게 될 영애를 생각하는 것뿐이에요."

"무슨 뜻이신가요?"

"저와 결혼한다면 언젠가는 에르네브로 가서야 할 텐데, 그 춥고 척박한 땅에서 견딜 수 있는 영애는 아마 없을 것이라고 생각해서요."

"어머, 계속 젠스카야에 계시는 게 아니셨어요?"

"언젠가는 에르네브로 돌아가야지요."

라키아스가 의미심장한 미소를 지으며 답했지만, 알렉산드라는 속으로 코웃음을 쳤다. 그래 봐야 저 남자의 최종 종착지는 에르네브가 아닌 이곳 황궁이고, 결혼을 미루는 까닭은 아직 그의 계획을 공유할 만한 가문이 나타나지 않았기 때문이리라.

마음에 차는 영애는…… 그녀도 잘 모르겠다.

"국경을 수비하는 것이 본디 에르네브 백작의 역할이니까요."

"그 척박한 땅을 매입하실 때부터 대단하시다고 생각했어요. 돌아가신 양친께서 이런 전하의 모습을 보신다면 정말 기뻐하실 겁니다."

"네. 감사합니다."

라키아스가 묘한 미소를 띤 얼굴로 답했다

"저도 기뻐하실 것이라고 생각합니다."

"소란스럽군."

그때 뒤쪽에서 날카로운 목소리가 들렸다.

타르실라 황후의 목소리에 알렉산드라가 반사적으로 그녀가 있는 쪽에 시선을 두었다. 높게 머리를 틀어 올려 황후로서의 위엄을 과시한 타르실라는 알렉산드라의 머리카락을 닮은 붉디붉은 드레스를 입고 있었다. 그녀가 천천히 테이블 쪽으로 걸어오자, 앉아 있던 귀부인과 영애들이 얼른 일어나 그녀에게 예를 차렸다.

"황후 폐하를 뵙습니다."

"황후 폐하를 뵙습니다."

"다들 앉아도 좋아. 번잡스러운 건 딱 질색이라."

타르실라가 언짢은 듯한 표정으로 그렇게 말하자, 서 있던 이들이 얼른 다시 자리에 앉았다. 가장 상석에 앉은 타르실라는 가장 먼저 라키아스에게 시선을 둔 채 물었다.

"공은 여기까지 어쩐 일이지? 여인들의 자리에 남자가 끼니 어색하군."

"그리 느끼게 만들어 드렸다면 죄송합니다, 폐하. 다만 드릴 말씀이 있어 찾아뵈었을 뿐인데, 이곳에 계시다기에 와봤습니다."

"급한 일이 아니라면 다음에 다시 찾아오는 게 좋을 것 같군."

"급한 일은 아닙니다, 폐하. 2황자 전하에 관한 말씀이거든요."

"……."

제너스카가 거론되자 타르실라가 날카로운 표정을 지었다. 처음부터 신경전이 만만치 않았다. 라키아스의 뜻하지 않은 방문에 한 번, 그가 꺼낸 제너스카의 이야기에 한 번.

"오후에 다시 방문해 주겠나? 손님을 앞에 두고 이러는 건 실례인 것 같아서."

"물론이지요, 폐하."

라키아스가 우아하게 자리에서 일어났고, 타르실라는 기분이

상했는지 그를 배웅해 주지도 않았다. 알렉산드라가 자리를 뜨려는 라키아스를 빤히 바라보다가 또다시 라키아스와 눈이 마주쳤다.

이번에는 곧바로 눈을 돌리는 대신 끝까지 그를 응시했는데, 그는 그런 그녀의 눈을 똑바로 바라보며 입 모양으로 중얼거렸다.

'이따 보지.'

그 말을 알아들은 알렉산드라가 자연스럽게 고개를 끄덕인 후, 곧바로 시선을 돌려 괜한 의심을 차단했다.

잠시 후 라키아스가 떠나자마자, 귀부인 하나가 싸늘해진 분위기를 돌리기 위해 호들갑스럽게 말을 시작했다.

"폐하, 초대해 주셔서 감사합니다. 파사궁의 후원은 듣던 대로 정말 멋지네요."

그녀는 평소 타르실라와 그리 친분이 없던 귀부인이었는데, 다행히 그녀가 먼저 말을 꺼냄에 따라 너도나도 눈치를 보며 대화를 이어나가기 시작했다.

"오늘 입으신 드레스가 너무 아름다우세요. 혹시 디자이너에게 직접 제작 의뢰하신 드레스인가요?"

"파사궁 후원은 왜 이렇게 예쁠까요? 폐하, 꽃이 이렇게 많은 것을 보니 꽃에 관심이 많으신 것 같은데, 혹시 무슨 꽃을 가장 좋아하세요?"

대화의 초반 화제는 당연히 티파티의 주최자인 타르실라였다.

그녀는 누군가가 자신을 치켜세워주는 것을 당연시하면서도 그 당연한 일에 매우 기분 좋아하는 사람이었는데, 그녀의 그런 특성을 잘 아는 귀부인들은 지속적으로 타르실라를 띄워주었다. 그에 따라 어느 정도 분위기가 따뜻해지자, 화제는 점차 가십으로 옮겨 가기 시작했다.

그러다 어느 순간, 누군가가 요즘 황성에서 가장 뜨거운, 하지만 금기시 되고 있는 화제를 꺼내 들었다.

"그보다 폐하, 제너스카 황자님께 사생아가 있다는 소문이 정말인가요?"

그 한마디로 인해 놀랍게도 모든 사람들이 입을 닫고 얼어붙었다. 모두가 얼빠진 표정이 되어 말을 꺼낸 이를 쳐다보았다.

누가 봐도 사교계에 데뷔한 지 얼마 안 된 순진한 영애였는데, 악의가 있다기보다는 정말 궁금해서, 혹은 그런 화제라도 이용해 황후와 친해지기 위해 그 질문을 꺼낸 듯했다.

"어…… 혹시 제가 실례되는 질문을 한 건가요……?"

눈치 하나는 참 더럽게 없었다.

갈색에 가까운 금발을 가진 그 영애는 분위기가 이상한 걸 감지했는지 슬슬 안절부절못하는 얼굴로 변하기 시작했다. 그리고 그때까지 타르실라는 입도 벙긋하지 않았다.

상황이 그렇게 되자, 아무도 겁을 먹고 말을 하지 않기 시작했고, 덕분에 갈색 금발 영애는 거의 울 듯한 표정이 되었다.

물론 아무도 도와주지 않았다.

타르실라는 여전히 입을 다물고 있었는데, 아무리 민감한 주제를 접해도 늘 당당하게 맞받아치던 그녀로서는 꽤나 보기 드문 일이었다. 그건 그만큼 이 화제가 그녀에게 치명적이라는 사실을 방증했다.

"이름이 뭐지?"

한참 후에 타르실라가 입을 열어 질문을 한 영애에게 물었다. 그 영애는 덜덜 떨면서도 용케 질문에 답했다.

"유, 율리아나입니다, 폐하."

"레이디 율리아나."

마치 주문을 외는 듯한 목소리로 율리아나의 이름을 중얼거린 타르실라가 다시 물었다.

"어느 가문인가?"

"칼라이스 가문입니다."

"칼라이스 백작이 정말로 멍청한 딸을 낳았군. 통탄할 만한 일이야."

그렇게 말하는 타르실라의 목소리는 마치 살얼음이 낀 것처럼 차가웠다.

"소문의 진위 여부와는 관계없이 상대를 불쾌하게 만드는 질문은 하지 않는 것이 예의야. 그런 것까지는 배우지 못한 모양이지?"

"폐, 폐하, 저는 그냥……."

율리아나가 울먹이는 목소리로 변명했다.

"저는 그냥 정말 궁금해서…… 송구합니다."

"그게 그리 궁금하면 알려주지. 한 번만 알려줄 테니 그대들도 똑똑히 듣게."

타르실라가 조금의 높낮이도 느껴지지 않는 목소리로 쏘아붙이듯 말했다.

"내 아들 제너스카 황자는 미혼이야. 그런 부덕한 짓을 저지른 적도 없고, 설령 있다 해도…… 증좌가 있나, 칼라이스 영애?"

"어, 없……."

"증좌도 없는데 함부로 입을 놀리는 것처럼 거슬리는 일도 없지."

여전히 싸늘한 표정으로 주변을 둘러보며, 타르실라가 경고했다.

"아직 사교계에 데뷔한 지 얼마 되지 않아 그런 건지, 아니면 원래 천성이 그런 건지는 모르겠지만, 그런 미숙하고 어리석은 태도는 제발 하루빨리 버리도록 해. 나는 그런 영애들을 가만히 참고 넘겨줄 만큼 너그럽고 자비로운 사람이 아니라서."

"죄, 죄송합니다, 폐하."

"그대들도 마찬가지야. 황궁에는 황궁의 법도가 있는 것이고, 사교계에는 사교계의 법도가 있는 것이지. 그걸 지키지 않는다면 둘 다 출입할 자격이…… 없는 것 아니겠나?"

"물론입니다, 폐하."

"지당하신 말씀이세요."

"더구나 사실로 확인되지도 않은 일을 마치 사실처럼 떠들고 다니는 이들도 있다고 들었어. 귀족 사회의 수치스러운 부분이지. 나름 귀한 피를 물려받았다고 주장하는 사람들이 그런 천한 짓거리를 저질러서야 되겠나?"

"⋯⋯"

그곳에 모인 이들 중, 제너스카의 사생아 문제를 가지고 단 한마디도 꺼내지 않은 사람은 아마 없을 터였다. 타르실라 역시 그 사실을 잘 알고 있었기 때문에 더욱 불쾌해했다.

그녀는 더 이상 티파티를 지속하기 어려울 것이라고 생각했는지 들고 있던 잔을 내려놓았다가, 그래도 참는 것이 좋다고 판단했는지 다시 들어 올렸다. 그 행동 하나하나에 그곳에 있던 모든 이들은 촉각을 곤두세웠다.

우스운 일이었지만 어쩔 수 없었다. 그녀는 명실공히 내궁의 주인이었고, 사교계를 이끌어가는 여왕이었으니까.

"이만 다른 이야기나 하는 게 좋겠⋯⋯."

"제가 좀 늦었습니다, 폐하."

그때 타르실라의 신경을 거슬리게 만드는 일이 하나 더 일어났다. 빈첸시아 황비가 환한 미소를 띤 채 누군가와 함께 걸어오고 있었다.

알렉산드라는 빈첸시아와 함께 걸어오는 그녀를 단 한 번도 본 적이 없었지만, 누군가는 그녀의 정체를 알아보았는지 당혹스러운 숨을 삼키는 소리가 들려왔다.

타르실라 역시 처음으로 당황한 목소리로 중얼거림을 내뱉었다.

"……레이디 아네타?"

그녀는 바로 빅시어스 영양이었다.

아네타 빅시어스는 제너스카와는 결혼을 약속한 사이였는데, 빅시어스 후작령이 어중간한 지방에 있던 탓에 가문의 위세에도 불구하고 황성에서 열리는 무도회나 파티에 잘 참석하지 않았다.

그런 그녀가 이번 타르실라의 티파티에 참석한 것이었다.

의례적으로 초대장을 보내긴 하였으나 정말로 빅시어스 영양이 참석할 줄은 몰랐던 타르실라는 당연히 당황할 수밖에 없었다. 하지만 곧 노련하게 두 사람을 맞아들였다.

"다들 늦었군."

"송구합니다, 폐하. 오는 길에 레이디 아네타를 만나는 바람에…… 같이 오게 되었습니다."

빈첸시아가 아름다운 미소를 지어 보이며 아네타와 함께 빈자리에 가 앉았다.

타르실라의 입장으로서는 두 사람 모두 별로 보고 싶지 않은 상황이었는데, 빈첸시아야 그렇다 쳐도 며느리가 될 아네타와는 근래에 황성에 돌고 있는 제너스카의 사생아에 대한 소문으로 알게 모르게 껄끄러워졌기 때문이었다.

물론 내색은 전혀 하지 않은 채, 타르실라는 시녀들에게 두 사람 몫의 차를 준비해 내오라고 일렀다.

제 몫의 차를 받은 빈첸시아가 입을 열었다.

"그런데 제가 너무 늦게 와서…… 다들 무슨 말씀 나누고 계셨나요?"

타이밍 한 번 기가 막혔다. 모두들 몸을 사리며 이야기하는 것을 꺼려했다.

당연한 일이었다. 누가 황후와 그 사돈 될 여자의 면전에 대고 '제너스카 황자님께서 혼외자를 두셨는지, 안 두셨는지에 대해 이야기 나누고 있었습니다'라고 말할 수 있겠는가.

그들의 지위를 막론하고서라도 그건 꺼내기 매우 난감한 주제였다.

"왜 다들 말씀을 안 하시나? 설마 제 욕이라도 하고 계셨나요?"

빈첸시아가 빤하다는 듯 호호 웃으며 물었고, 정적은 계속되었다.

타르실라는 점점 더 얼굴 관리를 하기 불쾌해졌고, 아네타는 무슨 생각을 하고 있는 건지 말없이 차만 홀짝였다.

그러다 누군가 입을 열었다.

"황후 폐하."

목소리의 주인은 빅시어스 영양이었다. 모두의 관심이 자연스럽게 그녀에게로 쏠렸다.

아네타는 무슨 말을 꺼내려는지 짐작조차 할 수 없을 정도로 차분한 얼굴이었는데, 타르실라는 혹여 그녀가 이상한 말을 꺼내기라도 할까 봐 괜히 초조해졌다.

타르실라 자신은 물론이고 빅시어스 가문의 명예까지 달려 있는 일이다. 비록 그녀가 나이가 어리긴 했지만, 귀족으로서의 품위를 간직하고 있는 여자라면 이 자리에서 쓸데없는 말은 절대 하지 않을 터였다. 타르실라는 그렇게 믿었다.

"근래에 황성에서 요망한 소문이 떠돈다고 들었습니다."

"요망한 소문이라니?"

타르실라가 시치미를 떼며 물었다.

"그게 무엇인가."

"제국의 안주인이신 황후 폐하께서 모르시리라고는 생각되지 않습니다만."

빅시어스 영양이 평소보다 낮아진 목소리로 말을 이었다.

"마침 이 자리에 많은 귀부인들께서 모여 계시니 잘못된 것이 있으면 바로 잡고, 옳은 내용은 인정하시는 것이 사리에 맞지 않을까요."

"빅시어스 영양, 나는 영양이 무슨 말을 하는지……."

"폐하."

아네타가 타르실라의 말을 끊고 들어왔다.

"제게 진실을 말씀해 주십시오. 많은 사람들이 모여 충분히 부끄러울 수 있는 상황에서 여쭤본 점은 대단히 죄송하게 생각합니다만, 저만 진실을 알고 넘어가기에는 상황이 그리 좋지 않다고 들어서요. 제 양친께서도 이번 일에 상당한 우려를 표하고 계십니다."

"……."

"오늘 이 자리에서 확실히 해두는 것이 차후의 관계를 위해서도 바람직할 듯합니다."

"그러니까 영양의 말은."

타르실라가 날이 선 목소리로 물었다.

"내 아드님께서 정말 혼외자 따위라도 보았다, 이건가?"

"그것은 저도 모르는 일이지요. 저는 2황자 전하도 제대로 뵌 적이 없는걸요."

답하는 아네타의 목소리도 마냥 밝거나 해맑지만은 않았다.

평소라면 황후의 앞에서 이렇게 무례하게 말하지는 않았을 것이다. 하지만 이번 일로 받은 스트레스가 너무나도 컸다. 얼굴 한번 제대로 본 적 없는 2황자와의 혼담은 어찌 되었든 좋았다. 설령 그를 사랑하지 않는다 해도 좋은 황자비가 될 수 있을 거라 생각했다.

하지만 혼외자라니. 이건 엄연히 다른 문제인 것이다.

결혼생활을 이루는 두 개의 축은 사랑과 신뢰였다. 사랑이 없는데 신뢰마저 사라진다면 도대체 그 결혼에서 무엇이 남을 것인가. 그녀가 일생을 불행하게 살게 되리라는 것은 자명한 일이었다.

권력도 좋고 명예도 좋았지만, 아네타는 적어도 자신의 삶이 존중받기를 원했다. 아직 결혼조차 안 한 신랑에게 사생아가 있다는 것은 아네타의 인격을 모독하고 차후의 삶을 나락으로 떨어뜨리는 것이다.

아네타가 명확한 발음으로 말을 이어나갔다.

"하지만 폐하께서는 적어도 2황자 전하에 한해서만큼은 모르는 게 없으실 것이라 생각합니다. 그분의 생모시니까요."

"⋯⋯."

"그러니 답해 주시지요, 폐하. 이것은 단순히 한 귀족의 여식으로서 드리는 청이 아닙니다. 폐하의 미래 며느리가 될 여인으로서, 훗날 폐하의 손주를 낳아 드릴 여인으로서 여쭙는 것입니다."

아네타의 말에는 반박의 여지가 조금도 없었다. 한마디로 적어도 그녀가 결혼할 남자에게 애가 있는지 없는지 정도는 알아야겠다는 것인데, 타르실라는 여기에 대고 큰소리를 칠 상황이 전혀 아니었다. 어쨌든 소문이 사실이라면 책임은 타르실라 쪽에 있는 것이었으니까.

타르실라가 잠깐 굳은 표정을 지었다가, 잠시 후에 군더더기 없는 발음으로 선언하듯 말했다.

"레이디 아네타, 내 아들에게는 아직 후계가 없어."

"……그 말씀, 책임지실 수 있으십니까."

"본인이 없다 하였고, 있다 한들 나는 모른다. 얼굴도 보지 못했고, 뭣보다 확인되지 않은 낭설만 가지고 이렇게 반응하는 것을 도무지 이해할 수 없군."

"저도 그렇게 생각했습니다, 폐하. 헛소문이라 여겼고, 이 결혼을 시기하는 이들의 농간이라 여겼지요."

아네타가 말을 이었다.

"그 아이의 존재를 직접 보기 전까지는 말입니다."

"……뭐?"

타르실라가 새된 목소리로 물었고, 아네타는 아까보다는 떨리는 목소리로 답했다.

"오르누스 공작님께서 지금 젠스카야에 계시지요. 이곳에 오기 전 그 아이를 보았습니다."

"……."

"황자 전하의 사생아라는 그 아이 말입니다."

"그 아이가 정말 황자의 핏줄이라고 자신할 수 있나, 영애?"

"전하의 어린 시절 모습은 본 바가 없습니다만, 제너스카 황자님께서 검은 머리카락에 붉은 눈동자를 가지고 계시다는 사실은 누구보다도 잘 알고 있습니다. 무엇보다……."

아네타가 거의 울 것 같은 얼굴로 말을 매듭지었다.

"오르누스 공작님께서 거짓말을 하실 연유가 없지요. 그분께서 이 결혼이 깨진다 하여 이득을 볼 것도 없으시고요."

"말조심하게, 영애!"

"폐하, 그 아이를 본 순간, 농담하지 않고 정말 하늘이 노래지는 기분이었습니다. 결혼도 하지 않은 신랑에게 갓 태어난 혼외자가 있다니요. 상상도 못 한 일입니다."

타르실라의 외침에도 꿋꿋이 말을 잇던 아네타는 어느새 자신의 눈시울이 붉어지는 것을 느끼고선 코를 훌쩍였다. 그리고는 더 이상 이곳에 있는 것이 어렵다고 판단했는지 천천히 자리에서 일어섰다.

"죄송합니다, 폐하. 즐거워야 할 자리를 제가 망친 것 같네요. 그 부분은 사과드립니다."

"……."

"하지만 기대했습니다. 모든 분들이 계신 자리에서 해명을 들을 수 있을 거라 생각했고, 그럼 헛소문도 점차 잠잠해질 것이라고 확신했거든요. 그리고…… 폐하께서 저를 안심시켜 주시리라 굳게 믿었습니다."

"나는 사실만을 말했어. 믿지 않은 것은 영애일 뿐이지."

"폐하, 제가 공작 전하의 말 대신 폐하의 말을 믿을 수 있는 이유가…… 전혀 없질 않습니까."

여기에서 아네타는 저도 모르게 이를 바득 갈았으나, 워낙 작은 소리였던 탓에 아무도 듣질 못했다.

"이만 물러나 보겠습니다. 자리를 망친 것은 송구합니다."

아네타는 정말로 그 말만 마친 뒤 자리를 떴다.

남겨진 사람들은 전부 아무 말도 하지 않았지만, 이미 속으로는 집으로 돌아가 남편과 친구들에게 방금 있었던 일을 말해줄 생각만 하고 있을 게 뻔했다. 겉으로는 아무 소란 없이 조용했으나, 속은 더없이 떠들썩할 터였다.

"도무지 대화를 더 이어 나갈 수가 없겠군. 다들 내 기분을 망치려 작정을 한 건가?"

한참 후에 타르실라가 분노한 기색을 숨기지 않으며 중얼거렸다. 그녀의 눈은 다름 아닌 빈첸시아 황비만을 똑바로 바라보고 있었다.

타르실라는 빠르게 자리에서 일어난 다음, 싸늘한 목소리로 말했다.

"오늘 티파티는 여기서 파하도록 하지. 더 이상 자리를 지킬 수가 없겠어."

그렇게 말한 타르실라는 뒤도 돌아보지 않고 성큼성큼 걸어가 후원에서 빠져나갔다. 남겨진 사람들은 한동안 어벙한 표정을 지었고, 한참 후에 누군가가 황당하다는 목소리로 말했다.

"나 참. 살다 살다 이런 일도 다 있네요."

타르실라의 기분은 오후가 되어서도 좋아질 기미를 보이지 않았다.

엘리너는 조심스럽게 타르실라의 기분이 지난번 황비 독살 미수 사건 때보다 더 나쁘다고 판단한 후, 가급적 몸을 사리라고 그녀의 시중을 드는 모든 시녀들에게 일러두었다. 자칫하다간 칼부림까지 일어날 수 있을 정도로 타르실라의 현재 상태는 최악이었다.

타르실라는 오전에 받았던 지나친 스트레스를 해소하기 위해 오찬을 든 후 그녀가 좋아하는 파사궁의 후원에서 산책까지 했지만, 아까 있었던 일과 현재의 상황이 결합되어 계속 괴로운 기분만 들었다. 차라리 낮잠이나 한숨 자는 것이 낫겠다고 판단한 타르실라가 자신의 침실로 돌아왔을 때, 엘리너가 조심스럽게 그녀를 불렀다.

"황후 폐하."

"무슨 말을 하려는지는 모르겠지만, 다음으로 미루도록 하지. 지금은 도무지 아무것도 하고 싶지 않아."

"저, 폐하. 하지만……."

"자네, 내 말 못 들었나?"

타르실라가 날이 선 목소리로 신경질을 냈다.

"다음으로 미루라고 말했잖아. 그런데도 감히 내 말에 토를 다는 건가?"

"정말 죄송합니다, 폐하. 하지만 차마 고하지 않을 수가 없어서……."

"무슨 일인데 그 난리까지 떠는 거야?"

타르실라의 짜증스러운 목소리가 엘리너의 고막을 계속해서 괴롭혔지만, 그녀는 꿋꿋이 자신의 할 말을 다 했다.

"아까부터 응접실에서 오르누스 공작 전하께서 기다리고 계십니다."

"……하!"

그 말에 아까 아네타가 했던 말이 기억나 버린 타르실라가 매서운 눈으로 있지도 않은 오르누스 공작을 쏘아보았다.

'있지도 않은 사생아를 빅시어스 영애에게 보였다고?'

라키아스 그놈이 결국 자신과 척을 지기로 결심한 것이 틀림없었다. 그렇지 않고서야 감히 그런 짓을 할 수는 없는 것이다. 타르실라가 침대로 가려던 발걸음을 문가로 돌렸다.

어디, 여기까지 찾아와 무슨 말을 하는지 들어나 볼 심산이었다.

사건의 전말을 말해보자면 다음과 같았다.

라키아스는 호사가들을 통해 자신이 제너스카의 혼외자를 은밀히 보호하고 있다는 사실을 널리 퍼뜨렸는데, 만약 그 자신이 빅시어스 가문의 일원이라면 그 소문을 그냥 넘기기 어려울 것으로 예측했기 때문이었다.

그의 예측은 정확히 맞아떨어졌고, 마침내는 혼담의 주인공인 빅시어스 영애가 직접 젠스카야 백작성에 방문하는 결과까지 야기했다.

라키아스는 소문을 듣고 찾아왔다는 아네타에게 매우 유감스럽다는 듯 굴면서도 진실은 알아야 하지 않겠냐며 흑발에 적안을 가진 아기를 보여주었고, 아네타는 그 아기의 모습을 물끄러미 바라보다가 특별한 감정의 동요를 내보이지 않은 채, 감사하다는 말을 남기고 백작성을 떠났다.

'그러고 보니 떠나기 전에 질문 하나를 하긴 했지.'

이 아이를 앞으로 어떻게 할 거냐고 아네타는 물었었다. 거기에 라키아스가 어떻게 대답했더라.

잠시 머리를 굴리던 라키아스가 곧 기억을 되살려냈다. '아직 계획해 둔 바는 없지만, 만약 2황자가 이 아이를 인정하지 않는다면 자신이 직접 키울 생각이다'라고 답했었다.

급조해낸 변명이긴 했지만, '지금 생각해도 나쁘지 않다'는 게 라키아스의 입장이었다. 처음부터 2황자에게 원한을 가질 수밖에 없는 태생이라면 – 물론 조작된 것이긴 했지만 – 직접 키우는 것도 이로울 터였다. 한쪽의 신분이 어떻든 정부의 자녀들은 사생아로 분류되는 제국의 법도로 인해, 레예스는 황제의 사생아조차 존귀하지 않게 취급했기 때문이었다.

'궁금하긴 하군. 황후랍시고 우쭐거리던 그 고고한 얼굴이 어떤 식으로 일그러질지 말이야.'

비릿하게 웃어 보인 라키아스가 앞에 놓인 찻잔을 우아하게 들어 올려 한 모금을 마셨다. 차에서는 로즈마리 향이 났다.

"전하, 황후 폐하께서 드십니다."

드디어 도착한 모양이었다. 라키아스는 여전히 찻잔을 내려놓지 않은 채 있다가, 타르실라가 문을 열고 들어와서야 느릿하게 찻잔을 내려놓은 후, 역시 느릿하게 자리에서 일어섰다.

타르실라는 기분이 나쁘다는 티를 굳이 감추지 않은 채 라키아스와 마주했다. 그녀가 말없이 풀썩 자리에 앉았고, 라키아스는 그녀가 자리에 앉자마자 천천히 따라 앉았다. 그가 예를 차려 인사했다.

"제국의 안주인, 황후 폐하를 뵙습니다."

"공이 나를 정말로 '제국의 안주인'으로 생각한다면 이럴 수는 없는 노릇 아닌가?"

시작부터 본론이었다.

라키아스가 속으로 웃으며 물었다.

"무슨 말씀이십니까, 폐하."

"말 그대로야. 내가 모를 줄 알았나?"

그 한마디 때문에 라키아스는 아네타가 타르실라에게 모든 것

436

을 실토했음을 눈치채고선 빙긋 웃었다.

상황에 어울리지 않는 미소였으나, 아이러니하게도 그 미소가 라키아스의 미모를 한층 빛나게 해주었다.

타르실라의 분노 섞인 음성이 이어졌다.

"빅시어스 영애에게 자칭 제너스카의 혼외자라는 아이를 보여 주었다면서? 그럴 수는 없는 노릇이야."

"그 이야기라면."

라키아스가 한쪽 눈썹을 치켜뜬 채 답했다.

"저는 정말 억울한 부분입니다, 폐하. 제가 레이디 아네타에게 아이를 일부러 보여드린 것도 아니고, 그쪽에서 먼저 젠스카야 백 작성으로 찾아오셨습니다. 아이를 보여 달라고 직접적으로 말씀 하시는데 제가 거절할 수도 없는 노릇 아닙니까? 명색이……."

라키아스가 비릿하게 웃으며 말을 맺었다.

"2황자 전하의 비가 되실 분인데 말입니다."

"……그렇다고 하더라도."

타르실라는 주장을 굽히지 않았다. 그녀가 날카로운 눈초리로 문장을 매듭지었다.

"보여주지 말았어야 했어, 공."

어쨌든 이 부분에 있어서는 아무리 타르실라라도 큰 소리를 내 기 어려웠으나, 그녀는 끝까지 당당함과 자신만만함으로 무장해 말을 이었다.

그것은 다른 누구도 아닌 타르실라이기 때문에 가능한 일이었다. 라키아스는 그 모습에 실소를 금할 수 없었으나, 간신히 참았다.

"어찌 있는 아이를 보여주지 못하겠습니까, 폐하. 저는 그런 짓은 못합니다."

"아니, 그대는 끝까지 시치미를 뗐어야 했어."

"손바닥으로 하늘을 가린다고 해서 하늘이 사라지는 것은 아닙니다, 폐하. 빅시어스 영애께서 이미 다 알고 오신 것이 빤한데, 거기에 대고 '잘못 찾아오신 듯합니다'라고 어떻게 말할 수 있겠습니까."

"그렇다면 문제의 요지를 바꿔볼까? 공은 제너스카의 아이를 가졌다는 그 여자가 찾아왔을 때 그녀를 단칼에 베어 버려야 했어. 배 속의 그 아이와 함께."

타르실라가 섬뜩한 표정으로 말을 이었다.

"자네가 정말로 나를, 2황자를, 제국을 생각했더라면 그 여자를 거둬들이고, 젠의 핏줄이라 주장하는 그 천한 씨를 보호하지는 말았어야 했다고."

"그 아이가 장차 제국에 어떤 보탬이 될지 모르니까요, 폐하. 제국을 위해 일말의 가능성도 버릴 수 없었습니다."

"그로 인해 내 아들이 겪게 될 곤란함은 조금도 생각하지 않는 건가?"

"유감스럽게도, 폐하."

라키아스가 날카로운 눈으로 타르실라를 응시하며 자신의 의견을 말했다.

"저는 차기 황제가 누가 될 것인지에 대해서는 조금도 관심이 없습니다. 제가 관심 있는 것은 오직 하나, '어떻게 하면 레예스가 보다 부강해질 것이며, 타국보다 우위에 설 수 있는가' 입니다. 그러니 사실 누가 황제가 되던 통치만 잘해준다면야 저는 아무런 상관이 없습니다."

"위험한 발언을 하는군. 그 말은 지금 황비와 1황자를 지지한다는 건가?"

"그걸 그런 식으로 해석하시면 제가 곤란합니다, 황후 폐하. 그분들을 지지하는 것도, 폐하와 2황자님을 지지하는 것도 아닙니다. 굳이 말씀 드리자면 중립이라 볼 수 있겠군요. 폐하, 저는 정치적 중립을 선호합니다. 거듭 말씀드리지만 누가 되든 명군이기만 한다면 좋다고 생각하니까요."

"……좋아, 다 좋다고. 무슨 말인지 충분히 알아듣겠어. 요컨대 오르누스 공 자네는 나도, 황비도 지지할 생각이 없다, 이건가?"

"그렇습니다, 폐하."

"어리석은 선택이야. 세상에 중립처럼 나쁜 건 없지. 위선적이고 기회주의적이니까."

"어떻게 생각하시든 상관없습니다."

"그럼 오늘 날 찾아온 연유는 뭔가."

"제너스카 황자님의 혼외자와 관련해서……."

"혼외자라니! 말조심하게."

타르실라가 민감하게 반응했고, 라키아스는 잠깐 멈추었다가 이윽고 말을 정정했다.

"그럼 제너스카 황자님의 사생아와 관련해서……."

"자네, 지금 나와 장난이라도 하자는 건가?"

"송구합니다, 폐하. 하지만 그 두 개를 대체할 만한 단어를 제 머리로는 도무지 생각해 낼 수가 없어서요."

라키아스가 목을 가다듬은 뒤 말을 이었다.

"어쨌든 지금 제 성에 있는 아이에 대해 논의가 필요하지 않나 해서 찾아 뵀습니다. 지금이야 저희 쪽에서 보호하고 있지만, 앞으로도 계속 그러는 건 곤란하니까요."

"객식구가 귀찮다면 버리면 될 일이지, 나와의 논의까지 필요한가?"

"황후 폐하."

라키아스가 진지한 목소리로 타르실라를 바라보았다. 타르실라가 못마땅한 표정으로 라키아스를 응시하자, 라키아스는 그제야 이야기를 다시 시작했다.

"정말 그 아이가 전하의 사생아가 아니라고 확언하실 수 있으십니까?"

기실, 타르실라라 하여 의심 한 자락도 마음에 품지 않은 것은 아니었다. 아들의 문란하고 방탕한 생활에 대해서는 마담 파르테아에게 숱하게 들었다. 그러니 이런 문제가 불거져 나온 것도 사실 아예 말이 되지 않는 것은 아니었다.

그렇다고 해도 타르실라는 그런 일이 없을 것이라고 믿어야 했고, 믿음이 현실이 되도록 움직여야 했다. 그녀가 믿는 대로 현실이 굴러가야 했으니까. 실제로도, 세상은 단 한 번도 그녀의 믿음에서 어긋나게 움직인 적이 없었다.

"확신할 수 있다. 그 아이는 내 핏줄이 아니야."

"……."

"그러니 죽이든, 살리든, 내쫓든, 보듬든 공의 뜻대로 하게. 애당초 그런 객을 받아들인 사람은 내가 아니라 공이니까."

"폐하의 뜻은 잘 알겠습니다. 이리 부인하시니 저도 더 이상은 폐하와 이 주제로 말씀을 나눌 수가 없겠군요."

"……."

"그 아이는 제가 거두든 말든 알아서 하겠습니다. 말씀하셨듯, 어차피 사생아니까요."

"이만 가보는 게 좋겠어. 너무 피곤하군. 막 잠자리에 들려던 차에 자네가 온 거야."

"그 부분에 대해서도 죄송하게 생각합니다, 폐하."

라키아스는 싸늘하게 식어 버린 빈 찻잔을 테이블 위에 올려놓왔다. 그런 다음 자리에서 천천히 일어났고, 앞에 앉아 있던 타르실라에게 정중하게 허리 굽혀 인사했다.

하지만 그런 그의 인사를 받는 타르실라의 태도는 딱딱하고 오만하기 그지없었다. 라키아스는 그런 것까지 신경 쓰지는 않은 채 그대로 응접실을 나갔다.

잠시 후, 타르실라가 혼자 남은 응접실에서 무언가가 깨지는 소리가 들려왔다.

알렉산드라는 어쩐지 초조한 기분이었다. 손으로는 책장을 넘기고 있었지만, 책의 내용은 아무것도 눈에 들어오지 않았다.

결국 한참 후에 그녀는 책을 읽는 것을 포기하고선, 엘로웬에게 차가운 오렌지즙을 달라고 부탁했다. 머릿속이 너무 복잡했다.

'일이 어떻게 되어 가고 있는 거지.'

아네타 빅시어스가 티파티에 나타난다는 말은, 그리고 그녀가 그전에 젠스카야 백작성으로 제너스카의 사생아를 보러 갔다는 사실은 전달받은 바가 없었다.

하지만 듣지 않아도 그게 라키아스의 계획 중 일부라는 사실은 눈치챌 수 있었다. 만약 그녀의 예측이 맞다면 아네타는 결혼을 하지 않겠다고 말할 것이다. 티파티 때 직접적으로 말한 것은 아니었

442

지만, 느낌이 그랬다.

　'이번 일로 완전히 미움을 사버릴 거야.'

　본래 타르실라는 라키아스를 좋아하지 않는 눈치였다. 회귀 전에도 그랬고, 회귀 후인 지금도 여전히 그랬다.

　거기에 이번 일의 시발점에 라키아스가 서 있다는 사실까지 더해지면 정말로 그를 싫어할 게 뻔했다.

　알렉산드라는 왠지 모르게 그 사실이 마음에 걸렸다.

　"페니."

　알렉산드라가 작은 목소리로 페넬로페를 불렀다. 곧이어 페넬로페가 방 안으로 들어왔고, 알렉산드라는 약간 어두워진 표정으로 이렇게 말했다.

　"지금 읽고 있는 책이 너무 재미가 없네. 새 책을 빌리러 도서관에 가야겠어."

　처음으로 편지 없이 도서관에 간 알렉산드라는 책을 찾는 척하면서 실제로는 라키아스를 찾았다. 그가 파사궁에 갔다가 바로 지엔궁에 방문하는 것은 상당히 위험한 일이었다. 두 사람의 계획이 일종의 양동작전이라는 사실을 머리 좋은 황후가 눈치 못 챌 리 없었기 때문이었다. 도서관에서 우연히 만나는 것이 모두의 의심을 피할 수 있는 가장 좋은 길이었다.

알렉산드라는 〈안나 마리아의 슬픔〉이 있는 곳으로 갔다. 하지만 그는 거기에 없었다. 그녀가 약간 실망한 얼굴로 뒤를 돌려던 때였다.

"뒤 돌지 마."

귀 뒤에서 익숙하고 낮은 목소리가 들렸다. 알렉산드라의 심장이 빠르게 뛰기 시작했다.

그녀는 뒤를 돌지 않았고, 대신 라키아스가 그녀의 앞까지 걸어왔다. 알렉산드라가 느릿하게 입을 열었다.

"놀랐습니다."

"별로 그래 보이지는 않는데."

놀람의 흔적을 찾는 건지 라키아스가 그녀의 얼굴을 빤히 바라보았다. 그 시선이 묘해서, 알렉산드라는 자신의 심장이 아까보다 좀 더 간헐적으로 뛰는 것을 느꼈다.

그때, 그가 그녀가 있는 쪽으로 허리를 굽혀 알렉산드라와 눈높이를 나란히 했다.

"얼굴이 빨갛긴 하군."

"……놀랐다니까요."

"그러기엔."

라키아스가 슬며시 손을 들어 그녀의 볼을 매만졌다. 뜨거웠다.

"볼이 너무 뜨거운데? 놀란 게 아니라 아픈 것 아닌가?"

알렉산드라는 대답하지 않은 채 슬며시 그의 손을 자신의 볼에서 치웠다. 그 손은 볼과 달리 차갑다고 생각하면서, 라키아스가 물었다.

"오래 있었나?"

"방금 왔어요."

알렉산드라가 목소리를 좀 더 죽인 채로 말했다.

"시간을 오래 낼 수는 없습니다. 시녀에게 재미있는 책을 찾겠다는 핑계를 대고 나왔거든요."

"오래 걸리지 않으면 되지. 걱정하지 않아도 돼."

"파사궁엔 왜 간 겁니까."

알렉산드라가 가장 먼저 궁금했던 것을 물었고, 라키아스는 군더더기 없는 대답을 내놓았다.

"황후에게 제너스카의 사생아를 어떻게 할 것이냐고 물었다."

"맙소사, 라키아스 당신…… 진심으로 그렇게 했단 말이에요?"

알렉산드라가 당황한 목소리로 물었다.

"뒷감당을 어떻게 하려고……."

"이미 저지른 일인데 뭐, 어쩌겠나. 감당해야지."

그가 어깨를 으쓱이며 덧붙였다.

"참고로 황후는 알아서 하라더군. 제너스카의 핏줄 따위는 이 세상에 존재하지 않으니 죽이든 살리든 내쫓든 거두든, 내 뜻대로 하라고 했어."

"그럴 줄 알았어요."

"아마 빅시어스 가문에서는 조만간 결혼하지 않겠다고 입장을 내놓을 거야."

라키아스의 말에 알렉산드라가 고개를 끄덕였다.

"그것도 예상했습니다. 돌아가는 눈치를 보니 퍽 그렇더군요."

"그런데 어째…… 그다지 기쁘지가 않은 표정인데?"

라키아스가 한쪽 눈썹을 찡그리며 물었다.

"그대를 불편하게 하는 문제라도 있는 건가?"

"그렇다기보다는…… 하나가 걸리긴 합니다."

"그게 뭔데?"

"라키아스 당신이 나 때문에 황후에게 완전히 미운털 박힌 것 말입니다."

알렉산드라가 조심스럽게 말을 이었다.

"양동작전인 건 이해하지만, 괜히 사지 않아도 될 미움을 산 것 같아서 마음이……."

"쓸데없는 걱정을 하는군."

라키아스가 무덤덤한 목소리로 끼어들었다.

"어차피 황후는 나를 싫어해. 그리고 나도 황후를 싫어하지. 어차피 상호 간에 불쾌감밖에 없는 사이였어. 이번에 좀 더 깊어진 것뿐이고. 신경 쓰지 마."

"……알겠습니다."

거기에다 대고 계속 신경 쓰인다고 말하는 것도 징징대는 것 같아서, 알렉산드라는 그 이야기는 더 이상 꺼내지 않기로 다짐했다.

그녀가 얼른 화제를 돌렸다.

"그래서 정말 그 애는 어떻게 할 작정이에요? 애당초 2황자의 사생아가 아니잖아요. 황실의 핏줄도 아닌데 굳이 당신이 거둘 필요는 없어요."

"빈민구제 차원에서 거두어들이는 것도 나쁘지 않아."

"괜히 분란의 싹만 만드는 건 아니고요?"

"그때 제거해도 늦지 않으니까."

"……알아서 하십시오."

이것도 그의 재량에 맡길 일이다. 알렉산드라는 더 이상 신경 쓰지 않기로 했다. 애당초 그 아이의 존재가 두 사람의 동맹에 필수불가결한 존재는 아니었으니까.

"아마 큰 무리가 없다면 이번 일은 그렇게 끝나게 될 거다. 그다음 계획은?"

"숨 좀 돌립시다, 우리."

알렉산드라가 약간 지친 듯한 목소리로 대꾸했다.

"황비의 일부터 지금 2황자의 일까지. 너무 쉼 없이 달려왔다고는 생각하지 않는 겁니까."

"우리가 지금 휴식을 논할 상황은 아니지 않나?"

"지나치게 일이 일어나는 주기가 빈번하면 우리도 의심을 살 수밖에는 없습니다. 적당히 시기를 두고 그다음 일을 도모하는 게 맞아요."

"일리가 있군."

"마침 한 달 후에 황궁에서 가면무도회가 있지요."

이맘때 즈음이면 황궁에서는 주기적으로 가면무도회가 열렸는데, 황성 안의 모든 귀족들이 가면을 쓰고 자신의 신분을 숨겨 파티에 참석했다.

얼굴을 가린다는 파티의 특성상 평소라면 할 수 없는 대담한 일들이 많이 벌어지고는 했는데, 외도 등 성적 일탈이 주를 이루었다. 의외인지는 모르겠지만, 그 짜릿함을 즐기는 귀족들이 상당했다.

"그때까지는 조금 쉬는 것으로 합시다. 어때요?"

"내가 반대할 이유는 없지."

라키아스가 어깨를 으쓱이며 대답했다. 알렉산드라가 바로 젠스카야 성으로 돌아갈 것이냐고 물어보려던 그때, 갑자기 라키아스가 그녀를 제 쪽으로 끌어당겼다. 당황한 알렉산드라가 작게 소리를 내며 그의 품 안에 허물어지듯 안겼다.

"지금 뭐 하는……!"

"쉿."

그가 낮은 목소리로 그녀의 귓가에 속삭였고, 그게 무슨 명령이라도 되는 것처럼 알렉산드라는 입을 다물었다.

"전하, 여기 계세요?"

페넬로페의 목소리였다.

알렉산드라가 고개를 들어 올려 라키아스를 쳐다보았다. 그는 알렉산드라를 찾는 페넬로페가 지나가기까지 기다렸다가, 그녀가 지나간 후에야 슬며시 아래를 내려다보았다.

그 순간, 두 사람의 눈이 마주쳤다.

"……."

"……."

두 사람은 한동안 아무 말도 하지 않았다. 아니, 못했다는 표현이 더 적절할 것이다. 말 한마디 할 수 없는 묘한 분위기라고, 두 사람 모두 동시에 생각했으니까.

"이만…… 놓아주세요."

한참 후에야 알렉산드라가 입을 열었고, 라키아스는 그제야 말없이 그녀를 가두었던 팔을 풀었다. 알렉산드라의 눈은 아까보다 커져 있었다. 최대한 빨리 이 자리를 떠야겠다는 생각만 들었다. 알렉산드라가 평소보다 낮아진 목소리로 그에게 말을 남겼다.

"그럼 저는 이만……."

알렉산드라는 라키아스의 대답을 기다릴 새도 없이 도망치듯 그 자리를 떴다. 라키아스는, 당연하지만 그녀를 붙잡지 않았다.

서가에서 빠져나온 알렉산드라가 다소 멍한 표정을 지었다.

"황자비 전하."

페넬로페의 목소리였다. 알렉산드라가 원래의 얼굴로 돌아와 옆을 돌아보았다. 페넬로페가 미소 띤 얼굴로 그녀를 향해 다가왔다.

"어디 계셨어요? 한참 찾았는데."

"아……."

알렉산드라가 어색하게 입꼬리를 끌어올려 웃었다. 아무 일도 없었다. 아무 일도…….

"저쪽에서 책을 찾고 있었어."

"제가 발견하지 못했나 봐요. 다 찾아다녔는데, 이상하네요."

"그럴 수도 있을 거야. 구석진 곳에 있었거든."

"책은 찾으셨어요?"

"아니."

알렉산드라가 자연스럽게 고개를 돌리며 덧붙였다.

"오늘은 이만 가는 게 좋겠어. 책이 필요 없을 것 같아."

알렉산드라가 그토록 듣고 싶었던 소식을 들은 것은 그로부터 일주일이 지난 후였다.

"그거 들으셨어요? 빅시어스 가문에서 결국 제너스카 황자님과의 혼약을 파기했대요."

지엔궁의 소식통인 엘로웬이 답지 않게 호들갑을 떨며 알렉산드라의 찻잔에 찻물을 부어주었다.

그 말을 들은 알렉산드라가 저도 모르게 고개를 위로 들어 올렸다.

"……그래요?"

"네, 전하. 황후 폐하께서 대단히 진노하셨다고 파사궁의 시녀에게 들었어요. 거기 분위기가 완전히 살얼음판이라나 뭐라나."

엘로웬이 절레절레 고개를 저으며 말했고, 알렉산드라는 저도 모르게 웃음이 삐져나오려는 것을 겨우 참았다.

평생 거절을 모르고 산 여자다. 그 고귀하신 분께서 처음으로 거절이란 것을 당한 것이다. 속이 상할 만도 했다.

"2황자께서는 어찌하고 계시답니까?"

"황후 폐하께서 근신령을 내리셨대요. 엔케궁에 틀어박혀서 꼼짝도 못 하신답니다."

"세상에."

알렉산드라가 짐짓 놀라는 표정을 짓자, 엘로웬은 신이 났는지 좀 더 빠른 속도로 목소리를 내기 시작했다.

"황제 폐하께서는 나 몰라라 하시고요. 황후 폐하와 사이가 나빠지신 건가?"

"엘로웬, 그만 해요."

알렉산드라가 애써 걱정스러운 표정을 지으며 엘로웬을 말리자, 엘로웬은 장난스러운 표정을 지으며 입을 다물었다.

그때, 바깥에서 시종의 목소리가 들려왔다.

"황자비 전하, 3황자 전하 드셨습니다."

"전하께서?"

심드렁한 표정을 차마 감추지 못한 알렉산드라가 이윽고 다정한 목소리로 말했다.

"어서 모시렴."

알렉산드라의 말에 클레이오가 곧 모습을 드러냈다. 감청색 제복을 입은 그가 시원한 미소를 지으며 알렉산드라에게 다가왔다.

그녀가 즐거운 미소를 지으며 물었다.

"전하? 어쩐 일이세요?"

"같이 다과나 들까 해서. 수업이 일찍 끝났거든."

"아, 좋아요."

알렉산드라가 묘하게 들뜬 목소리로 대꾸하자, 그것을 눈치챈 클레이오가 궁금하다는 목소리로 물었다.

"무슨 일 있어? 즐거워 보이는데."

"아뇨."

알렉산드라가 시치미를 떼며 고개를 저었다. 그럼에도 불구하고 입가에는 여전히 은은한 미소가 걸려 있었다.

"그냥, 오늘따라 기분이 좀 좋네요."

타르실라는 분명 좋다고는 할 수 없는 얼굴로 복도를 걷고 있었다. 근래의 일로 인해 그녀의 기분은 바닥을 기고 있다고 해도 과언이 아니었다.

타르실라는 별생각 없이 중앙궁의 복도를 걸어가다가, 멀리서 빈첸시아를 발견하고선 대놓고 인상을 더 찌푸렸다. 그것을 빈첸시아 황비가 잡아내지 못할 리 없었다.

그녀가 괜히 더 웃으며 타르실라에게 인사했다.

"제국의 달, 만민의 어머니, 황후 폐하를 뵙습니다. 평안하신지요."

"내가 지금 평안하느냐고 인사하는 그대의 의중을 도무지 이해할 수 없군. 둘 중 하날 거야. 첫째, 날 엿 먹이기 위해서거나, 둘째, 날 제대로 엿 먹이기 위해서거나."

"너무 단정해서 말씀하십니다. 듣는 사람 섭섭하게."

"섭섭 같은 소리. 그 이외의 선택지를 고려해야 할 필요가 있나, 내가?"

"어딜 가십니까."

빈첸시아가 화제를 틀었고, 타르실라는 그런 그녀를 여전히 싸늘한 얼굴로 바라보다가 잠시 후 입을 열어 답했다.

"……중앙궁에 다녀오는 길이다."

"어째서요?"

"이번 가면무도회에 책정될 예산 관련해서 찾아뵈었지."

"무슨 문제라도 있나요, 폐하?"

"이봐, 빈첸시아."

타르실라가 무섭도록 싸늘한 목소리로 빈첸시아의 이름을 입에 담았다.

"내가 지금 이러고 있으니 우습나? 잡종 따위가 이렇게 기어오를 만큼?"

"폐하, 그런 모욕적인 발언은……."

"입 다물어."

타르실라가 이제껏 들어보지 못했던 살얼음 같은 목소리로 선을 그었다. 그럼에도 불구하고 빈첸시아는 여전히 웃는 낯이었다. 아마 그것이 타르실라의 화를 더 돋운 듯했다.

"지금껏 자비로운 마음으로 그대와 그대의 아들을 너그럽게 봐주었어. 하지만 일이 이렇게 된 지금부터는 도저히 그럴 수가 없겠군."

"……."

"앞으로 기대해도 좋을 거야."

타르실라는 표독스러운 목소리로 그 한마디를 내뱉은 다음, 날카롭게 빈첸시아를 쏘아보았다. 빈첸시아는 어느새 무표정한 얼굴이 되어 아무 말도 하지 않았다.

이윽고 타르실라가 요란한 소리를 내며 빈첸시아를 지나쳐 걸어갔고, 홀로 남겨진 빈첸시아는 낮은, 그러나 명확한 목소리로 중얼거렸다.

"그건 이쪽에서 해야 할 말 같은데."

-2권에서 계속-

국립중앙도서관 출판시도서목록(CIP)

복수는 꿀보다 달콤하다 : 무소 장편소설. 1 / 지은이: 무소
. — 고양 : 위즈덤하우스미디어그룹, 2018
 p. ;   cm

ISBN 979-11-6220-993-6 04810 : ₩13800
ISBN 979-11-6220-370-5 (세트) 04810

한국 현대 소설[韓國現代小說]

813.7-KDC6
895.735-DDC23   CIP2018037069

복수는 꿀보다 달콤하다 I

초판 1쇄 인쇄 2018년 12월 5일 **초판 1쇄 발행** 2018년 12월 12일

지은이 무소
펴낸이 연준혁

멀티콘텐츠사업본부 이사 정은선
책임편집 오가진 **디자인** 조은덕

펴낸곳 (주)위즈덤하우스미디어그룹 **출판등록** 2000년 5월 23일 제13-1071호
주소 경기도 고양시 일산동구 정발산로 43-20 센트럴프라자 6층
전화 031-936-4000 **팩스** 031)903-3893
홈페이지 www.wisdomhouse.co.kr

값 13,800원
ISBN 979-11-6220-993-6 04810
       979-11-6220-370-5 [세트]